DEUS

UM FRACASSO AMOROSO

E. L. DOCTOROW

DEUS

UM FRACASSO AMOROSO

Tradução de
ROBERTO MUGGIATI

Revisão Técnica de
MOACYR SCLIAR

EDITORA RECORD
RIO DE JANEIRO • SÃO PAULO
2003

CIP-Brasil. Catalogação-na-fonte
Sindicato Nacional dos Editores de Livros, RJ.

D666c Doctorow, E. L. 1931-
Deus – um fracasso amoroso / E. L. Doctorow; tradução de Roberto Muggiati. – Rio de Janeiro: Record, 2003.

Tradução de: City of God
ISBN 85-01-06172-7

1. Romance americano. I. Muggiati, Roberto, 1937- . II. Título.

03-1642 CDD – 813
CDU – 821.111(73)-3

Título original em inglês:
CITY OF GOD

Direitos exclusivos de publicação em língua portuguesa para o Brasil adquiridos pela
DISTRIBUIDORA RECORD DE SERVIÇOS DE IMPRENSA S.A.
Rua Argentina 171 – Rio de Janeiro, RJ – 20921-380 – Tel.: 2585-2000
que se reserva a propriedade literária desta tradução

Impresso no Brasil

ISBN 85-01-06172-7

PEDIDOS PELO REEMBOLSO POSTAL
Caixa Postal 23.052
Rio de Janeiro, RJ – 20922-970

A
Alison
Gabriel
Graylen
Annabel
e
TK

Diz a teoria que o universo se expandiu exponencialmente a partir de um ponto, de um ponto singular no espaço/tempo, um momento/coisa, algum acontecimento original particular ou uma circunstância quântica substantiva, de tal maneira que a palavra *explosão* é inadequada, embora a teoria seja conhecida como o Big Bang. O que devemos ter em mente, em nossa mente, é que o universo não explodiu num espaço preexistente disponível, foi o espaço que explodiu, levando tudo consigo numa grande floração expansiva, um lampejo silencioso que surgiu em um ou dois segundos descarregando todo um universo de gás, matéria e escuridão-luz, um impulso cósmico de nada no volume e na cronologia do espaço-tempo. OK?

E a história universal tem desde então assistido a uma espécie de evolução de matéria estelar, de poeira elementar, nebulosas, queimando, fulgurando, pulsando, tudo se dispersando de tudo o mais nos últimos quinze bilhões de anos, ou quase isso.

Mas o que significa o fato de que a singularidade original, ou a originalidade singular, que incluía em seu ser submicroscópico todo o espaço, todo o tempo, que tão volumosamente de repente e em escala monumental entraria em erupção segundo conceitos que podemos entender, ou aprender — o que significa dizer que... o universo não nasceu de uma explosão através do espaço, mas sim que foi o próprio espaço, em si mesmo uma propriedade do universo, que explodiu simultaneamente com tudo dentro dele? O que significa dizer que foi o espaço que se expandiu, se estirou, floresceu? Transformando-se no quê? O universo, expandindo ainda agora suas galáxias, seus sóis ardentes, suas estrelas agonizantes, monumentos metálicos de pedra, nuvens de poeira cósmica, deve estar enchendo... alguma coisa. Se está se expandindo tem perímetros, neste momento, muito além de qualquer capacidade nossa de medir. Como são as coisas no instante exato de ação na margem do universo? O que existe logo além daquela esmagadora margem paramétrica que se arremete antes de ser esmagada? O que está sendo suplantado, enchido, avivado, acendido? Ou não existe margem alguma, nenhuma fronteira, mas uma série infinita de universos se expandindo um no outro, todos ao mesmo tempo? De modo que a expansão se expande futilmente para dentro de si mesma, uma matéria escura que se enrosca infinitamente, sem fim, em medonha insensatez, sem propriedades, volume, nem energias elementares transformadoras de luz ou força ou pulsações quânticas, tudo isso sendo invenções do nosso conhecimento, e nosso conhecimento, carecendo em si de volume e qualidade física, um projeto finalmente tão irracional, frio e inumano quanto o universo de nossa ilusão.

Gostaria de poder conversar com um astrônomo sobre isso. Penso em como as pessoas se insensibilizavam para sobreviver aos campos de concentração. Será que os astrônomos se embotam diante do universo estrelado? Quer dizer, vendo o universo apenas como um trabalho? (Para não exonerar o resto de nós, que ganhamos estas penosas intimações da vastidão universal e depois voltamos à rotina de nossas vidas como se não passassem de uma projeção no Museu de História Natural.) Será que o astrônomo comum, executando o seu trabalho diário, entende que, além dos fenômenos celestiais objetos do seu estudo, os cálculos da sua radiometria, para não falar no respeito devido à sua vida profissional, reside uma verdade tão monumentalmente apavorante — este contexto final de nosso empenho, esta conclusão de nossos intelectos históricos tão dura de contemplar — que mesmo uma volta a Deus não consegue aliviar a miséria de uma infinidade tão profunda, desastrosa e desesperançada? Esta é a minha pergunta. De fato, se Deus está envolvido nesta questão, estes fatos elementares, estes conceitos aparentes, Ele é tão amedrontador que fica além de qualquer súplica de alívio, ou consolo para nós, ou da redenção que viria se fôssemos conduzidos ao Seu segredo.

— No jantar na noite passada, codinome Moira. Depois de tê-la visto no curso de um ou dois anos e ter falado com ela apenas brevemente, sempre com o mesmo signo dentro de mim mesmo, acabei reconhecendo algum grau intensificado de atenção, ou um aperto momentâneo no peito, ou uma espécie de, estranhamente, atração não-sexual, que geralmente cede num momento para uma sensação de perda, para uma visão da minha vida provavelmente jogada fora, ou mais provavelmente do caráter resistente da vida em si recusando-se a ser percebida como deveria... Percebi, ao me ver como seu parceiro de jantar, por que finalmente valia a pena suportar uma vida social em meio a esta multidão.

Ela não usa maquiagem, sai sem jóias e chega habitualmente dentro do modelo mais simples para uma noitada, seus cabelos presos com grampos ou arranjados casualmente demais, como ajeitados às pressas no último minuto para qualquer jantar a rigor ao qual tenha sido arrastada pelo marido.

Seu calmo semblante foi o que notei da primeira vez que a encontrei — como se estivesse pensando noutra coisa, como se estivesse num outro lugar em meio ao nosso distinto ambiente.

Como não exigia atenção e aparentemente não tinha profissão própria, poderia parecer inteiramente comum entre as mulheres deslumbrantes ao seu redor. No entanto era sempre o objeto de sua nem sempre disfarçável admiração.

Uma figura esguia, de cintura longa. Ossos da face finos e olhos castanho-escuros. A boca é generosa, a pele com uma palidez uniforme de linho que, imune a qualquer variação, parece dispensada sobre seu rosto como se fosse iluminada de repente. Esta serenidade eslávica, particularmente na sua testa abaixo do viés de cabelo preso, pode explicar pelo menos em parte a calma reinante que sempre senti nela.

Ela acenou com a cabeça, sorriu, com um olhar claro e direto nos meus olhos, e ocupou o seu lugar na mesa com aquela sua quietude e serenidade que acho tão encantadora.

As coisas correram bem. *Deixe-me diverti-la...* Entoei minha fala tropeçando na língua. Ela sensibilizou-se e mostrou apreciação à sua maneira calma. No meu terceiro copo de Bordeaux, achei, encoberto pelas conversações que nos cercavam, que deveria arriscar minha sorte. Minha confissão arrancou dela uma alegria entre a admiração e a neutralidade. Mas então a cor lhe subiu às faces e ela parou de rir e olhou por um momento para o marido, que estava sentado na mesa ao lado. Pegou do garfo e, com os olhos baixos, cuidou do jantar. Caracteristicamente, sua blusa abrira no botão superior afrouxado. Estava aparente que ela não usava nada por baixo. No entanto achei impossível imaginá-la tendo um caso e fiquei deprimido e até um pouco envergonhado de mim mesmo. Indaguei-me amargamente se ela elevaria a natureza moral de cada homem ao seu redor.

Mas então, quando iam servir a sobremesa, os homens receberam a instrução de consultar o verso dos cartões com seus nomes e mudar para outra mesa. Fiquei sentado ao lado de uma jornalista de TV que expressou fortes opiniões políticas durante o jantar, embora nunca o fizesse na tela, e eu não estava ouvindo, sentia-me encharcado e miserável, quando olhei para trás e encontrei... Moira... olhando para mim com uma intensidade solene que beirava a raiva.

Ela vai se encontrar comigo perto do museu. Vamos almoçar e depois vamos dar uma olhada nos Monet.

— E tudo se dispersando de tudo mais nos últimos quinze bilhões de anos, ou quase isso, as afinidades se estabelecem, ligações siderais, e as estrelas lentamente se deslocam uma em torno da outra formando grupos de estrelas ou galáxias em rotação, e em grandes movimentos monumentais as galáxias ainda mais lentamente se agrupam em cachos, os quais por sua vez se distribuem de modo linear, uma grande cadeia ou fieira de supercachos com bilhões de anos-luz. E em toda essa agitação de cosmosidade, um acidente pequeno e obscuro ocorre, um arranjo casual de átomos de carbono e nitrogênio que se fundem em existência molecular como uma célula única, um grão de corrupção orgânica, e, *sacre bleu*, temos a primeira entidade no universo com uma vontade própria.

Mensagem do Padre:

— Everett@earthlink.net

Oi, as respostas às suas perguntas, pela ordem: o Book of Common Prayer; sobrepeliz; o colarinho clerical com a camisa vermelha; em discurso direto, Padre, e em indireto, o Reverendo Fulano de Tal (um bispo seria Reverendíssimo); meu homem era Tillich, embora me chamassem também de Jim Pike. E a cruz roubada era de bronze, com dois metros e meio de altura. Você está me deixando nervoso, Everett.

Deus o abençoe,
Pem

— Afano

Esta tarde em Battery Park. Dia quente, as pessoas nas ruas. Brisa suave de outono como uma mulher sussurrando em meu ouvido.

Pombos pousando por toda parte, a fuligem da cidade em suas asas.

Atrás de mim a linha de arranha-céus da zona financeira do baixo Manhattan banhada pelo sol como uma catedral numa ilha, um religioplexo.

E me deparo com este camelô de relógios, sujeito com trancinhas afro, um grande sorriso. Alto em seu manto púrpura de diretor de coro de igreja. Sua presença sacra não diminuída pelos Nikes brancos novinhos nos seus pés.

— Não precisa dar corda, dá pra levar pro chuveiro, à prova de tudo, com diamantes, a hora certa a toda hora.

Uma barca aparece, como um fantasma, no brilho do espelho de óleo da baía: o ferry de Ellis Island. Sempre vou admirar barcas. Faz um giro, seus três conveses lotados até a amurada. Bate de raspão no dique para o desdenhoso desembarque em Nova York. Ufa. As estacas gemem, explodem como armas de fogo.

Homem no calçadão acha que estão atrás dele, sai correndo.

Turistas descem pela prancha de desembarque num tropel. Câmaras, videofilmadoras e crianças estupidificadas pendendo de seus ombros.

Deus, existe algo tão exaurido na zona portuária de NY, como se o cheiro do mar fosse óleo, como se os barcos fossem ônibus, como se todo o ancoradouro fosse uma garagem com as paredes cobertas de folhinhas de garotas nuas, os meses vindouros já folheados e marcados por dedos com graxa preta?

Mas eu voltei ao camelô com roupa de coro de igreja e disse que gostava do seu modelito. Falei que lhe daria um dólar se me deixasse ver a etiqueta. O sorriso se dissolve.

— Tá louco, cara?

Ergue a bandeja de relógios fora do meu alcance.

— Se manda, não quero nenhum lance contigo — olhando para a direita e para a esquerda enquanto fala.

Eu estava à paisana — jeans, jaqueta de couro sobre camisa xadrez sobre camiseta. Identidade cruciforme ausente.

E depois na minha caminhada, em Astor Place, onde colocam os artigos na calçada: três mantos púrpura de coro de igreja meticulosamente dobrados e empilhados sobre uma cortina plástica de chuveiro. Peguei um e revirei o colarinho e lá estava a etiqueta, Churchpew Crafts, e a marca de lavanderia do Sr. Chung.

O ambulante, um jovem mestiço solene com aquela tigela de cabelos pretos que costumam ter, queria dez dólares por unidade. Achei que era um preço sensato.

Eles vêm do Senegal, ou do Caribe, ou de Lima, San Salvador, Oaxaca, encontram um pedaço de calçada e se põem a trabalhar. Os pobres do mundo estourando igual a ondas em nossas praias, como a elevação do mar global aquecido.

Lembro como, a caminho de Machu Picchu, parei em Cuzco para ouvir as bandas de rua. Disseram-me, quando verifiquei que minha câmara desaparecera, que podia comprá-la de volta na manhã seguinte na rua do mercado atrás da catedral. Céu misericordioso, fiquei puto. Mas as receptadoras eram aquelas mulheres de sorriso tímido de Cuzco com seus ponchos tricotados em vermelho e ocre. Usavam chapéus-coco pretos e carregavam seus bebês embrulhados nas costas... e com os anglos remexendo nas barracas como se em busca de seus mortos desaparecidos, meu bom Jesus, não seria eu capaz de aceitar a justiça da situação?

Como fiz em Astor Place à sombra do grande prédio de arenito pardo da volumosa universidade popular de Cooper Union com os pássaros voando da praça até lá.

Um quarteirão ao leste, em St. Mark's, um brechó tinha os castiçais do altar que foram afanados com os mantos do coro da igreja. Vinte e cinco dólares o par. Já que estava ali, comprei meia dúzia de livros de bolso usados de romances policiais. Para aprender o ofício.

Estou mentindo, Senhor. Só leio essas porcarias quando estou deprimido. O detetive do livro de bolso fala comigo. Seu revólver e sua tenacidade me consolam. E o seu mundo é circunscrito e previsível em suas punições, o que é mais do que posso dizer em relação ao Seu.

Sei que Vós estais nesta tela comigo. Se Thomas Pemberton, bacharel em teologia, está perdendo sua vida, ele a está perdendo aqui, para este Deus vigilante. Não apenas por trás do meu ombro eu presuntivamente O localizo, ou na goma anglicana do meu colarinho, ou nas paredes da reitoria, ou na frieza da pedra da capela que emoldura a porta, mas na seta que pisca...

— Fizemos nossos planos diante de uma das grandes pinturas em azul e verde de nenúfares. A questão é quando ela pode sair. Tem duas crianças. Existe uma babá, mas tudo é tão cronometrado. Ainda não nos tínhamos tocado e continuava assim quando saímos do Met e descemos os degraus e eu chamei um táxi para ela. Seu olhar para mim quando entrou no carro foi quase de luto, um momento de confiança declarada que senti como um golpe no coração. Era o que eu queria e o que me esforçara por obter, mas, uma vez concedido, foi instantaneamente transformado em dependência, como se eu tivesse prestado juramento a alguém num casamento secreto cujos termos e responsabilidades não haviam sido definidos. Enquanto o táxi se afastava eu queria correr atrás dele e dizer a ela que era tudo um engano, que ela me interpretara mal. Mais tarde, só pude pensar em como era adorável, que poderosa identificação existia entre nós, não conseguia lembrar-me de jamais ter sentido uma atração tão forte, tão clara, e em vez de estar à beira de um caso, eu imaginava que poderia finalmente encontrar minha salvação numa vida autêntica com esta mulher. Ela vive num certo estado genuíno de integridade quase inacreditável, uma mulher com graça não estudada e sem nenhuma das toscas ideologias do tempo coladas a ela.

— Vagueando pela cidade escolhendo locações como o diretor de arte de um filme. Localizo a igreja de São Timóteo no East Village, saindo da Segunda Avenida ao virar a esquina do Salão Ucraniano e seu restaurante. Devia ter existido pelo menos uma igreja digna dos protestantes anglo-saxônicos por aqui nos velhos tempos. Antes que Manhattan se deslocasse para o norte para os espaços abertos mais ensolarados acima da rua Quatorze... São Timóteo, episcopal, típico prédio eclesiástico nova-iorquino de arenito pardo, irmão menor da grandiosa Igreja da Ascensão na baixa Quinta Avenida. Assim, para agradar ao bom Pai, mudei o nome e o local. (Existe de fato uma velha ruína de uma igreja na rua Seis Leste, mas da cor errada, granito cinza católico, com um campanário que mais parece uma cúpula e a clarabóia de vitral toda estourada e cocô de pombo como riscas de chuva sobre a pedra. Três jovens nos degraus, o do meio me olhando quando passo, os outros dois cobrindo cada extremidade do quarteirão.)

Aqui na vizinhança de São Tim, um monte de gente simplesmente passando. Na esquina, mulher jovem de camiseta, sem sutiã, bermuda justa cortada de jeans, correndo com o seu walkman. Boêmio grisalho entrado em anos, pinguço, ostenta um rabo-de-cavalo. Latina atarracada, baixa, esteatopígica. Velho encurvado de chinelos, boné dos Yankees, calças sujas presas por uma corda. Jovem negro atravessando contra o tráfego, fuzilando com os olhos, arrogante, fazendo sua afirmação.

O East Village em geral ainda na altura dos seis andares do século XIX. Esta cidade costuma desconstruir-se e refazer-se a cada cinco minutos. Talvez o miolo da cidade, mas, com exceção da ponte Verrazano, a infra-estrutura já estava definida no final dos anos trinta. A última das grandes linhas de metrô foi construída nos anos vinte. Todas as pontes, todos os túneis e a maioria das ruas e avenidas arborizadas, reformadas ou não reformadas, foram feitos à altura da Segunda Guerra Mundial. E por toda parte que você olhe o século XIX ainda está presente — no Village, no Leste e no Oeste, no Lower East Side, a ponte de Brooklyn, o Central Park, as casas enfileiradas do Harlem, as fachadas de ferro do SoHo...

O mapa da cidade foi desenhado na década de 1840, portanto, apesar de tudo, ainda vivemos com as decisões dos mortos. Caminhamos por ruas onde gerações pisaram pisaram pisaram.

Mas, Jesus, você deixa a cidade por uns dois dias e é um hiperchoque. Sirenes de bombeiros. Alarmes de carros da polícia. O ritual das britadeiras nas avenidas. Os corredores com seus shorts, os patinadores, os mensageiros. Portas de ônibus assobiando. Multidões nas calçadas para ver as estrelas nas telas. Todos os restaurantes reservados. Bebês rolando para fora das enfermarias de maternidades. Fachadas de edifícios caindo nas ruas. Canos d'água estourando. Crimes de tira. Todo dia um tira dá um tiro num menino negro, dá uma gravata num delinqüente, um bando deles invade o apartamento errado, arruína o local, algema mulheres e crianças. O Departamento abafa a coisa, o prefeito pede desculpas.

Nova York Nova York, capital da literatura, das artes, da pretensão social, dos condomínios túneis de metrô. Magnatas imobiliários napoleônicos, grandiosos mercadores de trapos. Cronistas esportivos cheios de importância. Estadistas aposentados em Sutton Place para reescrever suas lamentáveis conquistas... Nova York, a capital das pessoas que fazem montes imensos de dinheiro sem trabalhar. A capital das pessoas que trabalham a vida inteira e acabam quebradas e grisalhas Nova York é a capital dos distritos de vastas vizinhanças de blocos de apartamentos opacos e sem nome onde o gênio nasce a cada dia.

É a capital de toda música. É a capital das árvores exauridas.

Os infelizes migrantes do mundo acham que, se conseguirem apenas chegar aqui, poderão fincar um pé. Manter uma banca de jornais, uma birosca, dirigir um táxi, trabalhar como camelô. Zelador, guarda de segurança, bicheiro, traficante, o que pintar. Você quer dizer a eles que este não é um lugar para pessoas pobres. A linha de fratura racial que corre pelo coração da terra corre também através do seu coração. Somos seres étnicos sujeitos a um código de cor e criadores de enclaves sociais, multiculturalmente desconfiados e verbalmente agressivos, como se a cidade, considerada como uma idéia, fosse um fardo pesado demais até mesmo para as pessoas que moram nela.

Mas posso parar em qualquer esquina na interseção de duas ruas movimentadas e diante de mim estão milhares de vidas seguindo para todas as quatro direções, norte sul leste oeste, a pé, de bicicleta ou de skates, em ônibus, carros, carrinhos de crianças, caminhões, com o ronco do metrô debaixo dos meus pés... e como posso não saber que sou momentaneamente parte do fenômeno mais espetacular do mundo inatural? Existe uma identificação de espécie que jamais admitiremos. Uma superalma primacial. Apesar de toda a cautela ou indiferença com que negociamos nossos espaços públicos, dependemos das massas ao nosso redor para nos delinear. A cidade pode começar a partir de uma feira livre, de um posto mercantil, da confluência das águas, mas ela secretamente depende da necessidade humana de caminhar entre estranhos.

E assim cada um dos passantes nesta esquina, cada pessoa mal-ajambrada, alta, baixa, esquisita, gorda ou esquelética ou manquejando ou resmungando ou com cara de estrangeiro, ou punk-ameaçador-pavoneando-se-de cabelos-verdes, louca, enraivecida, inconsolável que eu vejo... é um nova-iorquino, o que vale dizer tão nativo desta diáspora quanto eu o sou, e parte de nossa grande e atabalhoada experimentação de uma sociedade universalista propondo um mundo sem nações onde qualquer um pode ser qualquer coisa e o documento de identidade é planetário.

Não que devesse descuidar da sua carteira, minha senhora.

— Incontáveis bilhões de anos passam se arrastando enquanto este organismo unicelular, este grão de corrupção, esta ruptura submicroscópica de não-vida, evolui seletivamente entre esferas de lodo e brutalidade couraçada, passando por reinados experimentais de cavalos com meio metro de altura e lagartos que voam até os domínios triunfais dos bípedes auto-aperfeiçoados cobertos de peles, aqueles do polegar oposto ao indicador, que galoparão da pré-história até o sublime num nerd adolescente da Escola Secundária de Ciências do Bronx.

Dos garotos brilhantes que conheci na escola de Ciência cujas mentes eram feitas para resolver problemas matemáticos e saltar alegremente entre os mais obscuros conceitos de física, um grande número eram patetas. Desde então encontrei alguns deles em sua vida adulta e ainda são patetas. É possível que o caráter científico da mente seja por sua natureza infantil, capaz através da vida de sentir as admirações e excitações de uma criança, mas carecendo de discernimento real, carecendo de tristeza, deleitado com muita facilidade por seu próprio intelecto. Existem exceções, naturalmente, o físico Steven Weinberg, por exemplo, que eu li, e que possui a gravidade moral que se esperaria de um cientista. Mas eu me indago por que, por exemplo, os cosmólogos e astrônomos, como um todo, são tão chegados a nomes bonitinhos para o seu universo. Não só que tenha começado como o Big Bang. Caso não tenha superado sua própria gravidade, se revolverá sobre si mesmo, e isto será o Big Crunch. Caso haja uma falta de densidade, continuará a se expandir, e então será o Big Chill.* A inexplicável matéria escura do universo que deve necessariamente existir devido ao comportamento dos perímetros galácticos é compreendida ou pelo neutrino ou por partículas maciças de fraca interação, conhecidas como WIMPs.** E os halos de matéria escura em torno das galáxias são objetos de halos maciços compactos, ou MACHOs.***

Estes sujeitos espertos estão gozando de si mesmos? Seria uma espécie de humor corporativo que praticam por modéstia, como os ingleses praticam a autodifamação em sua conversa trivial? Ou é bravura debaixo de fogo, aquela casualidade estudada nas trincheiras enquanto as rajadas metafísicas vêm chegando?

Acho que simplesmente falta a eles apreensão sagrada. Acho que o sacerdote louco e iletrado da religião pré-histórica arrancando o coração de um sacrifício vivo e segurando-o ainda

*Em português, respectivamente, a Grande Explosão, a Grande Mordida, o Grande Gelo. (*N. do T.*)

**Em inglês, WIMPs = *weakly interacting massive particles.*

***MACHOs = *massive compact halo objects.* (N. do T.)

pulsante entre suas duas mãos ensangüentadas... podia ter tido mais discernimento.

— Afano

entardecer da terça-feira

Rumo a Lennox Hill para visitar meu terminal. Ambulâncias manobrando na entrada de emergência com seus bips e suas ofuscantes luzes estroboscópicas. Costumava haver placas de SILÊNCIO nos hospitais. Carros de médicos estacionados em fila dupla, pacientes presos por correias em padiolas estacionadas em fila dupla na calçada, elegante e jovem força de trabalho do Upper East Side saindo aos borbotões do metrô.

Luzes se acendendo nos prédios de apartamentos. Se apenas eu estivesse subindo de elevador para um esperto quarto-e-sala... uma jovem graciosa voltando de seu emprego interessante para casa à espera do meu telefonema... desarrolhando o vinho, cantarolando, sem nenhuma roupa de baixo.

No vestíbulo fluorescente, uma multidão estóica enfrenta as horas de visitação com sacolas, pacotes e crianças indóceis em seus colos. E aquela profissão da praga do nosso tempo, os guardas de segurança, em várias versões indolentes.

A porta do meu terminal condecorada com um aviso de ÁREA RESTRITA. Empurro a porta, todo sorrisos.

Trouxe remédio, Padre? Vai me curar? Então saia desta porra. Saia da porra, não preciso da sua baboseira.

Olhos enormes tudo o que sobrou dele. Um osso de braço aponta o controle remoto como uma arma e lá no aparelho suspenso a garota sorridente gira a grande roleta.

Minha saudável visita pastoral concluída, passo pelo corredor, onde várias pessoas negras bem-vestidas esperam do lado de fora de um quarto particular. Seguram presentes nos braços.

Sinto o cheiro de coisas não hospitalares... um aroma de torta de fruta recém-saída do forno, sopas, um assado ainda quente. Fico na ponta dos pés. Quem é aquela? Através das flores, como um Gauguin, uma bela mulher negra de pele clara sentada na cama. Seu porte real, sua cabeça com um turbante. Não ouço as palavras, mas sua voz de oração melodiosa e profunda sabe de onde fala. Os homens com os chapéus nas mãos e as cabeças baixas. As mulheres com lenços brancos. Na saída pergunto à enfermeira do andar. Casa cheia duas vezes ao dia, diz ela. Recebemos todo o Sião aqui. A única coisa boa desde que a Irmã se internou é que não preciso ir às compras para o jantar. Ontem levei para casa umas costeletas de porco assadas. Não acreditaria como estavam boas.

— Outra que está tendo problema com a minha baboseira é a viúva Samantha. Em seu novo dúplex que dá para o anúncio da Pepsi-Cola do outro lado do rio, ela está lendo Pagels sobre o cristianismo primitivo.

Era tudo política, não era?, me pergunta.

Sim, digo a ela.

Por isso, dependendo de quem venceu, temos o que temos hoje?

Bem, com um aceno à Reforma, acho que é, sim.

Ela se recosta. Então é tudo fabricado, é uma invenção.

Sim, eu digo, segurando-a em meus braços. E você sabe que a maior parte do tempo a coisa funcionou.

Tentava fazê-la rir nos bailes em Brearley. Não conseguia então, não consigo agora. Uma talentosa melancólica, Sammy. O marido morto era um aditivo.

Mas quase que só ela da velha turma não achava que eu estava jogando fora minha vida.

Cabelos castanhos bastos repartidos ao meio. Olhos escuros brilhantes um pouco apartados demais. Corpo nada comum, carecendo de tom, glória a Deus nas alturas.

Do canto da boca de lábios cheios sua língua emerge e lambe uma lágrima.

E então, Jesus, a surpreendente condolência do seu beijo úmido e salgado.

para o sermão

Abrir com aquela cena no hospital, aqueles bons e honrados cidadãos rezando à cabeceira de sua ministra. A humildade daquelas pessoas, sua fé fulgurando como luz ao seu redor, enche-me de tal anseio... de compartilhar a sua confiança.

Mas então perguntei a mim mesmo: Deve a fé ser cega? Por que deve vir da *necessidade* que as pessoas têm de acreditar?

Somos todos nós tão lamentáveis em nosso desejo de ficar livres do fardo que abraçaremos o cristianismo ou outra asserção da autoridade de Deus. Olhem ao redor. A autoridade de Deus reduz todos nós, onde quer que estejamos no mundo, qualquer que seja a nossa tradição, a uma vil submissão.

Então onde se deve encontrar a verdade? O ecumenismo é politicamente correto, *mas qual é a questão*? Se a fé é válida em todas as suas formas, estamos meramente fazendo uma escolha estética quando escolhemos Jesus? E se vocês dizem: não, claro que não, então devemos perguntar: Quem são os eleitos caminhando abençoadamente pela verdadeira trilha da salvação... e quem são os outros, os desorientados? Podemos dizer? Será que sabemos? Nós achamos que sabemos — claro que achamos que sabemos. Mas como distinguir nossa verdade da falsidade do outro, nós da verdadeira fé, exceto pela história que acalentamos? A nossa história de Deus. Mas, meus amigos, eu lhes pergunto: É Deus uma história? Podemos, cada um de nós examinando nossa fé — quero dizer seu puro centro, não suas consolações, nem seus hábitos, nem seus sacramentos rituais —, podemos continuar acreditando no coração de nossa fé que Deus é a nossa história sobre Ele? Pretender encerrar Deus nesta nossa história cristã, abraçá-Lo, circunscrevê-Lo, o autor de tudo que podemos conceber e de tudo que não podemos conceber... em *nossa* história *Dele*? *Ou Dela*? *OU DE QUEM*? Do que em nome de Cristo achamos que estamos falando!

— *almoço de quarta-feira*

Bem, Padre, soube que pronunciou outro sermão bombástico.

Como conseguiu sua informação, Charley? Meu pequeno diácono, talvez, ou meu mestre-de-capela?

Fale sério.

Não, realmente, a não ser que tenha grampeado São Timóteo. Porque, Deus sabe, não tem mais ninguém além de nós. Dê-me uma paróquia no norte da cidade, que tal, onde o metrô não sacuda os caibros do telhado. Dê-me um daqueles palácios espetaculares do centro da ilha com os ricos e famosos chegados à fé e eu lhe mostrarei o que bombástico significa.

Vamos, Pem, diz ele. Isto é inconveniente. Você está fazendo e dizendo coisas que são... preocupantes.

Faz uma carranca para o seu peixe grelhado como se querendo saber o que ele está fazendo ali. Seu bem escolhido Pinot Grigio vergonhosamente abandonado enquanto beberica água gelada.

Diga-me do que deveria falar, Charley, senão do teste à nossa fé. Meus cinco paroquianos são gente séria, são capazes de absorver isto.

Pousa a faca e o garfo na mesa, compõe seus pensamentos: Você sempre fez o que quis, Pem, e no passado senti uma admiração secreta pela liberdade que encontrou dentro da disciplina da igreja. Todos nós sentimos. E de certo modo você pagou por isto, nós dois sabemos. Em termos de talento e cérebro, do jeito que botou fogo em Yale, você provavelmente devia ter sido meu bispo. Mas de certa forma é mais difícil fazer o que eu faço, ser a autoridade que os da sua espécie estão sempre testando.

Minha espécie?

Por favor, pense nisto. Um tom se insinuou, um orgulho do intelecto, algo que não é certo.

Seus olhos azuis olham apaziguadoramente nos meus. Tufo de cabelo juvenil, agora grisalho, caindo sobre a testa. Então seu famoso sorriso ilumina-lhe o rosto e instantaneamente se apaga, tendo sido a careta de distração da sua cabeça administrativa.

O que conheço a respeito de tais coisas, Pem, eu conheço bem. A autodestruição não é um ato, ou sequer um tipo de ato. Ela pode começar pequena e parecer insignificante, mas ao ganhar impulso é o homem inteiro que se esfacela em todas as direções, trezentos e sessenta graus.

Amém a isso, Charley. Acha que não haveria tempo para um *espresso* duplo?

Oh, e tem esta outra fala sua: Estamos totalmente no escuro para sabe o que está se passando dentro de você, Padre. Mas tenho certeza que não está se valendo da força ao seu dispor.

Pode ser o caso, Bispo, eu deveria ter dito. Mas pelo menos não freqüento sessões espíritas.

— Esta tarde, duas batidas suaves na porta. No começo foi embaraçoso, olhando os meus livros, as gravuras nas paredes, meus aposentos. Ela só bebeu água da torneira. Servo da sua quietude, eu não tinha muito a dizer. Ela foi para o quarto e fechou a porta. Tudo era silêncio. Finalmente entrei. Estava na cama com as cobertas puxadas até o queixo. Arisca, birrenta, afastou a cabeça do meu beijo. Teve de ser arrastada para a coisa. Teve de ser sujeitada a fazer o que viera fazer.

Depois, era como se eu estivesse deitado no calor azul e verde do lago de Monet, sentindo os nenúfares molhados grudados na minha pele.

— Afano

sexta-feira

Tudo bem, aquele velho cachorrão sabido Tillich, Paulus Tillichus — como é que ele construía o sermão? Pegava um texto e se preocupava até a morte com ele. Farejava as palavras, botava as patas sobre elas: O que, quando você chega ao cerne da questão, é um *demônio*? Você diz que quer ser *salvo*? Que significa isto? Quando reza pela *vida eterna*, o que acha que está pedindo? Paulus, o filólogo de Deus, aquele Merriam-Webster* dos doutores em teologia, aquele pastor... alemão. O suspense que provocava em nós — trazendo-nos à beira do secularismo, acenando os braços. Claro que nos salvava toda vez, puxava-nos da beira do abismo e ficávamos bem depois de tudo, voltávamos a Jesus. Até o próximo sermão, a próxima lição. Porque se Deus deve viver, as palavras de nossa fé devem viver. As palavras devem renascer.

Oh, como íamos aos rebanhos até ele. As matrículas subiam.

Mas isto foi então e isto é agora.

Estamos de volta ao cristianismo, Paulus. As pessoas renascem, não as palavras. Você pode ver na televisão.

manhã de sábado

Seguindo sua intuição, o Detetive Teológico vagueou pelo distrito de suprimentos de restaurantes no Bowery, abaixo da rua

*Famoso dicionário americano. (*N. do T.*)

Houston, onde há um comércio rápido e rasteiro de mesas de cozinha a vapor, salões de congelamento, grelhas, pias, panelas, conjuntos *wok* e talheres a granel. Atrás da Taipei Trading Company, adquirida recentemente demais para ter uma etiqueta de preço, estava a antiga geladeira a gás com a marca da sola do meu sapato onde eu a chutava quando não queria fechar. E num dos baús do departamento de pratos usados o serviço de chá de nossa copa, branco com uma tarja verde, presente da auxiliar da cara senhora que partiu.

Praticamente ditei o meu preço, Senhor. Com entrega grátis. Um roubo.

entardecer

Caminho até Tompkins Square, encontro meu amigo fornecedor no seu banco.

Isto tem de parar, digo a ele.

Cara, tá grilado.

E você não ia estar?

Não como o coroa que conheço.

Pensei que tivéssemos um entendimento. Pensei que houvesse respeito mútuo.

Tá valendo. Senta aí.

Pardais trabalhavam nos bancos na penumbra.

Falei que tava perdendo seu tempo, mas chequei por aí como disse que ia checar. Não tem ninguém queimando no Tim.

Ninguém daqui?

É isso aí.

Como pode ter certeza?

Aqui é território marcado.

Marcado! Que piada.

Agora quem é que está faltando com o respeito. Estamos falando de minha paróquia. A Igreja da Doce Visão. Eles dependem de mim, saca o que tô dizendo? Sou conhecido por minha compaixão. Ninguém mente para mim. Você está negociando com estrangeiros ou coisa parecida, é a minha palavra pra você.

Que diabo. Acho que está certo.

Não tem problema. Abre a pasta de executivo: Aqui, minha mistura pessoal. Grátis. Relaxe.

Obrigado.

Amostra do meu afeto.

noite de segunda-feira

Esperei na sacada. Se algo se mexesse, eu simplesmente apertaria o botão e meu Bearscare Superbeam* de 6-volt atingiria o altar a duzentos e noventa e sete mil e seiscentos quilômetros por segundo — a velocidade de cruzeiro do dedo de Deus.

As luzes de rua âmbar para a prevenção de crimes no quarteirão faziam da minha igreja um perfeito local interno para crimes. Intimações de uma espécie de substância atmosférica deslustrada nos espaços abobadados. As figuras em vitral amarelecidas em obsolescência lúgubre. Durante quantos anos esta igreja foi um lar para mim? Mas tudo o que eu precisava fazer era sentar-me nos fundos por algumas horas para entender a verdade de sua imperturbável indiferença. Como um banco de carvalho range. Como uma sirene policial que passa com suas duas freqüência sonoras, como no efeito Doppler, é uma crise arquivada nas paredes de pedra.

E então, Senhor, confesso, eu cochilei. O Padre Brown nunca teria feito isso. Mas houve este estrondo, como se alguém tivesse derrubado uma braçada de pratos. A despensa de novo — eu imaginara que atacariam o altar. Corri com meu corpanzil escada abaixo, meu Superbeam erguido como um porrete. Acho que eu estava gritando. Como em "Grite Deus para Tommy, a Inglaterra e São Tim!". Quanto tempo ficara adormecido? Parei na soleira na porta, encontrei o interruptor, e quando você faz isso, o único sentido ativado é o do cheiro: haxixe naquela despensa vazia. Odor de corpo masculino. Mas também o cheiro sanguinário pungente de feromônio feminino. E algo mais, algo mais. Como batom ou pirulito.

Os armários de louças — alguns dos vidros estilhaçados, xícaras e pratos quebrados no chão, uma xícara ainda balançando.

A porta da viela ainda estava aberta. Minha sensação de um vulto ou algo se mexendo lá fora. Uma badalada metálica profunda soou através de meus calcanhares. Alguém diz um palavrão. Sou eu, me atracando com a porra da lanterna. Aponto o facho para fora e vejo uma sombra erguendo-se distintamente, algo com ângulos retos no instante em que desaparece ao dobrar a esquina.

Corro de volta à igreja e deixo brilhar minha pequena luz. Atrás do altar, onde a grande cruz de bronze deveria estar, havia uma sombra do Vosso crucifixo, Senhor, na pintura não desbotada do mau gosto de meu predecessor.

O que o detetive verdadeiro disse: Acredite em mim, Padre. Estou nesta delegacia há dez anos. São capazes de invadir uma sinagoga para afanar aquele treco, a Torá. Porque é escrita à mão? Não é um item produzido em massa? Pode dar, no mínimo, cinco mil paus. Já o valor da sua cruz é lhufas. Nada. Sem desrespeito, nós temos a ver, sou católico, vou à missa, mas na rua não tem nenhuma chance não passa de ferro velho. Jesus! Que bando de psicopatas.

terça-feira

Um erro falar ao *Times*. Um jovem tão simpático. Não entendi nada até que eles levaram a cruz, disse a ele. Pensei que fossem apenas uns drogados em busca de alguns dólares. Talvez eles não entendessem aquilo também. Estou zangado? Não. Acostumei-me a ser roubado. Quando a diocese tirou de mim o meu programa comida-para-os-sem-teto e o fundiu com um programa do outro lado da cidade, perdi minha paróquia. Aquilo sim foi um roubo dos grandes. Agora estas pessoas, quem quer que sejam, afanaram a nossa cruz. Fiquei chateado no começo. Mas agora estou vendo a coisa de maneira diferente. Quem roubou a cruz precisava fazê-lo. E não seria isto abençoado? Cristo indo para onde Ele é necessário?

quarta-feira

Fone que tocava retirado do gancho. Um bispo friamente furioso. Mas também promessas de apoio, cheques chegando. Incluindo alguns da velha turma, camaradas agora da minha cara esposa, que achava minha dicção estranha, como ouvir Mozart tocado em instrumentos de época. Tommy vai tocar para nós algumas carolices em sua viola da gamba. Eu conto novecentos e uns trocados aqui. Descobri por acaso um novo golpe? Vou lhe contar, Senhor, estas pessoas simplesmente não sacaram nada. Que esperam que eu faça, que coloque uma cerca de arame farpado? Que cerque a minha igreja como o Reichstag?

As pessoas do noticiário da TV enxameando por toda parte. Martelando na minha porta. Socorro Socorro! Vou erguer a janela por trás desta escrivaninha, saltar lepidamente para o terreno baldio, passar debaixo da janela do Teatro de Repertório Extático onde a senhora de jarretes grandes está fazendo o seu ramerrão, e lá vou eu. Obrigado de montão, seção Cidade.

— Isto simplesmente em... o evasivo invisível até agora apenas deduzido neutrino tem uma massa detectável. Como se verifica isto? Existe este culto dos físicos de neutrino, e pelo mundo afora eles estão construindo grandes tanques imensos para guardar água pesada bem fundo no interior das montanhas, debaixo do mar Egeu, no fundo do lago Baikal na Sibéria, em túneis debaixo dos Alpes, debaixo da calota de gelo da Antártica... para que possam observar os neutrinos voadores capazes de deslizar tão facilmente e sem esforço através do diâmetro da terra, como morcegos à noite voejando por trás da sua orelha e erguendo suas mechas de cabelos com o vento de suas asas — e detectar com poderosos sensores luminosos a minúscula voltagem emitida pelos neutrinos mergulhando através dos gigantescos tanques escuros de pura água pesada... Alguns dizem que Enrico Fermi achava que o neutrino tinha de existir. Ele pode ter-lhe dado o seu nome, mas um fato desconhecido de todo mundo, exceto de mim, o neutrino foi descoberto na Escola Secundária de Ciências do Bronx, no salão de estudos uma tarde em 1948, quando este garoto gordo e pentelho, Seligman, pegou emprestado meu dever de casa de álgebra para copiar e em troca privilegiou-me com a informação de que ele havia provado a existência de uma partícula subatômica que não possuía quaisquer propriedades físicas. Tão excitado que me borrifou com as suas palavras, muito desagradável. Por outro lado nós dois tiramos nota 100 em nosso dever de casa.

Bem se o neutrino é, afinal, algo dotado de massa e está monumentalmente presente através do universo, por que... não deveria isso definir a matéria escura? E isto não sugere que o espaço não é vazio, não meramente a capacidade de distância entre os objetos, mas em si uma substância qualificada... e tão longe além de nossas capacidades sensoriais, como apitos para cachorros, como fantasmas, que, apesar de todo o trabalho dos nerds em cima da ciência, estamos simplesmente começando a entender que só estamos no início? Quer dizer, se o universo possui tal massa, virá inevitavelmente a deixar de se inflar? Haverá este momento de paz, um universo em maré morta, tudo imóvel, e então, com um pequeno gemido e rangido, ele quietamente se deslocará para o seu modo encolhido, lentamente e depois mais rapidamente sugando a si próprio de volta em direção de si mesmo de novo. E daí o quê? Não liguem para a Grande Mordida. O que ela terá deixado para trás, no seu vazio? Nada? Como é possível existir nada? Era isto o que Leibniz queria saber: Como, disse ele, pode não existir nada? E se os neutrinos com suas incontáveis multitudinárias matérias escuras gravitacionalmente regendo o universo... forem as almas dos mortos? Será que isto chegou um dia a ser imaginado pelos graudões da Escola Secundária de Ciências do Bronx?

Jesus, acho que estou ficando louco.

O Midrash Jazz Quartet Toca os Clássicos

ME AND MY SHADOW

Me and My shadow,
Strolling down the avenue.
Me and my shadow
Not a soul to tell our troubles to...
And when it's twelve o'clock
We climb the stair
We never knock
For nobody's there
Just me and my shadow
All alone and feeling blue.

A canção fala de alguém perseguido pela sombra da solidão
O cantor da canção pode ser uma sombra de si mesmo
Podia estar cantando: "Eu e o eu que é uma sombra
de mim,

Estamos aqui nesta avenida sem nome
Não enxergamos ninguém mais à vista,
Pode ser que estejam debaixo da macieira
Deixaram toda a miserável cidade para minha sombra
    e para mim."
Ele está dizendo que a Queda do Homem é a miséria:
"Não ouço outros passos senão os meus
E a avenida segue reta entre os altos edifícios
Por quilômetros e quilômetros e as luzes ficam verdes
E as luzes ficam vermelhas,
Como se fosse importante, como se tivessem sido computados
    táxis caminhões carros e ônibus
Pára-choque encostado a pára-choque, balbúrdia infernal
De buzinas tocando, tiras soprando seus apitos
Um rio de pessoas, almas na contracorrente
A avenida fluindo até onde se pode avistar
    com milhões de pessoas nenhuma delas eu.
Mas não é o que vejo. Estou completamente sozinho
Projetando minha sombra numa calçada ensolarada
Caminhando apressado pela rua da minha escravização
    acorrentado à minha sombra, osso a osso."
E então o cantor ouve o relógio soar doze badaladas —
    é meio-dia ou a hora da meia-noite?
É o final do tempo, o final do tempo
    da Sua paciência?
O caminho do cantor para o céu é uma porta aberta no espaço.
Ele pensa, Se não existe céu
    além desta porta —
Se nada mais existe para este pobre mortal,
    por que me trouxeram para cá,
De que vale esta vida?

(aplausos hesitantes)

Mas pensem por um momento no que uma sombra pressagia
O sol está no seu céu,
  é o que quer dizer,
Este pode não ser o mundo na ponta do seu cordel
Mas este é o mundo de Deus, existe bondade existe pecado
Temos de aprender a diferença
  sempre e sempre
Sua sombra é a luz do Bom Senhor não passando
  através de você,
Você é denso, você é opaco
isto deveria lhe ensinar
  alguma coisa, pelo amor de Deus!
Eu os ouvirei dizer, Não se dê ao trabalho de bater
  o portão está aberto!
Eu sentirei Sua cálida luz celestial brilhar sobre mim
E quando me virar minha sombra terá ido embora!
Mandada de volta para trazer consigo outra alma!
Oh dia feliz, quando o sino começa a dobrar
  por todas as pobres almas do mundo —
Posso lhes dizer que elas não estarão se sentindo tristes
Quando descobrirem que era para a Sua glória que
  se encaminhavam!

(*aplausos entusiásticos*)

O cantor está dizendo: "De todas as dificuldades que enfrentei
A última dificuldade e a pior é a de nunca mais
  ter alguém a quem contar minhas dificuldades."
Na verdade, ele está dizendo: "Eu estaria livre de problemas
Se tivesse alguém para ouvir além de mim."
Esta é uma canção triste de amor perdido
Lembrando um tempo de felicidade passada
Quando ele era metade de um belo e animado
  casal desfrutando uma caminhada no dia de folga

Enquanto agora ele só tem sua própria sombra pálida por companhia.
E não é como se isto não fosse uma cena festiva tudo em cores,
vivo e sussurrante com outros casais animados na sua caminhada
de sabá debaixo das bandeiras no calor do sol da manhã
Podia até ser um desfile de Páscoa da população da cidade —
De modo algum. O resto da cidade está nas ruas
No melhor do seu ânimo
Enquanto ele, cantando um réquiem do romance perdido da sua alma
Sozinho, independente, ele é atonal, ele é dissonância.
E quando alcançar o destino de todos os seres sombreados,
o mais silente e misterioso dos edifícios,
Antes que possa bater a porta se abre
E ele pisa na escuridão da sombra projetada por Deus.
E o cantor tem de reconhecer
ao atravessar a porta:
"Em Sua sombra não sou nada, não tenho sequer minha sombra mais."

(*algumas mãos aplaudindo*)

Minha sombra,
sombra sua,
o que uma sombra
vai fazer...
De pé ao amanhecer,
escondida ao meio-dia,
chega o entardecer
e a lua
Vai ao chão,
não faz nenhum som,
pranteadores idos,
a sombra se foi.

— E se não existir nenhum céu, apenas uma porta?
— Não tenho sequer minha sombra mais...
— Não conhecemos a glória para a qual estamos caminhando...
— Embora, a sombra foi-se embora.

Me and My shadow,
Strolling down the avenue.
Me and my shadow
Not a soul to tell our troubles to...
(aclamação entusiástica)

— Que o universo, incluindo nosso conhecimento dele, viria a existir por um feliz acaso, que este universo escuro de magnitude incalculável gerou a si mesmo acidentalmente... é ainda mais absurdo do que a idéia de um Criador.

Einstein foi um físico que viveu à vontade com o conceito de um Criador. Tinha o hábito de chamar Deus de O Velho. Era o seu nome para Deus, O Velho. Não era um escritor com muito estilo, Albert, mas escolhia as palavras por sua precisão. De um modo ou de outro, Deus é muito velho... porque arqueólogos nos anos cinqüenta descobriram um ossuário sagrado numa caverna dos Neandertais na costa tirrena dos Campos Pontinos no oeste da Itália. Encontraram o crânio de um macho enterrado dentro de um círculo de pedras. O crânio fora secionado do maxilar até a testa e usado como uma tigela para beber água. É assim que Deus é tão velho. Portanto, Einstein está certo neste particular. E *Uno*... porque Deus é por definição não só induplicável e abrange tudo mas também sem gênero. Por isso a frase é realmente muito exata: O Velho. Não é uma grande revelação, naturalmente. Albert encarava o seu trabalho de física como um rastreamento de Deus, como se Deus vivesse na gravidade, ou viajasse entre a força nuclear fraca e a força nuclear forte, ou pudesse ser visto de vez em quando se deslocando indolentemente à velocidade de duzentos e noventa e sete mil quilômetros por segundo... não exatamente o Deus preocupado ao qual as pessoas rezam ou imploram, mas, que diacho, é um começo, é algo, se não tudo o que temos se quisermos ser sinceros conosco.

— **Afano**

quarta-feira

Trish dando um jantar quando cheguei lá. O homem do bufê que me deixou entrar achou que eu era um convidado atrasado. Agora que penso naquilo, eu estava olhando direto para a frente quando passei pela sala de jantar, um milissegundo de tempo, certo? No entanto, vi tudo: a prataria, o arranjo floral do centro de mesa. Ela está oferecendo o jantar com *paillard* de vitela. Château Latour nas garrafas de cristal Steuben. Oh, que desperdício. Dois pretendentes presentes, o diplomata francês da ONU, o menino prodígio gerente dos fundos mútuos. Vantagem para o francês. Os outros são todos extras. Impressionante o barulho que dez pessoas podem fazer ao redor de uma mesa. E neste mesmo milissegundo de luz de velas, o olhar de Trish sobre a borda da taça de vinho, aqueles ossos da face, os olhos azuis divertidos, o penteado congelado. Aquela fração de instante da minha passagem pela porta foi tudo o que ela precisou da extremidade da mesa para ver o que tinha de ver de mim, para entender, para saber por que eu havia voltado furtivamente para casa. Mas não é terrível que mesmo depois de terminado entre nós as sinapses continuem a deflagrar coordenadamente? O que tem a dizer sobre isto, Senhor? Todos os problemas que temos com o Senhor, e ainda nem chegamos a nos acostumar com perversidades triviais. Quero dizer, quando um instante ainda é o portador capaz e animadamente vivo de toda a nossa inteligência? E ainda é a mesma desgraçada e burra biologia quando, por mais interessado que eu esteja em outra mulher, as pontas dos meus dedos estão se lembrando de que ela não é Trish.

Mas a sala de jantar não foi quase nada. É uma longa caminhada do vestíbulo até o quarto de hóspedes quando as meninas estão em casa para o fim de semana.

Estamos funcionando com bateria, Senhor, esqueci a joça do AC. E estou exausto — perdoe-me.

No E-mail:

"caro padre se vc quer saber onde sua cruz vá ao 2.531 rua 168 oeste ap 2A onde a mãe-de-santo umbalá joga os búzios e corta as gargantas das galinhas."

"Prezado Reverendo, Somos dois missionários da Igreja de Jesus Cristo dos Últimos Dias (Mórmons) designados para o Lower East Side de Nova York..."

"Caro Padre, Sou de um grupo de seus vizinhos na próxima Nova Jersey que prestaram um Juramento Sagrado para defender esta República e o nome de Nosso Senhor Jesus Cristo dos intrusos alienígenas pagãos onde quer que se manifestem, até mesmo no governo federal. E pretendo defender — com habilidade e conhecimento de organização e a única coisa que esta gente entende, A Arma que é a nossa porrogativa para continuarmos como americanos brancos e livres..."

— Esta tarde deitados de costas lado a lado Moira contoume a seu respeito: Cresceu numa família da classe operária em Pensilvânia. Freqüentou a universidade estadual durante dois anos antes de cair fora e partir para Nova York. Achou que um emprego no ramo editorial seria interessante mas enquanto isso trabalhava como estagiária na sede de uma corporação quando seu futuro marido, o presidente da empresa, teve casualmente a atenção voltada para ela. Eu conhecia o resto da história: Ele a nomeou para sua equipe de secretárias, saiu com ela algumas vezes, fez uma proposta e partiu para terminar o seu casamento de vinte anos. Você descobre invariavelmente entre os grandes executivos que a vida é negócio. Existe uma crueldade operacional que é vista como a concessão de um direito. Em outros tempos, de polainas e cartolas, ele podia ir ao teatro e escolher uma garota entre as coristas. Não somos tão floreados hoje em dia, temos cultura, arte de verdade pende das paredes dos escritórios, salpicamos nossos jantares com romancistas, cineastas. Sabemos quem foi Wittgenstein.

De sua parte, Moira cortou a pouca ligação que tinha com a família não a convidando para o seu casamento.

E esta é a genealogia da sua serena segurança e do seu jeito encantador de não se mostrar surpresa por estar entre eles, que os homens e mulheres do nosso círculo, eu mesmo incluído, achamos tão intrigante.

Sinto-me enganado não por ela mas pelas aparências: como elas podem ser reais na América. Não sinto nenhuma animosidade por seu marido, mal o conheço. É uma figura poderosa nos negócios freqüentemente citada em artigos de jornais sobre economia. Ela disse que ele é uma criança que precisa de sua incessante admiração e elogio. Preocupa-se constantemente sobre sua posição no mundo dos negócios, ela tem de ouvir seus relatos angustiados de questões que não chega realmente a entender e suportar suas bruscas oscilações pessoais de vaidade e orgulho até as dúvidas choramingas de si mesmo. Ele é assolado por temores inomináveis, tem suores noturnos e freqüentemente expressa o seu medo de que tudo o que construiu para si, tudo o que possui, lhe será um dia arrebatado. Inclusive eu, disse ela à guisa de conclusão.

Virou-se de lado. Estava sorrindo. Inclusive eu, disse de novo, sussurrando e então colocando a língua no meu ouvido.

— Quando uma canção é um clássico, ela pode se reproduzir de uma de suas partes constituintes. Se recitar as palavras você ouvirá a melodia. Cantarole a melodia e as palavras se formarão na sua cabeça. Isto é uma indicação de um poder fora do comum de auto-referência — o equivalente físico seria a regeneração dos membros ou a clonagem do ser a partir de uma célula. Clássicos de todos os períodos de nossas vidas ficam arquivados em nosso cérebro, para serem acessados no todo ou em parte, ou para nos virem à memória espontaneamente. Nada mais é capaz de tão súbita e pungentemente evocar a imagem, o toque, o cheiro dos tempos passados. Usamos clássicos na intimidade de nossas mentes como referenciais de nossas ações e relações. Podem ser um meio barato de autodescoberta terapêutica. Se, por exemplo, você estiver profundamente apaixonado e pensando nela e ansiando por vê-la, preste atenção à música que está cantarolando. Seria *Just One Of Those Things*? Em pouco tempo você vai terminar o caso.

— Afano

ontem, segunda-feira

mensagem vocal de um rabino Joshua Gruen da Sinagoga do Judaísmo Evolucionário na rua Noventa e Oito Oeste: É do seu interesse nos encontrarmos o mais cedo possível. Claramente não é um dos malucos. Quando o chamo de volta ele se mostra cordial mas não vai responder a perguntas pelo telefone. Tudo bem, isto é o que os detetives fazem, Senhor, eles investigam. Parecia um jovem sério, falando de religioso para religioso, à paisana ou de colarinho? Prefiro o colarinho.

A sinagoga é um prédio de arenito pardo entre o West End e Riverside Drive, uma íngreme escadaria de granito até a porta. Deduzo que o Judaísmo Evolucionário inclui aeróbica. Isto se confirma quando me recebem. Joshua (meu novo amigo) esguio, um metro e setenta e cinco, em blusa de moletom, jeans, sapatos de corrida. Dá-me um firme aperto de mão. Talvez trinta e dois, trinta e quatro anos, bom queixo, testa bem-torneada. Nenhum solidéu no topo dos cabelos negros ondulados.

Um salão adaptado com sala de estar e uma arca numa extremidade, uma mesa em plataforma para ler a Torá, estantes com livros de preces, algumas fileiras de cadeiras e aí está, é a sinagoga.

Segundo andar, me apresenta à sua mulher, que pede ao seu interlocutor que aguarde no fone, levanta-se da mesa para apertar minha mão, ela também uma rabina, Sarah Blumenthal, de blusa e calças largas, sorriso bonito, ossos malares altos, nenhum cosmético, não precisa, cabelos curtos no corte da moda, óculos de vovó. Senhor do meu coração. Ela é um dos rabinos assistentes no Templo Emanuel. Que tal se Trish usasse o colarinho clerical e celebrasse a Eucaristia comigo? OK, podem rir, mas não é engraçado quando penso nisso, nada engraçado.

Terceiro andar, conheço os meninos, dois e quatro anos, no seu hábitat nativo de paredes em cores primárias caixas cheias de animais empalhados. Agarram-se aos flancos de sua babá morena guatemalteca, que é também apresentada como um membro da família...

Na parede dos fundos do patamar do terceiro andar existe uma escada de ferro. Joshua sobe, abre um alçapão, salta para fora. Um momento depois sua cabeça aparece contra o céu azul. Faz um sinal para que eu suba, pobre Pem tão testado pelo estresse e arrebatado... tão decidido a fazer com que pareça não exigir esforço, eu não podia pensar em outra coisa.

Fiquei finalmente de pé no telhado reto, os velhos prédios de apartamentos da West End Avenue e de Riverside Drive avolumando-se em cada extremidade deste quarteirão de telhados com chaminés de arenito, e tentei tomar fôlego enquanto sorria ao mesmo tempo. O sol de outono atrás dos prédios de apartamentos, a brisa de fim de tarde do rio no meu rosto. Sentia a euforia e a leve vertigem de estar sobre um telhado... e não comecei a pensar, até que tive a atenção chamada pelo olhar intrigado e francamente inquiridor do rabino que perguntava por que eu achava que tinha me trazido até aqui, por que me trouxera cá em cima. Mãos nos bolsos, apontou com o queixo para a fachada da rua Noventa e Oito, onde, deitada sobre o telhado negro alcatroado, seu travessão exatamente paralelo à frente do edifício, sua trave vertical pousada contra o frontão de granito, a cruz de bronze oca de dois metros e meio de São Timóteo, Episcopal, jazia maculada e brilhante no sol de outono.

Suponho que eu soube que a encontrara desde o momento em que ouvi a voz do rabino. Curvei-me para ver mais de perto. Os velhos arranhões e amassados. Alguns novos também. Não era inteiriça, coisa que eu não sabia: os braços estavam atarraxados na trave vertical por uma espécie de junção de espiga e mecha. Levantei-a pelo pé. Não era assim tão pesada, mas claramente cruz demais para se carregar pelas estações do metrô.

Como o rabino Joshua Gruen soubera que estava lá?

Um telefonema anônimo. Voz de homem. Alô, rabino? Seu telhado está pegando fogo.

O telhado estava pegando fogo?

Se as crianças estivessem em casa eu as teria retirado e chamado o Corpo de Bombeiros. Na verdade, apanhei nosso extintor da cozinha e subi. Não foi a coisa mais esperta. Claro que o telhado não estava pegando fogo. Mas, por modesta que seja, esta é uma sinagoga. Um local de prece e estudo. E como vê uma família judaica ocupa os andares de cima. Então estava errado, quem telefonou?

Morde o lábio, seus olhos castanho-escuros evitando a cruz. É um símbolo execrável para ele. Deixando uma marca de fogo sobre sua sinagoga. Queimando, andar através de andar, como o escantilhão de uma igreja cristã. Quero dizer-lhe que pertenço à Comissão para Teologia Ecumênica da Associação Transreligiosa. Membro do Conselho Nacional de Cristãos e Judeus. É deplorável. Lamento realmente tudo isso.

Não por culpa sua.

Eu sei, digo. Mas esta cidade está ficando a cada minuto mais esquisita.

Os rabinos me oferecem uma xícara de café. Sentamos na cozinha. Senti-me bem próximo deles, nossas duas casas de culto profanadas, a inteira herança judaico-cristã enxovalhada.

Esta gangue vem me cercando há meses. E o que conseguiram com seu esforço, quero dizer, a invasão de uma lavanderia teria tido o mesmo efeito. Escute, rabino...

— Joshua.

Joshua. Lê romances policiais?

Limpou a garganta, corou. Apenas o tempo todo, Sarah Blumenthal disse, sorrindo para ele.

Bem, vamos juntar nossas cabeças. Temos dois mistérios em andamento aqui.

Por que dois?

Esta gangue. Não posso acreditar que sua intenção fosse, em última análise, cometer um ato anti-semita. Eles não têm propósito. Não são deste mundo. E essa distância toda do Lower East Side para o Upper West Side? Não, já é querer demais deles.

Então foi coisa de outra pessoa?

Deve ser. Alguém tirou a cruz das mãos deles — se é que não a encontrou no lixo. Então esta segunda, ou mais pessoas, teve o propósito. Mas como conseguiram levá-la até o telhado? E ninguém os viu, ninguém os ouviu?

Angelina, creio que a encontrou com as crianças: Ela ouviu ruídos no telhado uma manhã. Nós já tínhamos saído. Foi o dia em que fui visitar meu pai, disse Sarah, olhando para Joshua em busca de confirmação. Mas o barulho não durou muito e Angelina não pensou mais naquilo, achou que fosse alguma espécie de conserto. Acreditamos que eles vieram através de uma das casas do quarteirão. Os telhados se tocam.

Percorreu o quarteirão? Tocou campainhas?

Joshua sacudiu a cabeça.

E quanto a tiras?

Trocaram olhares. Por favor, disse Joshua. A congregação é nova, não vai muito além de um grupo de estudo, um simples começo. Uma tentativa. A última coisa de que precisamos é este tipo de publicidade. Além do mais, diz ele, é isso o que eles querem, sejam quem forem.

Não aceitamos a identidade de vítima, disse Sarah Blumenthal, encarando-me no olho.

E agora eu lhe digo, Senhor, sentado aqui de volta ao meu próprio estúdio, nesta galeria de coro nua e arruinada, que me sinto excepcionalmente com pena de mim mesmo neste fim de tarde, por não ter uma companheira como Sarah Blumenthal. Não é luxúria, e sabe que eu admitiria se fosse. Não, mas eu penso em quão rapidamente eu caí por ela, como me colocou à vontade, como me fez sentir naturalmente bem-vindo nestas circunstâncias difíceis. Existem um frescor e uma honestidade nestas pessoas, nos dois, quero dizer, estavam tão presentes no momento, tão senhores de si, um casal jovem maravilhoso, com uma vida quieta e dedicada, que poderoso baluarte familiar formam e, oh Senhor, ele é um rabino de sorte, Joshua Gruen, por ter aquela bela devota ao seu lado.

Foi Sarah, aparentemente, quem fez a associação. Ele estava sentado lá tentando decidir como iria lidar com a coisa e ela havia chegado de uma conferência e quando ele lhe contou o que havia no telhado ela se perguntou se aquele não seria o crucifixo a respeito do qual lera no jornal.

Ele não tinha lido a matéria e estava cético.

Você achava aquilo estranho demais, uma notícia de jornal caindo no seu colo, disse Sarah.

É verdade. Notícias são algo que acontece em outro lugar. E se dar conta de que você sabia mais que o repórter? Mas encontramos o artigo.

Ele não me deixa jogar nada fora, diz Sarah.

Felizmente neste caso, diz o marido à mulher.

É como morar na Biblioteca do Congresso.

Assim, graças a Sarah, temos agora o dono legítimo.

Ela olha para mim, cora um pouco. Tira os óculos, o ar erudito, belisca o dorso do nariz. Vejo seus olhos um instante antes que os óculos voltem ao lugar. Míope, como uma garotinha que eu amava na escola primária.

Sou extremamente agradecido, digo a meus novos amigos. Isto é, além de tudo o mais, um mitzvá que vocês oficiaram. Posso usar o seu telefone? Vou chamar uma van até aqui. Podemos desmontá-la, embrulhar e carregá-la pela porta da frente e ninguém vai tomar conhecimento.

Estou preparado para dividir a despesa.

Obrigado, não vai ser necessário. Não preciso lhe dizer, mas minha vida tem sido um inferno ultimamente. Este café é ótimo, mas não teria algo para beber?

Sarah vai até um armário junto à parede. Pode ser *scotch*?

Joshua, suspirando, recosta-se na sua cadeira. Eu também aceitaria um pouco.

A situação agora: minha cruz desmantelada e empilhada como material de construção atrás do altar. Não será montada de novo e pendurada a tempo para o serviço de domingo. Ótimo, posso fazer um sermão a partir disso. A sombra está lá, a sombra da cruz atrás da abside. Ofereceremos nossas preces a Deus em nome de Seu indelével Filho, Jesus Cristo. Nada mau, Pem, você ainda sabe tirar essas coisas da cartola, quando quer.

Tinha acabado de me convencer de que era realmente uma nova seita de algum tipo. Pensei, Bem, vou vigiar do outro lado da rua, vê-los levar embora São Tim tijolo por tijolo. Talvez ajudá-los. Eles remontarão tudo como uma igreja folk em algum lugar. Uma expressão de sua fé simples. Talvez eu compareça, ouça o sermão de vez em quando. Aprenda alguma coisa...

Então minha outra idéia, confessadamente paranóica: Acabaria como uma instalação em SoHo. Deixe-me esperar alguns meses, um ano, e eu olharia a vitrine de uma galeria e a veria lá, devidamente embelezada, um depoimento. Pessoas de pé bebendo vinho branco. Portanto esta era a versão secular. Pensei que tivesse todas as bases cobertas. Estou abalado. Que devo pensar desta estranha cultura noturna de psicopatas furtivos... destes ladrões insensatos das coisas sem valor que seguem pelas ruas dando risadinhas, carregando o quê? Seja lá o que for! Através dos recintos aquosos de niilismo urbano... seu humor e seu reconhecimento vago de algo que já possuiu um significado que eles, às gargalhadas, não conseguem lembrar. Jesus, não há sequer sacrilégio aqui. Um cão roubando um osso sabe melhor o que está fazendo.

— Moira transformando-se numa história, uma mulher atravessando fronteiras de classe. Ele é um tanto esnobe, não é? Não estou segura de que gosto dele se é capaz de passar as tardes no Met. Ficou chocado quando ela enfiou a língua no seu ouvido. Não propriamente a vulgaridade daquilo, mas o gesto de uma pessoa diferente daquela que imaginara que ela fosse.

Única maneira de continuar com isto é aumentar a rotação de suas naturezas morais, colocar motores neles, mas então tudo o que você tem é um filme.

Filme: Sujeito começa um caso com esta esposa-troféu realmente elegante de um líder dos negócios — todos três pertencem ao redemoinho vagamente demarcado da sociedade de NY compreendido pelo ramo editorial, as artes, a publicidade, o jornalismo, Wall Street.

Depois de algum encorajamento, ela se torna uma amante ardorosa sem culpa ou auto-recriminação. Ele não pode maquinar nada que ela não esteja disposta a tentar. É criativo. Ela honra cada perversão dele e não se deprime nem é capaz de ser levada à raiva.

Principalmente a partir de condições que ele determinou, ela se adestra para nada mais pedir da relação além do que ele lhe dará. Ele assume um controle incontestado — quando vão se encontrar, como se comportarão, que tarefas imaginará para ela no seu tórrido estado de humilhação de si mesma. Ela se contenta em se encontrar com ele, dar prazer a ambos e ir para casa até a próxima vez.

Mas a entrega total da sua vontade, e a conseqüente estabilidade do caso, começa a entediá-lo. Estende o seu controle para a vida dela com o marido: quando deveria recusar o sexo, quando não deveria recusá-lo, que roupas deve usar, que perfume, os jantares que deve encomendar ao seu cozinheiro, os restaurantes em que deve insistir, os destinos de suas viagens, até mesmo os lençóis em que dorme, o sabonete na saboneteira. Sente-se reavivado ao exercer, através dela, controle remoto das circunstâncias privadas da vida do marido.

Vejo agora que é um verdadeiro merda. Por que deveria eu ter qualquer coisa a ver com ele? Numa ocasião, por sua orientação, o marido se acha com a mulher em Maui — e enquanto ele, o marido, toma sol numa praia particular, o amante está na sua suíte tirando o maiô da mulher, juntando os grãos de areia que encontra na fenda da virilha da coxa dela e presenteando-os com a ponta do dedo à parte mais tenra da sua pessoa. Ele a deixa sem fôlego, ela se viciou com o perigo que se tornou para ela, a ameaça ao seu bem-estar, à sua auto-estima, à sua vida.

Alguém tão ruim quanto este cara tem de ser um astro. Quer dizer, se ele fosse um pateta gordo e careca que sugava o ar através dos dentes, o público sentiria repulsa, seria levado à indignação. Ia querer o seu dinheiro de volta. Por isso ele é esbelto, saudável, toma muito cuidado consigo mesmo à maneira de alguém profundamente desprovido de fé. Corre, malha quase religiosamente para se manter em forma, que é o seu dever. Bebe moderadamente, não faz nada em excesso, a não ser tramar. Não faz nenhum esforço para agradar aos outros, não se entrega à conversa trivial destinada a mostrar nossa natureza inofensiva. Nunca levanta a voz. Quando engraçado é desdenhoso, quando zangado é bastante ameaçador. Seu egoísmo é tão suavemente distribuído em cada outro aspecto de sua vida que não é visível aos outros exceto como uma pátina de esnobismo, um grau de arrogância que, sob uma luz melhor, seria uma impiedade visível. Isto é o que atrai as mulheres. Isto foi o que a atraiu.

Percebo agora que sua graça aristocrática e casual de conhecer as compensações em vinhos, cavalos, veleiros e assim por diante deriva de sua profissão anterior, aquela de planejador de ações secretas da CIA com experiência em postos no estrangeiro. Como poderia ser de outro modo? Ele revela a condescendência de alguém que esteve por dentro das aventuras geopolíticas da Guerra Fria em relação às pessoas comuns, que recebem suas notícias dos jornais.

É tão classe média quanto pode ser, nascido no norte do estado de Nova York, talvez, embora seja errado amarrá-lo a um local precisamente porque toda a sua vida foi um treinamento para escapar de uma identidade específica que o prendesse a uma região ou a uma família. Mais precisamente, seu dom natural para o niilismo moral, ou talvez apenas a necessidade de manter o filme com menos de duas horas de duração, apagou qualquer compensação secundária de conferir ao personagem uma qualificação religiosa ou étnica.

A esta altura ele grampeou sua amante de modo que é capaz de ouvir as conversas privadas do marido com ela, aprender as fraquezas, as inflexões de voz que traem medo ou culpa, luxúria ou amor. O marido tem uma fraqueza, uma necessidade da mamãe nos momentos mais privados, um desejo pelo elogio e pela admiração da esposa. Vivendo com ele, ela se sentiu aprisionada. O drama da sua vida de negócios é como uma clava. Ela entende que a atenção orgulhosa que ele lhe dispensa em público é uma espécie de autocongratulação, do mesmo modo que não irá a lugar algum ou aceitará qualquer convite que por seus auspícios não lhe traga honra ou *status*.

Por que correspondeu ao amante de coração obscuro não é claramente analisado por ela, mas é de fato o que ela correspondeu quando seu marido executivo a cortejou, com a sensação em ambas as instâncias de estar subindo numa maré que a elevaria com imenso poder além de quaisquer possibilidades de liberdade que pudesse ter percebido para si mesma. Mas ela se tornou tão comprometida com o amante e suas ações como se tornara com o marido, e a liberdade para ela é vista como uma sujeição, como uma idéia atingível apenas por sua destruição.

E assim temos nestes três papéis três vidas mais ou menos desapegadas da realidade e vivificadas por este fato. O amante, por seu lado, prevê um *gran finale* à sua empreitada tão perigoso, tão extremo, que ele decide que sua vida, até aqui perdida no tédio, na alienação e na ausência de convicção séria, pode ser concebida de novo redentoramente como uma forma de arte.

— Este é o meu laboratório, aqui, no meu crânio. Posso assegurar-lhe que é sobriamente mobiliado. Na verdade, por assim dizer, meu trabalho foi esvaziar meu laboratório de mobília, tubos de ensaio, balanças, estantes, livros velhos. Mesmo tendo tido êxito até certo ponto, ainda existem algumas coisas lá das quais parece que não consigo me separar: a idéia de que o universo é desenhado, que existem poucas regras simples, ou leis, leis físicas, das quais todos os múltiplos processos da vida e da não-vida podem ser derivados. Como podem ver, estou longe de ser o subversivo corrosivo revolucionário que os nazistas de Hitler me fizeram parecer.

Claro, o universo, como todos conhecemos e vimos desde nossa infância, é apenas aparentemente explicado pelo grande e estimado *sir* Isaac Newton. Aquele universo, com todas as estrelas no céu e os planetas girando ao redor de suas órbitas e a noite seguindo-se ao dia, ações gerando reações e objetos em sua gravidade caindo — tudo isso parece bastante sensato exceto para uma mente como a minha, nem é a única. Porque o modelo mecânico do universo de meu reverenciado *sir* Isaac faz uma ou duas suposições que não podem ser provadas. A idéia do movimento absoluto e do repouso absoluto, por exemplo, a idéia de que algo pode se mover num sentido absoluto sem referência a mais nada. Isto é claramente impossível, um conceito que não pode ser provado empiricamente, com referência à experiência. O navio que se move para o mar o faz em referência à terra. Ou, se preferir, em referência a outro navio, movendo-se numa velocidade maior ou menor. Ou em referência a um dirigível acima dele. Ou a uma baleia debaixo do mar. Ou às correntes do próprio mar. Sempre em relação a alguma coisa. E isso vale para um planeta também. Não existe nada no universo que se possa provar em movimento absolutamente sem nenhuma referência a algo mais no universo ou, por conseguinte, sem referência ao universo em sua totalidade.

Ora, isso é uma insistência muito simples em que se baseiam todos os meus pensamentos conseqüentes. Que o movimento absoluto e o repouso absoluto são conceitos falsos que não podem ser demonstrados. Mas vocês vêem que as implicações são enormes desta minha insistência exigente e teimosa de que nós tratamos destas coisas apenas na medida em que possam ser provadas. Vou demonstrar-lhes, é muito simples. Faremos uma pequena experiência mental...

Se eu sou uma nave-foguete viajando através do espaço a milhões de quilômetros por hora... e se você me alcança com o seu foguete e desacelera seus motores de modo que passemos a voar à mesma velocidade lado a lado... e uma pessoa adormecida em cada um de nossos foguetes acorda e olha de sua janela para a janela do outro... sem ver os meteoritos e as partículas de material estelar que passam zunindo ou se arrastando... não serão capazes de dizer se os foguetes estão se deslocando uniformemente juntos ou se estão parados. Porque em cada caso a experiência é a mesma.

Vêem como é simples? Sou realmente um homem simples e começo pelas perguntas que uma criança faria. Por exemplo, eu não passava de uma criança quando me perguntei o que aconteceria se eu viajasse à velocidade da luz. Nada no universo pode se mover mais rápido do que a velocidade da luz. Sabem o que isso significa? Significa que não existem processos instantâneos em nosso universo, porque nada pode ocorrer mais rápido do que a velocidade da luz e a luz leva um tempo para se deslocar de um lugar para outro. Isto significa por exemplo que uma pessoa não pode estar em dois lugares ao mesmo tempo. Também por exemplo que não podem existir fantasmas que são acalentados por muita gente, porque os fantasmas mais do que qualquer um podem aparecer e desaparecer como se não precisassem de tempo para viajar de um lugar para outro. Por isso o que percebi quando era criança foi que, se estivesse viajando tão rápido quanto a luz segurando um espelho diante de mim, eu não veria minha imagem no espelho porque tão rapidamente quanto a imagem do meu rosto na luz se movesse em direção do espelho, ora, tão rapidamente estaria o espelho se afastando. E não haveria nada que eu pudesse ver no espelho que segurava diante do meu rosto. No entanto isto não parece correto. Não parece que a coisa seria assim, não acham? É uma idéia um tanto assustadora, de fato, que se eu me deslocasse à velocidade da luz não conseguiria nenhuma confirmação de minha existência a partir de uma fonte objetiva de luz refletida tal como um espelho. Eu seria como um fantasma no universo, materialmente inverificável na corrente do tempo.

Assim desta simples experiência mental deduzi o seguinte: Nenhum objeto, nem espelho nem pessoa, mesmo uma pessoa mais magra do que eu, que não se entregasse às delícias de uma torta Sacher ou de um chá com geléia de framboesa ou um bolinho amanteigado, não, nem mesmo a pessoa mais magra em existência pode se locomover através do universo à velocidade da luz. Como somos sempre visíveis a nós mesmos em nossos espelhos e em relação um ao outro, devemos nos deslocar mais lentamente do que aquilo, embora a luz em si esteja se movendo da superfície de nossos queridos rostos e de nossos espelhos na mesma velocidade constante final. Nós mesmos somos mais lentos do que aquilo. Até mesmo em nossos foguetes mais velozes. Sabem o que aconteceria se nos deslocássemos à velocidade da luz, ou próximo dela, viajando cada vez mais rápido de zero quilômetro a duzentos e noventa e nove milhões de quilômetros por segundo? Sabem o que nos aconteceria? Meu Deus, ficaríamos tão pesados, cada vez mais pesados à medida que acelerássemos, até que nosso imenso peso ou densidade seria tão grande que o espaço ao nosso redor se curvaria em nossa direção e sugaríamos o espaço com tamanha densidade ao nosso redor que... por mais rápido que viajássemos, menor seria a chance de atingirmos a velocidade da luz... porque quanto mais velozmente nos locomovêssemos, mais massa teríamos e quanto mais massa tivéssemos, maior seria a resistência ao nosso progresso... até que o espaço celestial ao nosso redor se enroscaria, arquearia e fecharia em torno de si mesmo além de toda consideração.

E destes poucos pensamentos simples, pensamentos talvez simplórios, descobri leis, leis físicas, que alarmam as pessoas em tamanho grau que elas decidiram que o homem comum não tem estrutura para compreender o que estou falando, a revolução que supostamente fiz. Que eu sou uma espécie de gênio a ser respeitado e até venerado enquanto vocês coçam a cabeça e dizem, Deus o abençoe. Vejam que engraçado, seus cabelos estão eriçados em todas as direções, talvez por ter tentado voar para dentro do seu espelho à velocidade da luz. Olhem para a sua blusa de moletom, suas calças amarrotadas, não que isto seja prático para o trabalho, mas que ao esquecer de usar um paletó e uma gravata ele deve ser um gênio. O giz com o qual escreve suas fórmulas mágicas no quadro-negro, as manchas de giz em sua mão! Tudo isto é a maneira como o pessoal da imprensa e do rádio aliviou vocês de pensarem sobre o que tenho a dizer. É um insulto não só para mim, mas para vocês, porque naturalmente a mente humana sempre é capaz de encontrar a verdade, porque, por mais escondida que esteja, ela finalmente emergirá. E nada do que descobri é revolucionário, porque estou vendo somente o que sempre foi como é agora e até onde eu possa lhes dizer que sempre será. Acontece apenas que sua percepção se tornou mais... perceptiva.

Portanto: afinal, podemos com segurança dizer somente o seguinte sobre o universo do Velho: que nada é constante além da velocidade da luz.

Do espaço, tudo o que podemos dizer com segurança é que é algo que medimos com uma régua.

E, do tempo, tudo o que podemos dizer é que é algo que medimos com um relógio.

Mas de todas as visões teológicas e gritos e terrores que isto produz em nosso cérebro, eu lhes imploro que não me tomem como responsável.

— Não existem canções de ciência a se mencionar. Nenhuma canção lhe fala que a força da gravidade é um produto das massas de dois objetos divididos pelo coeficiente da distância entre eles. No entanto a ciência nos ensina algo sobre as canções: as fórmulas científicas descrevem as leis pelas quais o universo opera e sugerem em equações que um equilíbrio é possível mesmo quando as coisas estão em aparente desequilíbrio. O mesmo fazem as canções. As canções são compensatórias. Quando um cantor pergunta: Por que você fez isto comigo, por que partiu meu coração..., a fórmula inerente é que o grau de traição é equivalente à eloqüência do grito de dor. Sentimentos se transmutam tão rápida e perversamente quanto ocorrências subatômicas, e quando existe uma massa crítica uma canção irrompe, mas a quantia total de energia pura é constante. E quando uma canção é boa, um clássico, nós a reconhecemos como expressando uma verdade. Como uma fórmula, ela pode se aplicar a todo mundo, não apenas ao cantor.

— Uma visão estranha nas docas, uma grande garça olhando numa direção, quase costa a costa, com uma garça-real branca como neve olhando para a direção oposta. É por isso que todo mundo deveria de vez em quando deixar a cidade.

Com as mesmas fontes de alimentos, eu me pergunto como elas convivem bem, mas lá estão com aquela mútua indiferença. *Não estou olhando, mas sei que você está aí.* A garça-real rompe primeiro, o pescoço estendido, o bico amarelo igual a uma baioneta em riste, uma bela ave em vôo, fina, como um hidroavião pré-rafaelita, mas com olhos impiedosos... e a garça, parecendo amarfanhada com a mancha redonda negra no seu ombro, o corpo coberto de plumas mais cinzentas do que azuis, as pernas longas, os pés e o bico negros. É um pássaro menos gracioso, um pássaro menos janota do que a garça-real, embora com a sua imensa envergadura de asa enquanto decola baixo sobre a água alcance a imponência de um avião de carreira. Mas existe uma certa mágoa no seu olhar e é um pássaro claramente solitário, um solteirão que bem poderia se valer de alguma atenção feminina, de algum capricho no visual, como eu.

— Afano

Um telefonema do rabino Joshua:

Se vamos bancar os detetives nesta história... vamos começar pelo que sabemos, não foi o que você fez? O que eu sei, meu ponto de partida, é que nenhum judeu teria roubado o seu crucifixo. Não faria isso. Mesmo nas profundezas de uma confusão induzida por drogas.

Acho que não, digo, pensando. Por que Joshua sente que tem de eliminar esta hipótese?

A polícia lhe disse que sua cruz não tinha nenhum valor nas ruas. Mas se alguém a quiser, então ela tem valor.

Para um bem-posicionado e radical anti-semita, por exemplo.

Sim, parece bem provável. Esta é uma vizinhança misturada, multicultural. Pode haver pessoas que não gostem de ter uma sinagoga no seu quarteirão. Não me dei conta disso, mas é sempre possível.

Certo.

Mas é também possível... colocar aquela cruz no meu telhado, bem, é algo que poderia ter sido arranjado por um fanático ultra-ortodoxo. É possível também.

Deus do céu!

Não estou dizendo que seja isso. Estou apenas tentando levar em conta todas as possibilidades. Existem algumas pessoas para as quais o que Sarah e eu estamos fazendo, nos esforçando para redesenhar e revalidar nossa tradição — bem, aos olhos delas é o equivalente a apostasia.

Não embarco nessa, falei. Quer dizer, não acho que seja provável. Por que deveria ser?

A voz que me disse que o meu telhado estava pegando fogo? É uma maneira de falar judaica. Claro que não sei ao certo, posso estar totalmente enganado. Mas dá no que pensar. Diga-me, Padre...

Tom...

Tom. É um pouco mais velho, viu mais coisas, talvez tenha pensado mais nestas coisas. Onde quer que você olhe no mundo de hoje, Deus pertence aos atavistas. E elas são tão ferozes, estas pessoas, tão seguras de si mesmas, como se o conhecimento humano desde a Escritura não fosse também a revelação de Deus! Quer dizer, o tempo é uma laçada? Você tem a mesma sensação que eu — de que tudo parece estar correndo para trás? Que a civilização está ao reverso?

Oh, meu caro rabino. Joshua. O que posso lhe dizer? Se é verdade e Deus realmente pertence aos atavistas, então isso é o que a fé é e o que a fé faz. E nós estamos à deriva, você e eu.

— *segunda-feira*

As portas da frente estão fechadas a cadeado. Na cozinha da reitoria, recostado sobre as duas pernas traseiras da sua cadeira e lendo *People*, está o recém-contratado, classicamente indolente, guarda de segurança particular de São Timóteo.

Sou consolado também pela mulher do Teatro de Repertório Extático. Ela está lá, como de costume, caminhando pelo local, fones de ouvidos grudados à cabeça, seus grandes jarretes na malha preta subindo e descendo como penedos de Sísifo. Quando a tarde cair ela estará esgotada e banhada pelos verdes e lavandas pálidos das refrações da luz da janela.

Portanto tudo está como deveria estar, o mundo no seu lugar. O relógio da parede faz tique-taque. Nada tenho para me preocupar exceto o que vou dizer aos examinadores do bispo que determinarão o curso do resto da minha vida.

Isto é o que direi para começo de conversa: "Meus caros colegas, o que vieram examinar aqui hoje não é uma crise espiritual. Vamos deixar bem claro. Eu não tive nenhum esgotamento, estafa, fadiga mental ou colapso nervoso. É verdade, minha vida pessoal é uma confusão, minha igreja parece uma ruína de guerra, e como não é do meu feitio procurar aconselhamento ou aderir a grupos de apoio, e Deus, como de costume, ignorou meus comunicados (nenhuma ofensa, Senhor), sinto-me de certa forma isolado. Devo até admitir que nos últimos poucos anos, não, nos últimos muitos anos, nada encontrei de melhor a fazer para o meu desespero crônico do que caminhar pelas ruas de Manhattan. Apesar de tudo, as idéias que lhes vou apresentar possuem substância real e, embora possam julgar algumas delas alarmantes, eu lhes pediria — sugeriria, recomendaria, aconselharia —, eu aconselharia que as confrontassem por seus próprios méritos e não como prova do declínio psicológico de uma mente pela qual já tiveram algum respeito — quero dizer pela qual já tiveram algum respeito."

Está tudo bem até aqui, não está, Senhor? Meio que os envolvendo? Talvez um pouco piegas? Afinal, no que poderiam estar pensando? Pela ordem de probabilidade, um, uma advertência, dois, uma repreensão formal, três, censura, quatro, um mês ou mais de retiro terapêutico seguido por uma brilhante transferência para algum lugar onde nunca mais ouviriam falar de mim, cinco, aposentadoria precoce, compulsória, com todos os benefícios, seis, desligamento das ordens, sete, excomunhão. Com os diabos!

A propósito, Senhor, quais são minhas "idéias de substância real"? A frase saiu saltitante da boca. Portanto, uma pequena ajuda aqui. Levando em conta o nível de atenção reduzido de nossos dias, não preciso de noventa e cinco, posso me safar com duas ou três. O fato é que ficarão alarmados com o que eu disser. Nada mais precário numa igreja do que sua doutrina. É por isso que a guardam com suas vidas, não é? Quer dizer, apenas para colocar a palavra com *H* na mesa, ela, heresia, é um conceito legal, e é tudo. Quer dizer, o choque deveria ser Seu, mas um herege não pode preocupá-Lo mais do que alguém expulso de um condomínio por tocar piano depois das dez. Por isso eu rezo, Senhor, não me deixe sair desta com algo apenas digno de uma reprimenda. Deixe-me receber algo da pesada. Fale comigo. Mande-me um e-mail.

Certa vez o ouviram dizer,

O Senhor mesmo é uma palavra, embora considerada por alguns impronunciável,
O Senhor é tido como a Palavra, e eu não duvido
O Senhor é a Palavra Final.
O Senhor é Deus nosso Narrador, que fez um texto a partir do nada, pelo menos esta é nossa história do Senhor.

Portanto aqui está o seu servidor o reverendo Dr. Thomas Pemberton, o quase não mais reitor de São Timóteo, Episcopal, dirigindo-se ao Senhor numa de Suas próprias invenções, um de Seus sistemas de entoação de estalidos e grunhidos, pausas glóticas e trinados.

O Senhor não lhe mostrará nenhuma misericórdia, a esta pobre alma atormentada em sua nostalgia por Seu Único Filho Original? Ele fracassou em seu treinamento como detetive, nada tendo resolvido.

Poderá mesmo assim continuar a procurá-Lo? Deus? O Mistério?

— Para assegurar-lhes além do mais que não sou nenhum gênio cujas idéias são abstrusas demais para a maioria da humanidade, deixem-me dar-lhes alguma informação pessoal. Vão ver como foram banais os meus começos e como fui levado de roldão igual a todos os demais pela terrível história da minha época. Fiquei sem fala durante os primeiros três ou quatro anos da minha vida e depois disso de língua presa. Até o meu nono ano eu falava devagar, como se lidando com uma língua de estrangeiro, o que, como acabou se verificando, eu era. Que importa — toda linguagem é uma tradução de alguma outra coisa e eu vivi naquela outra coisa durante setenta e três anos.

Minha primeira memória é das pedras das calçadas de Ulm, aquelas sobre as quais eu caminhava vacilante enquanto pendia e às vezes girava agitadamente no eixo de meu pulso, agarrado com firmeza pela mão de meu papai. Cada pedra redonda que eu roçava me devolvia sua massa inelutável. E como era, eu me perguntava, que as pedras se encaixavam tão ordenadamente, como pães no forno do padeiro? Então descobri as marcas da talhadeira dos operários que faziam cada pedra diferente embora igual às outras. Cada pedra gravava sua própria forma, tinha a marca de sua história de trabalho humano, e todas as pedras juntas representavam uma infinidade de decisões sob um plano, uma intenção de fazer uma rua transitável. O que havia ocorrido — uma rua que subia a colina e espalhava-se subitamente em cada direção na grande praça da catedral, que também era de pedra. O mundo inteiro era pedra. Carroças e carruagens puxadas a cavalo rolavam através da minha visão com um chacoalhar ribombante que mesmo assim não acarretava nenhum dano para mim, e botas caminhavam sob os meus olhos e redemoinhos de saias de mulheres e o obstinado comércio de toda a cidade acontecia sobre estas pedras separadamente esculpidas e colocadas uma ao lado da outra muito tempo atrás. E à sombra da grande catedral de pedra negra experimentei a revelação da criança de que ela caminha sobre os pensamentos de homens mortos. E assim as pedras do calçamento de Ulm, minha cidade natal medieval, são a minha primeira memória — não do seio de minha mãe, nem de minha cama, nem de um brinquedo desesperadamente amado, mas de uma rua, um caminho de passagem de cá para lá.

A pequena oficina de meu pai ficava na praça da catedral. Ali, com meu tio Jakob, ele fabricava motores elétricos. Ouvia-se um zunido maravilhoso, um som suave com tonalidade, uma linguagem de elisão total, com palavras inseparáveis, o significado instantâneo e ao mesmo tempo incompleto.

A única coisa parecida vinha do encanamento que corria por trás de nossa casa para escoar um dos tributários menores do rio Blau. Minha mãe ficava muito nervosa com as crianças que brincavam no escarpamento de pedra, jogando galhos e barquinhos de papel no riacho e correndo ao lado deles para ver a correnteza carregá-los. Mas eu era uma criança apática, silenciosa. Era como se não gostasse de me locomover rapidamente demais sob o peso da minha cabeça grande; simplesmente ficava parado e ouvia a água fluir através do seu canal, lambendo as pedras com sua gosma negra, silvando e saltando em sua passagem como os ocupados cidadãos de outro universo em urgente conversação.

Vocês podem pensar, a partir destas observações, que atribuo muita percepção a minha infância. Claro que o faço, todo mundo faz isso. Vamos para trás e para frente, revendo nossas mentes de contínuo. Todo o problema da mente é de enorme interesse, e no entanto seu estudo exige uma coragem sobre-humana. A mente pensando sobre si mesma — eu tremo; é vasto demais, um espaço sem dimensão, cheio de eventos cósmicos silenciosos e imateriais. Para a nossa sanidade, é preferível rastrear Deus no mundo exterior.

Ulm naturalmente foi destruída na Segunda Guerra Mundial. Bem antes daquela guerra, meu pai e meu tio levaram seu pequeno negócio para Munique, onde se propunham fabricar dínamos, lâmpadas em arco, transformadores e outros dispositivos elétricos a serem usados pelas municipalidades. E por algum tempo tudo correu bem. Morávamos num subúrbio numa casa grande detrás de um muro onde havia um jardim com árvores. As noites de primavera eram cheias do perfume das flores de macieiras, aqui onde os nazistas nasceriam. E agora eu tinha minha pequena irmã Maria comigo, dois anos mais moça, Maja, minha companheira constante, cujos enormes olhos castanhos me faziam rir e para quem eu capturava grilos num pote e fazia colares de dentes-de-leão.

Nesta casa, por insistência de minha mãe, comecei meus estudos de violino. Minha mãe era música, uma pianista de resoluta seriedade. Para ela, a música era central na educação de um ser humano. Eu zelosamente me apliquei sob a tutela de *Herr* Schmied, um homem moroso que tinha longos cabelos finos em homenagem a Paganini e cujos dedos eram amarelados por manchas de tabaco. Quantos anos se passaram antes que eu entendesse que as notas eram intervalos, relações numéricas, e que o som era uma propriedade destas relações? Mas finalmente o sistema musical se tornou claro para mim e eu tremi diante da sua beleza, cada peça a proposta de uma construção auto-suficiente e lógica. Comecei a estudar para valer. Queria trazer precisão ao meu arco; busquei a mais pura ressonância de cada nota como uma necessidade intelectual, e a alegria de fazer música, especialmente com outros, eu a sentia como uma forma de viagem dentro de um cosmo totalmente confiável. Bach, Mozart, Schubert — eles nunca o decepcionarão. Tocada adequadamente, sua obra terá o caráter do inevitável, como na grande matemática, que parece sempre ser feita de verdades preexistentes.

Vou lhes contar, por outro lado, os tipos de coisas que aprendi na escola. Eu tinha um professor no Luitpold Gymnasium. Quando ele entrava na sala ficávamos de pé e quando ele segurava as lapelas de veludo de sua toga e acenava com a cabeça, nós nos sentávamos. Isso era bastante normal. Mas sempre achei que a disciplina era o meio que eles tinham de impor o rigor intelectual e manter um estado de alerta para a recepção das idéias. E é por isso que nesta escola ridícula nós não andávamos, mas marchávamos, levantávamos e sentávamos em coordenação e cantávamos nossas declinações latinas como se fossem juramentos tribais. Era totalmente insultuoso, na minha opinião, talvez até fatal. Depois de um ou dois períodos aqueles meninos perdiam todas as centelhas mentais, sua curiosidade era anestesiada, suas personalidades seladas, e no recreio eu me sentava de costas para o edifício e os observava correndo, lutando ou jogando futebol, mas, fosse qual fosse o jogo, inegavelmente um tentando matar o outro. Em seu ímpeto, com as jaquetas dos uniformes colocadas de lado em pilhas ordenadas para não sofrerem danos, a raiva de seus seres reprimidos era implacavelmente dispersada entre seus camaradas. Eu via isso e me mantinha à parte, fazendo meus deveres, que não chegavam a me exigir muito, sem testar as ambigüidades de uma possível amizade com qualquer um deles, pois era tudo ruína, a meu ver, e tudo a partir desse falho princípio germânico da educação pela tirania. Sentava-me na sala de aula e meu pensamento se perdia. O irmão de minha mãe, Casar, me dera um livro sobre geometria euclidiana e eu o lia como as pessoas lêem romances. Para mim era um livro emocionante, cheio de novidades. E numa certa manhã eu sorria para mim mesmo lembrando o maravilhoso teorema de Pitágoras e o professor de repente estava de pé diante de mim e batia com a sua vareta de apontar mapas na minha carteira para cobrar minha atenção. Quando a aula terminou, quando eu saía com os outros, ele me chamou para a frente da sala. Olhava para mim do alto do seu pódio. Tinha um rosto redondo e lustroso, este professor, que me lembrava uma maçã caramelada. Dava para morder um rosto como aquele e esperar que os dentes rompessem o glacê duro até a polpa. Você é má influência na minha classe, Albert, disse. Por isso vou providenciar sua transferência. Não entendi. Perguntei o que fizera de errado. Você fica sentado sorrindo e divagando, disse. Se não tenho a atenção de cada estudante, como posso manter meu respeito próprio? Com aquela observação aprendi num lampejo o segredo de todo despotismo.

Esse mesmo professor, ou talvez tenha sido outro, podia muito bem ter sido qualquer um deles: Ele um dia na classe ergueu um prego enferrujado entre o polegar e o indicador. Um cravo como este foi pregado através das mãos e dos pés de Cristo, disse, olhando diretamente para mim.

Vou falar aqui do pobre Jesus, aquele judeu, e do sistema em seu nome, que golpe monstruoso a história lhe aplicou.

— Walt Whitman nos assegura da transcendência da agitação e do barulho de Nova York, a sublimidade, a arrogância exuberante, do momento vivo. Mas as imagens mentem? Aquelas velhas estampas em gelatina prateada... As carroças e carruagens, os bondes, os trens elevados e as embarcações à vela em suas docas... Uma cidade movimentada, grandes canteiros de obras emoldurados por madeirame, ruas planejadas com a régua. Homens de joelhos colocando pedras nas calçadas, grandes sótãos mal-iluminados com mulheres diante de máquinas de costura, homens de chapéu-coco com roupas caseiras posando nas portas de seus armazéns ou armarinhos, fileiras intermináveis de balconistas em suas mesas elevadas, mulheres de saias compridas e blusas instruindo salas cheias de crianças, casais cumprimentando casais na Quinta Avenida, patinadores do gelo agasalhados no lago do Central Park... Esta é a nossa cidade construída, sem dúvida a geografia de nossas almas, mas estas pessoas não são como nós, elas habitam na nossa cidade como se pertencessem aqui, a pressuposição do seu direito a ela está em cada gesto, cada olhar, mas elas não são como nós, são forasteiros habitando nossa cidade, embora vagamente familiares, como os forasteiros em nossos sonhos.

Sinto tamanha quietude, a quietude de ouvir uma história cujo fim conheço. Estou olhando para tempos em que as pessoas tinham uma história a encenar e as ruas pelas quais caminhavam eram passagens narrativas. Que tipo de palavra é *infra-estrutura*? É uma palavra que prova que perdemos nossa cidade. Nossas ruas são para o trânsito. Nossas histórias são desmembradas, os arranha-céus que nos esmagam zombam da idéia de uma cultura digna de crédito.

Cristo, que erro apontar a Ponte de Brooklyn ou SoHo ou as casas enfileiradas do Harlem como exemplos de nossa continuidade. Algo horrendo aconteceu. Como se estas fotografias não fossem instâncias silentes do passado, mas advertências, como fantasmas, de pertencer a então e a agora simultaneamente, como a profetizar obsessivamente nosso confisco do seu mundo, oferecido tal tempo apenas para que nossas ilusões floresçam antes de sermos corrigidos em nossos devidos lugares nas fotografias, de ficarmos com eles, estes estrangeiros de nossos sonhos, mas menos distintamente, com rostos e figuras difíceis de distinguir, se não de todo invisíveis.

═

— Então eu tenho notícias de Tom Pemberton e nos encontramos para um drinque no Knickerbocker's, na esquina da Nona com University Place.

Não usa o colarinho clerical nestes dias, não foi despojado do hábito, mas está mais ou menos permanentemente sem posto. Trabalha num hospital do câncer em Roosevelt Island. Está mais pesado, o rosto grande mais enrugado do que me lembro, mas ainda aberto, cândido, bonito e florido, os olhos claros bem apartados mexendo-se inquietamente pela sala como à procura de alguém para alegrar seu coração.

Você escreve muito bem, diz ele, mas nenhum escritor consegue reproduzir a textura exata da vida real.

Nem mesmo Joyce?

Devia lê-lo de novo. Mas agora que percebo a dissemelhança de dentro, por assim dizer, acho que terei mais cautela com a literatura daqui por diante.

Bom lance.

Está ofendido. Mas devo dizer-lhe que é exemplar. É um cumprimento. Afinal, podia tê-lo riscado como simplesmente um escritor horrível. É desconcertante ler a meu respeito de dentro da minha cabeça. Outro choque para outra fé.

Bem, talvez eu devesse largar a coisa toda.

Você não precisa da minha aprovação, pelo amor de Deus. Concordo com isso — ou seja, sem compromisso. Não lhe pediria sequer para deixar de fora aquela menção às minhas filhas. Estão mais velhas agora, naturalmente. Apartamentos próprios.

Considere feito.

Trish se casou de novo... Por que não diz quem é o pai dela?

Mais adiante.

Ainda tenho notícias dele. O costumeiro sorriso afetado e superior, embora deva dizer que ele gostou de ter um padre pacifista na família.

Bom para a imagem.

Acredito. Mas agora escute, você está usando nomes reais. Disse-me que...

Eu sei. Vou mudá-los. No momento ainda são os melhores nomes. Por outro lado vinham sendo os únicos nomes possíveis. Portanto, é um progresso.

E não foi o *Times* que publicou a reportagem do meu crucifixo roubado. Foi só um dos jornais alternativos.

Bem, Padre, quando a gente compõe alguma coisa, é o que se faz, a gente faz a composição. Distorce o tempo, modifica as coisas, insere coisas, corta coisas. Você não é obrigado a incluir tudo. Ou a fazer algo acontecer do jeito que aconteceu. Os fatos podem ser inibidores. A realidade está fora de questão. Irrelevante.

Irrelevante a realidade?

Você dança de acordo com a música.

Bem, existem algumas coisas totalmente erradas.

Oh, cara. O que, por exemplo, Pem?

Não estou lhe dizendo como escrever, me entenda. Sem interferência. Mas não foi um sermão em São Tim que botou o bispo na minha cola. E o que você me faz dizer não tem realmente nada a ver com o caso. Na verdade foi um montão de coisas.

Você me disse que um sermão em particular...

Bem, sim e não — pensei sobre isso —, e acho que poderia ter sido um sermão que fiz como convidado em Newark que foi a gota d'água para ele. Mas não estou seguro. A propósito, é diferente naquela diocese, é uma igreja avançada lá. Convocam as mulheres, os *gays*... o lado liberal do debate. Meu lado. O negócio é não simplificar demais. Os anglicanos estão por toda parte. Existe na verdade mais liberdade de movimento para um cara como eu do que você credita à igreja.

Que foi que disse?

O quê?

A gota d'água para o seu bispo.

Oh — foi bem simples. Apenas perguntei à congregação o que achava que o extermínio programado dos judeus na Europa causara ao cristianismo. À nossa história de Jesus Cristo. Quer dizer, dada a magra reação de nosso pessoal, o Holocausto é um problema apenas para teólogos judaicos? Mas além disso eu lhes perguntei — era uma grande multidão naquela manhã, e estava comigo, eu podia sentir, depois dos bancos vazios de São Tim parecia-me como o auditório de Radio City —, eu lhes pedi que imaginassem... que mortificação, que ritual, que prática poderia ter sido uma reação cristã à altura do desastre. Algo que nos assegurasse que nossa fé não era uma espécie de complacência ilusória para nós mesmos. Algo tão brutal como Auschwitz e Dachau. O que podia ser? Aventurei-me por algumas possibilidades. Um exílio em massa? Um compromisso para a vida toda de milhões de cristãos de se entregarem ao nomadismo e ao abandono pelo mundo afora? O arrasamento das terras e das cidades num raio de mil milhas de cada campo de concentração? Disse-lhes que não sabia qual seria a reação adequada... mas estava seguro de que a reconheceria quando a visse.

Foi o que disse?

Para iniciantes.

Percebo.

Sim. Esta foi a bomba.

— As mais simples técnicas digitais invasivas revelam as contas bancárias e de investimentos do marido, apólices de seguros e fichas médicas, pagamentos de hipotecas, boletins escolares e do serviço militar, índices de crédito e contribuições políticas. Tudo disponível para estudo e eventual confisco. Seus serviços de apoio, aconselhamento legal, contábil, em investimentos. Quem são e onde estão. Meios de comunicação. Análise da caligrafia. Análise da voz — um sotaque facilmente detectável de Filadélfia. Análise de um mês típico de cartão de crédito e conta telefônica para os segredos em sua vida, uma namorada, uma mãe dependente. Nada. Nenhuma transação ilegal com joalheiros, floristas; o marido é um narcisista terrivelmente limpo, o único caso que tem, avassalador, é consigo mesmo.

Cerca de dez ou quinze anos mais velho do que os dois, o marido é uma espécie de maravilha executiva, o presidente de uma corporação que fabrica computadores e está sendo cortejado por um conglomerado japonês com participação em firmas internacionais de satélites de comunicação, eletrônica e da indústria de refrigerantes. O amante compreende que neste nível o gerenciamento eficaz não exige qualquer conhecimento especial da natureza de um negócio. Instrui sua amante para persuadir o marido a aceitar o desafio — a vida em outra cidade, viagens regulares ao Japão, novos campos a conquistar... Dito e feito. Então, enquanto o marido está ocupado acertando as coisas no seu antigo emprego, tomando o cuidado de manter relações cordiais, aconselhando até a junta em relação ao seu sucessor, a essência da vida corporativa sendo a volatilidade e não queimar jamais nenhuma ponte atrás de si, a esposa/amante viaja para a costa do Pacífico a fim de se familiarizar com o jeito da terra, encontrar uma nova casa no bairro adequado e assim por diante.

O amante voa com ela para a nova cidade, escolhe a casa, a mobília, tudo até o menor detalhe. A esta altura, na sua cabeça, ela está tão fascinada por ele que tudo o que estão fazendo parece inteiramente natural e normal.

Ela trouxe várias fotografias do marido, de instantâneos até retratos corporativos formais. O amante voa até Budapeste com as fotos digitalizadas traduzidas em representações holográficas para um cirurgião cooperativo que ele conhece dos velhos dias e, sem dar a entender que ainda pertence à comunidade do serviço secreto, deixa o cirurgião pensar que sim, de modo que o código da discrição extrema estará em vigor. Você não está muito longe dele, diz o médico, estudando a holografia. E é verdade, pensa o amante: Afinal, a atração que ela sentiu por mim foi de certa forma orientada pelo fato de sermos mais ou menos do mesmo tipo morfológico esguio, ambos tendo evocado em sua mente alguém que ela amou quando criança. Não quero dizer direcionamento edipiano forçosamente, todos nós buscamos réplicas das ligações puras instaladas em nós na nossa juventude inconsciente. Existem transferências até mesmo naquelas idades tenras em que as pessoas que servem de modelo ficam gravadas como amores de uma vida inteira tão profunda e indelevelmente que você é heliotrópico na sua presença.

Meu nariz será quebrado e aumentado, a linha dos cabelos será trazida para baixo por meio de transplantes até um bico-de-viúva, terei de manter meus cabelos cortados curtos e acinzentados nas têmporas para acrescentar dez anos ou mais. O maxilar será alargado ligeiramente com implantes. Terei de engordar cerca de cinco a sete quilos e usar um salto de sapato elevado...

Mas esta não pode ser uma história sobre detalhes. Não posso depender de uma apresentação realista de detalhes cuidadosamente elaborados para reforçar a sua credibilidade. Tudo isso pode ser passado ligeiramente em montagem. O filme deveria operar no domínio abstrato onde as questões práticas cedem lugar a ressonâncias fantásticas com a verdade cotidiana. Porque a maldade como costuma ser cometida com mais freqüência vem da vida comum, tira não só a sua motivação mas também a sua forma da estrutura das circunstâncias existentes, não é geralmente uma coisa de tamanho desvio em elevado conceito que exija um planejamento tão extenso para ser praticada.

Na verdade, o filme pode-se dizer que só começa com o que na cabeça do amante é a cena culminante, uma obra de arte performática em que um sucesso dos negócios americanos, um homem em relação ao qual ele não tem nenhum sentimento, menos ainda antipatia, será jogado precipitosamente na desgraça material e psíquica. Ele entrará por uma porta que julga ser sua e não será reconhecido pela mulher. Ela negará que o conhece. Uma duplicata de si mesmo pedirá à polícia que o leve embora e o acusará de rondar a casa. Guardas de segurança o impedirão de entrar no seu escritório. Hotéis não aceitarão seus cartões de crédito. Velhos amigos se afastarão dele com medo. Advogados não responderão a seus telefonemas. Seu passaporte será confiscado como falso. Desorientado e apenas imperfeitamente entendendo que algo foi feito contra ele, será deixado a arengar e vituperar num estado maluco de total deslocamento, um deportado de si mesmo.

Talvez, pensa o amante, enlouqueça. Talvez tente me matar e vá acabar num hospital para criminosos insanos. Outro ponto de delicioso suspense é a medida do meu controle sobre ela, calculável na medida em que ela possa ser confiada. Se sentimentos residuais de afeto na forma de pena ou terror se manifestarão nela, talvez a ponto de revelar a verdade a ele, de modo que, mesmo sob o risco de acusação criminal contra si mesma, ela trará toda esta bela obra de arte a uma conclusão estrondosa.

O mais provável, naturalmente — e como posso alegar que não suspeitei isto de mim mesmo logo no início —, é que, tendo concretizado este crime de usurpação, descobrirei que nem mesmo isso poderá afugentar minha lassitude profunda e crônica, que agora pode ser aliviada, ainda que só por um momento, abandonando a mulher que se entregou a mim com tanta obsessão e adoração, de modo que tudo o que lhe restará na vida será o marido alquebrado que ela traiu.

E assim temos a versão secular iluminista do Anfitrião. E tudo isso a partir da jovem mulher adorável e segura de si que se sentou ao meu lado num jantar de gala. Este é o meu laboratório, aqui, no meu crânio...

—

— Corvos nas docas? Então agora eles estão aqui também. Nunca ouvi falar de corvos se aproximando da água salgada. Isso é muito mau. Olhem para eles, três ou quatro, saltitando das pilastras até o cais, bicando as patas de caranguejos e as conchas de mariscos deixadas pelas gaivotas. Um grupo avançado, uma patrulha. Se gostarem do que encontraram, virão em bandos a seguir, grasnando e crocitando nas árvores à beira-mar, fazendo um barulho infernal como um miserável clube de motociclistas. Jesus. Tenho papa-figos aqui que avançam nos vacínios, tentilhões que gostam de se balançar nas pontas dos caniços quando o vento sopra, tenho melros de asas vermelhas, tordos-dos-remédios, pássaros negros, cardeais, cambaxirras, pica-paus, andorinhões, tenho talha-mares, maçaricos e garças noturnas de má postura como velhas senhoras com pescoços arqueados... Corvos são mais espertos, maiores, mais ruidosos e vivem em comunidade. Eles ocupam o espaço, vão expulsar todos os outros, isto é sério, vou ter de vigiá-los de perto. Vocês precisam voltar para os bosques suburbanos de Westchester, corvos. Vocês são interioranos, vocês se juntam em bandos nos grandes bordos e descem até a rua para comer as carcaças de esquilos. Não ficam bonitos contra um céu aberto. Corvos nas docas são uma metáfora mista.

Vamos refletir por um momento naquelas observações do meu professor no Luitpold Gymnasium: de que a fim de manter seu respeito próprio ele exigia minha atenção e que Jesus fora crucificado por pessoas como eu. Portanto havia os dois elementos fundidos — o cristão autoritário e o militante. E agora lhes peço para refletirem na possibilidade de que o trabalho cerebral devoto de prelados e reis cristãos que ao longo dos séculos demonizaram o povo judeu na Europa e praticaram o racismo contra ele com autos-da-fé, *pogroms*, grandes confiscos, gravames legais, deportações e uma cultura de anti-semitismo socialmente respeitável... houvesse neste momento na minha sala de aula do ginásio atingido a massa crítica. Vamos imaginar tais ressentimentos pequenos e quietos implodindo nos ouvidos de um milhar, de um milhão de crianças da minha geração. E um momento depois: o Holocausto. Pois vocês vêem o que se move não tão rápido quanto a luz mas rápido o suficiente, e com uma massa acrescida de tal densidade de modo a não ser suportada, é o desastre acelerado da história humana.

O que então, para sermos lógicos, devemos concluir? Devemos concluir que, dados os acontecimentos no século XX da civilização européia, o conceito religioso tradicional de Deus não pode mais ser seriamente mantido. Pois bem, se sou uma pessoa séria, como acredito ser, devo buscar Deus em outra parte além das escrituras religiosas. Devo tentar entender certas leis irredutíveis do universo como um comportamento transcendente. Nestas leis, Deus, o Velho, se manifestará.

Agora estranhamente, embora estas sejam verdades frias, eternas, sem imagem, na medida em que estejamos começando a entendê-las, estes grandes e vastos hábitos sem voz da dimensão universal, podemos encontrar consolo na sua beleza. Podemos glorificar em nosso conhecimento deles, no fato de que são — incompreensivelmente — compreensíveis!

Pois, lembrem-se, não podia haver alternativa na teoria para o que é. Por exemplo, se a gravidade cessasse de ser um mecanismo fundamental do universo — vamos fazer uma experiência mental

—, o que resultaria? Nosso sistema solar se desintegraria, todas as águas da terra seriam derramadas de suas bacias oceânicas e se despejariam em cristais através do espaço negro como pedaços de carvão descendo por um conduto, todo o sistema do espaço de matéria escura e estrelas, a luz solar, a vida orgânica, a mitose, uma coisa levando a outra num desdobramento de condições necessárias e suficientes... não o seria. Bem, o que seria? Talvez depois de vários trilhões de anos algo orgânico ocorreria a partir da vasta eternidade negra amorfa que não dependeria da luz ou da umidade a fim de se propagar — alguma entidade efêmera amorfa e se nutrindo de nada —, e a vida, se fosse vida, seria definida de uma maneira que não pode agora ser definida. Certamente tudo isso é menos uma indução ao conhecimento do que temos agora, do que vemos agora, do que tentamos entender agora.

A fim de acalmar nossos nervos, vamos comemorar a constância da velocidade da luz, vamos celebrar a gravidade, que esteja em ação a curvatura do espaço e glorificar o fato de que até a luz é envergada por sua força, cavalgando as curvaturas do espaço na direção de objetos celestiais como uma fina e cintilante malha vermelho-dourada que as cobrisse. A sujeição da luz à gravidade foi comprovada por meu colega Millikan alguns anos depois que a minha teoria veio a mim, quando a luz passando perto da estrela X desviou suas medidas em relação ao espectro vermelho, indicando que havia sofrido uma curvatura. E aí, meus caros amigos, reside um sacramento para nós, não é? Um primeiro sacramento, a curvatura de uma luz estelar. Sim. A curvatura de uma luz estelar.

— A Conversa de Sarah Blumenthal com Seu Pai

Eu era um corredor. Meu trabalho era levar as notícias ou as instruções do conselho até as famílias em suas casas. Ou mensagens de um membro do conselho para outro. Ou vigiar a praça, na entrada da ponte, deixá-los saber se o carro aberto estava vindo com o semitrator cheio de soldados logo atrás dele, o que significava que a próxima coisa ruim estava para acontecer. Eu corria como o vento pelas vielas e ruas laterais para dar o alarme. Portanto, tinha responsabilidades acima da minha idade. Havia sete de nós, sete garotos, que eram corredores. Usávamos bonés especiais, como gorros de polícia, com uma pala militar. E as estrelas costuradas em nossas lapelas, claro, de modo que era tudo muito pervertido, a noção militar que eu fazia de mim mesmo. Sentia-me privilegiado de que a estrela não fosse como todas as outras estrelas mas alguma indicação de hierarquia e o chapéu em estilo militar e o fato de saber tudo o que estava acontecendo antes de quase todo mundo — tudo aquilo me fazia sentir especial. O Sr. Barbanel, o principal assistente do líder da comunidade, Dr. Koenig — ele disse que eu era o seu melhor corredor. Escolhia-me para as tarefas mais importantes. Portanto era assim, eu tinha uma estrela na minha túnica e um gorro e eu era o corredor estrela, era assim que eu pensava a meu respeito.

Peço-lhe que se lembre. Eu só tinha dez anos. Ao mesmo tempo que vivia nesta ilusão, e às vezes até secretamente admirava os uniformes de nossos inimigos, sabia muito bem o que estava acontecendo. Como poderia não saber?

O dever principal do conselho era prover, numa base diária, brigadas de trabalhadores para as fábricas militares da cidade. Se isso não fosse feito, se os alemães achassem que não éramos suficientemente produtivos, seria o fim para nós. Enquanto os homens e as mulheres mais jovens eram recrutados para o trabalho, a maioria das mulheres e os homens menos capacitados eram designados para cuidar do gueto, para mantê-lo em funcionamento, a padaria, o hospital, a lavanderia e assim por diante. Portanto as mulheres também tinham de estar capacitadas.

Qualquer mulher grávida descoberta era levada embora e assassinada. Por isso, grávidas, bem como idosos, crianças sem lar e incapacitados físicos, eram abrigadas ilegalmente em casas por todo o gueto. Quando sabíamos que iam dar uma busca, cada corredor tinha um número de casas para cobrir. Eu disparava para as casas atribuídas a mim e batia na porta de um jeito especial. Era o sinal de que as pessoas tinham de se esconder. Tudo era feito em silêncio e com eficiência, sem berreiro ou gritaria. Então, havendo coberto a minha rota, eu teria tempo de voltar em segurança aos escritórios do conselho ou me esconderia em algum lugar, geralmente no telhado de alguma casa vazia, agarrando-me à chaminé. Estes eram os momentos do mais puro terror, quando os ilegais se dispersariam por todo tipo de esconderijos, armários, caixotes de batata vazios, celeiros de raízes, compartimentos em sótãos, poços, criptas subterrâneas. E eu ouvia quando inevitavelmente alguns dos esconderijos eram descobertos. De diferentes locais escutava os pés de um pelotão de soldados correndo, ou berros guturais e depois os gritos de alguém ou às vezes o tiro de uma pistola. Os alemães traziam consigo policiais judeus do gueto nestas buscas e os torturavam para descobrir o que eles sabiam. As pessoas eram achadas e arrastadas para longe, era possível ouvir sons horríveis das diferentes ruas. Onde estivesse, por mais seguro que estivesse, eu sentia tanta raiva — a ponto de chegar à beira de um impulso suicida de correr e atacar os soldados, saltar nas suas costas, unhá-los, bater neles. Sentia este desejo no meu osso maxilar, nos meus dentes.

Quando fui designado para a praça onde os guardas de serviço paravam e examinavam os destacamentos de trabalhadores que atravessavam a ponte, minha missão era avisar ao conselho qualquer coisa fora do comum que ocorresse. Os guardas eram idiotas, homens estúpidos na maior parte, eram a ralé dos militares alemães, alguns já de meia-idade. Com meu gorro eu era virtualmente invisível para eles. Podia entrecruzar interminavelmente a praça, até mesmo ocasionalmente ocultando-me atrás de um monte de entulho para observar a movimentação. Se, por exemplo, um dos trabalhadores era apanhado no fim da tarde tentando contrabandear um pão ou alguns cigarros, haveria uma discussão terrível e o conselho teria de intervir para negociar a punição mais leve possível. Às vezes os soldados acostavam uma trabalhadora e tentavam detê-la na guarita sob um pretexto qualquer e aquilo teria de ser resolvido. No meio do dia, quando aconteciam menos coisas, eu ficava principalmente nas ruas laterais, embora nunca fora de vista ou de audição da praça. Era uma criança responsável, mas quando as coisas ficavam quietas demais eu não podia resistir ao impulso e entrava numa das casas vazias, subia ao telhado e mantinha minha vigilância de lá. A maioria das casas do gueto não passava de cabanas, mas havia algumas com dois andares, outras eram feitas de pedra, havia celeiros com clarabóias, estábulos, lojas com telhados retos, um edifício comercial ou dois. As veias da cidade se espalhavam para cima e eu podia ver os blocos de apartamentos e prédios de escritórios e, dependendo de onde estivesse, podia até ver as fábricas militares contra as colinas onde em dias sem vento a fumaça das altas chaminés rolava diretamente para o céu.

Se virasse minha cabeça para o leste, podia ver onde o terreno ficava mais acidentado, com contrafortes e depois montanhas com gargantas, tudo densamente coberto por florestas de pinheiros e bétulas. Este terreno era mágico para mim, porque era lá que estavam baseados os guerrilheiros judeus que tinham armas e atacavam os alemães em incursões militares. Eu acreditava, de um modo bastante irracional, que meus pais estavam com os guerrilheiros, que eles eram heróis combatentes da resistência judaica. Acreditava nisso ao mesmo tempo que acreditava que estavam mortos. Acreditava nas duas coisas simultaneamente. Vou explicar isto a você, porque também vou lhe mostrar como me tornei um corredor em primeiro lugar.

Antes da invasão da Alemanha, antes da expulsão dos judeus, meu pai, o seu avô, fora um economista agrário na universidade. Isso tinha a ver com questões de colheitas, produção das fazendas e assim por diante. É por isso que ele era um consultor secreto do conselho. Eles tinham de calcular a distribuição dos alimentos repartidos pelos alemães. Claro que nunca havia o suficiente. Foi meu pai quem traçou em dois terrenos baldios o plano para uma horta comunitária que o conselho levou à aprovação dos alemães.

Minha mãe fora candidata a doutorado em língua e literatura inglesa na mesma universidade. Quando nos mudamos para o gueto tudo isso acabou. No começo meu pai saía todo amanhecer com os destacamentos de operários e atravessava a ponte para trabalhar na linha de montagem da fábrica de aeroplanos e minha mãe era designada para ensinar na escola do gueto. Mas não havia nada estável, era uma restrição atrás da outra e cada vez mais as coisas normais da vida eram suprimidas. Então um dia os alemães fecharam nossas escolas e depois disso minha mãe foi designada como meu pai para as brigadas operárias da cidade.

Avisaram-me para ficar fora de vista. Passava a maior parte do meu tempo em nossa casa. Minha mãe salvara vários livros do confisco e os trouxera para casa para mim. Os livros ficavam atrás de uma tábua solta na parede do meu quarto. Era um quarto de sótão com uma pequena janela pela qual eu só podia enxergar se ficasse de joelhos. Eu estudava aqueles livros avidamente, antologias francesas e inglesas, manuais de matemática e histórias da civilização européia. Apreciava livros das classes mais adiantadas e gostava de dominá-los. Minha mamãe passava deveres com estes livros e até testes para eu fazer. Eu adorava testes. Amava sua voz enquanto lia meu trabalho e dava-lhe notas e adorava quando nos debruçávamos juntos sobre meus livros escolares à noitinha depois de ter preparado nosso jantar.

Claro que eu tinha um ou dois amigos. Joseph Liebner, que estava um ano à minha frente na escola e cujo pai era padeiro na padaria do gueto, e um menino chamado Nicoli, que dividia comigo seus romances de caubói em alemão e a garota loura Sarah Levin, cuja bonita mãe, Miriam, ensinava música e dissera à minha mãe que Sarah estava interessada em mim, notícia que ouvi com indiferença fingida. Na verdade, toda semana às terças eu caminhava dois quarteirões até a casa da Sra. Levin para a minha aula de violino. O violino ficava guardado na sua casa, embora fosse meu. Naturalmente, eu nunca podia praticar. Minha aula era também a minha prática para a lição. Acontecia enquanto os homens na carpintaria ao lado ainda estavam trabalhando, de modo que o som do violino não pudesse ser ouvido acima do barulho. Nestas ocasiões, Sarah Levin ficava sentada na sala, uma garota magra com cabelos descorados e grandes olhos que me observavam, coisa que eu dizia a mim mesmo que detestava, embora naturalmente aquilo me fizesse tocar com empenho.

Ainda assim, a maior parte do tempo eu ficava sozinho. Esperava meus pais, rezando a Deus para que voltassem do seu dia de trabalho na cidade. Quando entravam pela porta, trazendo consigo o ar frio, talvez com um pouco de comida barganhada com os lituanos, eu agradecia a Deus por Sua benevolência.

Foi neste período de minha vida que aprendi pela observação de minha mãe e de meu pai o que era o amor adulto. Que aquilo pudesse ser mantido — uma suposição dos poderes masculinos de um pai, da beleza de uma mãe, ela à espera dele, recepcionando-o na sua cama —, quando eles viviam espoliados de suas vidas, escravizados, com tudo tirado deles, não considerei algo notável senão muitos anos depois. Por enquanto eu só acumulava as provas. A forte atração entre eles nada tinha a ver comigo. Minha mãe não podia deixar de olhar para o seu marido. Quando ele estava conosco na sala ela ficava transfixada.

Eu observava o seu peito enquanto respirava. Notava a espessura da curva do antebraço dele debaixo da manga arregaçada. Eu o observava parar na porta aberta e olhar para a rua em cada direção antes de permitir que deixassem a casa. Quando se aprontavam para o trabalho de madrugada, ele ajudava minha mãe a colocar o casaco e então ela se virava e levantava a lapela do seu paletó. Sobre cada um deles, na frente e nas costas, estava costurada a estrela de pano amarelo.

Uma noite fui acordado pelo que achei fosse o vento assobiando através das frestas nas tábuas do sótão. Mas não era o vento, eram gritos. Não da vizinhança, nem de nossa casa — ouvi meus pais no quarto abaixo, o tom urgente de suas vozes quando pensavam que eu não podia ouvi-los. Ajoelhei-me na minha janela. O céu estava iluminado. Minha rua estava quieta, as casas escuras, mas o céu além parecia estar indo pelos ares. Vi a cor das chamas refletida no meu camisão de dormir e chamei meus pais. Incêndio, incêndio! Em poucos momentos minha mãe estava comigo, levando-me de volta para a cama. Xô, disse ela, está tudo bem, não estamos pegando fogo, você está a salvo, volte a dormir. Envolvi-me na segurança de minhas cobertas, dobrei o travesseiro sobre meus ouvidos e cantarolei para mim mesmo para não ouvir aqueles gritos. Era um som terrível, embora distante, de muitas vozes gritando. Observei a luz do incêndio diminuir no interior de minhas pálpebras. Adormeci imaginando que os gritos voltavam para dentro do vento, como se puxados por Deus, elevando-se aos céus.

Na manhã veio a notícia de que os alemães tinham incendiado o hospital. Quando digo hospital, você não deve imaginar o tipo de estrutura moderna que temos aqui. Era um agrupamento de casas que haviam sido adaptadas pela abertura de paredes e juntando-se os prédios com madeira para proporcionar três enfermarias de catres, uma para homens, uma para mulheres, uma para crianças, bem como algumas salas de exames, uma sala de operações pequena e mal-equipada e uma farmácia. Os alemães cercaram o prédio, cobriram portas e janelas com tábuas, com sessenta e cinco pessoas lá dentro, incluindo vinte e três crianças, e incendiaram o hospital. São números indeléveis na minha mente. Sessenta e cinco. Vinte e três. Alguns dos pacientes estavam com tifo e eles temiam o contágio, a dizimação da força de trabalho. Portanto esta foi a sua solução, queimar todo mundo vivo, inclusive os funcionários. Durante todo o dia seguinte a fumaça cobriu a cidade. O céu estava carregado, o tempo incomumente quente. A fumaça pairava como nevoeiro. Meus olhos ardiam, eu tossia para expelir a fumaça. Imaginava que havia inalado a fumaça dos mortos e talvez o tivesse. De madrugada, todo mundo tinha de ir para o trabalho como de costume. À noite, depois que os trabalhadores voltaram, embora fosse ilegal reunir-se em grupos, vários homens se esgueiraram até a casa do rabino mais próximo para uma prece de Kaddish pelas almas assassinadas.

Esta não foi a primeira das chamadas ações dos alemães. Houve e haveria outras invasões súbitas e não anunciadas de casas, quando levavam as pessoas em caminhões até o velho forte no rio a oeste da cidade para serem assassinadas. Tinham estes acessos de eficiência. Mas, depois deste horror particular, meu pai renunciou ao seu papel junto ao conselho. Achara sua cumplicidade numa vida de subjugação impotente não mais suportável. Houve um encontro secreto do conselho na noite seguinte ao incêndio e quando ele voltou eu estava no andar de cima supostamente dormindo mas acordado e alerta como podia. Um silêncio enquanto minha mãe colocava o pão e a sopa diante dele. Ele afastou o prato.

— Amanhã é o encontro mensal com os alemães — disse a ela. — O conselho vai fazer um protesto formal. Pretende aplicar persuasão moral a estas forças ingovernáveis do terror.

Sua voz estava estranhamente pesada, sem tom.

— E o que você sugeriria que o conselho fizesse? — perguntou minha mãe. Falava suavemente. Eu mal podia ouvi-la.

— Acima e além do fato de nossa escravidão sistemática, eles gostam de nos surpreender — disse meu pai. Sua voz se levantou, ficou mais zangada. — Gostam de se divertir. Schmitz, aquele chacal que dirige as coisas — era o oficial-chefe das SS —, como pode o conselho suportar olhar para ele, falar com ele, como se fosse humano? Este falso ritual de uma humanidade comum à qual temos de nos submeter se esperamos sobreviver a eles! Como se fôssemos os zeladores de loucos que nunca devem ser informados de que são loucos. Schmitz e os outros vão estar rindo entre si enquanto fingem manter uma conversação civilizada. Dirão que é tempo de guerra e que todas essas coisas lamentáveis são no entanto inevitáveis. Continuarão discutindo as cotas de farinha e batata como o item seguinte na pauta.

— Ari, *shah* — disse minha mãe. — Vai acordá-lo.

— Não posso mais agüentar isto!

Aquele grito de desespero, jamais o esquecerei, não só pelo aperto no meu coração de criança de que meu pai estava, na verdade, sem recursos para nos proteger, mas pela iluminação aguda que me trouxe do meu ser físico como a presa de um predador. Ele discorreu sobre este efeito de nossa história: que vivemos entre eles, os cristãos, geração após geração, somente para nos vermos distorcidos e amoldados à forma do seu ódio. Fomos transformados em judeus para que eles pudessem ser cristãos.

Exatamente o que aconteceu depois disso não posso lhe contar. Foi talvez dois ou três meses depois do incêndio, as emoções haviam se amortecido. O choque se desgastara na rotina do trabalho, dos encontros secretos, das preces secretas por parte dos religiosos. A volta uma vez mais da esperança de sobreviver a eles, de agüentar até que chegasse a libertação. Correram rumores da derrota dos exércitos nazistas na África. Foi nesse período que meus pais deixaram de voltar para casa depois do trabalho. Até o dia de hoje não conheço as circunstâncias. Uma manhã ao alvorecer, como de costume, ele a ajudou a colocar o seu casaco, ela levantou a lapela dele contra o frio, ambos beijaram seu filho. Deram-me as instruções usuais para o dia. Abriram a porta na manhã escura e fecharam a porta e nunca mais os vi de novo.

Sei que por essa época um aviso foi colado no gueto — os alemães estavam convocando uma centena de pessoas da classe intelectual para trabalho especial como curadores e catalogadores nos arquivos da cidade. Mamãe e papai discutiram o assunto. Ela era contra se apresentar como voluntária, alegando que não se podia confiar nos alemães. A opinião de papai era a de que havia um risco sensato a correr e que ele se inscreveria. Acreditava que se tivesse tal emprego veria pessoas que conhecia e faria contato com a Resistência. Minha mãe disse que queria sobreviver. Meu pai disse que enquanto qualquer decisão que tomassem pudesse ser a derradeira, de uma coisa tinha certeza, de como tudo terminaria para todo mundo que permanecesse no gueto.

Bem, naturalmente minha mãe tinha razão, era outra das imposturas assassinas dos alemães: os intelectuais que apresentaram suas credenciais para trabalhar nos arquivos foram levados em caminhões para fora da cidade até a velha fortaleza à margem do rio e fuzilados. Mas se meu pai estava entre eles, o que aconteceu a minha mãe, que não se apresentara como voluntária? Ou teria se apresentado, afinal? Mas aquilo seria muito imprudente de sua parte, ambos arriscando suas vidas e deixando um menino pequeno para trás. Talvez se ele tivesse se apresentado, ela fosse implicada também de certa forma e levada embora antes que pudesse fugir. Talvez tivessem sido mortos por outras razões que nada tinham com essa questão. Não sei.

Mas havia outra possibilidade — de que estivessem ainda vivos, de que tivessem conseguido escapar e juntar-se aos guerrilheiros. Foi o rabino Grynspan nosso vizinho que me contou isso na própria noite em que eles não voltaram.

— Venha rapidamente, você não deve ficar aí — disse. — Você é tecnicamente um órfão, embora naturalmente seus pais estejam vivos na floresta e voltem para buscá-lo, queira o Senhor, Abençoado seja Ele, mostrar-lhes o caminho.

— Eles juntaram-se à Resistência?

— Sim. — Isso depois de um momento de hesitação.

— Bem, por que não me levaram com eles?

— Acharam que estaria mais seguro aqui. Rápido, chega de conversa. Crianças sozinhas os nazistas não toleram. Você será cuidado, não perca o tempo com livros, pegue seu suéter, estas camisas, embrulhe estas coisas no seu casaco e venha comigo.

Depois disso, eu vivi sabendo que mamãe e papai estavam mortos mas ao mesmo tempo à espera de que viessem em meu socorro. Sabia que estavam mortos porque não julgariam que eu estaria mais seguro no gueto do que com eles. Mas eu achava que estavam vivos porque o rabino havia confirmado o que meu pai dissera, que queria fazer contato com a Resistência. Vivi neste estado mental irresoluto por um tempo considerável, sabendo em meu coração que estavam mortos, mas sempre buscando saber, nos intervalos do que eu fazia, se tinham vindo à minha procura. Passou um longo tempo até que eu deixasse completamente de pensar neles.

Se Albert tem razão, existe um consolo a ser derivado dos planetas. Por exemplo, que todos eles são esferóides, que nenhum deles tem o formato de um dado ou do papelão em que as camisas vêm da lavanderia. E pensando na sua formação — como, de furiosos redemoinhos amorfos de poeira cósmica e gás, tudo rodopia e se resfria e se organiza num sistema solar operando gravitacionalmente... E que isso tenha aparentemente ocorrido em outros lugares, que existam bilhões de galáxias com estrelas incontáveis, de modo que mesmo que uma fração das estrelas tenha planetas com luas orbitando em torno deles... alguns planetas, pelo menos, podem ter a água necessária para a vida inteligente que poderia estar sofrendo a mesma crise metafísica que nos perturba. Portanto, a gente tem isso para se sentir bem.

— A Conversa de Sarah Blumenthal com Seu Pai

O rabino me levou para os escritórios do conselho. Várias crianças estavam lá. Algumas choravam. Sentei-me entre elas no chão e encostei as costas na parede, observei e ouvi. Os membros do conselho pediam a todo mundo que ficasse quieto. Um homem a uma mesa datilografava. Tinha uma máquina de escrever porque era do conselho. Eu gostava do crepitar claro e preciso das teclas da máquina de escrever. Adormeci por um tempo. Quando acordei as outras crianças tinham ido embora, a sala estava quieta e uma mulher se ajoelhava diante de mim.

— Você tem um novo nome agora — disse, sorrindo. — Um bonito nome. Yehoshua. Vamos, diga.

— Yehoshua.

— Isso mesmo. Yehoshua Mendelssohn. É você a partir de agora. É o nome pelo qual deve atender e este é o registro provando que você é ele, que vai carregar sempre no bolso, certo? Caso alguém pergunte. Você mora na rua Demokratu. Vou levá-lo lá. É bonito, dá para uma horta.

A mulher pegou minha trouxa, segurou minha mão como se eu fosse um bebê e caminhou comigo através do gueto. A palma de sua mão estava úmida de medo, mas não me largava. Parou em frente da porta de uma pequena casa.

— Você tem um avô — disse-me e então bateu na porta.

O dito avô era um alfaiate chamado Srebnitsky, um homem magro de mau gênio, um tanto encurvado, com cabelos grisalhos que se enroscavam debaixo do seu boné e com ombros estreitos sobre os quais pendiam frouxamente uma camisa e um colete. Exalava um odor bolorento que eu considerava um cheiro de vovô. Tinha olhos azuis pálidos que brilhavam, aquosos. Mas a impressão mais forte que me causou foi a de que era um estrangeiro.

Sua casa tinha dois cômodos, um na frente, o outro nos fundos, e uma pequena alcova servindo de cozinha. Eu devia dormir num sofá-cama no quarto da frente, onde o alfaiate tocava o seu negócio.

— Então eu tenho um neto — disse, sem sorrir. — Assim Deus na Sua sabedoria provê. Posso esperar que Ele me dê uma filha e um genro também? E por que não uma esposa, já que Ele está nisso?

Não falava comigo, mas aparentemente ao trabalho em suas mãos, ou talvez às próprias mãos, que eram longas, macias e ágeis, e por isso mesmo fascinantes, porque pareciam muito mais jovens do que o resto dele. A agulha voava através do tecido, entrando e saindo, e linhas perfeitamente retas de pontos surgiam com admirável velocidade.

À medida que as semanas passavam assumi a tarefa de varrer os pedaços de fio e retalhos de pano que se acumulavam no chão. Mas nada podia ser jogado fora, tudo voltava ao baú de trapos. As roupas trazidas ao alfaiate eram casacos, calças, vestidos puídos que ele cerziria ou desmontaria, para refazê-los, de certo modo, com seus pedaços de fios e retalhos do baú, para que pudessem ser usados de novo, pelo menos por algum tempo. Os clientes não pagavam em dinheiro, havia vales. Na maioria das vezes fazia-se um escambo. Os alemães não podiam policiar muito bem essas coisas. Um carpinteiro que precisasse ajeitar um paletó consertava uma persiana de modo que fechasse adequadamente. Uma mulher cujo casaco ele forrasse deixava uma sopa.

O único livro na casa era uma Bíblia, por isso me empenhei em lê-la a fundo. Achei coisas intrigantes nela. Supondo que o velho fosse crente, comecei a fazer-lhe perguntas. Clarões de triunfo assomaram aos olhos aquosos de Srebnitsky. Com prazer começou a apontar contradições e absurdos do texto bíblico.

— Estude atentamente o que está lendo — falou. — As datas lhe dizem. Quando isto aconteceu, quando aquilo aconteceu. Samuel não poderia ter escrito Samuel mais do que Moisés poderia ter escrito Moisés. Como podiam saber quando haviam morrido? Histórias, bobagem, todas elas. Fraude de crentes. E no princípio? No princípio — o quê? Quem está falando, quem está ouvindo? Quem estava lá? Onde está a testemunha? As pessoas que inventaram essas histórias sabiam ainda menos do que nós. Quer Deus? Não procure nas Escrituras, procure por toda parte, nos planetas, nas constelações, no universo. Olhe para um percevejo, para uma pulga. Examine as múltiplas maravilhas da criação, inclusive os nazistas. Esse é o tipo de Deus com que estamos lidando.

Achei um estranho consolo nessas observações. Sempre tivera dúvidas em relação ao Deus bíblico, como as tenho até hoje, como você muito bem sabe e, espero, perdoa. Além disso, a atitude do velho me lembrava de meu pai, que era um sionista e homem de ciência, embora observasse o sabá e os feriados importantes. Mas havia ainda uma espécie de cumprimento oculto na consideração que o velho devia ter por mim conversando comigo como se eu fosse uma pessoa capaz de usar sua própria cabeça, raciocinar por si mesma e não acreditar em nada piamente, embora não passasse de um menino.

A maior parte do tempo, porém, não havia nenhuma conversa de Srebnitsky. Hora após hora ficava sentado encurvado sobre a mesa de trabalho, suas belas mãos compondo uma espécie de ágil discurso surdo-mudo na minha mente. A concentração do seu olhar em seu pequeno campo de tecido, sobre o qual suas mãos falavam, eu encarava aquilo como o seu desafio a todas as mentiras de Deus e sua obstinada recusa em sucumbir ao desespero que assolava o gueto em ondas, como a febre.

Sua máquina de costura lhe fora confiscada, uma perda que todo dia ele amaldiçoava. A concessão que faziam ao seu ofício resumia-se a deixar-lhe as tesouras e agulhas e as caixas de aviamentos e meadas de fios. Também suas duas figuras humanas sobre estrados com rodas, uma masculina, outra feminina, construídas de arame da cintura para cima. Estes manequins de alfaiate eram freqüentemente objetos de minha contemplação. Embora desse para enxergar através deles, eu os sentia como presenças reais na sala. Dei-me conta de como era necessário pouco para parecer humano. Às vezes os manequins eram deslocados pela sala e eu me espantava ao topar com eles inesperadamente, tomando-os por pessoas reais. Eu fantasiava sua indiferença, que nada era capaz de feri-los. Podia-se pendurá-los, alvejá-los a tiros, martelá-los até se transformarem numa massa informe, puxá-los e enrolá-los num longo feixe de arame, que eles não sentiriam nada, não se importariam. Ser inanimado era um estado invejável e até transcendente no meu pensamento. No entanto, ao mesmo tempo eu não tinha dificuldade alguma em imaginar os manequins conversando um com o outro. Gostava de empurrá-los numa posição de conversa depois que o alfaiate se recolhia e pouco antes de me deitar para dormir: Bem, é noite, tempo de repousar, o homem diria à mulher.

Sim, ela responderia, e amanhã o sol certamente virá e nos banhará com o seu calor.

— **Observações de Pem aos Examinadores do Bispo**

A sensação de Deus em nós é uma sensação total dada ao ser inteiro, reveladora, inspiradora. Esta é a resposta usual ao intelecto que questiona, que não pode sozinho perceber a verdade sagrada. Mas o intelecto não foi subordinado? A totalidade do ser não inclui o intelecto? Por que a glória de Deus não reluziria através da mente humana?

Eu assumo a posição de que a verdadeira fé não é um conhecimento suplantável. Ela não pode descartar o intelecto. Não pode responder ao intelecto com um sorriso condescendente. Procuro paridade aqui. Não vou argumentar que seu acesso ao sobrenatural é uma ilusão se não me disserem que meu intelecto é irrelevante...

As histórias bíblicas, as histórias dos Evangelhos foram as iluminações originais, elas eram ciência e religião, elas eram tudo, elas eram tudo que as pessoas tinham. Mas elas não escreveram a si mesmas. Temos de dar crédito ao trabalho dos contadores de histórias.

Se não em todas as histórias, certamente em todas as histórias de mistério, o escritor trabalha para trás. O final é conhecido e a história é designada para chegar ao final. Se você sabe que as pessoas do mundo falam diversas línguas, este é o final: A Torre de Babel o leva até lá. O final conhecido da vida é a morte: A história de Adão e Eva chega àquele final. Por que sofremos, por que devemos morrer? Bem, vocês sabem, existia este Jardim...

O final da história implica que poderia existir um final diferente. Este é o pequeno truque barato. Você dá a entender que como as coisas saíram deste jeito não poderiam ter saído de maneira diferente. Você criou conflito e suspense onde não existia nenhum. Transformou a condição humana numa narrativa seqüencial de como ela veio a ser.

Bem, do modo como eu leio a história, Deus deu as cartas com um baralho marcado. Adão e Eva nunca tiveram a menor chance. A história do Pecado Original é uma parábola da glória e do tormento da condição humana. Mas não passa disso...

Meudeus, não existe perigo maior do que o contador de histórias. Não, vou fazer uma correção, não existe perigo maior do que o editor do contador de histórias. Santo Agostinho, que editou o Gênesis 2-4 para o pecado original. Que ato inteligente de desconstrução — passando-o adiante para os filhos, como HIV. Como a doutrina da danação universal, a Queda Original se torna um instrumento de controle social. Deus indica a seus agentes plenipotenciários que dêem a salvação ou a recusem. Não sei quanto a vocês, caros colegas, mas a história apresenta a tendência de jogar uma luz muito dura sobre minha fé. Estamos vinculados a uma teologia pressionada a manter-se firme contra o incrédulo bom senso. Por exemplo, e os bebês recém-nascidos que morrem sem batismo como católicos e são condenados às fronteiras limbóides do inferno? Quer dizer... e em todas as suas denominações, fantasias punitivas do pecado original engendraram e ainda engendram gerações de crianças e adultos aterrorizados e dão a todas aquelas sepulturas calvinistas na Nova Inglaterra uma pungência particular quando trazem à mente as queimas de bruxas, os açoitamentos e as renúncias aos prazeres comuns e às maravilhas da vida sobre a terra das quais a mente não doutrinada é naturalmente herdeira...

Como, dada a pesarosa história deste absurdo todo, podemos pretender exaltar nossa visão religiosa acima das buscas comuns de nossas mentes racionais?

O velho alfaiate costumava me tratar como se eu fosse um pensionista adulto capaz de cuidar de si mesmo. Mesmo assim, quando eu crescia e minhas roupas ficavam pequenas, ele as ajeitava ou conseguia outras. Quando comecei a mancar porque meus sapatos se tornaram muito apertados, ele me arranjou na permuta um par de sapatos de madeira. Cozinhava nossa sopa de batatas e dividia o pão, apontava para a mesa e nos sentávamos para comer em silêncio. Aceitei tudo isso da melhor maneira possível. Na verdade, eu era um pensionista. O velho e eu não éramos realmente parentes, e nunca cheguei a sentir que aquilo não passasse de um arranjo temporário.

Vivendo na clandestinidade, eu não podia mais ver meus antigos amigos ou ir à minha aula de música com a Sra. Levin ou ver aquela pequena Sarah, que era tão louca por mim. De tempos em tempos a mulher do conselho que me dera meu novo nome vinha me visitar, dar uma olhada, ver se tudo estava em ordem. Trazia alguns cigarros para Srebnitsky, ou *schnapps* num pequeno frasco. Ele aceitava estas pequenas coisas como se lhe fossem devidas. Para Yehoshua Mendelssohn ela trazia um pente de bolso ou um lápis e uma caderneta. Mas a melhor coisa que me trouxe, meu tesouro mais valioso, foram umas histórias em quadrinhos americanas, uma folha de tiras de um jornal americano usada como papel de embrulho interno de um pacote que milagrosamente conseguira entrar no gueto. Alisei a página amarrotada e a li repetidas vezes, tentando adivinhar as palavras inglesas sobre as cabeças dos personagens. Uma das histórias era sobre um cavaleiro medieval de armadura atravessando um campo num cavalo branco. Outra mostrava um detetive da polícia num casaco amarelo correndo ao longo do teto de um vagão de trem com uma arma na mão. Não me aborreceu o fato de que não pudesse levar cada história além dos seis ou oito quadros no jornal, era-me suficiente conhecer estes heróis e imaginar sozinho o tipo de aventuras que viviam. Diferentes períodos da história eram sugeridos, pessoas nascidas em diferentes épocas, cada uma delas com seus próprios perigos. Este foi mais ou menos o mesmo pensamento proferido por um rabino numa reunião secreta de crianças para celebrar a Chanukah. "O Venerável, abençoado seja o Seu nome, nos deu a Torá, nos deu compaixão, humildade e força para resistir a todos aqueles que desejem negar a nós a nossa fé. E somos testados como os macabeus foram testados, que recuperaram o templo dos iníquos e acenderam a lâmpada que tinha óleo para queimar apenas durante um dia, mas que, graças ao Venerável, abençoado seja Ele, durou oito dias. E romperemos nossas correntes e derrotaremos os opressores como os macabeus o fizeram."

Toda manhã quando eu me levantava olhava do outro lado da rua para a horta que meu pai fizera para a comunidade. Mesmo no tempo frio e rigoroso, com o chão nu, a não ser pelas hastes secas dos restolhos de plantas, eu podia ver os sulcos que assinalavam as diferentes seções e imaginar seus pensamentos enquanto decidia o que seria plantado e onde. Nas tardes eu gostava de caminhar por ali quando ficava mais escuro. Ninguém me perturbava. Os soldados designados para fazer a guarda tendiam a se tornar menos vigilantes, mais preocupados em se manter aquecidos do que em vigiar qualquer coisa. Mas então vieram as neves como uma mortalha cobrindo todo o campo. Todas as configurações do terreno desapareceram, havia apenas este montículo de brancura fulgurante e fria. Era ofuscante, não me deixava olhar, e pela primeira vez desde que perdi meus pais eu chorei. Veio-me daquela brancura a terrível percepção de que a memória que eu tinha deles começava a se apagar... sua aparência física, suas vozes.

Finalmente, por mais que tentasse, tudo o que eu podia lembrar deles eram lampejos de suas naturezas morais nos hábitos do meu próprio pensamento.

Voltei um dia de minhas andanças e encontrei Srebnitsky entregue à tarefa de cortar moldes de uma grossa peça de luxuoso tecido de uma rica cor de carvão e com notável flexibilidade. De onde teria vindo? Eu teria perguntado, não houvesse na atitude de concentração do alfaiate um pedido de silêncio. Seus lábios se moviam como se estivesse falando consigo mesmo. Parecia zangado. No entanto prosseguia no seu trabalho rapidamente e com precisão. Sentei-me ao seu lado e observei suas mãos. E então ele pegou os moldes de pano que havia cortado e os prendeu no manequim macho, que num instante se tornou um oficial das SS no ato de se materializar.

Deu um passo para trás a fim de examinar o seu trabalho.

— Está vendo como seu avô ficou famoso. Notícias da sua arte chegaram a Sua Eminência, o major Schmitz, das SS. É errado da minha parte aceitar esta honra? — disse, apontando para o manequim.

— Tinha de aceitar — disse eu com o tom direto de um jovem.

— Sim, acho que sim. Eu me digo também que é um sinal de esperança, os primeiros indícios na sua evolução de que um destes bandidos pode de fato se tornar parceiro de um pacto de negócios comum.— Puxou o pano que cobria uma máquina de costura com um pedal. — Está vendo que a tenho de volta. E daí? Ouvi você dizer algo?

Sacudi minha cabeça, mas ele continuou a discussão consigo mesmo, como se eu o estivesse contestando.

— Não fossem as suas habilidades, Srebnitsky não estaria aqui. Lembre-se disto. Estas mãos que está sempre olhando com admiração, pois eu sei bem disso a seu respeito, embora seja muito superior para se tornar um alfaiate, são estas velhas mãos que me mantiveram vivo. E se acha que isto não vale nada, elas o mantiveram vivo também, Yehoshua Mendelssohn! Yehoshua

Mendelssohn — disse de novo, resmungando, enquanto voltava ao trabalho.

Pois estava claro, como percebi naquele momento, assim como ele era um estranho para mim, eu não era o seu neto. Você entende isso, não entende, que me deram o nome do neto morto do alfaiate? Ele nunca me contou o que havia acontecido, mas acabei sabendo depois no conselho. Antes de existir um gueto, quando a guerra chegou a nossa cidade, os russos recuaram para o leste. Nossos vizinhos lituanos aproveitaram a oportunidade para fazer entre eles um pequeno *pogrom*. Srebnitsky morava com sua filha e seu genro e o neto Yehoshua num apartamento na rua Vytauto. Enquanto trabalhava na sua loja em outra parte da cidade, uma multidão arrombou a porta do apartamento, carregou sua família para a rua e a matou a cacetadas. Por toda parte outros faziam o mesmo, matavam judeus e invadiam suas casas para saquear os móveis, os tapetes, a porcelana, os rádios, tudo. Srebnitsky correu para casa e encontrou os corpos da filha e do seu marido e filho na calçada. Quando os alemães ocuparam a cidade, eles restauraram a ordem expulsando todos os judeus e reassentando-os num bairro pobre caindo aos pedaços do outro lado do rio, que se tornou nosso gueto. Isso foi feito não para nossa proteção, claro, mas com o fim de nos salvar para prestar trabalhos forçados nas fábricas de guerra. Eu mesmo me lembrava daquela ocasião, escondido em nosso apartamento, num andar alto, felizmente, com a escrivaninha encostada na porta da frente. E lembro de nossa própria travessia, com meus pais empurrando um carreto de pertences e móveis que nos permitiram carregar através da ponte. Srebnitsky, privado de todos os seus parentes vivos, fizera a viagem sozinho.

Claro que a experiência do alfaiate não foi de modo algum excepcional, mas anos depois, quando refleti sobre o ato que causou a sua morte, concluí que, enquanto qualquer um podia ser levado ao ponto de renegar a vida, em casos como o de Srebnitsky não era o simples desejo de morrer, era o desejo de autotranscendência que, uma vez concretizado, nos conduz ao fim da vida. Isto é algo diferente, de modo algum é a mesma coisa. E assim os tormentos insuportáveis cotidianos que todos experimentamos eram de fato excepcionais no sentido em que foram absorvidos em cada coração.

— Observações de Pem aos Examinadores do Bispo

Burkert, talvez nosso preeminente estudioso de religiões antigas — conhecem o seu trabalho? Ele investiga as origens do sagrado, em si uma busca herética. Dá-nos a imagem do lagarto que deixa sua cauda na boca do predador. Da raposa que come a sua pata para escapar da armadilha. Perguntem-me o que tem isto a ver com Deus. Naquela reação biológica programada reside a idéia do sacrifício. Você cede uma parte para salvar o todo. São abundantes os mitos antigos em que seres humanos fogem de monstros e só escapam sacrificando pedaços de si mesmos para desviar ou retardar a perseguição. Orestes oferece um dedo e o mesmo faz Ulisses. O sacrifício de dedos era muito comum na Grécia antiga. Mas, na maior parte, com o tempo os sacrifícios foram ritualizados, simbolizados. Você não se mutila mais, você deixa um anel no altar em lugar do dedo. Sacrifica um cordeiro. Deixa um bode expiatório no deserto. Mas quando o destino de uma comunidade está em jogo, um homem é escolhido para se jogar no abismo para que ele não engula a comunidade. Uma virgem é oferecida ao lago sem fundo. Uma pessoa no trenó é lançada aos lobos que o perseguem. Jonas é lançado ao mar para salvar o navio e sua tripulação. E assim como o rebanho apascenta em segurança por algum tempo enquanto os leões trucidam um deles e o devoram, assim a humanidade se sente mais segura dos terrores inomináveis e amorfos se um do seu grupo é sacrificado, se em benefício de todos um deve pagar como parte do todo, como o pé da raposa é deixado na armadilha.

Pensem nisso. Estamos tendo uma conversa de intelectuais. Estamos encontrando a possível origem biológica do sagrado, daquilo que é mais sacrossanto para nós, nossa grandiosa figuração do Deus encarnado que morre repetidas vezes, de um domingo ao outro, para que o resto de nós possa encontrar salvação.

Será tudo isso irrelevante?...

Pagels, trabalhando a partir dos rolos de pergaminhos descobertos em Nag Hammadi no Egito em 1945, verifica que os primitivos cristãos estavam profundamente divididos entre aqueles que propunham uma igreja segundo uma sucessão apostólica baseada numa interpretação literal da ressurreição de Jesus e aqueles que rejeitavam a ressurreição a não ser como uma metáfora espiritual para a gnose emocional e misticamente alcançada, um conhecimento além do conhecimento comum, uma percepção debaixo ou acima da verdade cotidiana... Portanto houve uma disputa pelo poder. Gnósticos e sinópticos contestavam com evangelhos em competição. Os gnósticos, que diziam não ser necessária nenhuma igreja, nenhum padre, nenhum episcopado, foram inevitavelmente derrotados, não tendo nenhuma organização, dadas as suas opiniões. Enquanto os cristãos institucionalistas tinham a preocupação compreensível de que a sua seita perseguida precisava de uma rede para sobreviver, com regras de ordem e estratégias comuns para a sobrevivência, o conceito de martírio, por exemplo, sendo criado para extrair algo de positivo da sua terrível perseguição, é também verdade que a luta por Jesus era uma luta pelo poder, que a idéia de uma ressurreição real, que os institucionalistas defenderam e os gnósticos ridicularizaram, proporcionava autoridade ao trabalho da igreja e que a luta para definir Jesus e canonizar suas palavras, ou interpretações de suas palavras por outros, era pura política, tão apaixonada ou reverente quanto possa ter sido, e que com o desejo de perpetuar a autoridade de Jesus prosseguindo na Reforma e na criação das seitas protestantes, em que um tipo de gnose residual era proposta em protesto contra as acumulações sacerdotais de uma igreja burocrática, aquilo que é hoje a cristandade, com toda a ressonância que possui como crença e uma rica e complexa cultura, é uma criação política com uma história política. Foi um Jesus politicamente triunfante criado a partir dos conflitos do cristianismo primitivo e foi um Jesus político desde então, do tempo da conversão do imperador Constantino no século IV através da longa história do cristianismo europeu, quando pensamos na história da Igreja católica, suas cruzadas, sua Inquisição, suas competições e/ou alianças com reis e imperadores e com a ascensão da Reforma, a história da participação ativa do cristianismo, em todas as suas formas, nas guerras entre os Estados e no domínio das populações. Esta é a história do poder...

Desculpem-me. Os senhores têm perguntas a me fazer e aqui estou a discorrer sobre estas coisas elementares que muito bem conhecem. Mas estou começando a sentir seu peso. A crítica mais elevada vem sendo feita nos últimos cento e cinqüenta anos. Precisamos olhar de novo para aquilo que nos está defrontando. Nossa diferença reside em como valorizamos estas... distrações do intelecto. Os senhores as consideram irrelevantes. Gostaria que as vissem como um desafio. Nossa tradição possui uma grande latitude. O que nos unifica são os sacramentos, mas existe uma divisão entre nós quando se trata das questões doutrinárias e acho que devemos levar isso em conta. Todos esses milagres que afirmamos são um fardo para mim. Apesar disso, eu me considero um bom cristão. Isto é uma profissão de fé. Espero que não a usem para apagar das fileiras alguém da minha geração que os senhores acham que vem arrastando a década de 1960 consigo. Obrigado.

— O Midrash Jazz Quartet Toca os Clássicos

STAR DUST

Sometimes I wonder why
I spend the lonely night
dreaming of a song?
The melody haunts my reverie,
and I am once again with you
When our love was new,
and each kiss an inspiration,
But that was long ago: now my consolation
is in the stardust of a song.
Beside a garden wall, when stars are bright,
you are in my arms
The nightingale tells his fairy tale
of paradise, where roses grew.
Tho' I dream in vain
In my heart it will remain:
My stardust melody,
The memory of love's refrain.

O cantor pergunta por que está desperdiçando suas noites
ansiando por seu amor perdido
Do qual ele sonha como se fosse uma canção. Claro que ele sabe
por quê...

Ele está obcecado, nada pode fazer
    acha-se num estado mental lamuriento de autocomiseração.
Ela deve ter brilhado para ele como uma estrela
    se a canção que ouve não é mais do que poeira.
Que coisa peculiar invocar em nome do amor perdido
    as cinzas produzidas por uma conflagração nuclear.
Este é o seu problema, seu desespero metafórico.
Faz a gente pensar no seu sentimentalismo
— ter chegado a fingir que estava no paraíso,
    no Jardim do Éden
onde tudo durava para sempre e as rosas nunca
    deixavam de florescer
e sua namorada cantava duetos ao entardecer
com um pássaro cativo caro à realeza chinesa...
Como se nenhum de seus ancestrais jamais houvesse comido
    a fruta da famosa árvore,
Como se o amor fosse eterno, a vida isenta da morte.

(aplausos fracos)

Se o que você está cantando para si mesmo não
    é uma canção
mas o sonho do que deveria ser uma canção,
Claro que está tudo errado,
A canção se desfaz como os sonhos
E tudo o que você achava que conhecia
    desapareceu
Cada nota um lamento.
Este é o verdadeiro problema do coração:
A mente está conturbada e noite e dia não podem ser dissociados.
Como se Deus em consternação
    tivesse levado o mundo de volta ao seu começo.
E onde a amante fica em tudo isso
    como sonho, como canção, certamente em nenhum Jardim.

Existe relâmpago, existe chuva,
fogos celestiais, mundos em colisão
E a canção de amor em rescisão
é a música das esferas.

(aplausos indiferentes)

O pior de tudo é quando ele fica sozinho de noite
mas ela está lá, ela não se foi.
Ele se recorda do tempo em que eram só um
O que é o único paraíso que podemos imaginar
a ser buscado
Embora por pouco tempo
durando não mais do que a floração de uma rosa.
E agora eles não estão mais no Jardim
Como se ele fosse o único rapaz no mundo
e ela a única garota
mas sentados em cadeiras opostas na sala de estar
E talvez ele esteja lendo o jornal ou fingindo ler
e ela segura um livro ou a Bíblia
e entre eles nada têm a dizer um ao outro
Exceto tentar coordenar as consultas com
seus médicos.
Se ele a tomasse em seus braços agora
Ela se encolheria e recuaria
Totalmente perturbada por este comportamento bizarro
E talvez em seu devaneio ele olhe pela janela
E veja passar algumas jovens esguias e adoráveis
e pense nas palavras do poeta:
"Certa vez conheci outra mais adorável do que qualquer de vocês."
O que não traz muito consolo.
Não mais do que a visão
das estrelas na noite
que brilham grandes e reluzentes

mas são brasas mortas
nas cinzas da letargia.

(aplausos muito esparsos)

Nós cantamos os blues,
Inventamos palavras
Para imitar
Os pássaros que cantam
No jardim da Adição
Como Par e Ímpar
Ela não está nos braços dele,
Estão à procura de Deus
Uma noite cheia de estrelas,
É transformada em poeira
E aqui estou eu,
No Paraíso perdido.

— O cantor sonha com uma canção
— cada nota um lamento
— enquanto ficamos sentados em nossas cadeiras na sala de estar
— aqui no Paraíso perdidos.

Sometimes I wonder why
I spend the lonely night
dreaming of a song?
The melody haunts my reverie,
And I am once again with you
When our love was new,
and each kiss an inspiration...

(aplausos agradecidos)

— Uma manhã no inverno, poucos minutos depois de Srebnitsky ter cosido as insígnias militares nos ombros e os debruns nas lapelas, um carro encostou na porta da frente e o oficial das SS que havia encomendado o trabalho chegou. Era o major Schmitz, o comandante e executor de todo o terror. Corri para o quarto dos fundos e saí pela porta. Esta empreitada do alfaiate me incomodara desde o começo, porque violava a regra de permanecer tão anônimo quanto possível, de nada fazer para aparecer. Se a sua habilidade com a agulha o tornava útil e o mantinha vivo, e também a mim, suscitava também a possibilidade de morte. A lógica de nossas miseráveis circunstâncias assegurava que não havia nenhuma proposição simples que não contivesse o seu oposto.

Postei-me junto à cerca da horta a alguma distância no quarteirão. Era uma manhã fria e nublada. Na opacidade do inverno e entre as moradas miseráveis desta rua, com rolos de fumaça saindo das chaminés, o carro oficial do comandante se destacava, o impressionante luxo de um outro mundo. Era um sedã Mercedes negro com uma carroçaria quadrada e um capô longo e baixo com uma grade de radiador cromada na proa. Tinha imensos faróis prateados. Reluzia todo, aparentemente intocado pela neve derretida, pela lama e pela fuligem. O chofer ocupava-se ao redor do carro com uma flanela limpando as afrontas mais recentes. Eu sabia, do jeito como olhou para mim, que podia chegar tão perto quanto quisesse, para que eu, um menino judeu, pudesse ver do que a civilização germânica era capaz, a glória desta máquina, e a magnificência casual do seu motorista. Ele usava o uniforme regular das SS com uma pistola num coldre.

Claro que o que me atraiu para o carro não foi o seu brilho mas o calor que emanava do seu motor. Por isso eu teria uma visão sem obstáculos do que aconteceu. Quando o major Schmitz saiu, envergava seu novo uniforme feito sob medida, incluindo um quepe de belas linhas. Era um homem corpulento com quadris largos. Atrás dele vinha Srebnitsky trazendo no braço o velho uniforme. O chofer se adiantou para apanhá-lo. Abriu a porta traseira para o seu comandante, em seguida a porta da frente, onde esmerou-se em depositar cuidadosamente o uniforme no assento dianteiro. Schmitz ficou posando em seu uniforme novo e nas botas pretas com as mãos nas cadeiras e um sorriso desdenhoso no rosto.

— Mas o senhor não vai pagar? — perguntou Srebnitsky numa voz tímida.

O oficial riu.

— Nem um vintém para o belo trabalho de Srebnitsky, mesmo com as mangas forradas e tudo feito em costura dupla?

E começou a sorrir.

— Nem mesmo um cigarro para o velho alfaiate que trabalhou tão duro, para o artista que fez esta roupa para o belo major do Terceiro Reich?

Ambos riam cordialmente desta piada, um judeu esperando ser pago. Srebnitsky subitamente franziu a testa, seus ombros se arredondaram enquanto olhava para algo atentamente no novo uniforme. Na sua mão estava sua tesoura.

— Desculpe-me, Sua Excelência, um pedaço de linha, um momento.

E colocando a mão no peito do comandante, que olhou para o céu a fim de poder suportar este pique final, ele puxou a lapela e cortou a frente com a tesoura de ponta para baixo, num gesto tão súbito que de um momento ao outro um grande retalho da túnica arruinada pendia até o joelho do oficial.

— Costure você então, seu ladrão! — gritou o alfaiate. — Ladrão, é o que você é, o que todos vocês são. Todos vocês, ladrões, ladrões do nosso trabalho. Ladrões de nossas vidas!

O major ficou perplexo, acho até que gritou de medo. Mas seu chofer pulou sobre o velho e derrubou-o com a coronha de sua pistola. Então começou a chutá-lo.

— Como ousa atacar um oficial alemão? — gritou. — Ouse erguer sua mão!

Apontou então a pistola para o alfaiate caído e o teria fuzilado ali e na hora não tivesse o major ordenado que parasse. Segurando a túnica rasgada sobre o peito, Schmitz era como uma mulher cobrindo os seios. Olhou ao redor para ver quem havia testemunhado sua humilhação e, graças a Deus, não viu meu rosto, pois eu havia virado as costas e desaparecera na viela entre duas casas. Deste ponto privilegiado nas sombras momentos depois eu vi o carro passar rapidamente pela rua. Ouvi o ruído do motor desaparecer e então corri até Srebnitsky, que jazia na neve onde havia caído. Sua cabeça sangrava, ele tossia e segurava a garganta tentando falar. Ajoelhei-me ao seu lado. Começou a sacudir a cabeça e fez uma tentativa para sorrir e então tossiu, cacarejou, tossiu mais um pouco e seus olhos por um momento rolaram para o alto. Então subitamente fui agarrado por um dos vizinhos, que me pôs de pé.

— Você está maluco? Está acabado, o seu velho. Mexa-se, corra, saia daqui!

E ele mesmo correu de volta a sua casa e bateu a porta.

O que ele queria dizer, aquele vizinho, era que quando um chefe de família cometia um crime ou era de algum modo escalado para execução, a política dos alemães implicava também a eliminação dos seus dependentes. Foi por isso que quando meus pais não voltaram para casa eu fui rapidamente levado ao escritório do conselho e recebi outro nome. Foi para o conselho que corri, desta vez por minha própria iniciativa.

Minha chegada imediatamente silenciou todo mundo naquele local movimentado, o rosto pálido e aterrorizado de uma criança, coisa que eles conheciam bem demais. O que eu tinha a dizer os colocou em alerta. Vários meninos foram convocados e despachados para espalhar o aviso entre as casas e lojas de que pessoas não registradas pelos alemães buscassem se esconder. Fiquei sentado ali emudecido enquanto aqueles garotos, a cujas fileiras eu deveria me juntar, disparavam em todas as direções. Numa questão de minutos, todo mundo no gueto sabia o que o alfaiate tinha feito. Depois de algum tempo, chegaram notícias de que ele fora detido e levado ao quartel-general da Gestapo. A questão agora era como os alemães iriam julgar aquele crime. As pessoas começaram a juntar-se na rua em frente do escritório do conselho. Os rumores eram abundantes — o preço do ato de Srebnitsky seriam trinta, cinqüenta, cem judeus mortos. Várias vezes o Sr. Barbanel, o chefe do escritório, teve de sair e mandar a multidão se dispersar e ir cuidar de sua vida.

Em clara distinção do público, que estava se tornando cada vez mais agitado, o pessoal do conselho ficou calmo. O mais calmo de todos, talvez a fonte daquela calma, era o presidente do conselho, o Dr. Sigmund Koenig, um homem bonito na casa dos sessenta anos, um homem de grande dignidade, com cerca de um metro e oitenta de altura. Finalmente saiu à rua e sua simples presença aquietou a pequena multidão reunida. Disse-lhes que aguardava um chamado do comandante do gueto para saber exatamente o que iria ser feito, mas duvidava que houvesse qualquer perigo imediato de uma ação de muita gravidade. Falava quase num sussurro. Parado atrás dele na porta, eu mal podia ouvir o que dizia. Não usava casaco nem chapéu. O frio não parecia incomodá-lo. Vestia-se com elegância num terno cinzento de paletó trespassado com uma camisa limpa e gravata. Eu viria a saber que era o seu único terno. Estava puído, eu agora tinha um olho de alfaiate para essas coisas, e caía de uma maneira que sugeria o seu uso e desgaste. O colarinho da camisa estava frouxo ao redor do pescoço. Seus sapatos pretos também estavam gastos e notei que a lente direita de seus óculos estava trincada, fazendo o próprio olho parecer fraturado. Ainda assim, tudo nele era meticuloso. Estava bem-escanhoado e tinha belos cabelos prateados penteados para trás numa longa onda que chamou minha atenção como algo poético, o galhardete de um cavaleiro medieval ondulando sobre ele enquanto galopava para a batalha. Voltou para dentro, para o seu escritório, e não prestou atenção em mim. Não teria esperado outra coisa de um homem da sua importância.

Foi a certa altura da tarde que um soldado alemão numa motocicleta chegou com uma ordem por escrito para que o conselho imediatamente providenciasse carpinteiros a fim de construir um cadafalso na praça da cidade que levava até a ponte. Pouco depois, o Dr. Koenig pôde falar com o comandante por telefone. Ele disse que todos os judeus deveriam comparecer à praça ao alvorecer para presenciar o enforcamento do alfaiate Srebnitsky. Para todo mundo, menos eu, pareceu ter sido um grande alívio. Agora que meu pretenso avô estava acabado, o pessoal do conselho estudou calmamente o que fazer comigo. Dando uma busca nos arquivos, determinaram que não havia nenhuma família disponível no momento com um filho morto cuja identidade eu pudesse assumir.

O Sr. Barbanel, o segundo no comando, um homem que eu viria a reverenciar, caminhou até onde eu estava sentado num banco e agachou-se à minha frente. Devia ter uns trinta e cinco anos, o que fazia dele, de longe, o membro mais jovem do conselho. Era um homem entroncado com um rosto bom e honesto, uma cabeleira negra e olhos escuros debaixo de grossas sobrancelhas negras, uma boca larga e um nariz eslavo que parecia ter sido colocado no lugar por um soco. Era capaz de fazer brincadeiras, Barbanel. Sabia conversar com uma criança.

— Então, Yehoshua X, homem de mistério, agente secreto, está pronto para sua próxima missão?

Tinha nas mãos um gorro exatamente igual ao que eu vira os outros meninos usando. E sem maior cerimônia enfiou o gorro na minha cabeça e fui colocado a partir de então sob as asas do conselho como um corredor oficial, conhecido de todos como

Yehoshua, embora sem sobrenome, nem Mendelssohn nem o de minha própria família, e sem nenhum documento de identidade para minha proteção, mas em vez disso com o gorro de corredor com uma faixa amarela que combinava com a estrela amarela da minha jaqueta.

Suponho que foi para me impedir de ficar remoendo meus problemas que me puseram rapidamente no serviço oficial de corredor acompanhando Micah, um garoto mais velho e grandalhão, nas suas viagens daquela noite enquanto informava aos seus "fregueses", como os chamava, que deveriam estar na praça ao amanhecer. Depois de um tempo Micah me encorajou a entregar a mensagem. Eu me saí direitinho. O velho ia ser enforcado, e agora eu saía por aí avisando a todo mundo que estivesse lá para vê-lo na forca. Eu me sentia esquisito, tonto como se me tivessem rodado em círculos. Não era mais o pretenso neto, mas um pretenso outro — um ônus público sem nome? um corredor do conselho? Eu não sabia — mas em todo caso um menino que sabia como se esconder quando uma pessoa estava complicada e que sabia como contar a todo mundo que viesse ver a complicação em que a pessoa se encontrava.

Passei minha primeira noite no andar superior, no dormitório dos corredores acima dos escritórios do conselho, tomado por um pavor frio. Que coisa chocante ver um velho derrubado a coronhadas e chutado. E ele ficara deitado na neve com os olhos rolando para cima. Era naquele momento que eu podia tê-lo ajudado em vez de fugir. Podia ter ficado algum tempo com ele, de qualquer modo, pelo menos para levá-lo de volta a casa.

É na noite, na escuridão, que a gente vê a verdade. Eu não me eximia de culpa por ser uma criança.

Outra coisa é que nunca antes estivera tão perto dos dirigentes do gueto, embora tivesse naturalmente ouvido meu pai falar do conselho num tom crítico. Assim, deitado e acordado ao longo da noite medonha, pensava sobre o que vira no escritório com sentimentos ambivalentes. Fora tratado com bastante bondade, mas não era aquilo que me perturbava. É que tudo era tão calmo, tão uniforme, a calma de estar do lado de dentro, de ver todo o quadro. E era indubitavelmente necessário para que eles funcionassem. Mas, de certa forma, aos meus olhos jovens, sua calma, o efeito dela sobre mim, sugeria que aquilo que estava acontecendo era uma rotina, como se este terrível poder dos alemães sobre nós fosse normal.

Aquele Dr. Koenig, tão sobrecarregado com suas responsabilidades — podia-me parecer que ele funcionava no nível dos alemães e era seu igual. Dada a sua incontestável dignidade, os alemães podem ter tido a mesma impressão, e talvez para negar a si mesmos que isso fosse assim, tinham-lhe concedido, eu viria a saber, o título derrisório de "judeu-chefe", um título ridículo que o colocava no devido lugar. Claro que não era nenhum tolo, conhecia a situação. Entendia tudo. Nem negava a si mesmo ou aos outros membros do conselho o que eles podiam ser tentados a pensar — que seus papéis não eram moralmente ambivalentes. Cada ração extra que barganhavam, ou um relaxamento dos regulamentos, pagavam com uma concessão. Era um cálculo brutal de corpos, trabalho, comida, combustível, saúde e doença. Não tenciono questionar aqui a honra, a firmeza, a nobreza do Dr. Koenig. Fora pressionado a assumir a liderança em virtude da alta consideração que lhe votava a comunidade. Comportava-se com coragem sob as circunstâncias mais perigosas, que vim a entender mais detalhadamente depois. Mas desta vez nada fez em relação ao alfaiate que estava no centro da crise. Não que pudesse ter alterado alguma coisa, é claro. Mas no meu coração de dez anos, atormentado por sua própria culpa, parecia-me que ele e todos os demais estavam bastante dispostos a acatar o desastre que ocorrera ao Sr. Srebnitsky e deixar a coisa correr. Pensei muito sobre tudo isso. Esta calma que tanto me intrigava quando criança era, antes de tudo, a característica das médicos, que estão familiarizados com a morte e ficam serenos na sua presença. Sigmund Koenig era, afinal, um médico. Mas, além disso, surge de uma capacidade de reagir com realismo pragmático a experiências surreais, uma capacidade conferida aos adultos, embora não costumeiramente às crianças. E é aqui que ocorre a ambigüidade.

Claro que todas essas sutilezas mentais desapareceriam depois, quando me liguei à administração como corredor e me absorvi no drama de meus deveres.

Ao amanhecer os alemães iluminaram a praça com os refletores da prisão militar e os faróis dos caminhões. Uma quantidade suficiente de cidadãos foi reunida, talvez mil, talvez mil e quinhentas pessoas, para encher a praça e satisfazer as autoridades. Havia um silêncio absoluto, a não ser pelos motores dos caminhões em ponto morto. Entre as presenças proeminentes estavam Schmitz e seu estado-maior, oficiais da polícia lituana, o prefeito da cidade, soldados avulsos e assim por diante. O Sr. Barbanel sugeriu que seria melhor para mim ficar no dormitório até que tudo tivesse terminado, mas achei melhor não fazer isso. Na verdade, enfiei-me por entre a multidão até ficar num ponto bem próximo ao cadafalso.

Quando trouxeram o alfaiate, ele vinha carregado nos ombros de dois policiais judeus do gueto e já meio morto. Seus pés se arrastavam. Não podia andar, parecia-me que suas pernas tinham sido quebradas. Fizeram-no subir pelos degraus até a plataforma e o mantiveram de pé segurando-o por baixo dos braços enquanto outro policial amarrava suas mãos às suas costas e passava o laço corredio ao redor do seu pescoço. Suas mãos, aqueles instrumentos esguios e hábeis que eu admirava, eram protuberâncias desfiguradas cobertas com sangue coagulado. No último momento, antes que chutassem o banco debaixo dos seus pés, o Sr. Srebnitsky pareceu sair do seu estupor agonizante. Ergueu a cabeça e, disto estou seguro, viu o cenário diante de si claramente e, apreciando sua magnitude, leu a sua glória em tudo aquilo. Pode me perguntar como eu soube isso: eu tinha visto, todos nós tínhamos visto, os restos carbonizados das vítimas do hospital, conhecíamos o anonimato programado dos corpos metralhados em massa na fortaleza. Creio que uma luz louca e triunfal relampejou nos olhos do alfaiate antes que a banqueta fosse chutada debaixo dele e seu corpo frágil ficasse pendendo pelo pescoço. Não esboçou nenhum movimento, nenhuma luta, a vida se esvaiu dele quase instantaneamente. Os funcionários da cidade entraram em seus carros e foram embora, os soldados se dispersaram, os destacamentos de trabalhadores formaram suas próprias fileiras, passaram pelo portão e começaram sua caminhada através da ponte. Um homem das SS pendurou um cartaz escrito com letras grosseiras em torno do pescoço do cadáver: Este judeu ousou erguer sua mão contra um oficial alemão.

A luz começou a aparecer finalmente no céu. Fiquei marcando passo na praça. Queria que o Sr. Srebnitsky me visse, para ver que eu não o havia esquecido. Sentei-me por um tempo com as costas contra a plataforma.

Ele tivera a oportunidade de ferir mortalmente o comandante com a sua tesoura. Por um momento achei que tinha feito justamente isso, tão grande a sua raiva. Desde então, concluí que ele devia ter compreendido o desastre que cairia sobre o gueto se matasse o homem. Portanto, como vocês podem ver, o que ele conseguiu foi especificamente o sacrifício de si mesmo, um ato de desafio modulado tão ágil e preciso como a sua arte de alfaiate.

Mas depois de todos esses anos, o que persiste em minha lembrança deste velho rabugento e iconoclasta, desta alma amargurada, é que ele arranjava minhas roupas à medida que eu crescia e conseguia um novo par de sapatos quando os velhos não me cabiam mais.

Tem mais uma coisa: Os alemães haviam ordenado que o corpo ficasse pendurado em exposição pública durante vinte e quatro horas. Um rabino ortodoxo achou isso uma impiedade intolerável. Veio ao escritório do conselho e exigiu que se fizesse algo a respeito. O Sr. Barnabel perdeu a paciência.

— Uma impiedade! — gritou. — Diga-me o que não é impiedade! Tê-lo assassinado, o que foi isso... o senhor tem outra palavra para isso?

O rabino girou nos calcanhares e foi embora apressadamente. Seguiu para a praça com outro homem, um assistente que carregava uma mortalha branca. Subiram à plataforma e estavam cortando a corda para baixar o corpo, quando um guarda alemão levantou sua carabina e matou os dois a tiros.

— O planeta terra é abençoado com água, grandes porções dela, toneladas ondulantes de oceanos e mares salinos, lagos azul-claros e rios, riachos, regatos, córregos frementes de peixes e fontes pulsantes, corredeiras de montanhas, chuvas, cerrações, nevoeiros e furacões. No nosso nascimento bilhões de anos atrás, uma pilha amorfa de resíduo estelar radiante e rumorejante, nos derretemos para dentro num núcleo de ferro e níquel, liquefeito nas suas bordas, e formamos acima dele um manto de rocha quente e crosta mineral. Começamos imediatamente a resfriar, criando assim enormes nuvens de vapor, que voltavam como chuva às grandes crateras e bacias de rocha até encher os mares. A rocha dissolveu-se em solo, granulou-se no fundo do mar e os grânulos do fundo do mar se salinizaram e produziram as primeiras possibilidades borbulhantes nitrogenadas e oxigenadas de vida cega e muda. Matéria celular morta expelida dos mares veio fertilizar o solo rochoso. Somos um oásis azul no espaço negro, encasulados em nossa atmosfera de gases nutrientes. Parecemos pacíficos mas não o somos. Somos um planeta de água e rocha, areia, lodo e solo. As placas tectônicas sob a crosta terrestre se mexem e se deslocam, dividindo a massa de terra em continentes que flutuam e modificam sua forma ao longo das eras. As placas colidem, cavalgam umas sobre as outras, rompem-se, e grandes convulsões do fundo do mar se elevam arquejantes em cadeias de montanhas, enormes vulcões na bacia marinha criam ilhas que emergem nos oceanos, a crosta da terra se sacode e nos estremece em diferentes formas, nós nos curvamos e fendemos, tempestades assolam nossos céus, nossas montanhas empurram trovejantes avalanches de neve sobre nossos vales, nossas banquisas de gelo do Ártico e do Antártico racham como os ossos de Deus, nossas dunas dos desertos fustigadas pelos ventos se amontoam para nos enterrar, ciclones maníacos nos arremessam ao longe e nos imprensam contra o solo como bonecas de pano, grandes dilúvios de lava flamejante viscosa soterram nossas aldeias, e em toda esta fúria de consagração planetária nós giramos em torno de um eixo e rodamos em torno do sol, e nossos oceanos são atraídos e repelidos por marés lunares, nossos oceanos rolam em ondas que existem além da água por onde passam, nossas atmosferas estão carregadas de freqüências eletromagnéticas, e nós ficamos espalhados de pé sobre nossos terrenos totalmente magnetizados pelo núcleo de ferro em nosso centro, com nossos céus à noite riscados por asteróides e relampejando com as partículas boreais inflamadas de ventos solares que cintilam como os olhos luminosos de tigres-dos-dentes-de-sabre cercando a escuridão além do nosso fogo.

Que planeta mais divertido, no final das contas. Pois não é ele, apesar de tudo, habitável?

═

— martim-pescador-de-coleira, uma pequena ave mergulhadora com uma cabeça supergrande, provavelmente inchada, e um porte imperial absurdo conferido pela cinta preta ao redor do pescoço: ele pegou com o bico um filhote de enchova e agora a espanca contra as estacas. Tac, tac. Mata o peixe. Joga-o para o ar e o apanha na vertical de modo que o peixe desliza suavemente para dentro de sua goela. Dada a sua competência, o pequeno martim-pescador tem um certo direito a todo esse ar de importância. Certamente não disposto a fazer comparações invejosas com aves mergulhadoras cinco vezes maiores, como a águia-pescadora, por exemplo, capaz de pairar bem alto, batendo as asas para ficar no mesmo lugar e, vendo uma sombra na água, cair do céu como uma pedra.

— Claro que não pode haver nenhum Anfitrião secular. A personificação verossímil do marido só pode ser possível através de uma espécie de mágica dada a um deus travesso e tesudo como Zeus. Atribuir tal ambição a um homem, mesmo tão maligno e talentoso como este sujeito é, seria abrir o seu caminho numa história desajeitada como um tanque, com excesso de peso em armamentos, chacoalhando para a frente nas rodas do seu enredo. É por isso que virou um filme. Conclui mais ou menos assim: Nosso sedutor-usurpador no curso de sua vida de aventuras secretas passou um tempo com a tribo dos caçadores de cabeças jivaros na região do alto Amazonas perto da fronteira do Peru com o Equador. Aprendeu seus costumes com um dos anciãos. Agora, com o marido deposto transformado numa perturbação constante, num combatente vingador, incapaz de aceitar sua derrota, tendo entre outras coisas achado um jeito de comprar uma van usada para morar, que estaciona diante da propriedade do casal maligno e conseguindo com êxito reivindicar junto ao tribunal seu direito de cidadão de estacionar numa rua pública nas horas do dia e tendo ainda garantido o seu direito de manifestação diante da casa com cartazes e panfletos explicando seu destino injusto e em todos os sentidos tendo conseguido promover uma continuação da história, a ponto de merecer uma reportagem a seu respeito como um excêntrico interessante no jornal suburbano local... ele leva o marido impostor a um grau de represália inconcebível em alguém que não houvesse passado algum tempo nas fronteiras da civilização.

O generoso usurpador convida o injuriado e maltrapilho antigo executivo a entrar na casa e sem maior cerimônia o mata. Decapita-o e se descarta do corpo. Não se importem com os detalhes. Os detalhes do que ele faz com a cabeça são mais interessantes.

Você não precisa do crânio, naturalmente. Passa a faca da nuca até o cocuruto e então descasca a face e o escalpo, um processo que exige muito tempo quando feito da maneira correta, porque você não deseja deformar as feições. Descartando o crânio, incluindo os dentes e os olhos, você ficou com o seu material básico.

Você vira a pele da face pelo avesso e costura as pálpebras. Então une os lábios com uma série de pontos e, finalmente, depois de virar a pele de novo para o seu lado externo, costura a incisão que fez na nuca até obter uma pequena bolsa quase do tamanho da cabeça original. Você a coloca em água fervente à qual algumas ervas que não posso nomear sob pena de isto se transformar num manual de instruções para algum idiota... são acrescentadas para impedir a queda dos cabelos. Depois de várias horas a bolsa foi reduzida a aproximadamente um terço do seu tamanho anterior.

E nesta maneira encolhida o executivo mendigo é apresentado numa palma da mão estendida como um troféu à esposa raptada e escravizada, que, pouco antes de cometer suicídio, chama a polícia para contar que seu marido matou o pária acampado diante de sua casa e que eles vão ter toda a prova de que precisam pendurada num colar de contas ao redor do seu pescoço. Ironicamente, a cabeça encolhida agora se parece com o impostor maligno como era antes de sua cirurgia cosmética, mais do que com o marido antes do seu encolhimento, e assim, como se Deus fosse um florete de ironia, este mais aguçado dos detalhes é endereçado postumamente ao impostor, que, tendo sido dado como uma pessoa desaparecida desde a sua transformação cosmética, é agora levado a julgamento como o assassino de si mesmo.

E o que foi proposto como uma história de sutil horror existencial se torna afinal um simples melodrama de museu de cera, onde o autor, como o seu vilão, recebe o que merece. E se é verdade que um sociopata nunca é capaz de se conter mas precisa seguir sempre em frente numa exacerbação cada vez mais intensa de sua maldade até que seja destruído, então deve um autor honrar o personagem da sua idéia e permitir que se expresse em toda a sua desventurada insuficiência até que ele também alcance o seu miserável

fim.

— 1. Numero meus pensamentos em nome da clareza para que cada pensamento soe cristalino e em seu próprio diapasão distinto, como um sino.

1. 01. Em outras palavras proponho pensar apenas em fatos. (Isto em si não é um fato.)

2. Meu nome é Ludwig Wittgenstein.

3. Ludwig é um nome alemão comum.

4. Acredito, no entanto, que me deram o nome em honra de Ludwig van Beethoven.

5. Enquanto a verdade de (4.) não pode ser verificada, minha crença de que é verdade é um fato.

5. 01. Minha crença é uma dedução lógica do fato de que minha mãe era pianista e acreditava no fato de ser a música essencial à vida...

5. 11. ...e que meu irmão mais velho Paul se tornou um concertista de piano...

5. 21. ...e que meu irmão mais velho e suicida Hans foi um prodígio musical...

5. 31. ...e que minhas irmãs Hermine, Helene e Margarete eram todas musicalmente talentosas ou letradas...

5. 41. ...e que Brahms e Mahler eram amigos de meus pais e vinham tocar música em nossa casa.

5. 51. Brahms, Mahler, meus pais e todo mundo que eu conhecia acreditavam no fato de que Beethoven era o maior de todos os gênios musicais.

5. 61. Eu acreditava que ao receber o nome de um gênio eu próprio era designado como um gênio.

6. É um fato que meus pais e meus irmãos não compartilhavam minha crença.

6. 01. Foram levados à sua conclusão pelo fato de que eu não falava até os quatro anos.

7. Eu era capaz de falar muito tempo antes disso mas fiquei tão aterrado com o mundo em que me encontrava que escolhi o silêncio.

7. 01. Desde então, em toda a filosofia que fiz, eu distingui as verdades que podem ser faladas das verdades que só existem no silêncio.

7. 02. Desde então, em toda a filosofia que fiz, argumentei que as verdades do silêncio, uma vez faladas, não são mais verdades.

8. Minha primeira memória é da grandiosa escadaria em minha casa na Alleegasse, Viena.

8. 01. Erguia-se em trinta e quatro degraus de mármore com três metros de largura.

8. 02. Era atapetada numa luxuosa felpa vermelha, verde e branca — as cores do império austro-húngaro.

8. 03. O tapete era preso à base de cada degrau por uma reluzente haste de latão.

8. 1. Corrimões com balaústres de alabastro na forma de vasos esguios margeavam cada patamar.

8. 12. Paredes laterais em mármore de Carrara rosa proporcionavam reflexos, ao infinito, de uma pessoa que estivesse ascendendo ao grande salão.

8. 2. Os tetos eram emoldurados por abóbadas entalhadas e douradas.

8. 21. Exibiam afrescos com desenhos em elementos persas.

8. 3. No alto da escadaria pendia uma imensa tapeçaria de cavalheiros em malhas de seda justas e damas com chapéus de abas largas, saias-balão e guarda-sóis posando à frente de um bosque, com grossas nuvens rosadas e um céu azul pálido acima de suas cabeças.

8. 4. Antes disso, num pedestal, havia uma grande urna de Dresden com flores que eram trocadas toda manhã.

8. 5. Agachado no chão a cada lado da urna havia um cachorro chinês de bronze.

9. O esplendor barroco daquele lar palaciano na Alleegasse me nauseava então e me nauseia agora quando penso nele.

9. 01. A náusea cataloga os conteúdos indigestos do estômago que devem ser vomitados.

9. 02. A memória que é nauseante cataloga os conteúdos da mente que nunca podem ser vomitados.

9. 03. Depois da crise peristáltica, o sentimento de doença ou fraqueza é generalizado através de todo o sistema.

9. 04. A memória da grande escadaria na residência palaciana da Alleegasse produz em mim um desespero generalizado da cultura *fin de siècle* da minha juventude.

10. Meus pais deram suas vidas para a subida de tais escadas.

10. 01. Seus avós eram judeus que haviam se convertido ao catolicismo.

10. 02. Na escola técnica para a qual fui mandado, Adolf Hitler era um estudante duas classes abaixo da minha.

11. Quando voltei para casa da Grande Guerra, assinei imediatamente minha renúncia em favor dos meus irmãos à imensa riqueza de minha herança.

12. Desenhei no princípio do cubo uma casa severamente simples, sem adorno, sem embelezamentos, sem decoração, na Kundmanngasse, para minha irmã por cuja alma eu temia.

13. Parti para viver pobremente e trabalhar com minhas mãos no campo.

13. 01. Ensinei aritmética na escola primária para os filhos de camponeses.

14. Fui atraído para a filosofia.

14. 01. Percebi que a linguagem do pensamento filosófico ocidental estava engasgada com pretensiosas bagatelas barrocas, como meu lar ancestral na Alleegasse.

15. Comprei um bloco de anotações pautado.

16. Retirei-me para uma cabana num *fjord* norueguês e fiquei mais desoladamente solitário do que podia suportar.

17. Chorei a fim de ouvir um som humano.

18. Olhei para a interminável noite norueguesa e pensei na nova física de Einstein.

19. Escrevi no meu bloco que mesmo que todas as possíveis questões científicas fossem respondidas, *nosso problema ainda não chegou a ser tocado.*

— No Knickerbocker com Pem:

A fita está gravando, OK?

Porquenão.

Aconteceu algo novo?

Se ainda estou lá, quer dizer? Pendurado por um fio. Quanto a eles, como poderiam deixar de mostrar caridade por um dos seus, ou que já foi um dos seus? E não vou desistir, tenho medo de desistir. Meu posto, por mais insignificante que seja, me salva da perdição. Este crucifixo pendurado no meu peito me protege de mim mesmo.

Vamos lá...

Não ria. Mesmo quando tinha uma família e morava em Park Avenue, nunca fui tão longe. Minha natureza nômade me persegue como uma sombra. Sempre fez isso. Meu verdadeiro lar são as ruas da cidade. Existe algo nas ruas para mim, algum segredo, não necessariamente no interesse do meu bem-estar.... Outra razão por que não abandono tudo é que ainda rezo. Ainda me vejo fazendo isso. Você reza?

Não.

Devia tentar. Como um exercício de autodramatização é insuperável. Você ouve um zumbido, um zumbido reverberando da possibilidade de sua própria voz conseqüencial. Como cantar no chuveiro. [ri]... Eu não devia falar assim. Por que não posso ter um sentimento sem precisar emerdá-lo todo? A verdade é que ainda tenho esperanças para mim mesmo... arriscar uma tentativa de me converter a uma convicção associada. O catolicismo, digamos, ou o luteranismo. Como o grande bispo Pike, que variou, católico, depois protestante, diletante do espiritualismo... Oh, bem, talvez ele não seja o melhor exemplo, sendo outra boa cabeça que se arruinou.

E quanto à grande cruz, Pem, a cruz de São Tim?

O que quanto a ela?

Da última vez você insinuou outra explicação. Algo que perdi no capítulo do Afano.

Eu disse isso?

Disse.

Bem, você deve tê-la ali em algum lugar, só que não sabe.

Vamos lá, Pem, isto é importante.

[inaudível]... Deixe-me pagar o jantar desta vez.

Por quê?

Não sou um indigente. Além do mais, não posso ser comprado tão barato assim. Eu valho mais.

Acha que estou tirando proveito?

Não, não, você sabe que não é isso. Já discutimos a questão. Eu disse que não queria um *royalty*, e assim por diante. Tudo isso está acertado. Mas fico nervoso. Estas são as questões substantivas da minha vida.

Cavalheiros?

Que estamos tomando?

Absolut on the rocks.

Uma Stoli Cristal para mim...

E daí?

Pode ser que eu queira escrever meu próprio livro. [ri] Olhe só, ele está ficando pálido.

Não, por que não, você deveria.

Não o que você faz. Não-ficção. Não-ficção sobre ficção. O oposto do que você faz.

Acha mesmo? Vou lhe passar minha pesquisa.

[risadas]

Gosto da atenção. Devo admitir isso. Se fizer o seu trabalho, espero que a pressão para que eu escreva minha própria história vai ser feroz. O tipo de coisa vindo da fonte autorizada. Adiantamento de uma grande editora. Oh, cara.

Então é melhor voltarmos ao trabalho. Podemos?

Stoli para você, Absolut...

L'chaim... o problema é que talvez não tenham sido os pés-de-chinelo que eu achei que tinham roubado a cruz. E podem não ter sido anti-semitas, ou judeus radicais, que a colocaram no telhado da sinagoga do Judaísmo Evolucionário. O pobre Joshua começava a achar isso também.

Então quem? Não entendo. E de qualquer maneira foi uma afronta, não importa quem a colocou lá.

Talvez sim, talvez não.

Que mais poderia ter sido?

Esta é a visão de Sarah. Ela permanece a racionalista soberba.

Bem, estou do lado dela. Vocês não ensinam que o cristianismo é a religião sucessora? Então para onde o Judaísmo Evolucionário evoluiria segundo a crença de um cristão militante senão para a cruz? E para onde se encaminhava esta pequena sinagoga errante segundo um judeu ultra-ortodoxo senão para a apostasia? Qualquer das opções era corrupta.

Lembro a você que o ulterior Wittgenstein diz que existe afinal um sentido nas proposições que não podem ser verificadas.

Wittgenstein? Como foi que ele entrou nisto?

Você sabe, naturalmente, que o cristianismo foi originalmente uma seita judaica. Todo mundo sabe disso.

E daí. O que tem isso a ver com...

Por favor. Sou ou não sou seu Detetive Teológico?

OK, OK.

Então me ouça. Paulo — você sabe, Paulo. O sujeito que teve aquele ataque na estrada de Damasco?

Um ataque? [ri]

Por que não? Quero dizer que perdeu a consciência, ficou fraco e vacilante. Um ataque visionário. Não temos isso hoje em dia. Os ataques de hoje simplesmente nos tiram a capacidade. O dele o despertou. Ele desdenhara bastante Jesus até então. Está me acompanhando?

Estou tentando.

Era fervoroso, Paulo, havia encontrado o seu Messias. Era o que pregava. A maioria não comprava aquilo. Enquanto isso, havia aqueles pagãos que escutavam mais ao fundo. Encontrou melhor recepção entre eles. Mas os pagãos tinham medo da circuncisão e quem podia culpar um homem feito. Então ele lhes disse que não precisavam ser circuncidados, que mesmo assim poderiam tornar-se judeus. Sabia disso? Foi o que aconteceu, ali e então.

Aconteceu o quê?

... [inaudível]... e lá se foi ele, de armas e bagagens. E os pagãos com ele. Quer dizer, havia circunstâncias em ação, circunstâncias históricas. Você pode ter uma revelação, ótimo, mas e depois? Neste caso, uma nova religião. Em todos os casos. Novas visões nascem das velhas, seitas rompem com as igrejas e se tornam igrejas, idéias de Deus florescem como vírus. De novo e de novo... [inaudível]... reagem à historicização de Deus, dizendo: Não, não é assim, não é assim. Porque Deus não é histórico. Deus é a-histórico. Na verdade, provavelmente Deus e religião são duas propostas incompatíveis.

O Deus da Bíblia opera na história.

Claro que Ele o faz.

Você nega a validade de toda revelação?

Toda revelação é revogada. Deixe-me perguntar-lhe uma: Você acredita que Deus deu a Moisés o Decálogo, os Dez Mandamentos, no monte Sinai?

Bem, é uma grande história. Acho que sou um juiz de histórias e esta é uma grande história.

São todas grandes histórias. O Decálogo estruturalmente, genericamente, é modelado nos tratados entre senhores e vassalos da antiga Mesopotâmia. Sabia disso?

Não.

Acredita que Jesus foi o filho de Deus, ressuscitado? Sabe que a cultura predominante de sua vida e do seu tempo era grega? Que a língua predominante era o grego através de todo o império romano? E quantos cultos de mistério gregos falavam de ressurreições?

Tenho dificuldade em me lembrar dos mitos gregos.

Dúzias. Os evangelistas eram escritores. O que foi que você disse que os escritores fazem? Fazem a composição? Incluem coisas, cortam coisas. Para um sujeito secular como você isto pode não ser novidade, ou sequer uma notícia ruim. Mas se você é um sujeito religioso como eu e não é um fundamentalista, vai ter dificuldades. Você transforma as verdades de nossa fé numa espécie de poesia edificante? Então é um esquizóide religioso, seu cérebro direito acredita, o seu cérebro esquerdo só pode apreciar o sentimento de acreditar. E Jesus como o filho eleito não é mais válido do que os judeus como o povo eleito. E o que aconteceu com Deus em tudo isto?

Acha que o pensamento humano tinha um modo diferente naquela época?

Era tão brilhante então quanto é hoje entre os cosmólogos. Era sofisticado, era politicamente astuto, trazia a ordem. Retardava o terror. Modo? Não sei. Usavam o que tinham. Visões. Alucinações. Assim como a ciência está usando o que tem. Pronto. É isso. Contei-lhe tudo. Vamos tomar mais uma? Senhorita? Podíamos ter outra rodada de drinques?

Espere um minuto, Pem.

Bem, você pode comprar tudo isso.

Não sabia nada disto antes?

Sempre soube tudo a respeito. Todos nós sabemos. Estudantes de teologia lêem Nietzsche para se imunizar. O fato é que a maioria de nós toma a decisão de ficar fiel... Mas se quer falar de modalidades, vou lhe contar o que eu guardei. O que conheço no meu coração e no meu cérebro é o mais próximo que chegarei de um dia ter uma revelação própria. Ainda sou felizmente, gratamente vulnerável a um aspecto da antiga apreensão. Conheço um sinal quando vejo um.

O que quer dizer?

Não um sinal de parar, meu bom camarada secular.

Humm. Quer dizer que depois de tudo o que falou...

Sei que é duro.

... como foram os judeus para Jesus? É o que está me dizendo?

Everett, porra, me dê um tempo... Não os judeus para Jesus ou qualquer outra merda desgraçada que possa pensar! Por que levantei este assunto! Falar sobre ele é desastroso, dá merda, como tudo mais.

Bem, eu não posso [inaudível]...

Escute: Não importa o que os maníacos colocaram lá ou por que o fizeram, não consegue entender? Um sinal é um sinal. E quando você sabe que é um sinal, isso basta. É assim que você sabe que é um sinal. Não é algo cujo significado seja instantâneo. Não acende suas luzes na Broadway. E não é algo que você sai procurando, tem de vir até você. Existe um momento nesta coisa em que você sabe que algo... finalmente aconteceu. É algo de um silêncio trovejante. Cometi um erro só em mencioná-lo.

Devo contar-lhe sobre nossos especiais?

Não agora, meu caro, temos de beber... Eu não devia falar a respeito, nem você. Vamos esquecer toda essa história...

Vamos lá, Padre.

Escute, só vou dizer uma coisa. Você coloca uma grande cruz de bronze no telhado de uma sinagoga, o que podia estar fazendo? Bem, podia estar fazendo, num brilhante golpe, tudo o que eu vinha traduzindo em linguagem para você.

— Joel, ele era o menor dos corredores... Isaiah, Dov, Micah, que iria trabalhar na cidade depois. Quando um menino crescia demais, percebe, e sua voz mudava, estava então claramente apto ao trabalho numa fábrica, outra identidade lhe seria encontrada e lá iria ele. Daniel, Solomon... Talvez nalguns casos fossem seus nomes adotivos, como Yehoshua era o meu. Não sei. Mas todos eram a esperança dos pais judeus que os deixaram órfãos, esta ninhada de reis e profetas aguardando no sótão as suas missões.

Devo dizer que não havia grande espírito de camaradagem entre nós. Cada um de nós tinha sofrido grandes perdas e estávamos com o espírito esvaziado. Sentíamos fome também a maior parte do tempo. Como meninos em crescimento, não tínhamos o suficiente para comer, e isso nos deixava letárgicos. Quando não estávamos ocupados, a tendência era adormecermos. Por isso nunca houve problema de barulho, nada do comportamento bizarro dos garotos. Éramos quietos e reservados. E cada um de nós tinha acesso a coisas secretas que nos ensinaram a guardar no mais absoluto silêncio, não confiando sequer um ao outro aonde íamos ou o que tínhamos de fazer.

Nestas circunstâncias, nos tornamos estóicos, com uma paciência fora do comum para a nossa idade. E assim até hoje, na minha sobrevida adulta e com as bênçãos que colhi para mim mesmo, querendo me referir a sua falecida querida mãe e a você, minhas grandes bênçãos e consolações, e mesmo na alegria sagrada de caminhar como um homem livre por uma rua americana, eu tenho meu constante companheiro, a sombra do meu passado não vivido, o menino de outro nome da minha história perdida.

Quando a horta de meu pai floresceu de novo, longas filas de refugiados começaram a aparecer, arrastando-se através da ponte com seus sacos e valises enquanto os alemães procuravam reabastecer o suprimento de trabalho escravo para suas fábricas bélicas. Os recém-chegados acampavam na praça enquanto os SS os examinavam e os repassavam para o pessoal do conselho a fim de encaminhá-los a suas moradas. Os corredores eram usados para conduzi-los primeiro à estação de despiolhamento. Piolhos eram um problema constante no gueto, eu mesmo os tinha. O perigo, claro, era que transmitissem doenças como o tifo.

De vez em quando, aqueles rejeitados por um motivo ou outro subiam num caminhão aberto que, quando ficava cheio, era levado de volta pela ponte. Eu não podia olhar para aquelas pessoas.

No verão a população do gueto tinha inchado até seis ou sete mil pessoas. O racionamento de comida ficou mais difícil de controlar. Medidas sanitárias públicas exigiam uma urgência maior. Mais pessoas foram recrutadas para trabalhar para o conselho, a burocracia de gerenciamento alemã aumentou. Com freqüência cada vez maior eu tinha de correr que nem o vento do meu posto de observação na praça para informar-lhes que um carro oficial com uma flâmula nazista no seu pára-lama estava atravessando a ponte. E havia todas as pessoas novas a serem registradas, sob seus verdadeiros nomes ou outros, e testemunhos para o Sr. Barbanel anotar secretamente. Muitos desses refugiados traziam notícias do destino de outras comunidades. Nos arredores da cidade de Kovno, as pessoas haviam sido levadas até um campo onde se cavaram fossos e elas foram arrebanhadas até estes fossos e metralhadas das bordas, e então outras foram empurradas sobre elas e metralhadas, e desta maneira, aos gritos de agonia, com homens, mulheres e crianças assassinados, sangrando e enterrados vivos, dez mil pessoas pereceram em menos de um dia. Várias fontes atestavam este número.

Sempre que o Sr. Barbanel recebia relatórios, ele ou escrevia literalmente o que lhe contavam ou pedia à pessoa que relatava para escrever uma declaração. Mantinha um diário em que anotava tudo o que acontecia, anexando a documentação relevante, os últimos regulamentos, as ordens de execução, as mortes, minutas das reuniões do conselho, ordens assinadas pelo infame comandante Schmitz, banimentos, sentenças, documentos de identidade para os destacamentos de trabalho — todo item imaginável entrava nesta sua história. Eu freqüentemente o via escrever. Usava o papel que tivesse à mão — cadernos de exercícios escolares, por exemplo. Ainda hoje posso fechar os olhos e ver a caligrafia de Barbanel, um iídiche claro como pontos costurados na página, as letras muito pequenas, as palavras voando da sua caneta linha após linha na sua paixão de dizer o que acontecia a cada dia, a cada momento, de nossas vidas como cativos, aquela determinação flexível e ágil de colocar tudo no papel, de registrar indelevelmente, como algo de imensa importância humana. Como era. Como sempre será. Claro que esta atividade era ilegal. Os alemães tinham plena consciência de sua culpa e haviam proibido textos ou fotografias não autorizados. Tinham confiscado todas as câmaras. Mas como o principal assistente do Dr. Koenig, Barbanel sempre tinha de estar escrevendo algo, e era relativamente fácil para ele incluir isso dentro de seus deveres formais.

Gradualmente, com o tempo, sentado no banco em seu escritório enquanto entrevistava um recém-chegado ou vendo-o enfiar na sua pasta uma semana vencida de ordens do comando alemão, entendi o que estava fazendo e perguntei-lhe um dia se era historiador por profissão. Barbanel pareceu surpreso por um momento e então sorriu e sacudiu a cabeça.

— Você é um garoto esperto, Yehoshua — disse. — Sim, sou historiador por necessidade. Mas não vai contar a ninguém, não.

Era uma afirmação, não uma pergunta. Jurei que não contaria e apertamos a mão selando a promessa.

Barbanel fora comerciante de madeiras antes da guerra. Suponho que era por ser mais jovem que geralmente assumia posições mais ousadas do que o Dr. Koenig nas discussões do conselho. Era bom para o moral de nós, garotos, que ele ridicularizasse o inimigo, fizesse graça à custa de suas atitudes, como se não fosse o seu poder sobre nós mas a estupidez o que os caracterizava. Na presença dos alemães não era deferente, mas casual. Não fazia nenhum esforço para esconder seu desprezo por eles e, no entanto, toleravam isso.

Agora que eu sabia sobre o arquivo de Barbanel, fiquei mais próximo da sua confiança. Toda semana colocava em minhas mãos um pacote embrulhado em encerado e amarrado com barbante.

— Para a Srta. Margolin e tome muito cuidado.

Eu enfiava o pacote debaixo de minha camisa e corria com ele para esta enfermeira no hospital, Greta Margolin. Que era sua amiga e, como me daria conta só quando fiquei mais velho, sua amante.

A Srta. Margolin era tão corajosa quanto ele. Não só porque guardava o diário para ele, mas porque estava envolvida na atividade muito perigosa de contrabandear para fora do gueto mulheres grávidas e, pelo menos no caso de uma mulher que de algum modo escapou à atenção geral, dando à luz uma criança, livrando ambas, como e para onde não sei. Era uma enfermeira de verdade, a única enfermeira de verdade lá. Imagino que estivesse na casa dos trinta anos. Claro que eu estava apaixonado por ela. Ansiava por estas corridas, embora provavelmente fossem a coisa mais perigosa que eu fazia. Esta Greta, não era tanto a sua beleza, embora tivesse uma ótima aparência, com ossos da face proeminentes, um maxilar bem-definido e cabelos lisos cor de palha, que prendia na nuca... mas o jeito como sorria e seus olhos se iluminavam ao me ver. Tinha um adorável sorriso que curava tudo, abria-se espontaneamente, aquele sorriso, e com tanto afeto nele, como se naquele momento nenhum problema pudesse interferir com o que se passava entre nós como seres humanos queridos, aquele estado inviolável de amor humano que era a coisa natural verdadeira.

— Yehoshua, meu namorado, por onde andou este tempo todo?

O Sr. Barbanel, eu era capaz de admirá-lo, confiar nele e até reverenciá-lo, embora sem o saber, mas havia nele sempre um sentido de urgência, a necessidade de fazer ou desfazer coisas. Em Greta Margolin, com seu jaleco branco sempre imaculadamente limpo, eu encontrava um ar dignificado, uma compostura da qual me lembro ainda agora e que meu coração de menino traduzia como sua atração física. Aos meus olhos era a mulher mais bonita que eu jamais vira. Observava suas mãos quando recebia o pacote de manuscritos de mim, às vezes elas tocavam as minhas. Eu ficava nervoso e, sem cerimônia, partia correndo e ouvia sua risada suave atrás de mim.

Ela guardava os manuscritos de Barbanel em algum lugar, eu não sabia onde, mas entendi que sua posição como enfermeira era um fator para manter o material em segurança até que pudesse contrabandeá-lo para fora do gueto, através da ponte, até um esconderijo na cidade ou talvez no campo.

O diário de Barbanel, a esta altura eu tinha noção disso, devia chegar a milhares de páginas, volumes, todo um baú cheio de material. E como nem ele nem Greta Margolin deveriam sobreviver à destruição do gueto, até o dia de hoje aqueles papéis estão escondidos aqui na terra da Europa Oriental, nos seus destroços, nos escombros, nas ruínas e na poeira da sua tradição cristã.

Não sou um escritor e por isso não posso transmitir-lhe a presença deste casal, sua presença viva, o caráter imediato do seu ser vivente, a grandeza da sua vida. Minha memória reverente deles disfarça a verdade, que eram pessoas comuns que em tempos normais teriam levado vidas bastante modestas. Eram resplandecentemente nada especiais, Josef Barbanel e Greta Margolin, não mais do que minha própria mãe e meu pai, não mais do que qualquer um de nós.

Acho agora que embora o Dr. Koenig soubesse do arquivo secreto de Barbanel e o aprovasse, ele não sabia, ou fingia nada saber, sobre o rádio em ondas curtas de Barbanel, guardado dentro de uma parede em nosso dormitório no sótão acima dos escritórios do conselho. Duas ou três noites por semana, Barbanel subia a escada até nossos alojamentos e nós o ajudávamos a abrir a tábua da parede para expor o rádio e ligá-lo numa tomada fixada em nosso único ponto de luz. Fizemos vários treinos para esconder o rádio rapidamente. E um menino sempre ficava de guarda na janela enquanto outro se postava atrás da porta para ouvir quaisquer sons lá embaixo.

Havia ganhos incomensuráveis para o nosso moral em ter aquele rádio secreto, o que eu acho que Barbanel entendia. Sentava-se de pernas cruzadas no chão, com os fones de ouvido, e escutava com os olhos fechados as transmissões dos noticiários britânicos do fim de noite. Estudávamos seu rosto atentamente, tentando deduzir da sua expressão se as notícias eram boas ou más, observando-o concordar com a cabeça ou sacudir a cabeça negativamente, ou erguer o punho em silêncio, suportando quinze minutos disto, totalmente arrebatado, destemido e, acima de tudo, ligado em espírito com o resto do mundo.

O rádio era um surrado modelo de mesa alemão, um Grundig, com bordas arredondadas e um registro de tela sobre o alto-falante e um dial que elevava ou abaixava uma barra numa escala iluminada de freqüências em ondas curtas. Eu achava que podia enxergar dentro do rádio luminoso como dentro do cosmo. Ficava emocionado por ter pensamentos filosóficos. Por que era a escala de números no rádio nazista reconhecível para mim, um garoto judeu? Porque os números eram imutáveis. Sua ordem era fixa, universalmente verdadeira. Até os nazistas tinha de aceitá-los. Bem, se os números eram os mesmos para todo mundo por toda parte no universo, não significaria que eles deviam ter sido instalados em nossos cérebros por Deus? E se assim fosse, por que razão — senão para ensinar a todo mundo a natureza da verdade? Era verdade, por exemplo, que dois mais dois de tudo somam quatro. Não importa ao que você os aplicasse, os números, sendo fixos e eternamente o que eram e nada mais, resumiam a verdade.

Eu não teria desejado mencionar a minha idéia a meu pai ou ao alfaiate Srebnitsky. Mas, na escuridão de nosso sótão, eu fitava aquele cosmo iluminado de freqüências de rádio e acalentava a idéia de que os números eram a obra imperecivelmente verdadeira de Deus. (Não que os nazistas chegassem um dia a saber.) E ele nos dera o poder de apreender Sua obra imperecivelmente verdadeira por uma razão. A razão era que deveríamos ser capazes de perceber o Messias quando ele chegasse, cuja identidade seria tão manifesta quanto dois mais dois são quatro e cuja chegada traria a verdade de Deus universalmente reconhecida, imperecível e benéfica para todas as pessoas e todas as coisas do mundo para a eternidade. Tais eram os pensamentos de uma criança na escuridão das freqüências iluminadas do rádio Grundig.

— Quero dizer, Sarah funciona, está criando seus filhos, cuidando daquela casa. Pediu demissão do Templo Emanuel e agora só trabalha para o que restou de sua pequena congregação. Mas se encontra num estado pior do que o luto. Vou lhe dizer uma coisa... podemos ter uma nova rodada aqui, por favor!, vou lhe dizer uma coisa, esta mulher... Não que seja de uma perfeição angelical, inumana... mas existe tal gravidade de alma aqui, um imenso e inerente, sei lá, decoro. Não é de compaixão banal que estou falando e certamente não de santidade, uma palavra que detesto, é mais como se ela fosse dotada naturalmente de uma graça urbana modesta... como se fosse uma nova-iorquina vivendo aqui, mas também... no país da convicção de Tillich. Estou sendo totalmente incoerente?

Não, eu acho que entendo.

Você tinha razão, sou atraído por ela. Acertou. Não me lembro de ter dito explicitamente. Cristo, estou apaixonado por ela, quero ficar com ela. Eu me converteria, se fosse preciso. Mas não tomo nenhuma iniciativa. Tenho a sensação de que isso me trivializaria aos seus olhos, que, de certo modo, ela imediatamente perdoaria, eu revelaria uma falta de compreensão da sua séria, sorridente e irrevogável... viuvez.

E, acredite se quiser, eu também o prantearia. Para lidar corajosamente com o incrível assalto contra Deus, pela modernidade, pelo século e pelos próprios religiosos. A busca de um Deus digno de crédito, Cristo, como eu entendo disso. Um sujeito pequeno e magrela, Joshua, não havia um grama de gordura nele, um porte de corredor, era realmente inteligente, mas tão genuinamente modesto, tinha uma carranca característica — sei lá, fazendo o julgamento de si mesmo —, era uma alma séria, gentil, limpa, meticuloso no seu pensamento, com uma precisão mental muito natural e séria e era isso que ela amava, o que encontrou nele como o seu companheiro e o pai de seus filhos. Quer dizer, eu estava fixado nos dois. Não é uma coisa rara? Onde é que você encontra hoje pessoas de santidade junto a quem deseja ficar?

— A essa altura, um grupo de casas na extremidade sul do gueto fora convertido num novo pequeno hospital com trinta ou quarenta beliches, os mesmos alemães que queimaram o hospital tendo decidido que aqueles com doenças infecciosas deveriam continuar sendo identificados e então tratados de uma maneira mais precisa e talvez menos esbanjadora. Claro que o Dr. Koenig estava decidido a nunca mais hospitalizar um paciente com tifo ou qualquer outra doença infecciosa. Com grande risco para si mesmo, ele cuidava daquele paciente em casa e escrevia um diagnóstico falso na sua ficha. Já lhe contei da sua bravura, e este era um aspecto dela. Mas não era tudo. Com a cumplicidade do outro médico judeu e da Srta. Margolin, Koenig ocasionalmente admitia alguém que não estava doente para uma internação hospitalar, mas corria algum risco de ser descoberto e executado. Havia ainda a questão dos partos ilegais. Por tudo isso, o hospital era uma área extremamente vulnerável e sua segurança era constantemente monitorada pelo conselho.

Então uma manhã cheguei ao pequeno hospital com um pacote dos escritos do Sr. Barbanel dentro de minha camisa e a Srta. Margolin se achava na sala de admissões com um homem que parecia a estar perturbando. Olhou para mim por cima do ombro dele e sacudiu a cabeça com um movimento quase imperceptível para que eu soubesse que não era o momento de tratarmos de negócios. Fiquei encostado à parede, perto da porta.

— O senhor não está doente — dizia ela ao homem. — Não há nenhum problema com o senhor.

— Como pode ter tanta certeza? — Ele se virou e olhou para mim com um grande sorriso no seu rosto, mas com olhos que me examinaram, do gorro de corredor até a ponta dos pés. — Como pode a enfermeira saber se estou ou não doente sem me examinar?

Era um homem feio, com cara de cavalo, os dentes quebrados e descoloridos. Falava num iídiche esquisito, não muito correto. Usava roupas de lavrador e botas pesadas cobertas de lama. Um gorro na cabeça que não tirou, embora estivesse dentro de um aposento na presença de uma mulher.

— Precisa me examinar se digo que estou doente — falou à Srta. Margolin.

— Sua cabeça é que precisa ser examinada — disse a Srta. Margolin. — Volte ao trabalho, e se vier aqui de novo desta maneira, vou dar queixa de você.

Abriu a porta atrás de si e, olhando friamente para ele, retirou-se. A porta se fechou e ouvi o ferrolho sendo trancado.

— Conhece a minha doença! — gritou ele. — Um homem que está doente de amor por você! — Virou-se para mim, sem sorrir agora. — O que está olhando? — perguntou.

Era abusado, foi até detrás do balcão e espiou nos papéis ali, nos avisos na parede e tudo o mais que não era da sua conta. Não me mexi. Senti o pacote com os papéis contra a minha pele. Tinha medo dele, mas também estava zangado e com um sentimento de proteção para com Greta Margolin. Devia ter saído dali, mas esperava que a presença de alguém, mesmo de um menino, a observá-lo o constrangesse a ir embora. Um minuto depois, com um assobio indiferente, passou por mim junto à porta e ainda enfiou o meu próprio gorro sobre meus olhos.

Em todas as histórias e filmes, os espiões são astutos e sutis e é necessária a história toda para que sejam vencidos. No gueto não havia nada sutil neles. A gente sentia seu cheiro de longe, ainda que não fossem alemães.

Talvez naquela mesma noite, ou talvez no dia seguinte, o Sr. Barbanel me fez sentar em particular e me disse que o material de arquivo que lhe dera tanto trabalho para juntar e que Greta Margolin vinha escondendo para ele não estava mais seguro no gueto.

— Precisa ser removido — disse. — A partir de agora as coisas têm de ser feitas de modo diferente. Entende como isto é importante?

Acenei com a cabeça. Eu sabia. E soube imediatamente, sem perguntar, por que estava confiando em mim, pois afinal não era eu a estrela entre os seus corredores?

Minha cabecinha insípida foi trazida à vida pela excitação, pelo perigo do que eu ia fazer agora. Era uma sensação febril, nada saudável, era uma droga, uma anfetamina, este perigo para um garoto que sabia que se fosse pego podia ser torturado e fuzilado.

No entanto, na verdade, como você podia imaginar, conhecendo Barbanel, minhas expedições foram razoavelmente seguras. O grosso do arquivo, que daria para encher um baú, fora transportado sobre a ponte até a cidade, como ou através de que subterfúgio ou suborno não me contaram. Coube-me contrabandear o material corrente embrulhado em encerado e preso por preciosas bandas de fita adesiva ao meu peito e às minhas costas. Fiz talvez sete ou oito viagens durante o mesmo número de semanas, do final do verão até o outono. Quando o tempo ficou mais frio eu me sentia mais seguro, porque não tinha apenas uma camisa para cobrir o meu contrabando, mas também um suéter e uma jaqueta sobre ele.

Bem, isto talvez a faça sorrir, mas quando menino seu pai tinha a cabeça coberta por uma espessa cabeleira. Vai ter de me acreditar. Eles a cortaram bem rente e além disso tingiram numa cor que não era exatamente loura, mas certamente mais clara. Este foi um dos esforços que fizeram para que eu chamasse menos atenção e parecesse o menos judeu possível para a cidade. Vestiram-me em roupas do meu próprio tamanho e não pequenas demais para mim, como costumavam ser minhas roupas. Claro que eu não usava nenhuma estrela nem o gorro de corredor. E deram-me um par de sapatos bem decente. Eu os carregava amarrados por seus cadarços pendurados no meu pescoço ao sair do gueto através de um aqueduto abandonado, tão antiquado que os nazistas não sabiam da sua existência. O acesso a este cano, a propósito, se fazia através da cisterna dentro de um moinho de pedra. Não era inteiramente confortável disparar rastejando ao longo do duto como um dos ratos que lá viviam, tentando sem êxito prender a respiração por causa do frio e do cheiro putrefato das vísceras de ferro, da terra e das fezes de animais. Mas não era uma distância muito grande, na verdade. O duto terminava numa pilha de penedos e entulho à margem do rio, talvez a uns oitocentos metros, rio acima, da cerca de arame farpado ao redor do gueto. Aqui o rio era bastante raso e cheio de pedras, era uma curva, de modo que eu podia atravessar sem ser visto por trás da cobertura de árvores e de vegetação rasteira em ambas as margens.

Estou fazendo parecer mais árduo do que era. Uma simples caminhada ao longo de uma alameda me levava a um distrito residencial parcamente povoado nos arredores da cidade. Eu simplesmente esperava um bonde na esquina. Levava comigo dinheiro, uma mochila de livros escolares, conhecia a língua lituana e tinha uma carteira de identidade falsa com outro nome. Nem uma vez, em nenhuma dessas viagens corri o menor risco de ser descoberto. Nunca fui objeto de mais do que um olhar fugaz de um policial ou de um soldado alemão, embora mulheres na idade maternal, quando eu entrava no coração da cidade, às vezes me olhassem com curiosidade ou até um ar de suspeita. Eu sorria com simpatia para elas ou até tocava no meu boné e lhes desejava um bom dia.

Este era Yehoshua X, Agente Secreto Menino Mistério, em ação. Minhas viagens eram destinadas a me colocar no coração da cidade nos fins de tarde, quando as ruas estavam movimentadas. Mas uma revelação brutal me aguardava a cada vez que eu chegava. É verdade, era uma cidade ocupada em tempo de guerra, com comboios de tropas passando apressadamente pelas ruas e bandeiras nazistas hasteadas no prédio da prefeitura, e não havia exatamente uma profusão de bens e alimentos nas lojas e nos armazéns, nem chegava a ser exatamente uma população bem nutrida ou feliz em meio aos seus afazeres... ainda assim, observar o espaço urbano ao meu redor, ser bombardeado pelas imagens e pelos sons da cidade em que eu nascera e na qual freqüentara a escola, as ruas de prédios de apartamentos de pedra com pátios, linhas de transmissão elétrica, ruas com trilhos, placas penduradas que sugeriam a vasta extensão dos arredores da cidade, ser lembrado da suposição de uma civilização moderna historicamente fundada, por mais cruel e antissemita que fosse... e comparar tudo isso inevitavelmente com o patético e empobrecido pequeno campo de escravos em que vivíamos, com nossas choupanas rurais, encurralados como animais e isolados, deslocados e habituados ao terror de não saber todo dia se teríamos permissão de viver o dia seguinte... era desafortunado para qualquer um, ainda mais para uma criança, ter a noção desta dura realidade. Quer dizer, se eu não tivesse recebido a missão de fazer essas viagens com os documentos de Barbanel, não teria sentido tão agudamente a terrível perda que ocorrera, nem entendido com tão intensa lucidez a catástrofe que acontecera e ainda estava acontecendo...

Meu destino era uma pequena igreja católica numa vizinhança operária não distante da estação ferroviária, uma igreja de pedra, com um pequeno cemitério na frente. Infelizmente não consigo lembrar o seu nome. Provavelmente não era muito grande, não tão grandiosa como a catedral na praça central, mas parecia formidável o bastante para mim e devo dizer que o momento em que eu entrava através das portas de carvalho era sempre o momento mais inquieto da minha jornada. Estava escuro lá, com fileiras de velas tremeluzentes, aquelas velas votivas que me lembravam das *yahrzeit*, as velas da memória, que, quando as tínhamos, acendíamos no gueto para nossos mortos. Eu não podia entender por que existiam portões, como grades de prisão, separando o altar das pessoas que rezavam nos bancos, às vezes um soldado alemão ou dois, mas geralmente mulheres, mulheres idosas com lenços amarrados em suas cabeças. As mulheres e as velas me pareciam muito judaicas, embora este só pudesse ser um pensamento intrigante, pois lá estava aquele imenso Cristo de gesso pintado muito realisticamente pendurado no seu crucifixo na abside atrás do altar com o sangue escorrendo da sua testa, das mãos e dos pés.

O procedimento para o qual eu fora treinado exigia que me ajoelhasse e fizesse o sinal-da-cruz e então me dirigisse a um dos confessionários de um dos lados, numa nave lateral. Ali eu esperava alguns minutos até que, tendo visto que o território estava limpo, um padre, padre Petrauskas era seu nome, abria a porta e me conduzia à sua reitoria.

Era um homem generoso, o padre, acenava com a cabeça e sorria com amizade genuína quando me cumprimentava. Alguns de seus dentes faltavam. Sua cabeça era raspada e seu rosto tão enrugado com sulcos, dobras e hachurados que parecia feito de pergaminho. Seus olhos eram talhados nas faces. Seu terno preto era apertado e brilhoso. Depois que eu tirava minha camisa, ele desenrolava a fita adesiva, sempre tomando cuidado onde ela precisava ser desgrudada de minha pele, e aceitava os pacotes de material, e quando eu me abotoava de novo, me dava algo para comer, um pedaço de pão com geléia, ou um pouco de sopa, e sentava-se do outro lado da mesa para me ver comer. Não quero difamar a Igreja católica, mas ocorreu-me de tempos em tempos ao longo dos anos que este padre pudesse ter sido um judeu convertido ao catolicismo. Não sei por que tenho esta sensação, não tenho nenhuma prova de que minha tese fosse verdadeira. De certo modo ele era conhecido de Barbanel como um amigo confiável e assumira este risco pelo que, dadas as exigências dos tempos, poderia ter parecido uma causa quase abstrata, a causa do registro histórico, a causa desamparada de nada salvar além da memória.

Eu saía, geralmente quando começava a escurecer, e refazia a rota pegando o bonde de volta aos limites da cidade, descendo um ponto antes ou depois da minha esquina, onde eu vagueava pela alameda até a travessia do rio. Aqui mais uma vez tirava meus sapatos de menino lituano e rastejava através do aqueduto até o gueto. Chegava animado e procurava o Sr. Barbanel para relatar o meu sucesso e então trocava as roupas como um ator depois da sua interpretação e colocava meu gorro de corredor bem firme na cabeça.

— Você pode dar uma subida para observar os pássaros no curto verão do Ártico canadense, voando baixo de Yellowknife num DC-3 sobre as assustadas manadas de caribus até Bathurst. Lá você acampa sobre a impregnável tundra e sai em motores de popa com os inuit, o povo que vive na região. No verão, o baixo Ártico é um mar, e eles o levam em suas lanchas abertas para uma ilha onde sabem que mora uma águia, ou existe uma ninhada de falaropos, ou um gerifalte branco choca um ninho de filhotes. Os números são pequenos no Ártico, tudo o que está vivo é observado. O semblante de satisfação genuína de nosso guia ao leme, apontando para um mergulhão-do-norte de bico amarelo que passa velozmente, eu o associava a uma satisfação de colegial. Algumas destas ilhotas em que você pára parecem feitas de cascas de ovos, penas e guano. Existe outro reino de vida que nada tem a ver conosco. Os inuit que não foram às cidades, aqueles que ficam para trás vivendo ao estilo antigo — modificado, é claro, hoje usam trenós motorizados para caçar lobos no inverno —, os inuit caçam, pescam e navegam por estas águas verificando sua posição em relação a uma montanha distante, que parece um rosto olhando para o céu. O rosto é índio, o topo da montanha é o nariz, e estes inuit são por isso conhecidos como o Povo do Nariz.

Passei metade de um dia esperando debaixo do ninho do gerifalte e finalmente a vi, a mãe, sobrevoando o vale rapidamente com uma presa surpreendentemente grande nas suas garras, um pequeno roedor, que foi depositado com uma grande algazarra de bater de asas no ninho que ela construíra numa saliência rochosa. O céu era de um azul glacial. Era uma ave de peito opulento, não tão alta como uma águia. Os filhotes guinchando, meus companheiros clicando suas câmaras e eu com a adrenalina a mil pela alegria de ver esta maravilhosa criatura predadora que Yeats havia visto e que me fez pensar se existiria outra maneira de viver que não atravessando de barco os mares do Ártico para observar pássaros.

— Enquanto a terra gira em torno de seu eixo, sua reserva planetária de água se eleva em marés que se inflam continuamente na sua periferia, crescendo como a córnea de um olho com hipermetropia. Ao mesmo tempo, a rotação da terra faz as águas girarem em direções opostas, para oeste no hemisfério Norte, para leste no hemisfério Sul, de modo que se a água pudesse se franzir, a terra se retorceria numa longa trança azul-verde. Se por algum motivo a rotação planetária diminuísse suficientemente, as águas da terra sairiam voando e se cristalizariam num anel azul de gelo que acabaria se atenuando e partindo para o espaço, um enorme cometa com todo o seu plâncton, seus caranguejos, peixes, suas conchas, baleias, seus sifonóforos e navios naufragados congelados para a eternidade. O núcleo restante do planeta de rocha, mineral e magma derretido brilharia por um momento como uma brasa, ou como a seção do maxilar dentado de uma criatura radiante, antes de despencar na lua, criando uma grande massa incandescente e fumacenta de minérios desintegrados que seria simplesmente sugada pelo sol como *krill* na boca de uma enguia voraz. Por isso, agradeçam a Deus que este sistema de ajustes e balanços cósmicos, por mais excêntrico que seja, parece estar funcionando. E assim como existem os Alpes, o Himalaia, os Andes e as montanhas Rochosas, existem também cadeias de montanhas submarinas ainda mais vastas. E assim como temos nossos desfiladeiros com rios correndo banhados de sol, também o fundo do mar tem suas trincheiras profundas. E assim como temos nossas baixadas e nossos desertos, também o leito oceânico se estende por quilômetros intermináveis de planície abissal. E assim como temos nossos bodes montanheses plantados com a cara para o vento nos penhascos recortados de nossas mais altas montanhas, também o fundo do oceano sem luz, sem ar, com suas toneladas de pressão por centímetro quadrado, têm suas lagartas marinhas e peixes-sapo, aranhas-do-mar e crinóides ondulando no limo em meio à escuridão silenciosa, suas bocas abertas e os tentáculos erguidos para apanhar a matéria morta floculenta que cai como neve do oceano azul e verde acima. Criaturas sem nome compostas de gavinhas com ventosas nas extremidades, hastes com bocas ou minhocas propelidas a jato com ferrões tóxicos ou mecanismos de ejeção de tinta, recebem como dádiva de Deus uma perpétua isenção da morte que as mantém vivas enquanto se safarem com seus esguichos ou suas contorções. Tudo isso é parte do Plano Universal. Instruíram-nos que a vida não exige ar, luz ou calor. Instruíram-nos que qualquer que seja a condição que Deus proporcionar, algum tipo de criatura inventará a si mesmo para viver nela. Não existe nenhuma morfologia fixa para os seres vivos. Nenhuma condição necessária de vida. Milhares de plantas e animais desconhecidos estão vivendo nos desfiladeiros mais profundos da água negra e fria e têm seus próprios filmes. Sua biomassa excede de longe a nossa vida animal e vegetal que respira o ar e é banhada pelo sol. Bem no fundo do oceano existem escapes vaporosos de gases de sulfeto de hidrogênio nos quais as bactérias gostam de florescer. E deles se alimentam bivalves verrugosos e gelatinas gomosas e viscosas e enguias espinhosas com a incrível capacidade de fluorescer quando são atacadas ou necessitam iluminar sua presa. Deus tem uma razão para tudo isso. Existe um peixe que se esconde na escuridão profunda com olhos protuberantes no topo da cabeça chifruda e tem a capacidade de acender eletricamente seu ânus para cegar os predadores que vierem sorrateiramente atrás dele. O ânus elétrico, porém, não é uma característica congênita. Vem de uma colônia luminescente de bactérias que se alojam simbioticamente no ânus do peixe. E existe um Propósito nisto também que nós ainda não captamos. Mas, se você acredita no julgamento divino e acredita na reencarnação, então é possível pressupor razoavelmente que uma certa bactéria vivendo no ânus de um peixe particularmente antigo no fundo do oceano é a alma reciclada e plenamente sensitiva de Adolf Hitler reluzindo miseravelmente no esterco cloacal em que ele é periodicamente banhado e alimentado.

— Filmagens por toda parte em Nova York e agora estão rodando uma cena no meu quarteirão. Tinha de acontecer. Um zumbido de arrogância enche o ar. Policiais grandalhões bloqueiam o tráfego. Cabos, andaimes, câmaras elevadas por gruas, rebatedores de luz. Estrelas escondendo-se em seus trailers. Multidões assistindo à ponderosa decisão cinematográfica de verificar minha rua.

Agora eu me lembro. Voltando da corrida matinal, topo com dois homens empenhados em tirar fotos do quarteirão. Isso foi há alguns meses. Achei que eram europeus. Europeus adoram as ruas estreitas do SoHo. As pedras dos pavimentos do século XIX. Passagem estreita para as tropas de cavalos.

Um homem tirava as fotos, outro municiava as câmaras e carregava as bolsas. Senti um ar de proprietário. Fotografariam a antiga garagem da qual nenhum carro escapa? Apanhariam meu caminhante chinês? Adorariam as duas árvores exauridas? Sentiriam a garra urbana nas almas de todos nós que moramos aqui, até mesmo na mais clara manhã de primavera com os borrifos dos caminhões d'água do Departamento Sanitário elevando-se em arco-íris?

Passava pouco da aurora e o ângulo baixo da luz do sol destacava o volume geométrico sólido das fachadas industriais de ferro, suas portarias recuadas e janelas de peitoris profundos.

No final da tarde os fotógrafos estavam de volta. A atmosfera da rua era diferente então. A luz do sol carregada da matéria particular revolvida pelo tráfego do dia, de modo que parece à deriva, uma massa flutuante de poeira luminosa baixando no corredor estreito dos edifícios opostos, peneirada através das grades das escadas de incêndio, tornando opacos os janelões dos sótãos, irradiando-se das pedras belgas do calçamento e sendo aparentemente drenada com a noite para a escuridão da antiga garagem e dos bueiros nas esquinas.

Então era isso o que faziam. Uma patrulha de filmagem. E agora vejam, um exército no bivaque. Furgão de mantimentos. Geradores. Toaletes portáteis. Tudo necessário para tropas em movimento. Auto-suficientes num país que não ocupam, mas só ocupam de tempos em tempos.

De repente a rua está brilhante e limpa. Percebo que foi lavada pela luz. Pessoas de aparência comum estão cuidando dos seus negócios. Um táxi se aproxima, um homem salta e agarra o ombro de uma mulher que está passando pela entrada de um edifício e a vira para que fique de frente para ele. É um gesto seriamente agressivo, embora bastante dócil para os padrões do cinema. Eles conversam e, à distância de quatro andares acima, eu vejo a resistência da mulher abordada, está na sua postura. Tudo isso é a ação, mas então eles se afastam, casualmente, em direções diferentes, como se nada do que disseram tivesse importância, e percebo que a cena terminou antes que eu soubesse e as luzes se apagam e o táxi toma o caminho oposto ao da sua chegada.

Agora homens com walkie-talkies aparecem por toda parte. Uma equipe de trabalhadores está colocando lixo na rua. Em quilômetros ao redor, a cidade que não está sendo filmada ignora a sua pouca importância.

Silêncio de novo, as luzes são uma vez mais acesas. Um táxi pára guinchando, a porta se escancara, um homem salta e agarra uma mulher pelo ombro.

Os filmes estão esgotando as cidades, os campos, os mares e as montanhas. Um dia cada centímetro do mundo estará registrado em filme. O planeta se achatará num enorme rolo. O céu noturno nos servirá de tela. O estoque de filme vai rodar, vaguear e ondular, girar e se espiralar numa faixa de Möbius através do universo galáctico. A vida não será simultânea, será seqüencial, uma história depois da outra, história após história, como se o DNA de cada entidade viva fosse estendido, numa fileira, um byte de cada vez, ao infinito.

— versão cinematográfica: sujeito volta de sua corrida matutina, vê uma companhia cinematográfica se instalando na sua rua. A cena que estão rodando, uma mulher saindo de um edifício, um táxi se aproximando, um homem saltando e confrontando-a, agarrando-a pelo ombro, ela se afastando, desafiadora, a raiva dele... isto lhe parece familiar, como uma cena de sua própria vida.

A manhã inteira a cena é filmada e refilmada. Ele observa da sua janela. Fica claro para ele que a cena que está sendo filmada é... exata. Não há outra maneira de defini-la. Ele fizera aquilo, encontrara sua mulher saindo justamente quando chegava em casa. O ator que o interpreta é mais alto, com cabelos mais espessos, mas no geral do mesmo porte e com o mesmo rosto alongado e o maxilar proeminente. A atriz é uma réplica exata — loura, adorável, esguia, quadris flexíveis.

Não pode imaginar o que está acontecendo, quem está fazendo o filme, a partir de que roteiro estão trabalhando. Foi ela quem o escreveu? Mas como? Ela vivia às margens de sua vida, enchendo-a com sua inquieta integridade animal. E com um desdém tão acentuado por seu interesse pessoal. Quando foi que ela escreveu sobre ele, sobre a ligação deles, sua ligação fracassada? Por que teria se dado ao trabalho?

Seu sótão, com suas amplas janelas sem persianas, foi mobiliado impecavelmente pelo impulso sem erro dela. Ainda agora, a perfeição desleixada do ambiente o faz relutar em mexer em qualquer coisa. Aquela inevitabilidade casual da decoração lhe dá a ilusão da presença dela, da continuação de sua vida conjugal. Ela encontrou o local, morou ali sozinha, e então ele se instalou. Era dela e ainda lhe pertencia, o lugar, a rua, a vizinhança, embora ela tivesse ido embora.

Ele se pergunta por que ficou, por que assume o risco.

A companhia no andar de baixo termina seu trabalho, fecha as portas, vai embora e a rua fica deserta no final da tarde. Ele acha que talvez esteja esgotado e lendo exageradamente a coincidência daquela cena, mas, incapaz de afastá-la do seu pensamento, passa os dias seguintes testando a proposição de que é a sua vida, ou a vida deles juntos, que está sendo filmada. Para seu espanto, consegue seguir a companhia cidade abaixo, adivinhando onde eles estão, antecipando as locações que escolherão a seguir. Ele os encontra na escola de jornalismo da Columbia, onde ela se diplomou, ele os vê no restaurante italiano na Nona Avenida com a decoração restaurada do jeito que era antes que mudasse o proprietário. Separam até a mesa certa, no canto sob o candelabro com o quebra-luz chamuscado.

Sua tentativa de abordar os cineastas é facilmente impedida pelos assistentes com os walkie-talkies, pelos guardas de segurança. Não que esteja ansioso por se mostrar. Tem vislumbres da atriz e parece-lhe a cada cena sucessiva que está se tornando cada vez mais parecida com sua mulher. Ele não sabe o que fazer. Existem dias de locações no Aeroporto Kennedy, no Lincoln Center, no Battery Park. No fim, deixa de segui-los, retira-se para o sótão e aguarda.

E, exatamente como sabia que fariam, eles batem à sua porta uma manhã bem cedo e vão se instalando com cabos, câmaras, luzes e refletores. Não faz nenhuma tentativa para impedi-los. Cadeiras são colocadas para o diretor, para a script-girl, para os atores. Todo mundo parece reconhecê-lo como o ator principal. É maquiado e assume o seu lugar enquanto a câmara roda: Há uma batida na porta. Ele abre para dar de cara com dois detetives. Identificam-se e querem fazer-lhe algumas perguntas. Poderia deixá-los entrar?

— Vão achar que isto é uma loucura ou talvez que eu esteja louco — diz depois no set da cadeia onde vai passar a noite, sentado com dois atores que fazem o papel de bandidos pés-de-chinelo à espera de que seus advogados venham resgatá-los. Dá-se conta de que está falando compulsivamente, mas não consegue parar. — Talvez eu esteja maluco, mas juro a vocês que algo está acontecendo com os filmes *de um modo que nem as pessoas que os produzem são capazes de entender.* Quer dizer, algo estranho aconteceu, por isso estou convencido de que as pessoas que os fazem ostensivamente não passam de instrumentos dos próprios filmes, servidores, factótuns, e todo o processo, desde encontrar uma idéia para um filme até conseguir o financiamento e achar uma estrela, quer dizer, toda a operação, embora aparentemente dependa da participação de diretores, produtores, distribuidores e assim por diante, e apesar de toda a animosidade e todos os conflitos entre eles, das lutas pelo controle, da interferência dos chefes de estúdio e da análise profunda dos críticos, de fato toda a florescente cultura do cinema... tudo isso é ilusão, tal como o filme deve ser, uma realidade roteirizada, enquanto são os próprios filmes que possuem o controle, predeterminando e gerando a si mesmos, como uma espécie dotada do seu próprio DNA. As agências humanas que os realizam são subsidiárias, como insetos de jardim que nascem para polinizar as flores, ou aqueles pássaros que cavalgam no dorso dos rinocerontes africanos e eliminam seus piolhos com os bicos.

"Existem mais filmes hoje do que nunca, devem concordar pelo menos com isto, eles passam por uma explosão demográfica, em salas de projeção, na televisão, na TV a cabo, em fitas de vídeo, em CDs, estão por toda parte, não se pode escapar deles, são criaturas, os filmes, incrivelmente astutas, criaturas complexas que nos persuadem que são manifestações de nossa própria cultura, com identidades individuais mas participando de gêneros, assim como nós somos indivíduos, mas dentro de alicerces étnicos. Devem pensar que sou maluco mas é possível, quer dizer, deveriam pelo menos pensar nessa possibilidade, de que os filmes são uma forma de vida maligna que veio à terra há cerca de uns cem anos e gradualmente acabou dominando não só nossos sentimentos, mas nossos pensamentos, nossos intelectos. Alimentam-se de nós, tendo primeiro nos forçado a inventá-los e a proporcionar-lhes a materialidade de sua existência, que é o filme ou, mais recentemente, a fita de vídeo. Talvez tivessem uma idéia melhor do que estou falando imaginando-os como possuidores do mesmo desejo de nos sugar que teria uma tênia em nossos intestinos, uma tênia planetária vivendo das tripas da terra, engolindo as cidades, os campos, os mares e as montanhas.

"Mas não espero que concordem comigo, sei o que estão pensando, e nem mesmo se eu invocar para vocês aqueles filmes de terror pseudocientíficos em que uma pessoa, um cientista, talvez, enxerga alguma grande ameaça à humanidade de cuja existência não consegue persuadir o mundo até que seja quase tarde demais... um inseto gigantesco, uma peste ou uma espécie alienígena do espaço, um desastre à King Kong é o que estou descrevendo... mesmo conhecendo esta convenção e tendo visto inúmeras versões dela, não vão creditar a mim a percepção do cientista... o terrível conhecimento dado apenas ao herói solitário e, talvez, à sua namorada leal, ela mesma filha de um eminente cientista, que morrerá no decorrer do filme... *porque acham que eu andei vendo filmes demais!*

"Mas eu lhes ofereço como prova minha própria vida, que de certa forma chamou a atenção das criaturas fílmicas, como elas aparentemente o fizeram com vocês, e me vêem sentado aqui neste *set* com vocês, e já pensam que sou apenas um ator lendo as suas falas, é o papel que vocês devem estar desempenhando, mas quer eu o seja ou não, posso atestar que sinto estar perdendo dimensão, perdendo substância moral, complexidade, que estou ficando achatado, estou me transformando numa sombra, e é uma sensação terrível em que até seus sentimentos mais íntimos e apaixonados são, você suspeita, palavras numa página escrita para você interpretar.

"E não sou capaz sequer de dizer se é a primeira vez que estou dizendo isso, a segunda ou a centésima. Vocês sabem? Sou eu a pessoa real ou a imagem no filme? E vocês? Simplesmente não sei. E mesmo quando terminar este monólogo e o diretor ordenar 'Corta!', ainda não vou ficar sabendo, porque ele também pode não passar de uma mera imagem, de uma sombra, um arranjo de zeros e uns acessado no computador.

Corta! Uma voz grita da escuridão. E ele ouve bravos e uma salva de aplausos de espectadores que podem ou não ser apenas uma trilha sonora.

— O Midrash Jazz Quartet Toca os Clássicos

Good Night Sweetheart

Good night sweetheart,
Till we meet tomorrow,

(*aplausos*)

Good night sweetheart,
Sleep will banish sorrow,
Tears and parting may make us forlorn

But with the dawn, a new day is born.
So I'll say...
Good night sweetheart
Tho I'm not beside you
Good night sweetheart
Still my love will guide you
Dreams enfold you, in each one I'll hold you
Good night sweetheart, good night.

Boa noite minha doçura, boa noite pequena senhora
Não posso acreditar que durma sozinha sejam quais forem as
mentiras que me conta
Por isso boa noite também para quem quer que esteja ao seu lado
Espero que ele não a dissuada
do sonho que quero que tenha comigo
Espero que nos encontremos na manhã quando o novo dia
surgir com rosas
Cada um de nós deitado, com nossas poses prosas
Não vou lhe contar o que fiz com você à noite em meus
sonhos alucinados
se não me contar o que não fez naquela
sua voz sussurrante, e seus olhos cintilantes
e seu coração transbordando de felicidade.
Portanto boa noite, senhorita,
Boa noite, a dor é tão doce,
Meu coração, boa noite.

(aplausos)

Ei, você é a eleita, sabe, rodei muito mas isto
é algo novo, prolongando a noite à espera do brilho
do dia, e então sugerindo com todo tipo de
jogos de palavras, e ao redor não uma névoa púrpura profunda

Mas uma cozinha de azulejos brancos com torrada e
suco de laranja... você é uma mulher ladina, coração,
e adoro seus jogos,
Adoro abraçá-la com os cabelos ainda molhados
e seu roupão de pelúcia entreaberto e gotas da água
  do chuveiro em seus seios, adoro suas exigências
de que fiquemos limpos e descansados sem falar sóbrios
  quando fazemos amor
e que o façamos apenas nos domínios desta
  casa.
Bem então boa noite minha querida meu rostinho
  bonito e engraçado
  Vou acordá-la dos seus sonhos ao raiar do dia
e teremos uma conversa clara e amorosa
antes de nos atrelarmos à obrigação do dia para ganhar
algum dinheiro cada um de acordo com sua capacidade
para pagar o aluguel mensal deste lugar,
e dar uma pintura geral e aprontar um quarto para um bebê...
Oh Baby,
você sabe eu preciso ter outra namoradinha
  como você
  para lhe dar boa-noite,
  você não, querida?
  Boa noite!

(risadas, aplausos)

Estou de joelhos para Deus, Deus é minha namorada
Mas Ele está me dando boa-noite,
Minha namorada está saindo
Ele está me dizendo para dormir
Ele está me mandando para pastagens áridas
Desesperado mal chega a ser a palavra para o terror
  da minha pena

Jorrando do meu choro, escaldando meus olhos.
Problemas na minha mente, Deus como estou triste
Tenho de andar sempre triste?
Sol é chuva, perto é longe, alto é baixo,
    dia é noite.
Nada está certo, nada está certo
Quem é este Deus de fala mansa, o que é que Ele está aprontando?
Ele sabe que o sono não bane a tristeza
mas a aumenta, cada vez mais,
    no cérebro sonolento
    achando imagens para a dor.
E o que acontece quando a manhã chegar
Nunca nada diferente à luz do dia seguinte?
Será que Seu amor me guiará, será que Seus sonhos
    me protegerão?
Depois que Você se foi e me deixou, Deus,
Só com Suas promessas vazias a me guiar?

(silêncio perplexo)

Ela se foi. Acabou.
    Você não tem ninguém.
    Embora os sonhos enganem
E o sono o console,
    Ao amanhecer você não achará
Ninguém ao seu lado.
    Ela se foi, acabou,
Você está totalmente só.
    A tristeza é sua
    Ela se foi. Acabou.

(resmungos)

— Boa noite, a dor é tão doce, coração, boa noite.
— Boa noite, meu rostinho bonito e engraçado.

— Será que Seu amor vai me guiar, Seus sonhos me protegerão?
— Ela se foi. Acabou. Você está totalmente só.

Good night sweetheart,
Till we meet tomorrow
Good night sweetheart,
Sleep will banish sorrow...

(o público vai saindo)

— Pem deu para usar rabo-de-cavalo. Vou com ele nas noites de sexta-feira à rua Oitenta e Nove onde, de fato, Sarah Blumenthal dirige os serviços da Sinagoga do Judaísmo Evolucionário. Não há geralmente mais do que dez ou doze pessoas na platéia, metade do número do tempo em que Joshua Green era o rabino atuante.

Como resultado do estudo e da discussão entre os congregados, os serviços do Sabá estão sendo reformulados à essência básica e indiscutível, consistindo até agora no Shema, a declaração da unidade de Deus, o princípio do monoteísmo abstrato... um Kaddish, ou prece ritual pelos mortos, porque isto traz consolo aos lamentadores, renova suas memórias e restaura sua gratidão... uma admissão da idéia do Sabá tanto na questão do tempo dos serviços como numa ocasião para reflexão num estado de liberdade... e, no mais, um compromissos de estudar a Torá a fim de derivar dela os imperativos que completariam a reestruturação dos serviços e proporcionariam a base teórica para a fé evoluída.

Pem adora estas noites, e eu mesmo me surpreendo ao achálas tão fascinantes. Os membros da congregação incluem um professor de religião comparada de Columbia, um juiz do Supremo Tribunal estadual, uma jovem que estuda no Actors Studio, um casal, ambos médicos, um calouro da Barnard e, o mais tocante, um senhor de cabelos brancos cujo filho o conduz pelas escadas do prédio da sinagoga e vem buscá-lo no final da noite.

Dada a sua própria erudição, Pem encontra muita coisa que lhe é familiar dos dias de estudante de teologia. Acho-me na posição diferente de aprender as coisas pela primeira vez. Pouco a pouco, os primeiros cinco livros da Bíblia, a Torá, se tornaram, sob a análise do grupo, os textos reunidos das diferentes fontes históricas, J, E, P e D. Este candidato a doutorado de Harvard certa noite discutiu o trabalho do seu eminente professor J. L. Kugel, que cuidou em detalhe da distinção entre os textos originais e os comentários interpretativos que surgiram nos trezentos anos antes e nos cem anos da Era Comum que criou a Bíblia que lemos hoje sob a ilusão de que estamos lendo as Escrituras originais. Os textos bíblicos do início eram vistos como enigmáticos, e por que não o seriam, tendo sido escritos numa linguagem sem vogais ou pontuação. E como eram supostamente divinos em sua fonte, e portanto de uma perfeição sobrenatural, os eruditos, padres e sábios da antigüidade eram chamados para explicar as contradições, os sentimentos não-divinos, as passagens ofensivas e os atos menos do que nobres de personagens nobres das histórias, bem como tudo o mais que não estivesse apoiado na correção moral... interpretando-os metafórica, simbólica e alegoricamente, ou mudando seu significado pelo acréscimo de pontuação ou aplicando ênfases sintáticas, ou ainda reimaginando tudo aquilo que achassem que precisava de melhoramento para ser teologicamente verdadeiro e correto. Fiquei feliz naquela noite ao reconhecer a venerável ancestralidade da hermenêutica. Além disso, como escritor, não posso deixar de ficar fascinado pelo poder desta miscelânea de crônicas, versos, canções, relações, leis do universo, pecados e dias de ajuste de contas... este trabalho de cortar-e-colar que é em sua forma original tão lapidar, inconsistente, desafiador do bom senso e cripticamente desatento às exigências comuns da narrativa a ponto de ser atribuído a um autor divino.

Meudeus. O que venho fazendo de errado em todos esses anos?

Mas o sujeito da religião comparada de Columbia tem a sua tese a respeito: Ele diz que os intérpretes sabiam o que estavam fazendo quando não tentavam apagar as inconsistências e endireitar as coisas. Os prelados e os redatores deixavam o material dos primitivos mestres escritores. Você nunca chega perto de Deus, você apenas espera alcançar um refinamento do seu conhecimento. As próprias contradições, as histórias convivendo lado a lado com suas versões emendadas, manifestam o mesmo embate descrito nas narrativas — o de apreender e aceitar a impressionante integridade e totalidade criativa do Indizível.

Depois destas sessões, Pem e eu geralmente íamos jantar num restaurante da Broadway, o Amarillo. Com menos freqüência, Sarah B. nos acompanhava. Não é uma questão de decoro rabínico (a dieta *kashruth* é um dos itens não essenciais) — ela fica tão preocupada em deixar Angelina sozinha com as crianças quanto ficaria em deixar as crianças sozinhas sem Angelina. Como se, pobre querida, tendo perdido o marido, que mais ela vai perder?

Mas quando Sarah consente em nos acompanhar, eu me sinto como um *chaperon*. Por que me sentiria assim a não ser pelo fato de que algo como uma corte está se desenvolvendo? À luz das velas e sobre as taças de vinho tinto, eles se entreolham com um grau de atenção de que não possuem sequer consciência. E quando tenho algo a dizer, sua atenção aguda e conjugada sobre mim é claramente um esforço de vontade. No entanto não querem nem saber de eu deixá-los a sós. Receiam isto, ambos, Pem porque não quer descambar para a importunação, e ela por causa da presença duradoura do seu marido, Joshua. Seu luto deveria durar, formalmente, um ano, mas isto é outro item não essencial segundo o Judaísmo Evolucionário, na teoria de que o que é preciso para lembrar e rememorar os seus mortos deve vir naturalmente do coração. Estas coisas devem funcionar de qualquer maneira com uma inevitabilidade psicológica, esta é a idéia. Mas Sarah pode se enganar em relação a isso, na medida em que tal costume pode ser mais em função dos vivos do que dos mortos. Uma clausura. Para que possam continuar. Está no segundo ano da perda do marido agora.

Mas vejo uma aproximação, por mais lenta que seja. E como ambos, ela e Pem, levam uma vida comprometida com a seriedade moral explícita — esta é a construção mais abstrata que posso colocar no caso —, sua convergência terá de ser mais do que pessoal. Os serviços de estudos no Judaísmo Evolucionário na última noite de sexta-feira trataram do Êxodo 19-24, a dádiva a Moisés do Decálogo. Nesta noite Sarah liderou o debate com grande animação, sua voz estava firme, a consideração deste episódio-chave pareceu elevar-lhe o moral, ela não percorria as passagens com seu costumeiro semblante de ceticismo e respeito, mas com uma segurança, até mesmo com uma ponta de sexualidade. Erguia a cabeça, corria os dedos por entre os cabelos e um belo sorriso transformava seu rosto, como a luz do sol rompendo, seus olhos brilhavam, ela tem um daqueles sorrisos de total vulnerabilidade que pode tão ambiguamente ser o momento antes do jorrar das lágrimas. Estou citando-a de memória:

— Minha idéia aqui, o que vem a mim, é a compreensão que aqueles escritores possuíam da vida humana moralmente imensa. Estão vendo isto? Eles propunham uma configuração ética para a existência humana. Quem antes deles havia feito isso da mesma maneira? Estes Mandamentos foram delineados por um gênio humano escritural... Podíamos defender até a tese da presença de Deus afinal na Bíblia humanamente escrita. O Senhor, abençoado seja o Seu nome, como meus colegas ortodoxos dizem [ela sorri]... sendo o que nos impele a lutar pelo entendimento histórico e teológico. As mentes bíblicas que criaram os Dez Mandamentos que estruturaram a civilização... proporcionaram a oportunidade de uma vida eticamente concebida, uma consciência de que vivemos em estados de conseqüência moral que, se não já agora, deverão um dia nos trazer mais próximos de uma união de entendimento com o Criador. Que dádiva, que grande e profunda dádiva... e quão digna de reverência!

Sozinho com Pem no jantar a seguir, eu disse achar que os dois ficavam muito bem juntos.

— Realmente? — disse ele. — Realmente? Diga-me o que vê, como é capaz de saber!

Seu rosto ficou mais corado do que de costume. Eu não podia ter dito nada que o fizesse mais feliz. Então, depois de um ou dois copos de vinho, a depressão se instalou...

— Ela nunca vai me querer — disse ele. — Os meninos não me aceitam.

— Como sabe?

— Levo jogos e brinquedos, brinco com eles, arrasto-me pelo chão. Eles me vêem como o que sou, não como o pai deles.

— Não sabia que as coisas tinham ido tão longe.

— O que é "tão longe"? Ela teve de levar Angelina ao instituto de previdência para cuidar de algo. Então eu fiquei com eles. O que é "tão longe"? Já foi esnobado por garotos? Ficar sentado no chão como um idiota enquanto eles assistem à televisão como se você não estivesse ali? Pensei que tivesse passado por todas as humilhações possíveis. Acho que talvez fazer um sermão para três pessoas foi o mais degradante a que já cheguei.

— Você perguntou a respeito disso e perguntou e perguntou através dos anos em que estava crescendo, e eu nunca quis lhe contar, primeiro porque era muito jovem e sempre desejei que tivesse sua própria vida e que não fosse uma vida perseguida, por mais tolo que fosse o desejo daquele pai... e, em segundo lugar, nos anos mais recentes, por uma razão inteiramente outra, o fato de que eu queria reclamar a posse do diário, do arquivo do Sr. Barbanel, queria encontrá-lo e deixar que falasse por mim.

Mas os planos cedem caminho à vida. E aqui estou contando o que posso, afinal... Houve um tempo em que nada em particular tinha mudado, mas nossos espíritos haviam inexplicavelmente obscurecido e um presságio de desastre total pairava sobre nosso gueto. Um cansaço tomara conta de nós, um enfraquecimento de nossa crença de que sobreviveríamos. Nosso credo — perdurar, prevalecer — parecia de certo modo menos sustentável. O suspense da impassível insídia dos alemães estava mais agudo, porque se achavam agora em vias de perder a sua guerra. Sei que isto parece paradoxal. Mas a frente oriental estava entrando em colapso, recuando em nossa direção, e eles não tinham mais licença de praticar seus assassinatos com impunidade. Destacamentos de trabalho haviam sido designados para a fortaleza. Não devíamos saber o que estava acontecendo, mas soubemos que as sepulturas estavam sendo abertas e os restos mortais, queimados. Às vezes, quando o vento vinha do oeste, eu achava que podia cheirar o que estava acontecendo. E naturalmente os trabalhadores designados para a fortaleza nunca mais foram vistos.

A liberdade em que vínhamos vivendo e sobrevivendo agora parecia uma perspectiva perigosa. Se os mortos eram a prova de seus crimes, não o seriam também os vivos?

Então, uma noite, recebemos uma visita clandestina de uma delegação de guerrilheiros judeus. O encontro teve lugar numa cabana usada para guardar suprimentos de tinta, caixas de areia, ferramentas de carpintaria e coisas do gênero. Não ficava sequer a um quarteirão do perímetro. De algum modo eu soube do encontro e Barbanel achou que seria mais seguro se eu estivesse presente, como uma maneira de usar a solenidade da ocasião para selar meus lábios. Sentamos e esperamos e finalmente no silêncio da madrugada, depois de eu ter cochilado várias vezes, veio o sinal, as batidas suaves, uma vez, e então de novo. Uma mesa foi removida e através de um alçapão no assoalho eles subiram à sala, trazendo o frio e a escuridão de onde tinham vindo: três deles, dois homens e uma mulher. Era como um parto, eu vira um bebê nascer algumas semanas antes e era assim, primeiro a cabeça, depois os ombros. Mas havia o fuzil.

Declinaram qualquer assistência, erguendo-se um a um, sentando-se no chão e depois ficando de pé e nos encarando. Seus rostos e suas mãos estavam enegrecidos com sujeira. Seus fuzis eram iguais aos que os guardas da ponte carregavam, e aquilo era emocionante para mim, porque eu sabia que cada fuzil tivera que ser arrebatado de um alemão. Ao mesmo tempo, estava assustado. Estas eram as pessoas que não procuravam a ajuda de ninguém, que não rezavam para ninguém. Cada gesto era desdenhoso. Seus olhares eram frios, impacientes, até mesmo os da mulher.

Eram crianças, os guerrilheiros. Se eu podia perceber aquilo na minha idade, então possivelmente visse a ligação na medida em que a mulher era uma criatura franzina e esguia, com olhos imunes a qualquer dor. Quando pousou os olhos sobre mim, li no seu rosto a compaixão de uma irmã mais velha, uma traição momentânea do seu semblante endurecido, talvez a demonstração involuntária de preocupação por uma criança neste lugar, sob a direção de velhos. Pois era uma questão de geração, afinal, os dois homens com ela não podiam ter mais do que vinte ou vinte e um anos, adultos aos meus olhos, homens com altura, força e barbas escuras, embora do tipo macilento de jovem, com espessos cabelos negros, e o líder com óculos de aros redondos que lhe davam a aparência incongruente de um seminarista rabínico e o outro com um amplo rosto eslavo e ombros largos, o tipo de bronco do qual eu ficaria distante nos velhos dias de escola.

Sem saber precisamente por que, da impressão que tive deles, não eram como eu imaginara, nem como meus pais, seu espírito era de uma ordem diferente, e à medida que eu observava e ouvia, entendi o que naturalmente sempre soubera, que minha mãe e meu pai nunca estiveram entre eles.

Ninguém conhecia estes três a não ser o Dr. Koenig, cuja prática antes da guerra o levara por toda parte no distrito. É possível que tivesse trazido ao mundo pelo menos um deles, o jovem que falava em nome deles, Benno, sobre cujas lentes as velas se refletiram quando desviou a cabeça e permitiu ao doutor agarrar seus ombros em saudação.

— Vejam, como está forte! — sussurrou o Dr. Koenig, na primeira e última das amenidades da noite.

Os outros dois tinham tomado posição junto às janelas, onde deram uma olhada através das cortinas de estopa fechadas, antes de se virar e encarar a sala. O rapaz chamado Benno sentou-se a uma mesa e, segurando o fuzil frouxamente entre os joelhos, dirigiu-se a nós num iídiche fluente e sussurrado, um som para mim como o de um regato correndo sobre seixos. O exército russo estava a uma distância de duzentos quilômetros. À medida que a frente de combate se desloca para oeste, disse ele, o seu gueto vai ser desmantelado e vocês com ele, falou. Vão cavar suas próprias covas. É apenas uma questão de tempo.

Talvez seja assim. Mas já estão tentando destruir as provas de seus crimes, disse o Dr. Koenig. Têm medo dos julgamentos depois da guerra.

Vocês estão se iludindo. Se não os matarem aqui, os levarão para outro lugar e os matarão.

Os guerrilheiros estavam propondo evacuar as pessoas — tantas quantas o desejassem. Podiam retirar trinta ou quarenta por noite, disse Benno. Três unidades de guerrilheiros, uma judia, duas russas, dominavam áreas militarmente seguras atrás das linhas alemãs. Seu grupo consistia em cento e cinqüenta homens e mulheres judeus e outras duzentas pessoas das quais tomavam conta.

O terceiro membro do conselho presente era o rabino Pomeranz, um homem de meia-idade muito magro e franzino que usava um surrado chapéu-melão e cuja barba ficara branca. Estava sentado numa cadeira contra a parede e segurava um livro de preces no colo, com um dedo marcando a página. E orava silenciosamente enquanto acompanhava o que acontecia, sua cabeça acenando e os lábios mexendo enquanto pronunciava as preces que conhecia sem o livro, mas seus olhos no guerrilheiro que falava.

O rabino disse: Talvez os guerrilheiros desconhecessem a política dos alemães em relação à fuga — as pessoas que tentassem eram executadas.

Bem, rabino, disse Benno, olhe para mim, estamos aqui falando com o senhor, não? Imagina que podemos saber exatamente o que estamos fazendo?

Os guerrilheiros de Benno acampavam nas florestas. Para comer, eles requisitavam gado e produtos das fazendas. Nas aldeias com guarnições alemãs, eles as atacavam e destruíam e então pagavam aos comerciantes pelo açúcar, pela farinha e por outras necessidades com o dinheiro em caixa dos alemães. Podiam locomover-se livremente pelo campo por causa de sua reputação, que haviam conquistado vingando-se daquelas pessoas que os denunciavam aos alemães, voltando e executando-as e queimando suas casas e seus celeiros, para que isso não voltasse a acontecer. Seus pelotões de ataque organizavam atos de sabotagem, explodindo trilhos ferroviários, cortando linhas telefônicas. Emboscavam os militares que vinham consertar as instalações danificadas.

Então está tudo muito bem e Deus permita que o seu trabalho continue, disse o rabino. Mas o inverno estava chegando. Poderiam as pessoas mais idosas suportar aquele tipo de vida, debaixo de tanta dureza, vivendo ao ar livre?

Se não puderem, pelo menos morrerão livres, disse Benno.

O Dr. Koenig disse que estava preocupado com o que aconteceria àqueles que escolhessem ficar — assim que os alemães começassem a sentir falta de seus trabalhadores, começariam a retaliar, à sua maneira, tomando reféns e os executando.

Benno respondeu que eles fariam isto sempre que a resistência judia se aproximasse da cidade e a guarnição daqui começasse a sentir a sua ferroada.

Esta não é uma decisão fácil, disse-lhes Koenig. Muitas destas pessoas são da cidade. Não saberiam o que fazer lá fora com vocês. Aqui conseguem suas parcas calorias e sobrevivem mais um dia.

Acham que só lhes estamos trazendo problemas, não acham, disse Benno. Têm vivido como escravos há tanto tempo que não sabem mais nada.

Barbanel, que não dissera uma palavra antes disso, saltou e agarrou o jovem pela lapela. Isto é desdenhoso, disse. Mostrem algum respeito. Lutamos tão duramente como vocês. Não sabem merda nenhuma sobre nós.

Benno desvencilhou-se e fez um sinal para os outros. Sua mensagem fora dada. Prepararam-se para ir embora.

Independentemente do que pensa, disse a jovem a Barbanel, você tem o dever moral de informar às pessoas que nós as levaremos para fora. Não pode escolher por elas. Até este menino aqui. Temos crianças conosco capazes de atirar com armas. As pessoas devem escolher por si mesmas. Mas se impuserem sua autoridade nesta questão, serão tão ruins quanto os alemães.

Oh, minha Sarah, eu me lembro daquelas palavras como se fossem pronunciadas ontem. Abriram o alçapão. O corpulento que nada falou e a mulher desceram e desapareceram. Antes de os acompanhar, Benno puxou o Dr. Koenig de lado e, suponho, o instruiu sobre como fazer novo contato. E antes de descer pelo alçapão dirigiu-se ao rabino Pomeranz: Já que suas preces são tão eficazes e lhes fizeram tanto bem, espero que escolha ficar e rezar ao Senhor seu Deus para salvar o seu povo.

Quando partiu e a mesa foi recolocada no lugar, o rabino ficou de pé e enfiou seu surrado chapéu-melão bem fundo na cabeça, preparando-se para sair. Não é para isso que eu rezo ao Senhor, abençoado seja o Seu nome, falou para ninguém em particular. Eu rezo para que O traga à vida.

Naturalmente, assim que se reuniu com a totalidade dos seus membros, o conselho decidiu que não tinha outra escolha senão informar às pessoas que havia um meio de escapar do gueto. Mas a notícia só podia ser disseminada da maneira mais segura, não só devido ao perigo óbvio dos próprios alemães, mas por causa dos espiões que os alemães haviam instalado entre nós, pretensos judeus, ou simples traidores, como alguns dos policiais do gueto se haviam tornado. Assim o processo era cuidadoso, indivíduo por indivíduo, começando com as pessoas que os membros do conselho conheciam pessoalmente. Era característico. Talvez, se não tivesse sido tão cuidadoso, mais pessoas pudessem ter sido liberadas. Mas eu tinha essa nova missão, a estrela dos corredores com o seu gorro encontrando as pessoas selecionadas nas horas em que estavam disponíveis e convocando-as, em sigilo, para irem até os escritórios do conselho. No devido tempo, esta rota de fuga foi colocada em ação. Os guerrilheiros haviam se infiltrado na cidade com muita facilidade. Como aquele sujeito Benno dissera, eles realmente sabiam o que estavam fazendo. Era surpreendentemente eficaz. Não sei bem como era feito, quais eram os meios reais de escape. Talvez mudassem de noite em noite. Acho que cerca de duzentas e cinqüenta pessoas saíram antes que tudo terminasse.

O conselho dera prioridade àqueles mais preparados para suportar as dificuldades de viver ao ar livre. E quando as pessoas saíam, suas carteiras de registro e de trabalho eram passadas para pessoas da mesma idade e do mesmo sexo que não as tinham. Assim, esperava-se evitar que os alemães percebessem que nosso número estava diminuindo.

Barbanel falou uma noite a todos os meninos em nosso dormitório. Nem eu, nem mais ninguém, pode lhes dizer o que fazer, falou. Ficar aqui ou partir. Não sabemos o que é melhor e o que é pior. Tudo o que lhes posso dizer é que decidam por si mesmos. As circunstâncias os transformaram em adultos enquanto ainda são crianças. Têm a responsabilidade final sobre sua própria vida.

Aconteceu que dos seis meninos só dois escolheram partir para a floresta com os guerrilheiros. Acho que eles agiram certo. Da minha parte, percebi que em todas as minhas viagens secretas à cidade, nunca me ocorrera não regressar ao gueto. Podia provavelmente ter-me escondido, talvez com a ajuda daquele padre encontrar alguma família que me aceitasse e poupasse o destino de uma criança judia. Nunca alimentara esta idéia. Notei também que o Dr. Koenig não poderia partir, por motivos óbvios. Isso naturalmente também valia para Barbanel. O conselho tinha que ficar e manter o gueto funcionando. E assim como eles não cogitariam em partir, nem Greta Margolin o faria. Ela não deixaria Barbanel, para não mencionar as criancinhas. As bem pequenas, não as podia confiar aos selvagens guerrilheiros. E eu, ambicioso que estava para aprender a atirar com um fuzil, para matar alemães, para ser como os heróis guerrilheiros... não abandonaria o sentimento remanescente da natureza suave de minha falecida mãe, algo parecido ao da Srta. Margolin na medida em que podia me lembrar, ou as sensações fugazes de meu falecido pai, que, eu decidira, possuía algo da áspera e exuberante coragem de viver de Josef Barbanel.

E aquela foi minha decisão. Agora a cada dia a vida parecia mais e mais tênue, com os alemães visivelmente agitados, temerosos e cada vez mais perigosos à medida que a frente de combate avançava em nossa direção. Uma noite no meu beliche ouvi o que achei fosse uma trovoada distante. Olhei pela janela e vi fracas difusões de luz momentaneamente acinzentando o céu estrelado. Na manhã, Barbanel disse-me que fora a artilharia que eu ouvira, talvez tão próximo quanto noventa ou cem quilômetros.

A esta altura os destacamentos de trabalho não marchavam mais através da ponte em direção da cidade. A fumaça não subia mais das chaminés das fábricas de material bélico. Guardas foram colocados de serviço ao redor de todo o perímetro do gueto. E as fugas organizadas pelos guerrilheiros não eram mais possíveis.

Claro que sob tais condições minhas corridas como estafeta através do velho duto estavam fora de questão. Uma tarde, eu me achava de fato preparado para partir quando, parado com Barbanel na cisterna aberta na casa de pedra, ouvi vozes alemãs distantes vindo pelos intestinos do duto.

— Bem, acabou — disse Barbanel, e colocou a tampa da cisterna de novo no lugar.

Todos nós sabíamos que algo terrível estava para acontecer. E em pouco tempo o dia chegou. Subitamente caminhões cheios de tropas atravessavam a ponte. Corri o mais veloz que podia para informar ao conselho. Foi minha última missão como corredor. E não adiantou muito. As notícias eram berradas através de seus alto-falantes naquela sua terrível linguagem burocrática. Davam-nos quinze minutos para juntar nossos pertences. Soldados corriam pelas ruas, invadiam as casas, dando cacetadas nas pessoas que não se mexiam com a devida rapidez. Atearam fogo nos prédios. Tudo isso sob a direção do comandante Schmitz. Eu não podia enxergar tanto quanto podia ouvir. As pessoas gritavam, uivavam, havia tiros. Fomos arrebanhados até a praça. A Srta. Margolin tinha dois bebês em seus braços, segurando-os sob cobertas com as cabeças escondidas. As pessoas agarravam-se ao Dr. Koenig, pedindo-lhe que fizesse algo. O pobre homem mantinha a cabeça erguida, seus cabelos prateados soprados pelo vento, e se deixou ficar ali tão desamparado quanto o resto de nós. O Sr. Barbanel, eu não o conseguia ver em parte alguma, até que finalmente o vi caminhando na multidão com o braço ao redor de um senhor idoso.

Em bloco fomos levados numa parada através da ponte, através da cidade, até a estação ferroviária. Os cidadãos lituanos nos observavam das calçadas. Alguns deles riam, alguns caçoavam. Alguns simplesmente continuavam cuidando dos seus afazeres como se fosse um dia comum. Em toda a confusão e gritaria, fosse na rua, evitando as coronhas dos fuzis dos soldados, ou na estação ferroviária, quando subia ao vagão de carga fechado, perdi meu gorro de corredor com a aba militar. Mas só me dei conta disso quando as portas do vagão foram fechadas, as lingüetas colocadas no lugar, e lá estávamos nós na escuridão. Fiquei furioso por não poder levantar os braços para ver se o gorro ainda estava na minha cabeça, embora soubesse que não estava. Eu vira outras pessoas conhecidas subirem ao mesmo vagão, mas não sabia onde o Sr. Barbanel estava, se estava no vagão também, ou Greta Margolin, ou o Dr. Koenig, ou algum dos outros garotos. O vagão sacolejou e começou a se mover. As pessoas uivavam, berravam: Onde está você? umas às outras na escuridão, querendo saber o que estava acontecendo, qual era o significado daquele ultraje. Mas eu sabia. Estava trancado num vagão de carga fechado num longo trem de vagões cheios de mortos-vivos de pé e oscilantes. E eu não era mais a estrela dos corredores.

— Pem chega em Park Avenue e encontra um novo porteiro. Um jovem hispânico que gravemente se dirige ao interfone...

Meu antigo lar. Dez quartos num andar alto que de certo modo nunca recebia nenhuma luz do sol.

Oi, poopsie.

Não tenho muito tempo, Pem. O que quer?

Minhas roupas.

Graças a Deus.

Não tudo, meu blazer, algumas gravatas e camisas. Para seguir em frente.

Gostaria de ver todas as suas coisas fora daqui.

E o monsieur com quem está forjando o seu destino? Vai chegar quando?

Não é da sua conta.

Sinceramente, Trish, ele é um homme de muita sorte.

E é claro que você quer algum dinheiro.

Se é o que está no seu coração, minha criança.

Ela puxa um daqueles longos femininos da cigarreira sobre o pequeno aparador. Na verdade, ganhou alguns quilos, Trish. Um pouco cadeiruda agora, embora ainda elegante. Apóia o braço da mão que segura o cigarro no cotovelo. Uma espiral azul pálido de fumaça se eleva diante das flores de Vlaminck.

Meu pai disse que você não respondeu à carta dele.

Voltando aos quartos de dormir: Vou responder, Trish. Realmente vou.

Deve ter sido certamente intimidade se bem que eu não me lembre.

— O que queremos dizer quando dizemos... *ainda que todas as possíveis questões científicas sejam respondidas, nosso problema não foi sequer tocado?* De modo que se o próprio Sr. Einstein chegasse ao final bem-sucedido de todas as suas experiências, se toda a sua brilhante física fosse levada ao triunfante termo e ele não fosse destinado como o Moisés da ciência a morrer antes de alcançar a Terra Prometida... nós ainda seríamos deixados no ponto em que começamos?

Então, *bitte*, qual é o nosso problema? Não a natureza do universo, portanto, mas... o quê? A mente em consideração de si mesma? O eu que propõe que o mundo é tudo o que é, mas se acha excluído desta proposição? O eu ou ego que pode teoricamente apurar tudo a respeito do mundo exceto quem ou o que ele próprio é — como o sujeito do seu próprio pensamento? Onde pode ser encontrado? Onde se localiza? Nada mais pode ser dito em seu nome a não ser que é meramente uma pressuposição da faculdade da linguagem, um conceito sintático. É a observação gramatical do estado de coisas que ele chama de mundo. Se parar de construir proposições, se deixar de mapear as relações factuais do mundo com a linguagem, de que modo pode fazer que saibam que existe? No entanto ao mesmo tempo não existe nenhum mundo à parte do discernimento do eu, existe? Todos nós, os múltiplos eus que somos meras pressuposições fantasmas da linguagem, não mais do que isso, ainda assim contemos toda a experiência do mundo. Procuro uma imagem apropriada: os espelhos de um gigantesco parque de diversões do qual não há saída? Pronunciamentos ecoando um sobre o outro para sempre numa cisterna sem fundo? Mas estes exemplos são insuficientes, sendo espaciais. A consciência não está no espaço, não existe no espaço, nem quando pensa sobre si mesma é a sua profundidade dimensional a qualquer número que possa conceber. No entanto tudo o que existe existe através de nós nas formulações de nossos eus que contêm o mundo.

Então o problema é este, a consciência solipsística sem a qual não existe mundo e no entanto está cheia do mundo até os limites e portanto é incapaz de dar um passo para fora do mundo e se ver dentro dele. Por este paradoxo eu proponho uma fusão do mundo real que existe à parte de minha percepção dele e do mundo que não pode existir sem a minha percepção mental dele. E como eu lhes concedo o domínio deste reino solipsístico e de tudo o que está em causa, temos então o paradoxo em três dimensões do que poderia ser chamado de solipsismo democrático, cada um de nós um dono total do mundo que depende da nossa mente para sua existência... e nenhum de nós capaz de existir discernivelmente como um sujeito da consciência do outro.

Vamos admitir que esta é uma idéia estranha e aparentemente autocontraditória vinda do Wittgenstein que desnudaria a filosofia de toda a sua bobagem metafísica sem sentido.

No entanto eu sei que vocês americanos são obcecados por Deus. E com meu jogo de linguagem estou tentando dizer-lhes algo muito simples: Talvez a descrição mais poética de nossa consciência humana atormentada que seja do, embora não esteja no, mundo se encontra no termo *pecado original.*

Como eu disse no *Tractatus Logico-Philosophicus*... falando da idéia da imortalidade da alma humana...

6.4312. *Um enigma é resolvido pelo fato de que eu sobreviva para sempre? Esta vida eterna não é tão enigmática quanto nossa vida atual? A solução do enigma da vida no espaço e no tempo reside* fora *do espaço e do tempo...*

6. 44. *Não* como *o mundo é, é o místico* por que *ele é...*

6. 52. *Nós sentimos que ainda que* todas as possíveis *questões científicas fossem respondidas, os problemas da vida ainda não foram de modo algum tocados. Claro que não há então nenhuma questão deixada, e esta simplesmente é a resposta.*

Entre parênteses, peço-lhes que se lembrem por favor que este foi o trabalho de um homem muito jovem, escrito principalmente na frente de combate com o exército austríaco durante a Primeira Guerra Mundial, na qual eu pedira para atuar em combate esperando pela morte. As páginas que escrevi ficaram manchadas de lama e o lápis tremia em meu punho. A luz dos foguetes sinalizadores e dos petardos que explodiam me deixavam ver o que estava escrevendo. Debaixo de fogo fiquei aterrorizado como um animal, mas no meio de minha tremedeira eu definia a coragem como, e a assumia assim, a convicção de que a nossa verdadeira alma criadora-de-mundos, criada-pelo-mundo... é finalmente inviolável por circunstância.

— **Biografia do Autor**
Everett aparece como um bebê
Na maternidade não maior que um prédio de arenito pardo
    comum
na esquina da Mt. Eden Avenue com Morris Avenue
no distrito do Bronx, na cidade de Nova York
    no ano de 19—.
Fui um bebê nascido de traseira, a primeira de muitas dificuldades
que dei a minha mãe, Ruth, uma mulher decidida,
    uma pianista talentosa
que numa idade muito anterior havia se apaixonado por um
    sonhador
Sua experiência original da raça difícil dos homens,
um impetuoso guarda-marinha-estagiário na
    Academia Naval Webb no rio Harlem
meu pai, Ben, que na Primeira Guerra Mundial pularia
    por cima da cerca
e invadiria a cantina do exército onde minha mãe
    servia café e rosquinhas
aos soldados da infantaria, e arriscaria a vida no uniforme
    branco errado
para garantir que ninguém interferisse com ela.
Isto era romance, embora do tipo atormentado
e obedecendo a um esquema estabelecido antes, quando
    cursaram
    o colégio secundário juntos.

Ele a via sair à noite com algum rapaz
para tomar um sorvete enquanto o céu ainda
    estava azul iluminado pelo sol sobre as árvores escuras do
Crotona Park
e se aproximava deles, ele que não a convidara
    para sair
e ameaçava o garoto com pugnacidade queixo contra queixo
se ele não tratasse minha mãe Ruth com respeito
arruinando assim o encontro, lançando uma nuvem sobre a
    noitada dela
com a sua atitude impertinente e possessiva
Ali no Bronx na primeira parte do século
quando as ruas eram largas e novas e as árvores eram
    jovens nos parques
e os prédios de apartamentos de tijolos vermelhos com arremates
    de granito
    com seus pequenos pátios
    eram limpos e redentores
para as famílias imigrantes que haviam conseguido escapar
    dos miseráveis cortiços do Lower East Side,
E tal corte como foi conduzida por Ben meu pai
ainda não era construída como o imperativo biocomportamental
    de distribuir seus genes
Embora naturalmente Ruth se casasse com ele e ele o fizesse,
Para meu irmão, Ronald, aparecendo em 19—
E para mim oito anos e meio depois
um ano da Grande Depressão quando não era
    fácil sustentar muitas crianças
menos ainda no caso de Ben e Ruth,
e, eu acho agora, para outra criança entre nós dois
Uma criança natimorta em meados ou no final dos anos vinte
talvez outro irmão

ou uma irmã, que teria cuidado de mim no parque
na solene responsabilidade engendrada por minha mãe
e me levado até a fonte quando eu sentisse sede
A garota, Ruth diria durante anos até quando eu
    já estava crescido,
que ela sempre quisera ter, a garota para sua
    solidão na casa dos machos
Menciono tais assuntos pessoais
só para indicar meu lugar e tempo, a estreita
    autoridade
que tenho para falar deste século,
Um observador obscuramente situado
Distante de todos os imensos terrores históricos, embora
    sempre haja tempo, não é.
Mas agora eu confesso como é difícil imaginar meu pai como
    um garoto rebelde, ousado, teimoso
A infância sendo algo que pertencia a mim, ou a meu
    irmão, nossa propriedade, não dele
e lembrando-o em contraste
um homem sério imponente sentado numa cadeira ao lado do
    rádio
Ouvindo as notícias da Segunda Guerra Mundial
    e ao mesmo tempo lendo sobre a guerra
    no jornal vespertino que segurava como uma barraca
    de campanha.
Meu pai morreu há quarenta anos do momento em que escrevo
E eu confesso, desalentado, que quanto mais tempo está morto
    mais misterioso se tornou na minha memória
A personalidade se esmaecendo, ou se tornando mais complexa,
ficamos com um fato confirmado mas invisível
um espírito sem caráter falível embora lembrado
    como um homem falível
Que fazia algumas coisas certo e algumas coisas errado

Mas que existe agora como uma alma pura que suportou a vida
e finalmente foi derrubado por ela
Embora eu guarde e acalente minhas imagens dele
contra esta triste verdade da alma sem característica
que é para mim uma magra consolação
para o fracasso da vida brilhante
de manter para sempre sua rica especificidade.
Ele jogava tênis com calças brancas de brim de linho, tenho uma
foto
tirada com uma daquelas Leicas dobráveis da época
que estendem suas caixas pretas em acordeão ao longo de dois
trilhos
Um golpe de frente esperto na extremidade erguida da raquete,
o corpo apontado para diante,
uma camisa branca de manga comprida, cabelos morenos, um
bigode moreno
Uma figura na extremidade oposta da rede,
a maior parte da foto sendo do chão
Uma quadra pública de saibro marrom, com umas costas anônimas
passando pelo canto da lente em close-up
Perseguindo a bola para sempre, para sempre desconhecida
As casas de apartamentos do Bronx ao fundo
Tudo circa 1925 em sépia.
Ela jogava também, minha mãe,
Eles saíam e jogavam anos 1930 adentro,
enquanto eu ficava parado do lado de fora da tela de arame
insistindo com eles que era minha vez.
Ela está enterrada ao lado dele
no cemitério Beth-El em Nova Jersey
Mas tendo sobrevivido a ele trinta e sete anos
é uma personalidade marcante na minha memória.
Durante sua última doença comemorou seu aniversário
uma paciente de Unidade Intensiva, recém-saída do oxigênio.

Parabéns, Mãe, eu disse. A senhora faz noventa e cinco anos
hoje.
Uma sobrancelha se levantou, o olho se abriu, o mais leve sorriso
foi convocado de volta da sua vida que se apagava:
Noventa e quatro, disse ela.
Foi nossa última conversa.
E eu sinto sua morte agora, alguns anos depois,
como um silêncio não característico,
um silêncio de alguém que deveria nos estar contando
o que acha dos nossos gostos, de nossa maneira de fazer
as coisas
Anunciando ao mesmo tempo que só dá uma opinião
quando lhe pedem.
A última tecnologia que ela não entendeu ou confiou
foi a secretária eletrônica: "Ligue para a mamãe",
é tudo o que ela se permitiu dizer
para o meu pedido gravado solicitando um nome um número
uma mensagem
Clara e sensivelmente falando não para um ser humano mas para
uma máquina, e falando linguagem-de-máquina para ela.
Ligue para a mamãe é o que eu esperaria ouvir hoje
tivéssemos instalado um telefone em sua sepultura.

Em 1917, terminado o treinamento naval de meu pai
ele recebeu a patente de guarda-marinha
e pouco depois zarpou como oficial de sinalização
num navio de tropas para a Europa
Ainda no uniforme da cor errada
Entre conveses cheios de infantes de mochilas nas costas e per-
neiras nos tornozelos.
Mas então, misteriosamente, ou talvez não tão
misteriosamente assim,
Sua patente tendo sido conferida por uma instituição que
não era Annapolis

Foi designado para serviço em terra nas trincheiras
como um observador naval de comunicações no campo de batalha.
É verdade, comunicações era a sua especialidade
como tem sido a especialidade de todos os homens na minha família
pelo menos desde que meu avô veio para a América em 1887
e assumiu o ofício de impressor.
Claro que ele sabia que faróis de sinalização e semáforos
dependiam do mar aberto
mas telegrafia e telefonia, das quais o exército dependia,
eram totalmente inúteis nas trincheiras
quando a barragem de fogo que precedia cada ataque alemão
estourava num par de salvas
os cabos e fios
tão laboriosamente instalados até o quartel-general do batalhão,
E quando as linhas telegráficas presas a postes
ao longo das rotas de suprimento, e dos ramais ferroviários,
passando pelos entulhos da artilharia e hospitais de campanha
do regimento voltando até a divisão
bastava apenas um poste de pinho descascado e creosotado
subir aos ares como se lançado
pelo projétil de trezentos quilos de um obus pesado
como se fosse uma lança atirada por Aquiles
com bandeirolas de fiação como a cauda de um cometa
para deixar um general ignorante da verdade da sua batalha
como um miserável infante agachado solitário
dentro do seu uniforme
e o rugido prolongado e contínuo de um bombardeio distante
a resposta em impenetrável código de guerra às suas indagações.
Meu pai observador entendeu isso num piscar de olhos,

Não era preciso um Einstein ele me disse com uma
    risada,
A guerra era a propriedade emergente do pensamento humano,
Assim como a impassibilidade é a propriedade emergente das
    moléculas de carvalho.
Correspondendo às mais profundas esperanças da marinha nele,
mudou de uniforme, envergando a túnica cáqui e o capacete de
lata
do tenente de sinalização morto que fora o seu
    anfitrião
E enquanto o ar assobiava e tremia
    e a terra toda ao seu redor subia e descia
    como o mar mais agitado
ele assumia o comando dos soldados sobreviventes da
    companhia de sinaleiros
ainda desenrolando de seus gigantescos carretéis de madeira
    novas linhas de comunicação enquanto as velhas
    eram feitas em pedaços
Ou acolhendo em suas mãos erguidas os pombos-
    correios
que retornavam magicamente como chumaços em
    espiral de penas ensangüentadas,
E recriou entre eles uma companhia de corredores,
    despachando equipes de dois homens
    para levar as informações secretas da frente de combate
    até o quartel-general
    e levar as ordens do estado-maior até a frente,
porque os corredores eram a única coisa que funcionava,
embora as notícias que trouxessem
    pudessem estar uma hora ou mais defasadas.
Durante muito tempo o general americano Pershing
mantivera seus exércitos descansados intatos sob seu próprio
    comando

Mas em 1917, com as coisas piorando para os Aliados
Cujo total de mortos, britânicos e franceses, àquela altura chegava
a algo acima de quatro milhões de homens
a maioria deles tendo morrido obediente, jovem, aturdida
e nas fileiras alistadas,
elementos do Segundo Exército Americano, junto ao qual
meu pai fora destacado como observador naval,
foram distribuídos sob comando francês
ao longo dos limites meridionais do amplo campo de batalha
que se estendia da costa belga até o mar do Norte
e ao sudeste numa grande meia-lua de devastação
até a fronteira suíça em Bernevesin.
Assim eu vejo meu pai no estado de guerra
um estado nem francês nem alemão nem americano
mas fundado para contestar todo sentido e razão.
Fogos de sinalização iluminavam de mostarda o céu noturno
Petardos explodiam em clarões crepitantes, como relâmpagos
terrestres
E na acre névoa branca da ensolarada manhã
seguinte
quando a infantaria alemã devia finalmente estar
chegando
por trás das explosões de morteiro e rajadas rasteiras
que avançavam
que eram as passadas da Morte iminente
para os jovens nas trincheiras
ele se viu o último dos corredores sobreviventes
da companhia de sinaleiros que viera observar
mas que apaixonadamente adotara
O homem ao seu lado tendo jogado os braços para o ar
e caído de joelhos para uma prece final
na sua corrida em campo aberto de volta às trincheiras.
Não tenho prova alguma disso, mas nos anos em que fui seu
filho em casa,

seu filho mais velho Ronald distante na sua guerra mundial
meu pai gostava de nos levar aos jogos de domingo
    do time dos New York Giants.
Eles jogavam no antigo campo de pólo em Coogan's Bluff.
Sentávamo-nos ao sol, eu comia um pacote de amendoins, ele
    fumava seu charuto.
E ele ficava sabiamente silencioso em meio à autoridade
    ruidosa dos homens ao nosso redor.
Eu adorava o campo de grama verde com as faixas brancas
    e o som do chute sem pulo que ressoava
    por todo o estádio
por um longo momento depois que a bola era chutada. Eu torcia
    pelos Giants, sempre, mas ele gostava de jogos
e divertimentos que superavam em astúcia o oponente, não
    importa quem jogasse.
Adorava os dianteiros do jogo, por exemplo,
    no pós-guerra, "Crazy Legs" Hirsch dos
    L.A. Rams
que trazia uma multidão aos seus pés com seus dribles curtos
    e suas fintas e rodopios
e que, com seus saltos por cima dos derrubadores, suas
elásticas evasões e súbitas freadas de parar o coração,
    todas sugestivas de uma inteligência cômica,
era capaz de fazer uma arrancada, por mais curta que fosse,
durar mais do que qualquer pessoa podia esperar.
E não tenho prova alguma disso, mas acho que meu pai
    se lembrava de suas próprias arrancadas debaixo de fogo
    como um inexplicável sobrevivente
e buscava mitigar suas terríveis lembranças
    com a abstração estética do futebol
um jogo militar com linhas e regras e sem grandes
    ou duradouras conseqüências.
De qualquer maneira, ele trouxera as ordens de retirada
    mas as encontrara antecipadas.

As fileiras recuavam na direção da qual ele viera.
Nas trincheiras homens mortos haviam caído em pequenas pilhas
    como que consolando uns aos outros em sua dor
    pelos danos que haviam sofrido
Ou estavam de pé, baionetas caladas, exageradamente alertas
    aprumados e esperando o ataque
seus órgãos internos tendo se rompido
no choque do vácuo de uma explosão de obus.
Seguiu seu caminho na transversal das trincheiras
    em ziguezague
procurando alguém a quem pudesse se apresentar
mas encontrando apenas ratos chafurdando na merda e na lama
    entre os restos de biscoitos e membros arrancados,
Ratos trafegando como pequenos projéteis em cada direção
    enquanto ele se aproximava.
Tropeçou num jovem soldado que jazia
    com o cano do seu próprio fuzil na boca
    e sua cabeça pousada numa amálgama de miolos e lama.
Meu pai parou e agachou-se e,
    pela primeira vez desde que chegou à França,
    se sentiu próximo o bastante de alguém para
    lamentar a sua perda.
Este rapaz não fora capaz de suportar
    as horas e horas de canhonada
que meu pai mal ouvira
    enquanto lidava com as urgências da batalha.
Mas agora se dava conta, como se fosse o herdeiro
    deste camarada,
Do terrível fragor, mecânico e no entanto como a voz humana,
    uma pressão atroadora de bater o peito, uma fúria vingadora
    colossal, bruta como uma punhalada
que ele imaginava como a conversação primordial,
quando um tanque cresceu para cima dele, as lagartas enlameadas
    avançando com violência no ar

e com um grande rugido triturante e assustador
passou por cima da trincheira e trouxe uma chuva de óleo
na escuridão sobre ele.
Bem amigos sei que isto é História Antiga
tão antiga quanto nossos professores do primário
que guardamos em nossa memória com a mesma
condescendência.
Sei disso. Sei que os ossos da Primeira Guerra Mundial
estão imprensados nas placas tectônicas do continente
sob o peso dos ossos enterrados sobre eles.
Que as praias da Europa estão à deriva com areia de ossos
E que seus fazendeiros em seus campos fincam seus arados em
pedaços de colunas vertebrais
Seus rios à noite ficam luminosos com os radicais livres
de calcificação que vêm à tona
E os arqueólogos de suas cidades clássicas
encontram crânios em camadas debaixo das ruas.
Mas ouçam por um momento. Toda história deu um jeito de
derramar esta cerveja no seu copo,
ela trouxe à triste dama de jeans na extremidade do bar
seus Marlboros,
deu ao espelho por trás destas garrafas seu
embaçado particular
e, não por acaso, iluminou-nos nesta luz azul de néon
de liberdade ilusória.
Que idade tinha meu pai, vinte e quatro, vinte e cinco?
Aqui estava ele, um marinheiro, um amante do mar,
atolado no lodo da terra,
um jovem defendendo um país que não era o seu,
um corredor arriado,
tudo o que fizera de si mesmo negado de certo modo
na irrestrita doação de sua juventude

e com um exército de hunos saltando por cima de sua
forma prostrada.
Não que ele fosse politicamente inocente...
Aprendera com seu pai, meu avô Isaac,
o impressor,
os doces valores da religião civil, do socialismo.
Sabia que os rapazes alemães o matariam caso se mexesse
estavam mais perto dele no que tinham
a ganhar ou a perder
do que estavam dos generais, e das famílias aristocráticas
que mandavam neles.
Ele sabia que a sociedade era estruturada verticalmente não
lateralmente
e que por um momento antes da guerra se alastrar
através da Europa
não apenas os artistas e intelectuais nos cafés
de Paris, Viena e Berlim
que escreviam seus manifestos estéticos em guardanapos de pano
e seguravam seus fumacentos Gauloises e Navy Cuts
entre seus polegares e indicadores,
mas as pessoas trabalhando nas fábricas e cavando nas
minas de carvão por uns trocados
e os professores, balconistas e motorneiros
propunham que não eram franceses ou alemães ou italianos
mas membros da classe operária universal
que abrangia todas as fronteiras
e era universalmente escravizada pelo capitalismo
e seus acessórios
e suas ideologias nacionalistas que eram pura
besteira.
No dia vinte e oito de junho, foi um calafrio terrível
quando um sérvio, Princip, explodiu
o arquiduque dos Hapsburgos, Franz Ferdinand,

mas mais desastrosamente o Partido Socialista austríaco,
cujos membros traídos estavam em breve se alistando
ao lado de todo mundo mais.
Mas os pensamentos de meu pai nesta ocasião, vou arriscar
um palpite, eram os seguintes:
sua mãe, seu pai, sua namorada Ruth,
sua irmã Sophie, sua irmã Mollie e,
para não o tornar menos humano do que era,
a garota francesa na aldeia costeira de Villedieu
que viera tirar água do poço
na praça onde ele estava sentado com seus camaradas
debaixo do toldo do Café Terrasse de la Gare
bebendo vinho branco e comendo pão e queijo.
Mas o que exatamente você pensa quando pensa
em alguém?
Você não pensa em fotografias, você não pensa em
flashbacks, como os filmes pretendem
(que mais podem fazer?)
Você pode ver um gesto que se desvanece antes de aparecer
deixando apenas uma sensação de sua fidelidade
Se você ouve uma voz é uma amostra, mal concretizada
mais como o som de uma natureza moral.
O pensamento de alguém não é uma bem visualizada
e quase inaudível
presença na sua mente
— talvez nem mesmo em sua mente —
de seus próprios afetos agrupados
uma ordem de sensações muito sua,
como uma canção sem palavras que você canta para si mesmo
ou uma prece fervorosa que você não profere
num elogio à especificidade impronunciável do caráter.
O pensamento de sua mãe, Ben sentia como sua própria
adoração irreprimível por ela

Sua pequena mamãe, que ele adorava provocar e dançar
ao seu redor na cozinha
até que qualquer travessura que tivesse feito
era levada para longe na risada dela.
Seu papai quieto, esguio e aprumado, com uma cabeça de belos
cabelos brancos
e os ossos da face das estepes siberianas
era a sua própria formação intelectual
as opiniões que não percebia como opiniões
que propunham as perguntas que ele deveria fazer.
Sua namorada Ruth era a sua ânsia de viver
a forma de sua dolorida solidão
A beleza americana
que se elevava como a Estátua da Liberdade em
seu pensamento
Inabalável, leal, nascida em Manhattan, como ele mesmo,
configurada como a promessa do novo mundo,
e relegando o desastre histórico
que era a Europa
da qual seus pais imigrantes se haviam desesperançado
e onde ele jazia imprensado contra a parede da frente da
trincheira
com um exército de hunos saltando por cima de sua forma prostrada.
Este deveria ter sido o momento final da conexão
européia de nossa família
quando, o avanço tendo passado por ele, tropas
inimigas de apoio
vieram para dentro das trincheiras à procura de
Aliados vivos para matar
De comida, botas, munição que pudessem resgatar,
e meu pai, ouvindo-os no ângulo contíguo
da trincheira em ziguezague

invocou numa última lembrança do velho mundo
    o iídiche
que ouvira na sua infância em Stanton Street...
um dialeto germânico para aquietar suavizar e tornar melódica
aquela linguagem de estilhaços expectorados...
E gritou com as mãos em concha, reprussianizado, esperava,
    uma ordem para os soldados que se aproximavam
    para que parassem com suas desgraçadas infrações
e fossem adiante se não quisessem encarar a porra de uma corte
    marcial, ou palavras neste efeito,
O que eles fizeram para seu espanto. E então ele se encostou
contra a outra parede da trincheira poucos minutos depois
    enquanto os hunos saltavam por cima em retirada,
um contra-ataque tendo sido montado que
    à meia-noite deixaria tudo como antes
com exceção é claro dos milhares de corpos
    frescos,
um fato que meu pai entendeu quando, despertado
    pelos britânicos e franceses,
saltou para fora da trincheira e correu em frente, a baioneta
    calada no inferno sulfuroso de escombros
    da Terra de Ninguém
um grito animal maníaco partindo dele
enquanto sua mente quietamente lhe assegurava que a alma
    verdadeira
é finalmente deixada inviolável pela circunstância.

— Talvez as primeiras canções fossem de ninar. Talvez as mães fossem as primeiras cantoras. Talvez elas aprendessem a acalmar seus inquietos bebês símios imitando os sons da água em movimento, os borbotões, as cascatas, os salpicos, as poças, as correntezas, as inundações, os jorros, os transbordamentos, as golfadas, os marulhos e as sucções. Talvez soubessem que seus bebês nasceram da água. E o ritmo era o suave balanço da rede d'água estendida entre as árvores pélvicas. E a melodia era o som que a água fazia quando o bebê mexia seus membros.

Existe o deleite interminável que sentimos com novos seres... e existe uma raiva antediluviana que eles evocam com sua cegueira, seu berreiro, sua caganeira e mijadeira desamparadas. Assim as canções para eles têm duas faces, de acalanto na suave voz maternal, mas viciosamente surrealista nas letras. Balança, bebê, na copa das árvores, quando o vento sopra o berço vai balançar, quando o galho quebrar o berço vai cair, lá vem o neném abaixo, com berço e tudo... Imagine cair através de uma árvore, suas pernas entrelaçadas e os braços presos aos seus lados. Imagine cair com sua cabecinha batucando contra os galhos e os rebentos e os ramos chicoteando-o através de suas orelhas como se você fosse um xilofone. Imagine nascer. As canções de ninar nos incitam a dormir ao mesmo tempo que encenam para nós o terror de acordar. Deste modo aprendemos para o nosso próprio bem a imanência em todos os sentimentos do seu oposto. A Bíblia, também, fala disso como a Queda.

— **Coisas que Noé Deveria Ter em Par:** Escaravelhos vira-bosta. Absolutamente essenciais. Vejamos... quarenta dias e noites de chuva mais cento e cinqüenta de inundação... ao todo seis meses e um terço a bordo vivendo com camelos, cavalos, leões, chacais, burros selvagens, bodes, carneiros, porcos-espinhos, porcos-do-mato, suricatos, caracais, lobos, javalis africanos, gerbos... hummm. Ia ser uma parada pegar na pá e jogar toda aquela porcariada para fora da arca, quando as águas baixassem seria necessário um solo arável. Ainda assim, parece muito trabalho para apenas dois escaravelhos vira-bosta, mesmo com suas gerações. Vamos aumentar para quatro.

— E, Jesus Cristo, o deserto! O sol tão quente, todo aquele pantanal sugante do pós-dilúvio, grandes deslizamentos placentais de limo vaporoso, atoleiros, bacias côncavas borbulhando no seu dreno, lagos encharcados com todas as suas criaturas sufocantes, nadando, sacudindo e se debatendo até a morte fossilizada, cardumes de peixes mortos atapetando a terra, o solo secando e formando torrões e rachaduras, o piso se firmando e toda aquela massa pós-diluviana transformando-se num deserto impiedoso pontilhado de penedos, canalizado com rios intermitentes e com multidões de criaturas bacterianas inventando a si mesmas no fermento das escamas apodrecidas dos peixes: este é o terreno nativo de todos nós, a fonte espiritual, não foi nas vastidões brancas do gelo ártico que o gênio para a religião se afirmou, mas aqui, nas planícies de quartzo desbastado em microcristais soprado por vendavais de seixos e tempestades de areia que enegreciam o céu, tudo aquilo ditando uma cultura de rebanhos nômades, mantos e panos para velar a cabeça. Quarenta dias para Jesus no deserto — o que é que há em relação ao número quarenta? —, Moisés e Elias também passaram lá seus quarenta dias, e todos eles, de armas e bagagens, os Habirus vagando por quarenta anos, a quente areia do Saara em suas bocas, o sol do Negev, a rocha vermelha, com penhascos de grés polidos em discos e pedras de altar, pináculos e colunas aflautadas e as patéticas pequenas cacimbas, oásis nas rochas, todo mundo da companhia de Deus vindo beber água e comer tâmaras... nosso lar espiritual, cada rocha um forno para cozer pão, um território cobrindo mais da terra do que a Europa, um espelho geológico do fundo obscuro e irrespirável do mar salgado, com seu próprio plantel de adaptáveis, naturalmente... seu camarão salgado cujos ovos podiam viver dormentes no barro durante anos entre chuvas, seus ácaros e sapos da areia, seus besouros marinhos e suas vespas-jóias, escorpiões e gafanhotos, cobras de olhos como contas e sapos chifrudos e lagartos franjados, seus ratos do deserto, seus peixes da areia e seus cincos e toupeiras e raposas-fenecos. E cada um destes adaptadores sem cérebro sabendo ficar fora do sol do meio-dia, enfiando-se na areia, aninhando-se na raiz do cacto e esperando pela noite para caçar sua comida, fazendo armadilhas para sua presa, ou triturando-a em suas mandíbulas ou ferroando-a até a morte, ou esperando pelo início da manhã para deixar o orvalho rolar por suas costas crustáceas até suas bocas espumosas, uma porção de companhia para Cristo no deserto com talvez a coruja de noite a piar da mais elevada verga da caverna na montanha com um camundongo marrom espinhoso nas suas garras.

— Fui imprensado contra a porta trancada, inalando os odores históricos na madeira de feno, de couro cru, e com meus lábios colados a uma fina fresta que deixava passar o ar da terra comum e indiferente do lado de fora.

A fresta de ar era aquecida pela luz, resfriada pela escuridão, e assim pude ir contando os dias e as noites. Eu detectava a primeira luz da alvorada por uma sensação diferente na minha língua. Podia ocasionalmente ouvir algo também, como o mugido de uma vaca no crepúsculo, distante e quase indistinto entre os gemidos e preces das pessoas ao meu redor.

Como a catástrofe era unicamente nossa, ela não violava as práticas tradicionais do transporte ferroviário. Periodicamente o trem era afastado para um desvio e esquecido ali hora após hora, surdo a todas as nossas reclamações e gritos de desespero, ou então se arrastava para a frente, mas depois deslizava de ré e parava no silêncio da noite impassível, só para de repente se pôr a caminho de novo, guinchando e sacolejando ao passar pelas agulhas de desvio, de volta aos trilhos, sobre os quais avançava pesadamente como alguma besta bronca e teimosa de um camponês da Europa Central.

Estávamos num vagão de carga fechado num longo trem de vagões cheios de mortos-vivos de pé, oscilantes e enrijecidos. Cada vagão obedecia às medidas e características tradicionais para o transporte de cargas, sete-vírgula-um metros de comprimento, três metros e três quartos de largura, com um telhado de ripas ligeiramente inclinado para o escoamento das águas, e montado sobre um chassi de aço com quatro rodas em flange da Siderúrgica Krupp em bitola européia padronizada, com mecanismos de engate na frente e na traseira. Uma visão comum, absurdamente rotineira, coisas pesadonas, suas laterais de madeira pintadas na cor de ferrugem ou verde-oliva, composições surradas pelo tempo aguardando em cada pátio ferroviário do continente, ou rangendo e chacoalhando através dos campos, através das aldeias às três da manhã sob uma lua fria, tremendo, estrondeando nas rajadas de vento vindas dos amplos vales, estes banalíssimos transportes para os negócios das nações levando os cães magros de costelas aparentes das aldeias a correrem ao seu lado, latindo, saltando no ar e fincando suas mandíbulas no fedor que chegava às suas narinas.

Depois do primeiro ou segundo dia comecei a roer a fresta na madeira da parede do vagão através da qual respirava o ar exterior ou, como eu pensava, a ampla vastidão, até o horizonte, além dele, infinitamente se estendendo, dos destinos que não pertenciam a este trem. Não tinha nenhum propósito em mente, meramente me parecia sensato abocanhar a madeira dura hora após hora sem parar, exceto naturalmente quando eu apagava e dormia. Quando tinha a grande felicidade de arrancar uma lasca com a minha boca, eu a mastigava como comida. A água eu a obtive uma noite da chuva empurrada pelo vento, como agulhadas frias na minha língua. Enquanto prosseguia na minha faina, eu me via ouvindo o clangor das rodas, aplicando ritmos a elas, fabricando canções na minha cabeça que se encaixassem naqueles ritmos, mas de certa forma estas canções vinham na voz da minha mãe, ou na de meu pai, e as vozes eram realmente mais na natureza de imagens evanescentes de minha mãe e de meu pai, e as imagens mais como sensações fugazes dos seus seres, percepções momentâneas de sua natureza moral, o que me levava a gritar, como se pudessem ser trazidos a uma resolução em sua integridade como minha mãe e meu pai reais. Então eu me via devolvido ao insensato e incessante clangor das rodas do trem. Eu raciocinava que se conseguisse roer uma abertura suficientemente grande para passar por ela, elas me acolheriam de bom grado, aquelas rodas que num golpe rápido, cortante e limpo acabariam com a minha vida.

Mas então alguém diretamente às minhas costas, uma menina que havia chorado sem parar no primeiro dia a ponto de molhar minha camisa com suas lágrimas, mas depois apenas ficara a choramingar num tom agudo como um gato e, entre os corpos oscilantes e enrijecidos, viera colocar seus braços ao redor da minha cintura, com suas faces apertadas entre meus omoplatas — esta garota, sem nenhum som de advertência, morreu, e o trem, fazendo uma curva a alta velocidade, suas pernas desabaram debaixo de si e seus braços deslizaram por meus quadris e ao redor dos meus joelhos, de modo que fui puxado para baixo por seu peso alguns centímetros até onde me vi olhando através da fresta pela qual eu respirava o ar de fora.

Um borrão, um matagal, um bosque tão perto do barranco da linha férrea que folhas fustigavam as paredes do vagão, um bosque tão denso a ponto de criar sombras escuras como a noite. E então subitamente uma vista banhada de sol de um campo verde com uma casa e um celeiro à distância.

— Uma fazenda! — gritei. — Agora uma estrada. Um cavalo e uma carroça.

E assim eu transmitia as notícias do mundo para aqueles que queriam escutar. Bétulas. Um riacho. Mulheres, crianças colhendo batatas. Um rio. Um chefe de estação acendendo seu cachimbo.

Entre as pessoas no meu vagão que eu vira subirem antes de mim estavam algumas que eu conhecia. Quando senti pelo cheiro de fuligem e pelo aparecimento de um pátio ferroviário que a viagem estava chegando ao seu fim, pareceu-me importante lembrar quem eram: o Sr. e a Sra. Liebner e seu filho Joseph, que estava um ano à minha frente na escola, as irmãs gêmeas solteironas Chana e Deborah Diamond, o padeiro Sr. Licht, um Dr. Hornfeld, recém-chegado, que fora trabalhar com o Dr. Koenig no pequeno hospital, meu amigo Nicoli que dividia comigo seus romances de caubói em alemão, e a menina loura Sarah Levin com sua bonita mãe, Miriam, a professora de música, que dissera a minha mãe que Sarah estava interessada em mim. Eu não podia vê-los agora. Podiam estar ali comigo, mas eram do passado. Mesmo que conseguisse me virar e olhar para trás, o que eu teria reconhecido deles a esta altura de sua degradação, quando assim como eu haviam sido apartados de seus nomes, quando seus seres estavam desfeitos, quando o que quer que tivessem sido estava no processo de transfiguração industrial, quando todos nós não passávamos de uma suspensão de tormentos disjuntivos dos vivos-mortos e dos mortos enrijecidos daquele vagão de carga?

— Combinamos de nos encontrar para um almoço no Luxembourg, na rua Setenta Oeste. Felizmente não estava cheio nesta tarde particular — costuma ser barulhento com suas banquetas *art déco*, suas paredes de espelhos e azulejos —, mas a clientela atraente de sempre estava lá, mais ou menos jovem, chamando a atenção como pessoas que você talvez não conhecesse mas que mesmo assim lhe pareciam familiares, como se devesse saber quem eram. A verdade é que ela se encaixava bem ali, vestindo um elegante *tailleur* cinza, uma blusa preta, seu pescoço sem adorno, seus cabelos bem-cortados penteados para trás a fim de mostrar as orelhas, que eram bem pequenas, e ela estava vibrante e atenta ao local, inclinando-se para a frente enquanto conversávamos, segurando sua faca e seu garfo acima do prato ao falar, o *chardonnay* tendo trazido cor a suas faces.

— Você não imagina que luxo isto é, almoçar fora.

— Libertação.

— Agora que os meninos estão na escola o dia inteiro. Mesmo assim, geralmente eu como um sanduíche na minha mesa, ou um almoço executivo com papéis espalhados por toda parte.

Tem uma voz melódica de alto, uma risada adorável. Esta era realmente a primeira vez que eu a via sem Pem. Eu lhe tinha dado o material sobre o gueto para ler e ela deveria me dizer o que achara. Existe uma suavidade nela que não chega a se aproximar da moda aeróbica, mas é muito atraente, é ela, Sarah, sem justificativas, uma sugestão de volume debaixo do queixo, um ou dois vincos ao redor do pescoço, peito maternal. E quando seu rosto estava em repouso ou ela se tornava pensativa, era, valha-me Deus, *sexy* como o diabo. Isto devia ser parte do sentimento de Pem por ela, uma mulher que não se comove pelo profano, mas fica urgentemente disponível numa união sagrada. Certamente não há nenhuma insegurança nela. É direta, franca, embora estranhamente seus pequenos óculos de aros dourados a façam parecer ainda mais jovem do que é — eu diria que está beirando os quarenta — e talvez exageradamente solenizada pela descrição que Pem fez da sua dor, fico repetidamente surpreendido por seu charme e pelo azul impressionante dos seus olhos e pelo sorriso contagiante que irrompe e, por um instante, ambiguamente se insinua como um prelúdio para as lágrimas. Acho que agora ela é, finalmente, a Sarah Blumenthal da seção Afano.

Eu queria perguntar o que uma mulher como ela fazia num local como o rabinato.

— Sim? — Ela esperou.

— Deixe para lá — disse eu.

— Não, o que é que ia dizer?

— Pergunta boba.

— Vamos lá, Everett. — Ela sorriu. — Me fazem essa pergunta todo dia, geralmente homens mais velhos.

— E se — falei, tentando me recuperar — você gostasse de Frank Sinatra?

Rindo.

— Sinatra? De onde veio ele? Isso não foi...

— Claro que foi. E sei a resposta. Você ouvia rock. Sua geração tentou enterrar Sinatra.

— Não, ele era legal, só um pouco irrelevante.

— Quem é que você ouvia?

— Os Dead. Creedence, Dylan, é claro. Mas há poucos anos Joshua trouxe para casa alguns discos antigos com Tommy Dorsey e eu me interessei por ouvir... Sabe, realmente não me importo em responder a sua pergunta.

— É machista. Por outro lado, eu não tinha a idéia em relação a Pem, no início, de que era um eclesiástico.

— Como caracterizaria a nossa classe?

— Bem, como possuindo uma certa segurança, um domínio de conhecimentos, um posicionamento na vida para a instrução dos outros. E geralmente difíceis de conversar com naturalidade, como pareço ser capaz de conversar com vocês dois.

— Rabinos não são padres nem ministros. Podemos dirigir um serviço, enterrar os mortos e, entre os ortodoxos, ditar a lei. Mas essencialmente um rabino é alguém que fez as leituras.

— Coisa que você fez.

— Nunca pára...

— Mas você não foi criada na religião.

— Não, minha família não era praticante. Quer dizer, talvez fôssemos à cerimônia da Páscoa na casa de alguém. Era o máximo que meu pai podia tolerar. De vez em quando minha mãe ficava pensativa em relação àquilo, mas sabia que não valia a pena levantar a questão.

— E daí o que aconteceu?

Sarah clareou a garganta.

— Bem, ela morreu. Minha mãe morreu. Foi de repente. Eu estava na escola secundária na ocasião. Morávamos em Chicago... meu pai conseguira um emprego ensinando Literatura Comparada na Universidade Northwestern... e nos meses que se seguiram à morte dela eu freqüentei um instituto na cidade que ensinava língua e literatura iídiche. Ela nasceu americana, mas quando pequena eu a ouvia falar iídiche com sua mãe... Acho que aquilo foi o começo de minha vontade de falar iídiche como minha mãe, desejando falar as palavras que ela falava com sua mãe.

— Tem irmãos ou irmãs?

Sacudiu a cabeça.

— Depois que aprendi a língua, tornei-me política e ajudei a levantar dinheiro para retirar judeus russos da União Soviética. Então, como caloura em Harvard, mudei minha cadeira principal para Estudos Judaicos. A seguir decidi ir para a Universidade da União Hebraica em Cincinnati. Uma coisa levou à outra, foi incremental, nada planejado. Somente olhando para trás posso ver que aquilo tudo foi inevitável. Uma... afirmação contínua e obstinada.

— Dirigida até contra seu pai.

— Sem dúvida. Mas foi depois que conheci Joshua e começamos a conversar que percebi que o aspecto étnico, incorporar a tradição em você mesma, não é o bastante. Que a gente pode fazer a leitura e... nem sequer ter começado.

E então ficou quieta, pensativa, e para não ficar olhando para ela remexi a comida no meu prato. Só depois que o silêncio passou ocorreu-me que ela estava se compondo para falar sobre minhas páginas.

— Você...? — perguntei.

— Sim. Estou muito impressionada.

— Realmente? Eu estava tão...

— Não, é muito comovente. Claro — disse ela —, qualquer um familiarizado com a literatura vai reconhecer que é do gueto de Kovno que você está falando, do diário de Abraham Tory?

— Sim, eu me baseei amplamente nele.

— Mas o gueto de Kovno era maior do que você representa.

— Sim, eu o transformei em não mais do que uma aldeia. Mas eu queria aquela geografia. A ponte que leva à cidade. A fortaleza.

— E meu pai não era de Kovno, naturalmente. Era de uma aldeia mais próxima da Polônia. A resistência judaica na Polônia era mais desenvolvida do que na Lituânia. Podiam ser judeus poloneses aqueles que você descreveu, sua atitude, aquele Benno e os outros.

— Sim.

— E devo dizer que você precisa tomar cuidado para não simplificar demais a situação. Certamente no gueto de Kovno eles tinham treinamento militar clandestino, por exemplo. Faziam todo tipo de coisas rebeldes.

— Sim — falei, meu coração começando a afundar.

— E havia um mercado negro de vodca. Os beberrões entre os judeus eram um perigo para toda a comunidade. E você nada fala sobre sabonete. Meu pai me contou que eles eram obcecados por sabonete... não tinham nenhum e arriscavam suas vidas para contrabandeá-lo, era tão crucial quanto a comida.

Ela viu meu desânimo.

— Mas fiquei muito comovida — disse. — Pode ser inexato, mas é bastante verdadeiro. Não sei como, mas você captou a voz do meu pai.

Depôs o garfo, cruzou os braços e olhou para a toalha da mesa.

— Ele não foi nomeado corredor, como o seu pequeno Yehoshua. Foi algo mais casual, porque antes mesmo de ficar órfão ele se fizera útil. Era um carinha pequeno e corria como uma flecha. Acabaram vindo a depender dele. E então, quando recebeu o gorro oficial de corredor, isso já foi mais ou menos no final. E salvou sua vida. Em mais de uma maneira.

— Como vai ele?

— Está num bom asilo, bem-organizado, e tentam mantê-lo ocupado.

— Fica em Chicago?

— Sim. Ele não fala mais. Claro que a demência nunca é bonita. Mas quando penso naquele intelecto prodigioso ao lado do qual cresci... E ele sentiu chegar a coisa antes de qualquer um. Detectou os sinais em si mesmo e pediu demissão da faculdade.

— Lamento.

— Não, ouça, em certo sentido foi uma bênção. Teria sido terrível para ele saber da morte de Joshua. — Baixou os olhos, tomou um gole de vinho. — Ele nunca pediu aquilo a Josh, que viajasse até lá, para encontrar o diário. Mas isso não teria feito nenhuma diferença. Ele mesmo jamais poderia voltar, era algo que não conseguia fazer. Adorava meu marido. E orgulhava-se de nós, do nosso sacerdócio, como só um pai pode se orgulhar quando seus filhos aderem a uma crença... que em sua maneira de ver não podia ser levada a sério.

— Isto é muito judaico.

— Não é? — E ela abriu um sorriso.

— Pem gostava demais do seu marido. Posso entender por que eles se deram bem.

— Sim. — Ela abriu sua bolsa a tiracolo na banqueta ao seu lado e começou a remexer. — Personalidades inteiramente diferentes, mas Pem não se encaixa no molde também... da sua tradição, quero dizer. De certo modo deixa você saber em tudo o que diz que suas expectativas do mundo, ou de Deus, não foram satisfeitas.

Ela puxou uma carta.

— Ao mesmo tempo, parece estar apelando a algum tribunal para que não passe a sentença ainda. *Gottdrunkener mensch* é a frase que vem à mente, como a traduziria?

— Bombardeado por Deus.

— Serve. Pode ser cansativo ficar com ele, o pai.

— Com certeza.

Rimos disso.

— Na verdade ele partiu para fazer algo inteiramente gratuito, quando não presunçoso. Mas é um grande e querido amigo — disse ela e desdobrou a carta de Pem e a leu para mim.

Sua busca do diário do gueto o havia levado até Moscou.

Quando São Tim foi desconsagrada, Pem ficou sem função enquanto a Sé deliberava o que fazer com ele. Sua primeira reação foi se apresentar num hospital de Roosevelt Island, onde fazia muito do trabalho sujo pelos indigentes que morriam, como uma espécie de penitência imposta a si mesmo, embora sem entender inteiramente do que deveria se penitenciar. Talvez porque ele mesmo não estivesse morrendo. No entanto a morte ali possuía uma certa normalidade, era uma rotina confiável, alguns pacientes estavam a semanas da morte, outros dias, outros apenas algumas horas, e tudo era processional à maneira de outros eventos marcantes da vida como batismo ou formaturas de universidades. Notou que as enfermeiras regulares e suas assistentes vinham para o trabalho tão jovialmente como todo mundo mais, como se a pronta disponibilidade de moribundos para os seus serviços fosse o indício de uma economia saudável.

Pem escolhera o hospital do outro lado do East River como um adequado beco sem saída para sua vida profissional. Já estava elaborando em sua cabeça uma transição dotada de algum sentido, ainda não sabia para o que, mas sentia que estava mudando e, se lhe sobrara ainda alguma fé, era a sua convicção de que, quando a cruz de bronze de São Tim apareceu no telhado da Sinagoga do Judaísmo Evolucionário, algo momentoso fora anunciado. Esta não era uma proposição que estava preparado para discutir com ninguém — lamentara mencioná-la para mim porque, por um lado, ela pertencia a um modo de pensamento característico das antigas comunicações proféticas que ele não podia mais apoiar, e por outro lado, porque sentia, com o surpreendente poder da superstição, que discutir aquilo, falar daquilo, equivalia a perder a sua luz. Não encarava o sinal como necessariamente sobrenatural, mas como tão críptico a ponto de tornar as motivações dos seres humanos que o arranjaram inteiramente sem sentido.

Traído pela fala e situado à beira do irracional, seu sinal era um desafio ao seu comportamento. Devia manter sua opinião, até mesmo no que dizia respeito a Sarah Blumenthal. Seu sinal era ambíguo, ele o reconhecera pelo que era, mas não pelo que o instruía a fazer. Sentia que, quando confiasse nela, ele o saberia sem questão, mas por enquanto tinha de ser paciente e ficar atento e cuidar da sua vida, a pessoa em quem nada é perdido. Podia esperar que uma revelação evoluísse, que era um processo lento, e que poderia se manifestar até nos gemidos dos moribundos. Desde o princípio, mesmo antes que a cruz fosse roubada, os acontecimentos em São Tim o transformaram numa espécie de detetive, e isto foi o que ele decidiu que sua vida deveria seriamente se tornar, um ato verdadeiramente humilde e obstinado de detecção.

Depois de ouvir a carta de Pem a Sarah, eu me indago se a revelação chega não como uma luz ao olho, mas como uma ordenação imposta daquela parte do eu tão profundamente interior que é anônima.

— Tenho uma boa idéia das rotas de andança do pai agora, hoje comecei no Union Square Park, vejo os avisos de veneno de rato com a caveira e os ossos cruzados plantados na grama... e no seu lado oeste, descendo os degraus, está o parque mais verdadeiro, a feira agrícola, com suas bancas de vasos de flores, árvores decorativas, produtos de Nova Jersey em caminhões... campos coloridos brilhantes de peras e maçãs, espinafre, couve, cenouras banhados pelo sol... qualquer coisa orgânica em Manhattan atrai multidões... os diálogos bruscos, nada sentimentais, entre comprador e vendedor reencenando o primeiro ato da civilização... e a oeste, ao longo da rua Quatorze, a região das roupas baratas pendendo de cabides tubulares na calçada, cartazes de venda em letras garrafais feitas com *crayon* nas vitrines, bancadas com chapéus e luvas para o inverno que se aproxima, os tetos das lojas cheios de malas penduradas... o tráfego arrastando-se, grandes ônibus fumacentos, os cheiros de pizza, incenso de calçada que se respira de graça... na rua Sete depois das ambulâncias dos paramédicos de São Vicente estacionadas em fila dupla, com sirenes distantes no seu caminho soando a verdade da emergência eterna... e embicando para leste na Greenwich Avenue, restaurantes mexicanos e indianos, casas rituais de café... homem de cabelos longos e grisalhos com pequeno cão numa guia, três garotos negros, seus jeans volumosos caindo dos seus quadris, mulher jovem loura magra ajoelhando-se para cuidar de bebê em carrinho, caminhoneiro entalado no trânsito olhando para ela, seu braço pendurado sobre a porta da boléia... do outro lado da rua um daqueles jardins comunitários paranoicamente cercados atrás do qual se ergue o romanesco Tribunal de Jefferson Market, vermelho-morango, com suas torres, lembrando o século XIX, quando, devido ao grande problema de identidade do novo mundo, toda arquitetura concebível subia das calçadas de Nova York, romanesca, gótica, mourisca, *belle époque* e caixa-de-sapato... e do outro lado da arterial Sexta Avenida ao longo da miserável, desgraçada rua Oito antigamente a glória do intelecto boêmio, com a melhor livraria de Nova York, agora reduto de sapatarias e roupas antigas falsificadas, os pequenos furgões de Nova Jersey investindo sobre o meio-fio... ao sul na sossegada baixa Quinta Avenida até Washington Square, com seus artistas competidores, um flexível comediante negro na arena central, trouxe seu próprio sistema de som e, nas laterais, espetáculos secundários de vários clones de Dylan com vozes adenoidais dedilhando suas guitarras, cada um cercado por seu grupo leal de seguidores... e assim entrando e saindo nas luzes ou na escuridão da cidade, cada vizinhança com a sua própria verdade, com outro tipo de vida para dar a você... e finalmente subindo a Segunda, avenida tipicamente larga do East Side, passando o salão e restaurante ucraniano, viro à direita descendo esta rua sem sol do East Village para dar uma olhada no que se tornou São Timóteo, Episcopal. Um campanário piamente ascendente de arenito cinza que era provavelmente a edificação mais alta nas redondezas quando foi construído. Escondido por trás do seu pequeno cemitério e todo apertado agora entre os blocos de apartamentos, a rua em cada extremidade colorida com os cartazes das lojas alugadas — lavanderia, bodega, bar, descontam-se cheques... as poucas sepulturas na grama desigual afundaram ao longo dos anos como ombros caídos de pesar... e tudo, incluindo as sepulturas, agora uma companhia teatral.

Letreiros góticos sobre as portas, Teatro de São Tim. Estão levando *A gaivota* de Tchecov.

— Bem, afinal — lembro-me de Pem dizendo —, o drama não nasceu da religião? Saem os deuses, entram os gregos comuns. Para não deixar de fora os politeístas dos cultos de mistérios, eles sabiam uma ou duas coisas, entre elas como montar um bom espetáculo, com muita música para acompanhar a trepação e a bebedeira. Mas a longo prazo nós provavelmente nos saímos melhor com Sófocles.

— B. o diretor de cinema em Nova York quer que eu escreva um roteiro para ele. Fomos jantar e esta era a história que ele queria que eu escrevesse — era, disse, uma história "da vida real", na verdade a sua vida, e foi por isso que senti tanta autoridade: Uns dois anos antes, ele escalara uma atriz num filme em que ela deveria ser terrivelmente mutilada por um sociopata que investia na vizinhança subindo por escadas de incêndio e abrindo janelas para atacar belas jovens solitárias. Mulheres que tinham vindo para a cidade a fim de encontrar um emprego e ganhar a vida — garotas atraentes que deixavam uma cidadezinha triste atrás de si, tendo talvez perdido um namorado soldado numa guerra, ou os pais numa pequena fazenda... mas de qualquer maneira na cidade agora, o filme sendo uma homenagem aos filmes *noir* dos anos quarenta. B. pedia aquele preto e branco contrastado dos anos quarenta que mostrava como o mundo era escuro e inóspito.

E esta atriz, uma garota elástica de pernas longas quase bonita, um pouco vaga de um modo *sexy*, com uma cabeça cheia de belos cabelos, saiu-se bem nos testes e era barata, acabara de sair de um daqueles cursos de interpretação de Nova York e era seu primeiro filme e ele lhe deu o papel da mulher que escapa para contar a história, tornando-se romanticamente envolvida com o detetive do caso que a visita no hospital e assim por diante. B. escalou esta atriz a partir de algum instinto que nada tinha a ver com o aspecto prático, ela lhe parecia adequada para o papel num modo que ele não se deu ao trabalho de analisar. Ele não é analítico, de qualquer maneira. Pois bem, eles rodam a cena, o sociopata sobe pela escada de incêndio e entra pela janela do quarto de pensão dela, porque este é um filme no tempo passado, vocês estão vendo, quando existiam pensões e garotas pobres direitas e limpas alugavam quartos nelas... e o cara se debruça sobre a sua cama e ela grita de terror e ele não a estupra porque o sexo não era assim nesses filmes, o sexo é o horror, e ele se inclina sobre ela e começa a mastigar seu rosto com dentes grandes e afiados e... duas tomadas e está terminado, saiu tudo tão bem e eles não têm nenhum orçamento quase, B. roda o filme em oito semanas. Quando estréia os críticos notam a jovem, embora não sejam loucos pelo trabalho de B., ele fez algumas coisas respeitáveis, eles o censuram por ter desperdiçado o seu tempo.

A atriz aposta tudo nas suas boas resenhas deste filme ruim, ela pode ir para Nova York e fazer alguma coisa Off Broadway, mas seu agente lhe diz para ficar firme, tem trabalho por aqui, cinema, TV... Então ela fica, sai com este ou com aquele, tem seu nome publicado numa coluna de vez em quando, mas perde uma coisa atrás da outra, não acontece muita coisa, seu agente não consegue empregos para ela... e uma noite ela volta para casa um pouco tocada, tem um apartamento em West Hollywood, e um maníaco está lá dentro à sua espera, um maníaco de verdade. Ele a derruba no chão e arranca seu nariz com uma mordida.

— Quer dizer, isto não é um filme — fala B. para mim —, é o que acontece de verdade! Ela grita, alguém a ouve, pegam o cara, o arrancam de cima dela, mas a coitada da garota nunca recupera sua sanidade, está vivendo hoje com um nariz postiço num asilo estadual!

Por algum tempo foi um sanatório particular, mas o estúdio decidiu que tinha feito tudo o que podia e um advogado do estúdio concluiu que eles não são em última análise responsáveis se um maníaco a vê mutilada num filme e decide que aquele é o seu carma. Mas, B. me diz, e isto é importante, nunca ficou provado que o maníaco tinha visto o filme!

— Sabendo o que eu sei — diz ele —, posso garantir que ele não viu o filme! Quer dizer, esses malucos são capazes de ficar sentados quietos durante duas horas assistindo a um filme? Mando flores para a garota toda semana, preocupo-me com ela, a coisa não acabou ainda. O cara está na mesma instituição, na divisão masculina dos psicóticos, separado dela apenas por uma cerca de dormitório. Pelo que sei, está aguardando até que tenha uma chance de atacá-la de novo.

Então B. me pergunta, qual foi o instinto que o mandou escalar a garota para o papel — alguma vulnerabilidade específica que ela houvesse demonstrado, um genoma de sua própria perdição, o quê? Que foi que viu nela sem sequer pensar a respeito — isto é o que o incomoda. No começo de sua carreira ele escalara um ator para morrer de um ataque do coração e ele fizera justamente isso, e outra vez, para um bangue-bangue, uma história de guerra com índios, um ator que escalou como oficial da cavalaria para ser espetado por uma lança índia empalou-se numa haste da cerca de ferro diante do seu prédio de apartamentos ao cair bêbado pela janela do seu terceiro andar.

— Eu devo antever as coisas — me diz B. com aquele dom hollywoodiano natural de auto-unção. — Devo ter previsto o destino daquela pobre garota.

Sacode a cabeça, olha para a toalha da mesa.

— Mas como? Qual é o meu ganho moral aqui? O que eu sei e quando o sei?

— OK, vamos ver se entendi direito — digo eu. — Você quer fazer um filme sobre um homem que faz um filme com uma atriz cujo destino no filme é repetido na sua vida real, exceto que a vida real dela é um filme que você está fazendo com outra atriz sobre como seus filmes antecipam a vida real. É esta a idéia?

— É positivamente oculto, não é? Um genuíno mistério oculto. Como se estivesse sendo projetado bem aqui na minha alma. Não posso lhe dizer o quanto isto é estranho. É o maior filme da minha carreira.

— Bem, podia ser algo, está certo, mas...

— Vim diretamente a você. Com sua inclinação filosófica, como poderia pensar em outra pessoa?

— Desculpe-me, não quero ter nada a ver com isso.

— Por que não?

— E colocar outro nariz em risco?

— Oh. Oh... — ruminando. — Entendo o que está dizendo. Não se preocupe. Vou encontrar alguém que não seja adequada para o papel: vou escalar contra o tipo para o papel.

— É só o que você pensa que vai fazer — digo a ele.

— De volta à minha aldeia à beira d'água no Estreito, a luz do final de setembro caindo na diagonal, uma luz dourada benéfica, plácida, não perturbada pelo vento, mas como um amadurecimento, com claras insinuações do ano já tendo ultrapassado a colheita, do inverno crestado chegando. Uma estação triste, os gansos canadenses pensando em voar para o sul, chegando aos bandos em suas sérias esquadrilhas mas circulando indecisos, um falso profeta entre eles grasnando e levando-os de volta aos abrigos nas terras frias. Quando alimentados por pessoas bem-intencionadas, eles ficam para trás, perdem a sua hora e morrem congelados.

Na praia oceânica inúmeras andorinhas escurecem o céu, voando em redemoinhos como tempestades de areia, mas elas se alimentam enquanto voam, esvaziando o ar de legiões de insetos, como os andorinhões o fazem? São pequenas como pardais, peito branco, penas azuis, com caudas em forquilha empinadas para trás e asas com pontas afiladas. O espaço é a dimensão de suas vidas, é onde vivem, como galáxias de aves, embora não, como os andorinhões, durante meses, anos, sem pousar na terra. Têm um fraco por fios telefônicos, não podem resistir ao poleiro comunitário linear como agora, com uma cautelosa primeira aterrissagem, alguns sugerem um descanso na sua migração, até que desaparecem do céu na longa extensão de estrada arenosa pouco além das dunas e se instalam ombro a ombro no cabo telefônico cursivo, de poste a poste, peitando o vento oceânico, as penas da cabeça farfalhando, estes pequeninos malandros sabem viver, estão reunidos agora para um concerto celestial que só eles podem ouvir.

— Eu tinha a noção enquanto fazia filosofia à minha própria maneira, parado diante dos estudantes em estados de abstração enquanto esperavam para anotar o que eu dizia... tinha a noção de que estavam impressionados na mesma extensão em que caçoavam de mim pelas costas. Professor Ludwig Wienerschnitzel. Discutindo consigo mesmo, recaindo no seu alemão, ouvindo o que acabara de dizer em voz alta como se outra pessoa tivesse dito aquilo, e então discordando veementemente. Sacando uma surpreendente e brilhante afirmação após outra e anulando cada uma com um aceno de mão, uma careta de desagrado. Demonstrando o esforço físico do pensamento real. Horas desta... interpretação. Finalmente afundando numa cadeira exausto, seus cabelos emaranhados pela perspiração. Mas sempre, eu digo isto aqui e agora como uma confissão, sempre sem nenhum outro propósito a não ser tornar as coisas tão simples quanto estar o mundo no seu aqui e agora, despojando tudo, na medida do possível, ao seu simples e nu *dado*. O mundo como... tudo o que é assim, tudo o que está em jogo. Então eu fiz aquele trabalho duro e ele se demonstrou de uma dificuldade infernal. Tão difícil a ponto de me levar a sérias considerações de suicídio. Mas quando atingido, toda dificuldade acaba, não é? Teria sido fácil agora para todo mundo e no entanto... Não me entendiam! Eu reunia meus pensamentos e os colocava em ordem de desenvolvimento, como um estudante faz resumos da sua leitura. Mais fácil de entender. Fiz tudo o que podia ser feito. Mas quanto mais simples eu tornava a prática da filosofia, mais difícil ela ficava para todos os demais. Não apenas pessoas, não apenas estudantes, mas meus colegas, meus camaradas filósofos! Os homens que justamente me haviam ensinado!

Deus sabe, eu não buscava gratidão. Só buscava alguém neste mundo que dissesse para mim: "Ludwig, você não está sozinho." Mas tudo o que ouvia de todo mundo era: Por favor, me explique isto, fale de um jeito que eu possa entender. Estão vendo? Eles não percebiam que explicar era negar. Eu havia chegado ao ponto da visibilidade que é a inexplicabilidade. O sentido de meu trabalho é encontrar somente aquilo que pode ser dito. E não existe muito disso! Escrevi para eles: "Quando não se puder falar, deve-se ficar calado." Disse-lhes: Se quiserem entender o que eu escrevi, leiam o que eu não escrevi e então talvez entendam. Mas isso apenas os deixou ainda mais confusos.

Meudeus. Eu diria a este ou aquele jovem inglês com quem caminhei ou fui ao cinema depois de uma conferência exaustiva: Se você for viver no verdadeiro espírito da filosofia, não seja um filósofo. Bem, e quanto ao senhor, professor? Já abandonei a filosofia antes, digo a eles, e a abandonarei de novo antes que ela me mate, foi um erro eu voltar, eu lhes digo. Se você foi treinado como filósofo, abandone a filosofia e trabalhe com suas mãos. Torne-se um carpinteiro, um enfermeiro, um carregador. Algo simples e real no mundo real, algo que corresponda ao mundo como ele é. Se está apaixonado, eu diria a este ou aquele inglês, e, deixe-me dizer aqui e agora, nunca houve rapazes tão encantadores quanto os ingleses destes tempos, a cor de sua pele, sua reticência, sua capacidade de se auto-subjugar, meu deus, que tentação eles eram, que tentação constante e até tantalizante... Mas se você está apaixonado, eu dizia a eles, um ou dois que genuinamente me amavam, devemos nos separar, porque o amor só pode existir na separação, somente na negação da carne o amor se afirma pelo que é ou de outro modo não pode ser confiado como incondicional. E se não é incondicional não é amor. Esta é a verdade que eu pratico quando tenho a força para fazê-lo. Toda a civilização como se desenvolveu é designada para conspurcar nossas almas. Todos os valores da sociedade devem ser renegados se você deseja viver como um homem. A riqueza é uma condição mortal. Se você é rico, como eu era — eu era imensamente rico —, empobreça, como eu o fiz. Se ama, cultive o seu amor abandonando sua amante, como eu o fiz. Se você é um filósofo acadêmico, deixe isso de lado e viva humildemente como eu fiz. E se sua obsessão é a linguagem e o pensamento, vá ao cinema, como eu o faço, e deixe-se absorver pelas imagens, pelas luzes e pelas sombras e doces rostos, deixe os pictogramas tremeluzirem sobre você, eles são o oposto da linguagem, não têm necessidade de criar análogos do mundo em proposições gramaticais, como a linguagem precisa, não têm de mapear o mundo com sentenças mas já estão ali, simplesmente e sem esforço.

Adoro filmes. Eles se elaboram a partir dos materiais reais do mundo, estão vendo. Eles tiram as aparências do mundo como você tiraria com a ponta da sua faca a coloração iridescente azul-verde do arco-íris da truta arco-íris... deixando a substância do mundo imutável mas traduzida em homóloga equivalência de si mesma. Com os filmes você pode sentar no escuro e aprender que o mundo é tudo o que está em causa. E quando chegam à sua conclusão e as luzes se acendem, o que não foi mostrado não pode ser comentado, há um silêncio além de tudo apropriado à inefabilidade daquilo que não pode ser mostrado. E a esta altura você sai. Do escuro do cinema para a escuridão.

Mas onde é que eu estava?

— O Midrash Jazz Quartet Toca os Clássicos

DANCING IN THE DARK

(aplausos)

till the tune ends
We're dancing in the dark
And it soon ends;
We're waltzing in a wonder
of why we're here.
Time hurries by, we're here and gone.

Looking for the light
of a new love
to brighten up the night,
I have you, love,
And we can face the music together
Dancing in the dark.

Quer dizer, nenhuma luz de velas, nenhuma lareira, nenhum lúmen,
Este é definitivamente o escuro em que estamos dançando,

Enquanto pensamos no significado de nossa existência aqui—
Deixe-me fazer a igualmente imponderável pergunta:
    Onde é aqui?...
Claro que temos a sorte de ter algo debaixo de nossos pés
    onde executar a nossa dança.
    Já é alguma coisa.
Por outro lado quem é o nós de que eu falo?
Estou me agarrando a você e você dança muito bem,
    mas não posso vê-la e você não disse uma só palavra.
Está de fato aqui?
Se estiver, sabe tão bem quanto eu
    a vida é curta e à medida que o tempo passa
    nós não o acompanhamos.
Estamos ambos buscando a iluminação, estou certo?
Como um amor à primeira vista?
E quando este amor luminoso chegar
    tirando-nos da
    escuridão de onde estamos e de quem somos
Saberemos o que estamos fazendo
    veremos tudo claro
inclusive a pessoa com quem estamos dançando,
sim, baby, a pessoa com quem estamos dançando na luz,
    embora obviamente não venha a ser nenhum de nós.
Até que isto aconteça, se é que vai acontecer,
Estou me agarrando a você e você se agarrando a mim
    o que suponho já é um consolo
No todo, esta situação não muito promissora
    sugere
Que, de braços dados, ficaremos encarando a música
Embora como é possível encarar a música quando ela está em
    toda a sua volta
    na escuridão
    ninguém sabe dizer...

(aplausos)

Não posso deixar isto sem resposta—
Meu colega aqui está tão mergulhado em seus pensamentos
Não admira que esteja no escuro
Não admira que não veja nada.
Acendendo as torções e os giros do seu cérebro
Com toda a voltagem de um neutrino
Está dançando com sua sombra
Dançando na escuridão da sua mente.
Não vejo uma mulher aqui
Como poderia uma mulher dançar naquele compasso?
Sei em que compasso uma mulher pode dançar
Sei o que é enlaçar uma mulher dançarina
Viva em seu esforço, flexível, poderosa no seu ser
    embora tenha ombros estreitos
    cintura fina e leveza nos pés
Sinto o doce frescor dos seus cabelos
Ela repousa sua têmpora na minha face.
Sinto o latejar do seu pulso,
Sinto sua confiança enquanto acompanha meu comando
    e apóia a base de suas costas na minha mão
Nós flutuamos e rodamos e combinamos nossos passos
nossa intimidade sussurra como outra voz da música
ela flui através de nós como uma harmonia misteriosa
E esta é toda a conversação que preciso dela
Dançando no escuro com ela.
É uma escuridão abençoada esta em que dançamos
emprestando-nos durante o tempo da nossa dança
nossa centralidade no mundo, a magnitude do nosso romance
Enquanto a nossa canção continuar.

(aplausos)

Quanto a mim vejo isto como uma cena num clube noturno.
Mesas iluminadas com pequenas lâmpadas de abajur rodeiam
    a pista de dança,

Um brilho branco fosco sobre cada toalha de mesa
Um fulgor metálico nas bordas das taças de vinho...
Este é um clube noturno onde nunca tive a boa sorte
de tocar,
Com terraços, paredes curvas e amplo espaço
entre as mesas,
Um clube para cear, na verdade, onde a escuridão é visível
E os músicos sentados no palco
São regidos pela batuta de um líder que não toca
Enquanto sorri com suas costas para eles e olha
benévolo para os dois dançarinos.
Estão todos sorrindo no palco, estão sendo
pagos
Este é um clube noturno de Hollywood, vocês sabem
Tudo falso, um palco sonoro para um clube noturno de cinema
E os dois dançarinos são as estrelas do filme
E esta é a cena em que descobrem que estão apaixonados
um pelo outro
Eles dançam fitando nos olhos um do outro
Enquanto eu e o resto da banda tocamos para eles
com grandes sorrisos estúpidos em nossos rostos
Porque este trabalho é bem pago.
E os extras sentados às mesas do clube noturno
com seus smokings e vestidos de noite
Estão sendo pagos também.
Somos todos extras nas vidas destas estrelas dançarinas
Dançando no escuro cuidadosamente iluminado
com o refletor fosco sobre cada mesa
e o fulgor metálico nas bordas das taças
de vinho.
Vejam só por que estamos aqui:
Os tempos andam realmente difíceis do lado de fora
do clube noturno,

O país está quebrado, ninguém tem trabalho,
Homens ficam de pé nas ruas frias nas filas do pão
Tempestades de areia rasparam a tinta de calhambeques
    abandonados no deserto
Vermes vão comendo os ossos da face das crianças
    famintas nas montanhas
Não há irmãos que possam ceder um vintém
Certamente não na rua em frente do clube
    onde os tiras batucam com os cassetetes nas palmas das mãos
e mantêm os mendigos à distância
    atrás das barreiras policiais.
Os mendigos estão à espera de que as duas estrelas terminem
    sua dança no escuro
E apanhem o casaco de pele e o casaco de lã de camelo
    na chapelaria
E saiam à rua para chamar um táxi
E joguem alguns vinténs na sua direção.
Mas isso não vai acontecer. As duas estrelas
    vão continuar dançando
Ele com seu fraque de caudas longas e os cabelos gomalinados
Ela no seu vestido prateado de lantejoulas com
    as duas metades arrebitadas do bumbum bem-delineadas.
Estes dançarinos da tela prateada
valsando e rodando e rodando
fingindo que sua canção vai acabar logo
são de fato os coletores autorizados de vinténs.
Abrindo bem a nossa mão, expondo a fina moeda de dez centavos
nosso tesouro
Eles estão açambarcando os preciosos vinténs dos
Mendigos das ruas, dos extras na cena
Nós mendigos e extras chegamos para sentar no escuro,
    de um lado da pista ou de outro

Para que os dançarinos possam iluminar todas as nossas noites
até que acabe o nosso tempo,
E nós formos embora.

(aplausos esparsos)

Nossa vida no escuro
É curta como uma canção
Um refrão ou dois
Nosso tempo se esgotou
Você e a valsa de sua
Amante acabaram.
A escuridão triunfou.
A música continua
A sua dança acabou
A música continua.

(aplausos)

— Quero dizer, nenhuma luz de velas, nenhuma lareira acesa, nenhum lúmen,
— É uma escuridão iluminada esta em que estamos dançando
— Com o fulgor metálico nas bordas das taças de vinho.
— A dança é nossa vida. Dão-nos o escuro
para dançarmos nossa vida nele...

Dancing in the dark
till the tune ends,
We're dancing in the dark
And it soon ends...

(aclamação)

— O bispo de Pem não como eu imaginava. Um homem pequeno, quase minúsculo, de aparência frágil, com cabelos prematuramente brancos. Não um tipo mau, bastante generoso com o seu tempo, direto, clericalmente obstinado. Fez questão de me contar que era cauteloso com escritores, especialmente repórteres. Eu lhe disse que também era. Assegurei-lhe que, embora fosse inegavelmente um escritor, nunca chegara tão baixo a ponto de fazer reportagem.

— Fico aliviado em saber. Os repórteres buscam conflitos, de guerras a divórcios, investem em lutas mutuamente destrutivas, quanto mais sangrentas melhor. E onde existir empatia, será retratado o seu oposto... Padre Pemberton, por mais ameaçado que possa se sentir, é objeto apenas de nossa mais profunda preocupação e de atenção fraterna. Deveria saber disso. Não é um problema pequeno o que ele está atravessando, e seu sofrimento é pesarosamente reconhecido em minhas preces. Por outro lado, devo dizer que o problema é em grande parte infligido a si mesmo. Eu o quero bem como um caro amigo, estivemos em Yale na mesma época, mas... e já lhe disse isto pessoalmente... ele nunca se libertou dos anos sessenta. Seu absolutismo é tão típico da geração que despontou então. Sou alguns anos mais velho e consegui não contrair aquele... hábito de militância. Mas Pem saltou para dentro das barricadas e ficou lá. As questões mudaram, mas e a inflexibilidade, a natureza tudo-ou-nada do que ele quer, do que exige? Isso não mudou.

O bispo sorriu.

— Existe algo no padre essencialmente evangélico, não acha? Esta é uma pequena anedota de Deus.

Uma mulher havia entrado com um serviço de chá e colocou-o na mesa do bispo. Alguns momentos se passaram enquanto ele remexia com o bule.

— Onde está Pem agora, a propósito, sabe por que ele não responde aos telefonemas?

— Foi para a Europa.

— Ã-hã: fico feliz em saber. Uma mudança de cenário.

— Na verdade, acho que ele está tentando encontrar um arquivo do gueto judeu escondido durante a guerra.

— Percebo. Acompanha-me no chá? Tem limão aqui, ou leite e açúcar.

— Obrigado, eu me sirvo.

— Embora, refletindo na questão — disse —, não me surpreende que Pem fosse achar uma coisa destas para fazer, levando em conta sua obsessão com o Holocausto. Ele pertence à teologia cristã crítica do pós-guerra. Demissória, na verdade. Enquanto nossa luta é sincera e aparente para quem quiser enxergar. Alguns de nós se ressentem da sua atitude... de se apropriar de uma posição moral que todos nós compartilhamos.

Franziu a testa.

— Não está muito quente. Me desculpe.

— Não, está ótimo. Realmente.

— Tom Pemberton pode falar do Holocausto, mas é o Vietnã que está na sua alma. Você sabe quem foi seu pai, é claro.

— Também um membro do clero...

— De certo modo. Reverendíssimo John Pemberton, Bispo Sufragâneo da Virgínia. Uma igreja muito importante, um rigoroso guardião da fé. Um padre que não queria nenhum papel na escala nacional. Mas à custa do seu próprio sacrifício assinou as acusações de heresia contra outro bispo da época, James Pike, da Califórnia. E foi por isso que ficou lembrado, naturalmente. Você vai encontrar Pike no primeiro parágrafo do seu obituário.

— Pem falou sobre o bispo Pike.

— Teria falado... Você sabe, a Sé reconhece o valor das terapias seculares. Insisti com Pem para que recorresse a um psicólogo. Ele talvez tenha pais demais.

— Não entendo.

— Pike foi uma influência destrutiva. Do púlpito, lançava dúvidas sobre a Imaculada Conceição, a Trindade... era como se a desgraçada contracultura tivesse se infiltrado pelas paredes da igreja. Mas ele impressionou alguns seminaristas. Não é impossível que Pem os tenha introjetado... seu pai natural John, da igreja histórica, e o pai adotivo rebelde, Jim Pike... e jogado um contra o outro. Aí está a sua história, aí está o conflito, se é que procura um. Ou lhe parece psicologia barata?

— Só um pouco.

— Asseguro-lhe que não é. Você imaginaria, dada a nossa afronta de credo à sua razão, que Pem teria deixado a igreja a esta altura. Por outro lado, levando em conta a sua natureza dissidente, por que ele ingressou nela em primeiro lugar? E se não é isso... se não é o conflito, temos de começar a falar do mal.

O bispo levantou-se e olhou através da sua janela de sacada.

— Não quero isto, não quero admitir que suspeite da ingenuidade de Pem. Porque ele deve ser bem mais esperto, e portanto seria uma ingenuidade um tanto calculada. Não saberia ele que a razão e a fé, em vez de incompatíveis, são complementares? A razão não menos do que a fé santifica a vida ética. Ambas libertariam o homem de si mesmo. A mesma mente que concebe o teorema matemático adora a ordem de um mundo sujeito a Deus. A razão e a imaginação são caminhos paralelos que levam a Deus. Elas não se cruzam. Podemos recorrer à perspectiva para imaginá-las fundindo-se na experiência humana... ainda que à distância.

"Enquanto isso, o abominável é o orgulho, este é o pecado tão desastroso, é dele que surge o mal, no auto-engrandecimento humano que se esquece de que Jesus Cristo desceu até nós e sob a nossa forma foi morrer na cruz.

— OK, então vejam o que eu tenho: Um sujeito de escola preparatória, para começo de conversa, no time de hóquei de St. Paul — um garoto de ombros largos — depois quatro anos em Trinity, em Connecticut. Os anos sessenta rolando a todo vapor, manifestações nas salas de aula, manifestações nas ruas, marchas, queimas rituais de carteiras de reservista, e Pem passa um verão no Mississípi registrando eleitores negros, tem a cabeça rachada e, com o devido crédito, junta-se aos hippies no cerco ao Pentágono. E o que acontece então é que ele opta pelo seminário. O bispo se pergunta por quê. Mas como filho de um intransigente homem da igreja, criado nas reitorias de Seattle até o Upper East Side, contra o que mais Pem se colocaria se não a sua casa?

Vou escrever sobre ele que, por mais vago e deserdado que fosse, o jovem tinha fé. Podia estar confuso, mas começou a ver em toda aquela agitação e loucura do Vietnã e nas agonias do movimento dos direitos civis que a igreja era uma instituição de verdade e sanidade. Havia clérigos em ação — não só o bispo Pike —, clérigos contra a guerra, teólogos da libertação, modelos dos princípios da desobediência civil sendo seviciados e jogados na prisão. Martin Luther King, os Berrigans... o que lhes dava tanta força? O que os levava em frente? A fé era o baluarte. E provocar desordem era uma questão de fé. Portanto aqui estava um programa que fazia sentido para um rebento dos anos sessenta: Ele tomaria os Evangelhos pelo que eram, um manual para a revolução.

Todo grau de crença religiosa de zero a trezentos e sessenta, sua agulha oscilando desenfreadamente — esta é a verdade do meu amigo Padre Pem.

— É também verdade que, depois de um ano fora trabalhando para o Corpo da Paz, sobre o qual tenho mais a dizer, ele volta a Yale para se diplomar e conhece a jovem com quem vai se casar, Trish vanden Meer. Elegante, belo porte, formada nas escolas para moças da Suíça. Especialização em ciência política. Faz os pontos dos seus *is* com um círculo. Tipo de mulher de escola preparatória que ele sempre evitou, portanto se apaixonam um pelo outro.

Trish gosta do seu barítono rouco, do rosto largo com uma mecha de cabelo sempre sobre a testa, da sua boca sensual. Não chega a um metro e oitenta, mas parece maior, o tamanho de uma presença forte, um estudante de teologia com um bom nome e nenhum dinheiro aparente, e viril como o diabo. Este detalhe de ser incapaz de avaliar o quanto é atraente, como um grande cachorro peludo. Os óculos de pesados aros negros que usa e que estão sempre escorregando nariz abaixo e ele sempre os empurrando para cima, o que de certo modo para ela tipifica uma certa desordem na vida dele. Ele vai requerer alguns cuidados. E este lance da sua vulnerabilidade, como uma mera idéia pode tomar conta dele e o abalar, como se preocupa em partilhar seus pensamentos com ela, embora ela ache que na verdade ele depende de tê-la a escutar enquanto faz um esforço com o cérebro. Fica fascinada de ver um homem capaz de viver tão arduamente assim.

E sua atração por ele? Ela é sexual de uma maneira *cool*, uma loura esguia e atlética, boa jogadora de tênis, fluente em francês e italiano, é aceita para Phi Beta em seu ano de caloura, e seu pai é um figurão no governo Lyndon Johnson que Tom Pemberton detesta.

— Caro Pemby,

Tive de sorrir ao pegar minha caneta e pensar na provável expressão em seu rosto quando encontrasse uma carta de seu pseudopai na caixa de correio. Está vendo, já me deu um bom momento. Eles acontecem raramente nos dias atuais, embora eu possa contar geralmente com alguns durante um dia de vela, quando o vento coopera e consigo fixar uma boa bordejada e não tenho muito a fazer além de segurar a cana do leme e saborear o borrifo no meu rosto. Voltei para a velha Hereschoff de madeira, lembra-se dela? Carangueja armada? Não sei por quê. É um pouco larga, não terrivelmente veloz, mas bem bonita e sem ares de superioridade, como uma boa primeira esposa. Posso criar a ilusão momentânea de paz. Ouço aquele assobio e o suave chapinhar do barco avançando, o silvo dos elementos, como se o vento, a luz e a água fossem os deuses numa conversa quieta, como se os antigos politeístas pagãos estivessem afinal certos, queira me perdoar. Raramente vou mais longe do que uma milha ou duas, e mantenho um curso paralelo à costa, não sei por que, embora sinta uma forte ânsia de agir de outro modo. Ou talvez seja esta estranha desgraça oceânica, se você quer saber, que me parece mais lixo flutuante, mais mancha de óleo e sujeira indescritível quanto mais você se afasta. E eu sou do tipo todo certinho.

Não entrei diretamente no assunto, não foi? Não é do meu feitio. Mas vou lhe garantir uma coisa. Não estou escrevendo com a intenção de trazê-lo de volta para sua ex-esposa. Antes de tudo, não acho isso possível, conhecendo os dois como conheço e, em segundo lugar, eu o vejo numa nova e atraente luz agora que não somos mais pseudofilho e pseudopai. Francamente não posso imaginar o que cada um de vocês viu no outro para começo de conversa — a instituição peculiar que foi o casamento de vocês merecerá um dia um estudo erudito, embora não por mim. Tenho prioridades mais urgentes. Prioridades. Sim, você ficaria surpreso de ver a que ponto até velhotes como eu ainda estão voltados seriamente para esta coisa, muito seriamente envolvidos nesta coisa.

Que nova e atraente luz?, pergunta você, fixando-se imediatamente naquilo que lhe interessa mais. Bem, primeiro de tudo, que apesar de todas as dificuldades da sua vida, uma das quais de fato chegou a sair nos jornais, você persiste na inocência. Estas são coisas docemente normais como uma família rompida, um crucifixo perdido, pessoas na fila para o seu bocado de purê de batata ou seja lá o que ocupa seus dias agitados. Vou admitir para você que é uma espécie de inocência torturada e não tenho a intenção de me mostrar condescendente para com a sua bem nutrida angústia, mas, em matéria de encrenca, eu trocaria de lugar num instante. É um emprego tão invejável, trabalhar para Deus. Não que eu não tenha sempre sabido disso, mas vejo a coisa assim nesta nova luz. Considerando que você é obrigado a nos contar o que nós já sabemos e não queremos ouvir, consignando-se um papel na vida tão ineficaz quanto cansativo, vim a encará-lo como o involuntário e perfeito substituto para toda pessoa de bem e honrada que se levantou num auditório e exigiu uma desculpa de mim, ou escreveu uma carta manchada de lágrimas sobre o irmão, o filho ou marido de cuja morte eu fui responsável, ou emporcalhou meu E-mail com todo tipo de vil imprecação, ou me vaiou num almoço de autógrafos ou ficou de pé e de costas quando eu recebia um diploma honorário. Você é o profeta deles, Padre Pemberton. De uma geração inteira de hippies covardes, piegas, egocêntricos, frouxos e degenerados que desfrutam da boa vida da hegemonia americana sem quererem arcar com os fardos dela.

Meu raciocínio é este: Se aprender a me comunicar com você, talvez eu possa então chegar aos outros. Muito à maneira como um antropólogo no campo, ou na selva, aprende a língua e os costumes dos nativos a fim de conquistar a sua confiança. Que me diz? Estou pensando, é claro, no meu país. Você também irá, finalmente, pensar no seu país? Caso positivo, eis aqui o nosso primeiro problema:

Um homem sem pernas de cabelos compridos numa cadeira de rodas começou a fazer piquete em frente da minha casa aqui em Alexandria. Toda manhã ele chega numa daquelas vans de transporte de deficientes físicos e é depositado no meu portão, onde simplesmente fica sentado olhando para a casa. Ao meio-dia, ele é levado para o almoço, suponho, mas está de volta no começo da tarde e fica até a escuridão chegar. Eu o tenho observado de uma janela do andar de cima com meus binóculos: a pessoa que o deposita e o leva embora é uma jovem, uma filha ou esposa, e muito obviamente dedicada a ele. Ele mesmo parece gozar de saúde excepcionalmente boa, forte, ombros largos, seu peito, o bíceps e o tríceps bem exibidos numa camiseta justa com as mangas enroladas até os ombros. Macho da classe baixa, ou deveria dizer machão. Provavelmente tem uma boa pensão por invalidez que ele comemora com a pequena bandeira americana presa à armação da sua cadeira de rodas. Depois de umas duas semanas disto eu chamei a polícia. Mas quando mandam que se afaste, ele o faz, rolando a si mesmo para um passeio ao longo das ruas sinuosas e sombreadas pelas árvores com o mesmo desembaraço legal de uma pessoa dotada de pernas. Quando a polícia vai embora, ele naturalmente volta ao seu posto. Pensei em lhe mandar servir uma limonada, mas isso poderia ser interpretado como uma gozação, não acha? Pensei em convidá-lo a entrar, por arriscado que isso possa ser e de qualquer forma um estratagema para se poupar até que a imprensa tome conhecimento, como sem dúvida tomará, e ela mesma comece a aparecer diante do meu portão. Pensei em ir embora, sempre posso viajar para o exterior, mas julgo que isso seria visto como uma fuga. O que quer que eu faça, o jogo é este, Padre. Como lidaria com isso? Que conselho oferece a mim, um homem que também tem suas medalhas e de certo modo empobreceu por ter oferecido seus serviços no pós-guerra recebendo uma em troco de uma pequena paga ano após ano no interesse do bem-estar do seu país? Devo fazer um piquete contra ele? Devo encomendar uma cadeira de rodas para mim mesmo e rolar pela entrada de carros com uma lança em riste?

Esperando notícias suas, com minhas mais calorosas saudações pessoais,

Como sempre,
Seu pseudopai.

— Biografia do Autor
Estão lembrados de como meu pai, Ben,
um jovem oficial da marinha fora do seu elemento
sobreviveu numa terrível noite da Grande Guerra
gritando ordens em iídiche,
uma língua criada em oposição à história européia,
para os soldados alemães que se esparramavam pelas trincheiras.
Este foi um expediente atrevido, irônico, puramente americano,
não foi? Salvou sua vida.
Ao fim da guerra, embarcou de volta para casa com as tropas
de Pershing,
deixou a marinha e casou-se com sua namorada Ruth
em Rockaway Beach, Long Island, Nova York,
e entrou para o negócio dos toca-discos
como distribuidor de caixas de som.
A caixa de som dos toca-discos de dar corda daqueles dias
era um cilindro raso de face aberta
o diâmetro de um dólar de prata
fixado à extremidade do braço que tocava
e com um parafuso prendendo a agulha de aço
que se arrastava ao longo dos sulcos do disco de 78 RPM
transmitindo os impulsos à membrana
ressonante de papel oleado dentro da caixa de som
que produzia as vozes de lata de Rudy Vallee e
Russ Columbo
para o povo americano dançar.

Em 1922 meu irmão Ronald nasceu
e em 1926 ele foi segurado no peitoril de uma janela
do escritório de meu pai no Edifício Flatiron
para que pudesse ver a parada de Lindbergh passando
    na Broadway.
Os vivas da multidão abaixo ressoando
    através da chuva de papel picado
Meu irmão de quatro anos oscilou e teria
    mergulhado de cabeça no turbilhão
não fossem as mãos firmes do meu sorridente pai
    o agarrarem e trazerem de volta para dentro
onde minha mãe, Ruth, que não era dada a levar a vida pouco a
    sério,
    ficou pálida e quase desmaiou.
Em 193- eu nasci
e a família completou sua composição final
Mãe, pai e dois filhos
moradores de apartamento no Bronx através da Grande
    Depressão.
Não vou entrar nisto a não ser para dizer,
que em 1941 meu pai, Ben, que conseguira até então
    nos sustentar com uma loja de rádios e discos
    que abrira com um sócio,
    finalmente faliu e tornou-se um vendedor
    trabalhando para outras pessoas.
Por volta de 1943 o jovem guarda-marinha da Primeira Guerra
    Mundial
era meu preocupado e corpulento pai sentado numa poltrona
    ao lado do rádio
ouvindo as notícias da Segunda Guerra Mundial
    enquanto ao mesmo tempo lia sobre a guerra
    nos jornais vespertinos que segurava à sua frente como
    uma barraca

porque seu filho mais velho, meu irmão, Ronald,
estava em alguma parte da Inglaterra
voando com o corpo aéreo do exército como radioperador,
Minha família tendo a inclinação para as comunicações
e meu irmão tendo a inclinação desde os quatro anos de idade
para mergulhar através do ar.
Portanto, para não detalhar demais, a família estava de volta à
Europa
ajudando o país de novo.
Meu irmão cruzou os céus da Europa
à mesa de rádio de um B-17
a chamada Fortaleza Voadora
porque ela se arrastava com sua carga de bombas
seus artilheiros em torres de tiro na cauda e no nariz
um terceiro artilheiro na posição dorsal
acima e atrás do piloto.
Com todo aquele armamento, pelos padrões de hoje
não era um avião muito grande
embora grande o suficiente nas miras das armas antiaéreas
ou dos caças Messerschmitts
que voavam em círculos ao seu redor.
Depois, os B-17s só voavam à noite,
Não havendo escuridão mais profunda do que a da Europa
em guerra.
Eram iluminados por baixo pelo fogo de suas próprias
bombas
três mil metros abaixo deles, e atraíam projéteis luminosos
como um ímã atrai pregos
E embora houvesse o terror de despencar
na escuridão
as tripulações achavam que as chances eram melhores voando à
noite do que à luz do dia,
uma opinião apenas em parte abalada pelas pesadas baixas
que estavam sofrendo.

Em momentos particularmente difíceis, o fogo antiaéreo explodindo
o aparelho parecendo chacoalhar de medo,
ou um novo som de chiado nos motores,
a fumaça invadindo a cabine.
Meu irmão amava profundamente o equipamento aos seus cuidados
os mostradores numerados, os ponteiros indicadores
e, através das junções do metal negro dos aparelhos, o brilho
confiável das válvulas do rádio.
Com as bombas à distância o avião parecia cair para cima
e a tagarelice pelo sistema de intercomunicação
a caminho de casa, destes meninos, o mais velho deles devia ter vinte e cinco anos,
era animada, beirava a fanfarronice, até que ao amanhecer
eles viam o seu campo de aterrissagem e ficavam quietos,
tendo voltado vivos mais um dia.
Depois de uma dúzia de missões, meu irmão ganhou uma folga
uma licença de fim de semana, na verdade, que ele passou —
através de um convite encaminhado pelo QG da sua esquadrilha
o que significava que era mais ou menos uma ordem —
num pequeno castelo inglês nos Cotswolds.
Seu anfitrião era um general, Lorde Isto ou Aquilo
que morava lá com sua filha viúva
e um pequeno grupo de empregados antigos muito lentos.
Meu irmão oferecendo suas credenciais
a principal dentre elas o serviço de seu pai na Primeira Guerra Mundial,
O general, um homem frágil de olhos azuis da safra da Grande Guerra,

respondeu à altura conduzindo seu convidado
num giro pela galeria de retratos de seus ancestrais,
despreocupado e como que desatento àquilo de que
tanto se orgulhava,
as gerações de oficiais medalhados de bigodes suíças
barbas a partir dos quais ele fora gerado.
O general ostentava um salpico de gema de ovo na sua gravata,
Seu barbear daquela manhã deixara passar um tufo de pêlos no
queixo.
Que classe, meu irmão pensou, e estava para
dar por encerrado o fim de semana
quando a filha do general entrou na sala,
uma mulher alta e esportiva de pele clara
a jovem viúva de um comandante de tanques britânico
morto em combate contra as forças de Rommel
no Norte da África.
Ao me falar dela, meu irmão a chamou de Srta.
Manderleigh:
Seus olhos bem separados eram grandes, seus lábios cheios e
vermelhos.
Usava os cabelos morenos no estilo pajem,
uma blusa e saia modestas e sapatos de salto baixo.
A mão que ela colocou na sua era macia e quente,
e o seu olá fácil e sorridente deixou claro
em poucas palavras
que ela entendia o seu apuro.
Ele teve algum tempo sozinho para caminhar pelas redondezas.
Não entendia como estas pessoas
podiam viver neste solar cheio de ameias de pedra
amarela dos Cotswolds,
aparentemente sem se darem conta de que ia se arruinar
por dentro e por fora.
Erguia-se desligado do território, sem raízes
na terra

mas colocado sobre ela, sem árvores, só arbustos mortos
em urnas
e um indolente animal de pedra ou dois
para expressar a sua distinção.
Nos fundos, meio acre murado fora cedido
a um jardim vitoriano,
E além dele havia um terreno elevado de inclinação suave
para o qual a Srta. Manderleigh apontou ao trazer
uma cesta de piquenique e um pesado rádio portátil
Como uma anfitriã decidida a proporcionar
diversão ao seu convidado.
Ele ainda não tinha idéia, sequer pensara naquilo,
exceto talvez como sua própria fantasia, embora
estivessem só os dois ali, meu irmão me contou
Subindo com esforço a longa estrada da colina que era como
uma nave de igreja
entre as cercas vivas curvando-se como cortesãos
cheios de deferência
no vento que se alçava bruscamente.
Oh meu caro, Srta. Manderleigh disse
O céu uma estranha abóbada verde, as primeiras gotas caindo,
E então esta pancada de chuva caía sobre eles
um temporal nada inglês
E quando chegaram ao abrigo de um celeiro
estavam molhados até os ossos.
Pássaros haviam sido empurrados para o celeiro pelo vento.
Dois ou três deles nas montanhas de feno voavam
em círculos ao redor de suas asas quebradas.
Lá dentro, na escuridão, o rádio portátil que meu irmão
carregava como uma bagagem
deu um jeito de se ligar sozinho e subitamente
Eles estavam ouvindo um discurso de Hitler em ondas curtas
Soando como pregos porcas e parafusos
derramados de uma caixa de ferramentas,

A crise da guerra mundial rudemente negando
    qualquer exceção pastoral
e provavelmente acelerando os instintos dos dois jovens
de fazer amor enquanto ainda podia ser feito.
Ela desligou o rádio, ele acendeu uma lanterna
e aqueceu-se à vista da Srta. Manderleigh
sua fatiota pastel de piquenique molhada, todas as roupas
    de cima e de baixo coladas num único tecido fino
    e transparente
    sobre sua pessoa nova e aparente.
Divertida por se sentir tão desconcertada, Veja só isto, parecia
    dizer
Com os lábios cerrados fazendo covinhas nas suas faces
    em cômica degradação de si mesma, as sobrancelhas erguidas,
    a luz da lanterna brilhando dos seus olhos
Esta garota surpreendente e robusta com ombros carnudos
    e rosados
o alto das costas arredondando-se ao cruzar os braços
sobre os seios, um olhar curioso para o seu pé levantado
    na mão dele
Como se o ato de despir fosse executado em outra
    pessoa.
Não que meu irmão tivesse contado os detalhes
— é dado à reticência em toda questão sexual —
Mas eu enfeito o seu relato
com mantas de cavalos para se refugiar debaixo
uma garrafa de vinho da cesta,
a rolha saltando, o vinho em duas taças
os sanduíches de pepino e ovos *à la diable* esquecidos
o vento assobiando através das paredes
um par de cavalos de fazenda em suas baias
    aparentemente satisfeitos da companhia
seus tremores e resfolegos modificados na sua mente
    para uma espécie de aprovação animal.

Naquela noite ao jantar o general em uniforme completo
    presidia da extremidade da mesa,
A Srta. Manderleigh e meu irmão de cada lado.
Jantaram produtos do jardim
    e aves de caça dos campos.
Você sabia neste país em guerra de onde
    vinha tudo.
Quando o general preparou-se para se recolher
resmungou seus votos pelo bem-estar do meu irmão
    e apertou-lhe a mão.
Seu valete ajudou-o a subir as escadas em espiral.
Ronald e a Srta. Manderleigh beberam conhaque e soda,
    e jogaram cartas junto à lareira
E quando ela ficou satisfeita que a casa estivesse quieta
    conduziu-o ao quarto dela.
Ele me disse que estava muito bêbado mas se lembrava
    da sua cama, os quatro pilares entalhados como
    bispos do xadrez.
Gosto de pensar em como eles oscilaram em paralela,
    rombóide a leste, rombóide a oeste,
até que a pálida aurora rastejou por baixo das bainhas das cortinas
    dos tempos de guerra.
Gosto de pensar como este fim de semana de pragmático
    esporte inglês
era a esta altura uma alucinação consumada na sua mente.
Como ele imaginava os dois se dirigindo para os sinos das matinas
    da catedral a um Cotswold de distância,
com os monges em suas celas bocejando enquanto
    se flagelavam,
sílabas alatinadas elevando-se como andorinhas
    enervadas na escura manhã européia.
E não muito depois era Adeus Primeiro-sargento

Primeiro-sargento sendo uma espécie de indireta
    patriótica para com os condenados aeronautas Aliados,
E tudo molhado na luz cinzenta,
    a pedra quadrada manchada do solar encastelado.
    A velha Bentley preta polida à perfeição e orvalhada
    o cascalho marrom debaixo dos seus pés.
Ele lançou um olhar para o celeiro a uma colina de distância
    tão desajeitadamente localizado para matar os pássaros
    arremessados pelo vento.
As cercas vivas castas até agora, a manhã fria
    e calma.
Ficou parado ali sem saber o que dizer, não haviam
    trocado endereços.
Não sentiu nenhum rescaldo de intimidade nela.
Era daquela raça de ingleses que faziam o que tinha
    de ser feito.
Estavam com as roupas surradas e as solas dos sapatos gastas,
    mas ainda faziam o que precisava ser feito.
Como soldado americano aquilo era novo para ele,
Havia tanta coisa de que eles não falavam
Tudo o que faziam era numa espécie de luto.
A Srta. Manderleigh exausta, muito necessitada de sono,
Seu sorriso era um terrível combate em seus lábios inchados
e seus cabelos penteados muito às pressas nesta manhã
para a despedida ilusória de uma amizade doce
    e duradoura.
E ele nunca esqueceria a alma triste assexuada
    que fitava dos olhos dela,
apagando da sua memória a cor deles, enquanto ela dizia
    adeus.
    Adeus Srta. Manderleigh, adeus.

Vinte e quatro horas depois todas as tripulações da ala
    de meu irmão

foram colocadas em alerta, e ao amanhecer seguinte
as Fortalezas Voadoras, cada uma carregando mais de duas
    toneladas de bombas
arrastaram-se pela pista em direção da névoa sobre Sutfolk.
Grupo juntou-se a grupo circulando no céu
    sobre East Anglia
até o encontro de todas as 140 B-17s
    e sua escolta de caças P-47 foi formada.
As bombas desta missão particular
    estavam destinadas às fábricas de rolamentos
    em Schweinfurt, bem no coração da Alemanha
Ou talvez Regensburg onde os alemães fabricavam
    seus caças de guerra
Ou seria Regensfurt ou talvez Schweinburg
Preciso lembrar de checar isso com o meu irmão
Ele é tão reticente sobre suas experiências de guerra
    como sobre seus romances da juventude
Um modesto herói familiar, agora na casa dos setenta
    jogando tênis todo dia
E orgulhoso de seus três filhos crescidos com os quais
    gosta de pescar,
E dedicado à sua primeira mulher de quarenta e tantos anos
    e a um martíni antes do jantar
E aos rituais dos Dias Santificados.
Em todo caso a missão iria ser um desastre
Embora as Fortalezas estivessem equipadas
    com tanques de combustível para longa escala,
os P-47s só tinham combustível para voar
até a Holanda na fronteira alemã e voltar
Mas foi sobre a Alemanha que os hunos apareceram,
suas esquadrilhas de Messerschmitts 109 com nariz amarelo
mergulhando pela traseira sobre os lerdos
    bombardeiros de vôo horizontal
    mantendo suas formações

enquanto eram esquadrinhados pelas armas nas asas dos caças.
Perfurados, pontilhados, incendiados
suas próprias torres gêmeas com armas de cano duplo de calibre .50 cuspindo fogo contra as ferroadas irritantes
dos 109s que giravam mergulhavam e sumiam.
O aparelho de intercomunicação ficou cheio de gritos, comandos,
e de alguém gemendo.
Os gabinetes de mostradores luzes e válvulas luminosas
no posto de Ronald
Pareceram de repente desmoronar
como um castelo de areia
As luzes se apagaram, as comunicações emudeceram
Ele achou um pedaço incandescente de estilhaço
queimando através de sua luva
A parede da fuselagem à sua frente era como um olho
azul, a cor dos olhos de sua mãe
A fumaça subitamente encheu a trêmula Fortaleza
e quase tão subitamente se dissipou.
Ele se desvencilhou e correu para a frente
porque o aparelho estava inclinado
naquela direção.
Encontrou o co-piloto afundado junto ao seu manche, o piloto
gesticulando.
Ronald puxou o corpo morto para fora da sua cadeira
— sua cabeça estava quase separada do corpo —
gentilmente o aninhou no chão da cabine
e assumiu o seu lugar.
Retirou sua própria jaqueta de vôo usando o forro
de pele de carneiro
para enxugar o sangue da máscara de oxigênio do co-piloto,
e colocou a máscara.
Limpou os salpicos de sangue nas janelas.
Uma fileira calibrada de luzes marcava o
caminho da rajada alemã através da fuselagem.

O nariz da 17 tendo sido trazido de volta ao nível,
ordenaram-lhe que assumisse os controles
    enquanto o piloto, cujo rosto estava coberto de sangue
    tentava enxugá-lo dos seus olhos.
E lá estava Ronald mantendo seu novo posto,
À frente o céu estava cheio de formações
    rompidas de Fortalezas
Parelhas de Focke-Wulfs agora assumiam o lugar dos 109s
    enroscando-se fora do sol
    mergulhando sobre os 17s,
Voando bem no meio de seus grupos,
    metralhadoras cuspindo
e alçando-se aos ares insolentemente para outro ataque.
Não parecia importar que um ou outro huno
Explodisse ou mergulhasse com a cauda num
    penacho de fumaça,
Eles eram alegremente suicidas.
Os bombardeiros pegavam fogo
    ou rodopiavam como folhas mortas
    ou giravam sobre si mesmos nas pontas de suas asas
    ou mergulhavam como flechas para o solo.
Esteiras de fumaça e foguetes luminosos entrecortavam o céu
    mensagens indecifráveis
    pontuadas por explosões negras de fogo antiaéreo
Corpos passavam voando, pára-quedistas apanhados no
    turbilhão das hélices
    pedaços de asas, coberturas de motores, escotilhas
    um pé nu, uma cabeça no seu capacete de couro,
    painéis de instrumentos, uma hélice girando ociosamente
Todos os escombros de máquinas e homens
    Lixo do céu a ser atravessado em pleno vôo.
Quanto tempo durou ele não podia dizer
    parecia não existir outra vida possível
    até que finalmente os Focke-Wulfs ficaram para trás

e o que restou das esquadrilhas,
talvez sessenta aviões,
chegou ao campo de visão do seu alvo.
Com apenas uma bateria antiaérea a ser atravessada
as tripulações estavam prontas para fazer o seu trabalho.
Os compartimentos das bombas foram abertos, as Fortalezas viraram
fizeram a sua aproximação
e partiram para suas descargas.
A cidade lá embaixo pareceu explodir imediatamente
Havia um novo som abaixo do ronco do motor,
o baque das explosões retardadas no solo,
acompanhado por sacolejos no aparelho
Seu avião subitamente subindo, Ronald ouviu o bombardeiro gritar, As bombas foram lançadas
Ele imputou uma sensação de triunfo antropomórfica ao seu avião
que havia entregue sua severa mensagem aos alemães.
Agora vamos sair desta porra de lugar, disse o piloto.
Só então percebendo que o manche não respondia ao seu comando.
O que quer que ele fizesse, nada acontecia.
O plano de vôo recomendava que evitassem a Luftwaffe
que os havia atormentado na viagem de ida
seguindo em frente, rumo ao sul sobrevoando os Alpes italianos
até os campos de pouso do Norte da África.
Mas o ataque os deixara na direção oeste sobre a Alemanha.
Ele não conseguia obrigar o avião a voltar ou a descrever
uma curva lateral, nem a subir ou fazer qualquer outra coisa
a não ser seguir em frente.
Tinha a impressão enquanto roncavam para diante
que os cabos se romperam,
ou estavam pendurados por um fio

E que a qualquer minuto tudo poderia sair
em suas mãos.
Que merda não faça isto comigo, Ronald o ouviu dizer.
Gradualmente perderam altitude
diminuindo temporariamente a velocidade
e embandeirando dois dos motores
Até que estavam voando regularmente
a fim de evitar que fossem localizados
a apenas cento e cinqüenta metros de altitude
sobre campos perversamente geométricos com fileiras de cercas
vivas.
Pequenos rebanhos de vacas moviam-se num indolente galope
enquanto eles passavam
Um velho apontando, uma mulher estava no varal
um carregador da estação ferroviária sacudindo os punhos
Um longo trem de carga num desvio, guardas levantando
seus fuzis,
Ronald sentiu que toda a Alemanha estava agora alertada
para esta besta americana ferida arrastando-se
sobre os campos.
No entanto, à medida que prosseguiam, apenas três ou quatro
tripulantes vivos
no seu avião gelado pungentemente queimado
sozinhos, sem contato de rádio,
E o vento assobiando através de mil
rasgões na fuselagem
e os camaradas mortos caídos em suas torres de tiro
despedaçadas...

Amigos, irmãos e irmãs
Como proceder para que nossas histórias
não vacilem como veteranos em desfile?
A experiência da experiência é intransmissível,

As crianças dão de ombros o que aconteceu aconteceu,
    e a História as instrui em última análise
a não estarem no lugar errado no momento errado,
Como cerca de trinta milhões estiveram na Segunda Guerra
    Mundial, cada um deles um pacote de agonia terminal
    durante pelo menos um momento insuportável
e todas as adoráveis estruturas da consciência
    satanicamente comprimidas enquanto o mundo
    chegava ao fim.
Eu pergunto quantas vezes o mundo poderá chegar ao fim
    antes que o mundo chegue ao fim?
Sentado no entulho da cabina do piloto
    os campos verdes lá embaixo acinzentados no sangue seco
    do pára-brisa,
Talvez meu irmão Ronald tivesse a intimação
    além da circunstância em que se achava
De uma Europa tão historicamente impregnada na fantasia,
    fantasia de rei, fantasia de padre,
a ponto de ser instantaneamente arregimentada às causas
    do relato de histórias assassinas
Das bocas de seus mais monstruosos empresários
    do século vinte,
os sociopatas dos alto-falantes que sempre sabiam
    a quem culpar.
Ou talvez ruminasse sobre a diferença entre
    guerra e paz
em matéria de organização, as mortes da paz
sendo comparativamente casuais, desleixadas, locais
    ou atenuadas por fatores tais como a pobreza
em comparação com a implacável e sincronizada mobilização
    em massa para a guerra da morte.
Mais provavelmente, sentado ali enregelado com sua camisa
    e depois, sem muito mais conforto
    na jaqueta de vôo de

cujo forro
de lã de carneiro pendiam pequenas estalactites
do sangue do aviador morto,
pensaria em sua mãe e seu pai, Ruth e Ben,
mesmo sem poder muito bem visualizá-los
mas sentindo-os como presenças morais predominantes
conferindo-lhe força meramente através de sua existência
como seu pai e sua mãe.
E o pensamento de seu irmão caçula, Everett,
que levara tão a sério suas instruções
de como jogar e apanhar uma bola de beisebol,
e sentia que a inocência protegida de Everett
conferia-lhe força
Checou seu relógio: nos Estados Unidos
o dia estava em plena atividade.
Jurou que algum dia voltaria
à sua modesta vida de trabalho, escola e casa
e nunca se esqueceria de agradecer a Deus pela bênção
de sua família coerente.
Enquanto isso o céu escurecera, o mau tempo
ameaçava.
Lentamente, o piloto ganhou a necessária altitude
sem saber em que momento de sua insistência
o aparelho não conseguiria mais voar.
Os britânicos chamavam seus aviões de máquinas aeroplanas
uma locução esquisita demais para uma Fortaleza Voadora
na opinião do meu irmão
Mas a cada tremor das asas
a cada acesso de tosse dos motores
a exatidão de tudo lhe vinha à mente.
Não sei ao certo quando ou exatamente como aconteceu
que mandaram Ronald saltar de pára-quedas.

O céu estava negro então, a tempestade fora desencadeada
Talvez um raio provocando um curto no painel de instrumentos.
Voavam às cegas, a bússola girando.

A turbulência era feroz, chacoalhando-os,
E acho que ele disse que o último motor de estibordo estava
    pegando fogo
À luz das chamas ele viu a asa
    começando a ser arrancada.
O piloto gritando para quem ainda estivesse vivo que saltasse,
    o avião se rompendo, sacudindo, fazendo-se em pedaços,
Ronald cambaleando até a popa e achando o seu pára-quedas,
Uma porta foi aberta, a chuva fustigando seus rostos,
    homens aos trambolhões à sua frente
E com um olhar para trás vendo o piloto
    levantar-se de sua cadeira
    entregando o avião ao seu mergulho
Ronald saltou na escuridão atroadora em fúria.

Barman, outra cerveja para estes irmãos e irmãs
    que estão com a boca seca, e para mim.
Imunidade para assassinos contando histórias nos alto-falantes
    é também contar histórias, não é?
Uma história na página é como um circuito impresso
    para o plano de vôo das nossas vidas,
Uma história contada invoca nossa vaga capacidade
    de estar vivos em corpos que não são os nossos.
Vocês desejariam todo o planeta em vozes
e a totalidade das narrações humanas íntimas
compondo um hino à iluminação das mentes
    se isso fosse possível.
De qualquer modo, aqui está este jovem aviador,
    de vinte e dois anos

caindo sobre a terra na arnês de um pára-quedas
Os braços puxados com violência e os ombros prestes a se deslocar
enquanto vai corcoveando nas cristas e caindo nos atoleiros da turbulenta tempestade de ar negro.
Desce através das nuvens experimentando uma plenitude momentânea e silenciosa de iluminação
antes de ver tudo negro num trovão vituperador.
Não consegue ouvir seu avião cair.
Neste grande mar ressonante de escuridão iluminada por raios.
Mais profunda que qualquer escuridão que já conheceu
E com um continente de destroços de ossos erguendo-se para encontrá-lo
Não consegue lembrar nada da Srta. Manderleigh
Nem suas palavras, nem seus gritos, nem seus fatos corporais íntimos
nem seu contorno ou tamanho ou forma ou sorriso ou toque
Mas apenas a alma assexuada olhando a partir de seus olhos embaçados pelo amor
apagando da sua memória sua cor, enquanto
ele grita no céu
Adeus, Srta. Manderleigh, adeus!
Ele realmente achou que era o seu fim.
Mas o pára-quedista que não encontrar nem terra nem água invoca um domínio de profecia mítica
Quando de um modo impossível a floresta de Dunsinane
começa se mexer embora não haja vento,
se desenraíza, cria pés, e sai em frente
para acertar as contas com aquele pobre idiota desgraçado do Macbeth.
Meu irmão achou primeiro que tivesse caído sobre conchas do mar por causa do estalar discordante debaixo de suas botas,

Mas foi arrastado por alguma distância, girando e rolando
até que esvaziou o vento do seu pára-quedas,
foi surrado e golpeado com o que pareciam
cajados ou cabos de ancinho.
Pensou que era algum comitê de recepção de camponeses
mostrando seu patriotismo.
Só quando foi descansar, um tornozelo torcido
debaixo de um galho de árvore imóvel,
a trilha sonora de xilofones da ação
ressoou nos seus ouvidos
E no silêncio que se seguiu ele percebeu
que segurava numa das mãos uma ulna
uma tíbia na outra.
Tinha caído num campo da guerra anterior,
reaberto por um projétil errante desta guerra.
Era o cemitério improvisado de antigos ossos
e crânios
ainda cobertos por capacetes no estilo da *couture* francesa
e do germânico fálico,
os guerreiros esqueletos da geração de seu pai Ben
apressadamente enterrados enquanto a Grande Guerra
prosseguia.
Tinha razão para esperar que estivesse na França
Mas no começo atordoado demais para se mexer
e depois com muita dor
ficou deitado ali naquele cemitério de ossos a noite inteira.
Aprendeu que os ossos de uma certa idade
são ocos, sem peso e se elevam com a brisa
como flautas de palha ou de bambu.
Eles jogam, eles marulham, eles suavemente tocam bongô
entre si,
Crepitam como trilhos de trem, tremem e se friccionam
como cartas sendo embaralhadas,

Tilintam como sinos de vento, piam baixinho como corujas.
Ele imaginou uma brincadeira de fantasmas
    além do protesto, além do ultraje, tagarelando.
Mas de manhã um camponês francês de verdade o encontrou.
Foi escondido numa fazenda,
    medicado, o osso colocado no lugar, e recuperou a saúde.
Durante este tempo ele montou alguns rádios e os pôs a funcio-
    nar para a Resistência local
e conquistou o afeto de uma família inteira
    este intrépido rapaz americano do Bronx
    com uma mecha de cabelo caída sobre a testa
e um gosto por leite fresco não pasteurizado
    ainda quente no balde.
Abraçaram-no, deram-lhe adeus e ele rodou
    escondido em carroças de feno, carretas e caminhões
De um reduto seguro até outro durante semanas até que
um barco de pesca o contrabandeou através do Canal da
    Mancha.
Fora o único da sua tripulação a sobreviver.
Mas logo depois estava de novo no ar,
    em guerra nas noites pirotécnicas da Europa
Incapaz às vezes de saber se a máquina em que viajava
voava na horizontal ou mergulhava para a terra
Se os gritos que ouvia eram do motor ou seus.
    E é assim que escolho deixá-lo...
Na guerra depois da guerra... antes da guerra
Antes de encerrar o seu turno e dele voltar para casa.

— A rabina me passou um fax com a ficha do seu pai. Não há muito ali. Suas cartas ao Departamento de Justiça. As respostas burocráticas deste. Dois artigos de 1977 do *Times*: uma audiência de deportação, uma revelação. Foto desfocada de *boneco*, sujeito calvo com rosto magro e doentio. Três pessoas testemunham que o homem em questão é o comandante do gueto, Schmitz, mas o advogado dele derruba os seus testemunhos. Eram idosos, facilmente estonteados. O acusado testemunha que é Helmut Preissen, um ex-cabo que prestara serviço de guarda no gueto durante três meses antes de ser embarcado para lutar na frente russa. Esta é a mesma carteira de identidade apresentada às autoridades de imigração depois da guerra. O juiz encontra em seu favor... Cartas para e do Centro Simon Wiesenthal, o funcionário de lá concordando com o pai de Sarah de que Preissen é quase certamente Schmitz, mas, por falta de documentação convincente, não se pode fazer uma identificação que justifique reabrir o caso, embora a sua pasta esteja mantida em aberto.

Menos acordo com o Departamento de Justiça, o advogado de lá mostrando-se um tanto defensivo no seu tratamento do caso.

— um ninho de três filhotes de falcão-peregrino na saliência de uma janela de aço, no andar de cima do outro lado da rua. Todos os que moram lá se mostram sensíveis à ninhada e conservam as cortinas fechadas. Que grande privilégio vê-los em meus binóculos. Posso dizer quando a mãe está voltando, eles são quietas bolas de pêlo. Então subitamente, e ela pode estar a quarteirões de distância, eles começam a chiar, seus bicos abrindo-se como cavadoras de poste, suas goelas apontadas para o céu. E um momento depois lá está ela descendo pelo canyon, tem um pássaro da cidade em suas garras, um pombo-da-rocha. Flutuando no espaço, ela pousa, asa estendida para um alvoroço de exigências dos bebês, segura a presa com uma pata, uma chuva de penas do peito e então ela bica metodicamente, arrancando pedaços vermelhos de carne e derrubando-os naquelas goelas.

— Suponham que este sujeito trabalhe para o *Times*, uma carreira mediana, nunca sobe tanto na escada quanto acha que merece, pode-se ver no canto de sua boca. Outros ganham o filé *mignon* dos postos no estrangeiro, das editorias importantes, e com o passar do tempo sua sensação ressentida de ter sido mal aproveitado começa a pesar nos seus ombros. Agora um homem grisalho de aparência comum no final da casa dos cinqüenta, não foi além de subeditor de uma das seções menores.

O que finalmente se torna intolerável é a natureza do julgamento corporativo, de que ele nunca será um jornalista de primeiro time: incapaz de aplacar sua amargura, ele opta por uma aposentadoria antecipada.

Durante o primeiro mês cai na depressão, sentindo falta da rotina, da sua sensação secreta de posse do jornal, que era seu, e sentindo falta também das afrontas ao seu orgulho próprio, da fofocagem, dos altos e baixos cotidianos dos pequenos triunfos e derrotas. Mais do que tudo, faz-lhe falta a sensação de estar do lado de dentro.

Ao mesmo tempo, a perspectiva do lado de fora reduz tudo à devida proporção. O jornal não é o mundo, é um simulacro da vida do mundo, de suas guerras, epidemias de fome, negócios, meteorologia, política, crime, esportes, artes, ciência categorizados e transformados em reportagens achatadas no papel de imprensa dobrado. E o que ele tem agora, se for capaz de agarrá-lo, é tudo aquilo — mas em estado bruto, sem forma e não escrito! Ele é liberado para as dimensões da realidade não imediata.

Portanto no suspense de ter feito aquilo que em seus anos de escravo do salário sonhava fazer, desligar-se da instituição pela qual vivia para se confrontar consigo mesmo em liberdade, este homem que nunca chegou sequer a cometer uma infração de trânsito empreende a prática de um comportamento ousado, nada característico. Deixa de fazer a barba, deixa crescer os cabelos, finge-se de maluco nas ruas, observando com prazer as pessoas se afastarem do seu caminho. Faz comentários rudes para homens de negócios que descem de suas limusines nos hotéis de Park Avenue, é grosseiro nas lojas e desdenhoso nas galerias de arte. Vagando pelas docas do West Side à noite, pelas ruas escuras sob os trechos do metrô elevado que não foram demolidos, ele vai com as prostitutas de saia justa nas garagens de táxi ou transa com elas em quartos pulguentos na West Street. Faz tudo aquilo em que pode pensar para romper com os atrevimentos inconfessados de sessenta anos vividos em obediência às regras.

Mas estes atos de vontade não o transformam. Odiando-se, ele ainda anseia por bons postos, servidão, o pequeno triunfo do contracheque da sexta-feira, a camaradagem dos bares. Em desespero começa um romance mas o abandona depois de uns poucos milhares de palavras. Não se sente capaz de procurar seus amigos que ainda trabalham. Olha para o telefone esperando que toque, sabendo que não vai tocar. Mentalmente eles escreveram seu obituário e o colocaram em tipologia, o dia exato da morte nada mais sendo do que o sinal para imprimi-lo.

Só quando se vê pensando na idéia de telefonar para a ex-mulher é que percebe que sua vida continua incerta. Começa seriamente a pensar. E seu pensamento descobre um plano de ação para si mesmo cuja mera expectativa já é o bastante para fazê-lo sentir-se vivo de novo.

Os jornais, decide, contam histórias que, com poucas exceções, nunca são completadas. Não há fim para a cobertura da bolsa de valores ou da luta pelo poder entre as nações. Estas histórias são intermináveis, ciclos de altas e baixas, ciclos de guerra e paz. Podem ser feitas eleições, alguém ganha ou perde, e os partidos aumentam suas maiorias, e tudo isso está em seu fluxo, bastante temporário, e os efeitos duradouros da legislação acabam enfraquecidos no tempo por governos que ignoram a lei ou a maquiam ou a remendam. Jogos ganhos ou perdidos são seguidos por outros jogos, temporadas de campeonato dissolvidas em temporadas sem contrato ou no último lugar, os cosmólogos das páginas de ciência definem e redefinem a natureza do universo, seu tamanho, sua dinâmica, geólogos periodicamente aumentam a idade da terra, negócios são comprados e vendidos, saqueados e revendidos, fundidos, afundados na bancarrota, rebatizados, restaurados. O empreendimento humano continua, pulsando com ambições que nunca podem ser satisfeitas.

É verdade que julgamentos são realizados e acusados são julgados culpados ou inocentes. E naturalmente existe o canto do cisne de um obituário. Por outro lado, existem obituários importantes, o do rei Leopoldo, de Hitler ou Stalin ou Pol Pot, por exemplo, que não oferecem um fecho, simplesmente por que as figuras em questão morreram antes que fossem levadas a julgamento. A simples morte não é a retribuição em tais casos. Não há um fecho quando tais homens morrem de causas naturais sem que seja passada uma sentença sobre eles que encenaria os sacramentos da lei moral universal. O fato de que sua morte é incidental quando seus crimes não lhes forem imputados na voz temível de uma civilização inspirada em Deus.

Ainda assim, a lei dificilmente poderia conceber uma punição comensurável para tais criaturas. Eu mesmo os mandaria para o círculo mais inferior do inferno e os encerraria no cerne gelado, onde seriam abraçados pelos braços escamosos de Satã, que, durante bilhões de anos, sopraria seu bafo fétido e escoriado em seus rostos e vomitaria seus detritos nojentos efervescentes de larvas em contorções e escaravelhos vira-bosta por algum tempo sobre eles enquanto, languidamente, os encarceraria por congelamento, um cárcere ultrajantemente delicioso, absorvendo-os em seu medonho ser...

O ex-cara do *Times* decide que o cinismo ocupacional dos repórteres tem a ver justamente com o caráter incompleto das reportagens, especialmente quando a justiça falha repetidas vezes em agir no devido tempo para promover finais justos.

Ele decide que o desejo de terminar uma reportagem é muito forte dentro de si. Seus anos obscuros de trabalho conferiram-lhe um dote moral. Seus anos como jornalista o instruíram em todas as ilusões e racionalizações, incluindo a justiça, para fazer o mal ou acobertá-lo. Ele foi o tempo todo o curador do seu jornal das reportagens que poderiam ter sido completadas mas nunca foram. E com que propósito senão o propósito óbvio desta nova e emocionante missão? Ele vai ser o homem do fecho.

Num estado de alegria solene e determinação fervorosa, recorre a seus velhos colegas que, incapazes de detectar na sua maneira qualquer coisa diferente da insipidez incolor que sempre conheceram, cedem-lhe a cortesia profissional de acesso aos recortes. Em menos de um dia ele escolheu as reportagens que vai completar.

A primeira é a história do ex-sargento das SS que mora em Cincinnati.

— Quando Sarah e Pem chegaram a Vilnius, Joshua Gruen ainda estava vivo, o crânio fraturado, ambos os braços e várias costelas quebrados. Um pulmão estava inutilizado e ele contraíra pneumonia. O encarregado de negócios americano encontrou-os no aeroporto e os levou às pressas ao hospital. Sarah imediatamente questionou a qualidade do serviço médico mas teve de concordar finalmente que na condição de Joshua era arriscado colocá-lo num avião. Estava em coma. Foi pedida permissão para uma trepanação a fim de aliviar a pressão no cérebro. Pem ficou sentado com Sarah Blumenthal no corredor do lado de fora da sala de operação. Ele disse que ela não chorou nem falou, simplesmente ficou olhando para o chão. Eles tinham voado do aeroporto Kennedy até Frankfurt, esperado duas horas pela conexão e vindo diretamente do aeroporto de Vilnius para o hospital. Ele supunha que a exaustão funcionava para ela como uma espécie de sedativo. Disse que fechou seus olhos e rezou silenciosamente para que Joshua saísse desta, embora achasse que Sarah provavelmente não rezou.

Foram instalados aquela noite na residência do embaixador. O embaixador e sua mulher não podiam ter sido mais atenciosos. Cuidaram de todas as providências para embarcar o corpo de volta ao seu país. A dor de Sarah era tanta que um médico foi chamado para cuidar dela. Ficou sedada durante vinte e quatro horas. Nesse meio tempo Pem foi até o hotel onde Joshua se hospedara e empacotou suas poucas coisas. Disse-me que o rabino estava lendo a *Cabala*, de Gershom Scholem, *Encontros entre o judaísmo e a filosofia moderna* e *O último caso de Trent*, história de mistério de E. C. Bentley passada na década de 1930 numa casa de campo inglesa. Ele disse imaginar que Joshua tivesse voltado ao livro por ser um clássico da literatura policial.

Também no quarto do hotel havia o caderno de notas do rabino no qual ele escrevera um relato detalhado de todo mundo com quem falara a respeito do diário do gueto. A igreja onde o diário fora escondido não existia mais — um moderno edifício de apartamentos ocupava o seu lugar. Havia dois ou três nomes e endereços adicionais — presumivelmente pessoas que ele não tivera a oportunidade de contatar antes de ser atacado nos degraus da antiga sinagoga que tinha as portas fechadas por tábuas na rua Vokieciu, não havendo congregação, apenas visitantes, como se fosse um cemitério.

═

— Reichsmarschall, tenho a honra de informar sobre a situação do trabalho encetado de acordo com a diretiva da Reichsleiter segundo a qual o Instituto para a Exploração da Questão Judia deve estabelecer e manter um museu para a aquisição, o levantamento e a exposição final de itens da história judaica de interesse antropológico, tais como bibliotecas, artefatos religiosos, produtos da arte folclórica e toda propriedade pessoal de valor intrínseco.

1. O encaixotamento e despacho via transporte militar de tal propriedade é simultâneo com a remoção das populações originais judaicas de cada uma das 153 aldeias, municipalidades e distritos do gueto (Diretivas 1.051, 1.052). Isso assegura a atribuição exata do inventário segundo região e província de cada item dentre os quais os itens da exposição serão escolhidos, por conseguinte uma empreitada particularmente complexa levando em conta o volume crescente, numa base diária, dos materiais recebidos.

2. Em anexo um manifesto das coleções por categoria. Números de item de cada um não são fornecidos, por serem provisórios:

Torá (Pentateuco) rolos pergaminho caligrafados, Torá rolos mantos seda, Torá rolos mantos veludo, Torá rolos vestes lavradas e gravadas em prata, Torá rolos acabamentos gravados encaixes prata com pedras semipreciosas, Torá rolos dossel seda, Torá rolos dossel veludo de seda, Torá indicadores de texto prata, Torá indicadores de texto madeira, Torá indicadores de texto prata ou madeira na forma de pequenas mãos com o dedo indicador estendido, Torá remates gravados em prata, Torá remates folheados a ouro, Torá debruns seda, Torá debruns linho, Torá cortinas seda, Torá cortinas veludo de seda, Torá cortinas veludo, xales de prece seda, xales de prece linho, xales de prece seda bordada ouro, xales de prece seda bordada prata, livros de prece diários, livros de prece feriados, livros midrash (teologia), candelabros prata, candelabros bronze, mezuzás (amuletos de porta) madeira entalhada, mezuzás couro, Chanukah (feriado) lâmpadas prata, Chanukah lâmpadas estanho, Chanukah lâmpadas bronze, dreidlach (piões de jogos infantis) madeira, dreidlach chumbo fundido, chaves sinagoga, luzes "eternas" estanho, luzes "eternas" bronze, estantes de leitura carvalho, estantes de leitura pinho, estantes carvalho, estantes pinho, pentes sociedade funerária, jarros sociedade funerária, panos de mortalha sociedade funerária, uniformes sociedade funerária, insígnias guilda comércio, bandeiras guilda comércio, arca sinagoga leões rampantes madeira entalhada, arca sinagoga leões rampantes madeira entalhada pintada, caixas donativos madeira, caixas donativos cobre, caixas donativos banhadas prata, solidéus veludo, solidéus seda, alianças casamento ouro, alianças noivado prata e diamante, pratos cerimoniais casamento prata, canecas cerimoniais prata, salvas prata, *sous-plat* porcelana, *sous-plat,* tigelas de serviço, taças, pires, panelas ferro, panelas esmaltadas, chaleiras ferro, frigideiras ferro, talheres aço, ferramentas carpintaria, utensílios agrícolas, retratos homens óleo sobre tela, retratos mulheres óleo sobre tela, retratos criança óleo sobre tela, cenas campestres óleo sobre tela, cenas campestres aquarela sobre papel, fotografias coloridas à mão noiva e noivo, fotografias coloridas à mão crianças, fotografias coloridas à mão grupos de família, câmaras, máquinas de escrever, coleções livros encadernação uniforme, livros individuais, livros referência, livros arte, partituras musicais encadernadas, partituras musicais avulsas, instrumentos musicais corda, instrumentos musicais madeiras, instrumentos musicais metais, instrumentos musicais percussão, instrumentos cirúrgicos aço, instrumentos cirúrgicos aço cromado, armações de cama madeira, armações de cama latão, colchões crina de cavalo, colchas, edredons, travesseiros penas, travesseiros algodão, pias cerâmica, pias estanho, roupas de noite homens, roupas de noite mulheres, cartolas homens, casacos homens, casacos mulheres, ternos homens, vestidos mulheres, carteiras couro, bolsas couro, bolsas contas, uniformes escolares meninos, uniformes escolares meninas, pentes, cosméticos, grampos, pregadores de cabelos, aviamentos de costura, cachimbos, cigarreiras, alicates de charuto, sapatos homens, sapatos mulheres, sapatos crianças, binóculos, binóculos de ópera, óculos, relógios de pulso, relógios de bolso, trompas de ouvido, tinteiros, canetas com pena, canetas-tinteiro, papéis de carta simples, papéis de carta timbrados, guarda-chuvas, bengalas madeira, bengalas madeira e prata, peças xadrez marfim, peças xadrez madeira, brinquedos crianças, bonecas crianças, jogos tabuleiros crianças, carrinhos crianças, trenós crianças, estojos pintura crianças, livros de composição crianças, caixas de lápis com lápis crianças.

— Direi, postumamente, que a Europa é a chaga aberta do mundo, que vocês na América que tiraram o melhor que a Europa tem a oferecer enquanto esperavam evitar o pior estão, em sua frase tipicamente americana, "rindo à toa". Todo o seu pensamento impregnado de Deus é uma réplica das estruturas religiosas construídas a partir da vida alucinatória do antigo Oriente Médio pelos clérigos europeus, todas as suas fricções sociais são a herança das economias colonialistas escravistas dos homens de negócios europeus, todos os seus quebra-cabeças foram inventados para vocês pelos intelectuais europeus e vocês agora atravessaram o oceano para duas guerras mundiais concebidas pelos políticos europeus e acabaram instalando em sua república justamente o estado de mentalidade militarista que tem mantido nossas cidades em chamas desde os dias de Adriano.

Por que lhes digo isso? Meu próprio gênio como um filósofo da linguagem do século XX, na medida em que foi reconhecido por aqueles no seu país capazes de me entender, podia ser considerado, como o de Ludwig van Beethoven, redentor. Europeus ou não, uns poucos de nós fizeram algum bem. Eu tentei livrar a língua e o pensamento das mentes afásicas de nossos filósofos. Tentei, por exemplo, distinguir as *coisas*, que inertemente existem ou simplesmente estão aí, dos *fatos*, que são as proposições das coisas em relacionamento, muito no espírito em que Flaubert (que, apesar de francês, é digno de nosso respeito) descobriu como as coisas eram trazidas à vida em sua ficção fazendo-as interagir com outras coisas. Uma roda é uma coisa, não um fato, e uma pedra de calçamento é uma coisa, não um fato, mas se a roda passa sobre a pedra do calçamento ambas vêm à vida como um fato. Ainda que seja um fato apenas na sua própria mente. *Sol* é apenas um substantivo e *janela* é apenas um substantivo, mas se o sol brilha através da janela, juntos eles são lançados na vida das proposições.

Portanto distinguir coisas de fatos... pode não parecer muito à primeira vista. No entanto, por técnicas similares de análise, recuperei a linguagem pelo que ela pode racionalmente fazer e portanto defini tudo além dos seus limites como sensível apenas à nossa tola admiração. O que isto significa é que liberei o seu pensamento das pesadas correntes da cultura européia. O idealismo ridículo de Kant, Hegel? Acabado, *kaput*! O palavrório metafísico de todo mundo de Plotino a Descartes? Varrido para longe como trastes em excesso na casa. Minha conquista no interesse da natureza intrínseca do mundo é equivalente à de Einstein. Somos ambos revolucionários, ele por ter derrubado a falsa cosmologia de Newton, eu por ter retificado Platão e todos os seus descendentes.

Claro que estou interessado apenas na verdade, não na glória. Deixo a glória para os outros. Mas preciso indagar por que, tendo devolvido à mente do homem moderno a serenidade do carpinteiro na sua bancada, a compostura do fazendeiro no seu campo, não sou reconhecido por funcionários nas livrarias. Nada tenho contra Einstein por seu estrelismo, era de esperar, dado o respeito ingênuo pelo modo científico de pensamento em nosso século. Mas, para dizer-lhes a verdade, a velha morsa não é tão profunda assim no seu pensamento.

Na verdade, deixem-me dizer-lhes algo sobre a física teórica não só de Einstein mas daqueles outros europeus que vocês americanos elevaram a uma celebridade bem além da minha — Planck, Rutherford, Fermi, deBroglie, Bohr e assim por diante... Eles têm um método, não há dúvida, um empirismo honrado que goza de grande reputação. Mas sua possessividade do universo me ofende. Não têm mais nenhum uso para os velhos filósofos do que eu, mas só porque presumem ocupar o lugar deles. Eu lhes pergunto — o que poderia ser mais básico para o significado do que a proposição de que uma coisa não pode ser ao mesmo tempo si mesma e não si mesma? Não é este o princípio de toda lógica, não expressa na verdade a estrutura fundamental da mente humana? No entanto aqui eles fazem uma experiência provando que a luz é composta de uma corrente de pacotes ou partículas de luz ou quanta... e seguem esta com outras experiências provando que estes quanta têm as propriedades não de partículas mas de ondas. Dependendo de como, no domínio submicroscópico, vocês escolherem observar ou medir a luz, ela reagirá como uma ou como outra: A luz compartilha estados de ser mutuamente exclusivos!

Oh estes cientistas europeus, meudeus, minha cabeça se rompe diante do pensamento, do pensamento — eles insistem que este é o fato — de que não só a luz mas toda matéria, em sua essência submicroscópica, toda a imperturbável carpintaria da terra, é similarmente indeterminada. O mais grosso e mais inerte tronco de carvalho, por exemplo, é vulnerável ao caos de elétrons dentro de sua carvalhicidade e, dado suficiente tempo, poderia ser penetrado pela leve pressão do seu dedo!

É isto mágica?, vocês perguntam, e eu replico com um grito de desespero que é pior, é ciência.

Vocês que estudam os aglomerados de estrelas, as galáxias, os planetas e suas luas, vocês que caminham pela terra e datam suas rochas, vocês que peneiram as areias do deserto e sondam as profundezas do oceano estudando as criaturas cegas que lá vivem... Eu os convido, eu os desafio, a virem comigo, como Dante foi com Virgílio, sou o seu guia à carnificina infernal da razão humana, as frações estilhaçadas da consciência... a bosta do real, nosso romance arruinado com Deus. Este novo inferno é onde nossa investigação começa.

— Hesito em me intrometer na privacidade de Sarah. Talvez vê-la sem Pem por perto me faça sentir um pouco evasivo, traidor. Devo admitir que a acho atraente, um sentimento não inteiramente profissional, existe um pouco de Pem em mim no sentido de meio que desejar, ou me iludir em esperar, algo que é dificilmente provável de acontecer. Portanto isto é parte da questão.

Ficarei feliz quando ele voltar. Tendo me agarrado ao afano de São Tim como uma história e tendo feito amizade com o bom padre, eu agora me vejo à mercê da sua vida. O que Pem faz, e quando escolhe me contar, me torna o seu dependente literário. Se eu largasse toda a idéia, ele provavelmente se sentiria aliviado no começo, mas depois se ressentiria por ter sido abandonado. Gosta da atenção, ainda que se preocupe que eu esteja lhe roubando algo — a vida da sua mente, o seu ser.

É possível.

Mas não há nada de impróprio em freqüentar os serviços da noite de sexta-feira no Judaísmo Evolucionário. Desta última vez, a discussão teve a ver com o conceito da sobrevivência da alma. Foi o senhor idoso, o homem cujo filho o levava escada acima para os serviços e depois voltava para buscá-lo, quem levantou a questão. A rabina aproximou-se de onde ele estava sentado, sentou-se ao seu lado e colocou as mãos paralisadas do homem entre as suas.

— Os ortodoxos acreditam que existe uma alma e que ela transcende a morte e que chegará um tempo, "o fim dos dias", em que ela será reunida ao corpo ressurrecto. — Ela o fitou nos olhos e sorriu enquanto ele acenava solenemente com a cabeça e então se levantou e voltou para a frente da sala. — A palavra *alma* é uma bela palavra, não acham? — disse ela. — Carrega tanto, expressa, realmente, uma ânsia por união com Deus, pela solução plena de todo o nosso questionamento, a chegada, a profunda e abençoada paz da resposta radiante.

— É apenas uma palavra? — perguntou alguém.

Sarah cruzou os braços.

— É uma idéia. Provavelmente como uma proposição religiosa feita pela primeira vez por Filo de Alexandria, um judeu grego que viveu no mesmo tempo de Jesus. Mas em suas mãos pode ser mais uma idéia grega, uma idéia platônica, do que uma idéia judaica. A tradição cristã realmente embarca com força nela, distintamente a separando do corpo, o corpo transformando-se em pó, a alma elevando-se para o céu, e a pessoa leva uma vida reta e honesta em troca desta recompensa da união da alma com Deus. A tradição judaica é menos chegada a recompensas, vive-se a vida correta por ela mesma, é um bem intrínseco não sobrecarregado por motivos ulteriores. E nós não somos geralmente tão... pictóricos.

Sarah dirigiu um olhar de comiseração ao velho senhor para suavizar o que tinha a dizer.

— Talvez porque seja uma questão teológica impossível de responder, é algo que não podemos saber, a natureza da alma, é uma idéia poética que produz muita emoção mas nenhum conhecimento... O ensinamento da Reforma, por exemplo, é de que existe uma alma, mas não é nada tão literal quanto acreditam os ortodoxos. E finalmente a idéia da Reconstrução descarta qualquer possibilidade de que aquilo que poderíamos chamar de personalidade individual persista em qualquer outra forma.

"Falamos do Reconstrucionismo antes. O rabino Mordecai Kaplan o arquitetou como uma saída para as disputas teológicas e doutrinárias de tais questões sob a alegação de que estavam além do nosso conhecimento. A Reconstrução é como a filosofia lingüística, ela quer usar a linguagem apenas na medida em que possa fazer sentido. Assim a teologia, idéias da alma e assim por diante são consideradas meras tentativas, todos os ditames quanto a Deus e à natureza de Deus estão na suspensão de nosso conhecimento progressivo, e aquilo a que nos atemos nesse meio tempo é à própria tradição, sua cultura popular, seus recursos já provados para estruturar a vida em termos morais e proporcionar beleza e consolação.

Uma jovem, a estudante de Barnard, levantou a mão.

— Mas o que a senhora acha, rabina?

Sara ficou de pé por trás da estante de leitura na frente da sala. A Torá do Judaísmo Evolucionário enrolada na sua haste estava diante dela, coberta por um simples xale de prece, ou talete. Eu a vira desenrolada, suas bordas queimadas, era um daqueles pergaminhos resgatados do Holocausto. Ela roçou os dedos no talete de seda enquanto respondia, não erguendo a vista uma só vez.

— Meu marido, o rabino Gruen, disse-me certa vez: "A Reconstrução é apenas um começo." Ele queria dizer que por meio dos seus métodos nós poderíamos ter a intenção de examinar cada elemento da tradição sem preconceito e decidir o que descartar e o que preservar. Mas não meramente para manter um sentido lingüístico, nem para acalentar a beleza ou a consolação, nem para preservar nossa identidade cultural por si mesma, porque isso finalmente é insuficiente, uma teologia neutra, ociosa. Não, você submete a tradição à sua irreverência para voltar ao ponto onde ela começou, apenas isso, de volta ao piso térreo da simples... e não-imediata reverência. É lá, onde fica necessariamente o estado de reverência, que se encontra a percepção aguda da presença de Deus no fato de nossa consciência... e portanto por toda parte e em todo mundo e em tudo... é aquela constância da reverência que buscamos, um estado pré-Escritural tão vivo para nós quanto o momento contemporâneo e que, naturalmente, vem absolutamente sem garantias. É aí que começamos...

— O ex-sujeito do *Times* viaja para Cincinnati com o vôo de volta em aberto. Hospeda-se num hotel, o Qualquercoisa Arms, numa das ruas residenciais nas colinas acima do centro da cidade. Aluga um carro, roda um pouco para sentir o local. Toda a cidade cheira a cerveja. Uma porção de casas de tijolos vermelhos com degraus de granito tomando sol nas encostas do rio Ohio que passa lá embaixo. Lembra-se, dos relatos do seqüestro de Eichmann, que o principal problema era a identificação. A certeza de que pegariam o sujeito certo. Levou algum tempo. O suspeito Eichmann trabalhava sob outro nome. Usava pesados óculos de aros negros, parecia pouco atraente, voltava para casa numa vizinhança não muito recomendável, uma casa de blocos de concreto no meio de um terreno vazio nos arredores de Buenos Aires. Nada condizente com um homem da sua importância. Por outro lado, com suas pequenas janelas nos quatro lados, a casa não podia ser vigiada. Ele divisava todo o terreno. Alugaram carros, vans, para a vigilância, mudavam os veículos o tempo todo. O suspeito voltava para casa toda noite. Durante o dia eles usavam roupas de trabalho e uma vez bateram na porta da frente, falaram com um homem mais jovem, um filho. Tinha tanto orgulho da família. Arrancaram dele a garantia virtual de que o nome da família era falso e ocultava uma grande glória. Então decidiram fazer o lance. O seqüestro em si não foi tão difícil, era o cair da noite, agarraram Eichmann quando voltava para casa do ponto de bonde, enfiaram-no num carro e o deitaram sobre as costas com os pés em cima dele. Não foi jogo limpo, chegou quase a ser um trabalho de trapalhões, mas ele não ofereceu resistência. Estranhamente submisso, Eichmann. Cooperou plenamente quando lhe deram uma injeção de qualquer coisa, vestiram como piloto da El Al e o fizeram caminhar catatônico através da alfândega argentina com o resto da tripulação.

Mas, pensando em tudo isso, o ex-sujeito do *Times* percebe que ele vem de outra cultura. Reportar o fato, conseguir o furo. Aquela cultura. Conseguir a grafia correta. É como um grilhão que ele arrasta. Um peso muito pesado para puxar, uma coisa é tomar a decisão de encerrar uma reportagem, outra é obrigar os músculos a fazerem realmente a coisa. Na verdade, fazer algo acontecer no mundo. Toda a sua vida ele apenas observou. A civilização pagava a pessoas como ele para não fazerem nada. Para viverem subsidiados, como um fazendeiro é pago para não plantar.

Sabe em seu coração que o que foi mais difícil para os israelenses é fácil para ele, e tristemente conclui todo o trabalho de detetive necessário procurando na lista telefônica do hotel e encontrando o nome falso e o endereço. Chegou portanto a hora. Deve passar para o outro lado. Deve romper a inércia da sua alma. Algo parecido com transfiguração. Sua excitação esvaziada, fica apenas tristonho dirigindo a esmo em Cicinnati evitando seu destino, sentindo-se um idiota. Sentindo-se infeliz. Não tem absolutamente nenhuma idéia de como proceder. Nota os estilos dos jardins residenciais, os arbustos aparados e esculpidos em formato obdentado, napiforme, cuneifoliado, até panduriforme. Estranho ver estas grandes casas, bem-cuidadas, plantadas em jardins verdes tomados pelo cheiro de cerveja.

Ele passa de carro pelo endereço do homem das SS umas duas vezes, a casa igual às outras nesta rua de colina, embora ligeiramente mais modesta. Decide que nada pode conseguir de um carro, nada pode ver simplesmente passando de carro por ali e é perigoso demais encostar, não há nenhum carro estacionado na rua, todo mundo que mora ali tem uma entrada de carro e uma garagem. Segue em frente, desce com o carro pelos terraços até a cidade baixa, e num bairro à beira do rio de chalés com varandas e casas de ripas vê um bazar em andamento num quintal, sem saber por que pára e dá uma olhada. Entre as cadeiras de cozinha com a tinta descascada e os livros usados e o sofá com molas estouradas e outros bagulhos vê uma bicicleta, uma três-marchas com roda de 28 polegadas, só a terceira marcha funciona e o pneu traseiro está murcho, mas ele a compra por vinte dólares. Vai a uma garagem, calibra os pneus, e ganhou assim uma bicicleta de observação. Começa a sentir-se em casa em Cincinnati. Volta para as colinas, estaciona num *shopping mall*, tira a bicicleta do carro, tira o paletó, a gravata, arregaça as mangas, as calças, e segue em frente. É um homem de meia-idade grisalho, com excesso de peso fazendo o seu exercício, bufando nas subidas, pedalando, acenando para as crianças nos quintais. Calcula que se fizer isso alguns dias à mesma hora todo dia ninguém vai notá-lo mais. Começa a pensar em comprar uma arma. Algo que caiba no seu bolso. Vai ser complicado. Talvez seja melhor comprar do outro lado do rio em Kentucky. Mesmo assim, existem leis, as lojas de armas registram as vendas. Uma faca, então? Algum tipo de faca de caça em uma loja de artigos esportivos. Ou um daqueles arpões submarinos que os mergulhadores usam para matar peixe. Carregado num estojo. Caminhar direto à porta da casa. Assim ele vai pensando na sua imaginação e não sem prazer e está se sentindo melhor consigo mesmo e descendo uma colina agora na vizinhança certa... mas de certo modo perde o equilíbrio, a bicicleta cambalhota e ele só consegue se aprumar saltando para a calçada mas ao mesmo tempo correndo mais rápido do que devia... e um homem aparece, descendo o caminho de sua casa e pegando a calçada, sem ouvir, sem ver, um homem idoso corpulento com uma bengala... e depois o ex-sujeito do *Times* não consegue se lembrar se gritou Cuidado ou se simplesmente gritou, incapaz de entender como alguém, mesmo tão velho assim, podia ser tão incapaz de enxergar, de ouvir... mas ele se lembra do impacto catastrófico e do chapéu de feltro tipo diplomata, o homem usava um chapéu que voou, e os cabelos brancos eriçados o corpo já caindo mas voltado para ele, os óculos de aros negros retorcidos sobre seu queixo, os olhos leitosos aterrorizados e uma boa pele para um homem tão velho, bochechuda, corada, saudável... mas simultaneamente a nuca batendo na mureta de tijolos do gramado do homem com uma pancada forte, um estalido burlesco, o cômico corpo humano sempre procurando a oportunidade de expressão, e houve esta involuntária e súbita intimidade quando ele caiu sobre o homem na calçada, cheirando seu bafo de cebola, ouvindo o assobio de sua garganta, sentindo a penugem do seu paletó de caxemira e sentindo o cachecol xadrez do homem em sua própria boca.... sua náusea aumentando, a náusea do choque mas também do nojo, usando o corpo do homem para se apoiar e ficar de pé, imprensando os ombros do homem contra a calçada e erguendo-se, sentindo o nojo da morte antes que soubesse que era morte, porque aqui estava sua bicicleta caída, com a roda da frente girando no ar e os guidons entortados e as palmas de suas mãos esfoladas em carne viva, Jesus Cristo, o velho idiota! e agora percebendo uma certa quietude a seus pés, uma ausência de reação do pólo de dor ao pólo de risada, um vácuo na vitalidade do mundo na exata forma do monte caído diante dele... porque o homem estava morto, súbita e inequivocamente morto, como se não houvesse restado nenhum sopro de vida nele em primeiro lugar, foi tudo instantâneo, nenhum estertor na garganta, nenhum sangue, nenhum olho mudo implorando, apenas uma boca aberta cadavérica repentina... injuriado com este idiota calamitoso, você não me viu? não me ouviu gritar? gritando para o vulto morto, ultrajado, insultado, tremendo de ressentimento, endireitando sua bicicleta, sacudindo os guidons desalinhados... e ao seu redor a rua vazia e quieta... e como para punir o velho idiota por ter feito isto, por ter feito tal confusão de sua intenção transfigurada, ele monta na bicicleta e sai pedalando vacilante colina abaixo, a roda traseira atritando a cada rotação com a armação da bicicleta.

Este é o cenário. O ex-sujeito do *Times* chega ao *shopping* alguns quarteirões depois e joga a bicicleta numa lixeira dos fundos e volta de carro para o hotel. Devia ter chamado socorro, cuidado do velho — mas como poderia se explicar, ou dizer o que o trouxera a este lugar? Enjoado, o pulso acelerado, ele se deita, receando um ataque do coração. Acaba cochilando. Acorda horas depois, desgostoso de si mesmo e decidido a esquecer a coisa toda. Paga o hotel e vai para o aeroporto aguardar um vôo de volta para Nova York. Apanha um jornal vespertino e senta-se no bar. Lê que um ciclista atropelador assassino está à solta. Um garoto viu tudo da sua janela. Descrição imprecisa do ciclista, um homem branco troncudo. A vítima é um velho refugiado, oitenta e um anos, de tal e tal número em tal e tal rua, que alguns anos atrás fora acusado de haver ingressado nos Estados Unidos ocultando seu papel durante a guerra como sargento do pelotão de metralhadoras encarregado da execução em massa de judeus do gueto de Kovno, na Lituânia, acusação depois descartada por falta de provas. Os vizinhos dizem... era um homem bom e gentil... que vivia sozinho desde a morte de sua mulher... tinha uma certa elegância mundana... tocava com a mão no chapéu para cumprimentar as mulheres nas ruas... vinha à sua varanda no Halloween com as mãos cheias de doces para as crianças que batiam à sua porta.

— Sobre as grandes canções, os clássicos, os autores vão lhe revelar o princípio básico da sua composição: Faça uma coisa simples. Quanto mais simples, melhor. Você vai querer vozes sem treino para cantá-la no chuveiro, na cozinha. Tente manter a canção dentro de uma oitava. Prenda-se aos quatro acordes básicos e evite ritmos complicados. Estes compositores podem não saber que esta é a estética do hino de igreja. Podem não saber que os hinos foram os primeiros hits. Mas eles sabem que os hinos e o seu domínio de discurso enobrecem ou idealizam a vida, exprimem sua piedade e são totalmente fáceis e apropriados para todos os ouvidos. E assim as baladas mais populares são, no seu romantismo característico, hinos secularizados.

O princípio de manter a simplicidade sugere que muitos clássicos soam iguais. A gente poderia mesmo dizer que uma canção não pode se tornar um clássico se não for reminiscente de clássicos existentes. Talvez seja por isso que sentimos que uma nova canção boa possui a característica de parecer, à primeira audição, ter existido sempre. Num certo sentido isso é verdade. Assim como nós em nossas mentes parecemos ter sempre existido não importa a data do nascimento, um clássico se sugere como tendo estado na praça o tempo todo, dado por Deus, e esperando apenas o momento histórico adequado em que se tornará disponível para que o cantemos.

— O fato de ter encontrado o arquivo do gueto parece ter transformado Pem. A Europa Oriental o emagreceu, ele ainda é substancial, mas sua silhueta parece mais contida, quando não exatamente musculosa, movimenta-se com mais fluidez e parece aprumado, lavado e tratado, talvez porque tenha cortado os cabelos, se livrado do rabo-de-cavalo, e agora que seu estômago ficou de certo modo mais reto suas calças não caem mais sobre os bicos dos sapatos. Seria uma vitalidade renovada, uma exultação mimética que tomou conta dele? Estou persuadido de que o fato de ter partido numa busca, uma missão que se impôs, e de ter tido sucesso, pode surpreender um sujeito e tirá-lo dos costumeiros humores. O fato de que na verdade fez alguma coisa! Não vou mencionar isto a nenhum deles, mas existe um padrão literário aqui, chamem-no de fidalguia cristã, e o fato de que a sua dama é Sarah Blumenthal, uma rabina, uma viúva que mora com seus dois filhos no Upper West Side, é o que o torna possível.

Também, algo mais obscuro aqui, algo que ele não se permitiria sentir, uma competição bem-sucedida com um homem morto.

Ele só tinha os nomes no caderno de anotações de Joshua Gruen. Vilnius, antigamente Vilna, é uma cidade maciçamente reconstruída, dada a Segunda Guerra Mundial e o gosto soviético por blocos de apartamentos. Um rio pitoresco com margens relvadas atravessando-a. O Neris. O mesmo rio de que o meu pequeno corredor Yehoshua fala.

Que sensação seria estar nesta cidade histórica arquitetonicamente arrasada, mas ainda lá nos ossos enterrados e nos cérebros das crianças, seu caráter étnico pulando como a bola que elas chutavam no pátio da escola? Pegou o bonde que parava diante da porta do hotel e a sineta tocou e o veículo balançava nas curvas e o pantógrafo lampejava como raios e Pem sentiu a ameaça espreitando debaixo da modernidade da cidade, os velhos demônios históricos com seus forcados aguçados passeando em carros do último tipo e marcando seus almoços de negócios para os melhores restaurantes.

Caçou cada nome listado no caderno de Joshua — pessoas que Joshua vira e ainda não tinha visto — e não fez nenhum progresso. A igreja onde o Padre Petrauskas concordara em guardar o diário do gueto tinha desaparecido há muito tempo. O próprio padre não estava mais vivo. O local da igreja era ocupado agora por um bloco de apartamentos de seis andares com terraços.

O encarregado de negócios da embaixada americana lembrou-se de Pem e conseguiu um encontro para ele com um padre no gabinete da diocese de Vilna, mas isto também não deu em nada. Os russos haviam destroçado a cidade e seus defensores alemães em 1944 e não sobrara muita coisa além de entulho.

Uma tarde — ele não sabia no que aquilo poderia dar — Pem tomou um táxi até a pequena sinagoga, carbonizada na parte pobre da cidade diante de cujas portas o marido de Sarah fora fatalmente agredido. A sinagoga vinha sendo preservada pela cidade como uma ruína. Pem conversou com a zeladora, uma lituana idosa, que falava um inglês truncado, e pagou doze litas para ficar do lado de dentro das portas e ver os remanescentes das estantes de leitura e dos bancos de igreja arranjados num quadrado em torno de uma mesa central. Uma estrutura de ferro forjado com castiçais pendia sobre a sala. A luz do sol que penetrava através do teto caído iluminava a poeira suspensa ali, imóvel, como se fixada permanentemente pela conflagração de anos atrás.

A velha senhora lembrou-se do incidente do americano que foi agredido. Estava escuro, ela se achava na sua cabana atrás da sinagoga, e pensou ouvir gritos. Foi ela quem encontrou Joshua sangrando diante das portas. Chamou a polícia.

Antes daquilo ela havia ouvido alguém batendo nas portas da sinagoga e se as batidas tivessem continuado teria saído e dado a volta até a frente do museu — era assim que chamava a sinagoga, o museu judaico — e dito a quem fosse que estava fechado. Mas então ouviu os gritos.

Pem percebeu neste ponto que Joshua nunca chegara a falar com a velha senhora, que não tivera a chance. Contou-lhe agora que o americano que fora agredido era um rabino e viera a Vilna à procura de diários do gueto que haviam sido guardados por um padre em Vilna. Sim, a mulher disse imediatamente, devia ser o Padre Petrauskas, o meu padre da Igreja de Santa Teresa na rua Kaunas, e fez o sinal-da-cruz. Todos nós sabíamos o que ele havia feito. E não era só aquilo. Às vezes escondia pessoas. Oh, sim, adorava judeus. Achava que a questão dos judeus não estava certa, dizia que não era justo o que estavam fazendo com eles. Ninguém o delatou, era um homem bom com boas intenções, e melhor padre do que a maioria. O padre sobrevivera à guerra, mas esta destruiu a sua igreja e ele nunca mais foi o mesmo. Eu lhe preparava uma refeição de vez em quando, no tempo em que morava no asilo que tinham para eles, e Josip lhe levava a comida.

Quem é Josip, perguntou Pem.

É meu filho, é meu único filho que sobreviveu, meu caçula, os outros todos morreram na guerra. Ele era jovem demais. Era coroinha do padre.

Onde está Josip agora, perguntou Pem.

Onde acha que está a esta hora, no seu trabalho, é ladrilheiro, o melhor de Vilna.

E assim Pem foi atrás deste Josip, um homem na casa dos cinqüenta, que lhe contou que os russos tinham vindo saquear a igreja do Padre Petrauskas e descobriram um surrado baú de madeira que o padre guardava no armário do seu próprio quarto na reitoria, onde dormia. O baú estava fechado a cadeado, disse Josip, estava selado com fita gomada e amarrado com uma corda grossa. Os soldados, com seus braços cheios de castiçais e prata, chamaram um oficial. Quando o oficial chegou era um homem diferente dos demais, parecia muito civilizado. Fumava um cigarro com piteira e seu uniforme estava bastante limpo. Josip receava que o padre fosse levado embora, mas o oficial interrogou o padre polidamente e o padre contou a verdade — que o que havia no baú eram os escritos dos judeus. O oficial, com um *crayon* preto, escreveu uma descrição dos conteúdos em russo, assinou o seu nome e número de série bem ali em cima do baú e então ordenou aos soldados que o removessem sem romper o selo e aquele foi o fim da questão.

— Meu treinamento como Detetive Teológico me foi útil — disse-me Pem. — Claramente era o oficial do serviço secreto interrogando o padre. Os russos açambarcavam tudo o que pudesse ser de importância, embora noventa e nove por cento das vezes jamais olhassem de novo para o material. Moscou é um lugar interessante neste momento. Os arquivos da KGB são como um mercado das pulgas. Leva algum tempo, mas eles lhe vendem qualquer coisa se o preço for bom.

— O baú é apreendido no aeroporto JFK até que, a pedido de Pem, ele consegue entrar em contato com o Departamento de Justiça e ter uma de suas advogadas presentes quando o baú é aberto, atendendo à insistência da alfândega. Se o arquivo incluir prova documental da identidade do comandante do gueto, major Schmitz das SS, terá de resistir a uma contestação no tribunal e por isso as circunstâncias da abertura do material precisam ser irrepreensíveis.

E agora, os entendimentos tendo durado umas boas duas semanas, o dia chegou. Pem e Sarah vão de táxi até o JFK. É o final da manhã de um dia de semana, está chovendo. Não falam. Sarah usa o celular para lembrar sua assistente, Angelina, de que os meninos têm meio dia de escola por causa da reunião dos professores e devem ser apanhados na hora do almoço. A capa de chuva de Sarah se abriu, ela usa um *tailleur*, e Pem nota as belas formas da sua meia-calça acima do joelho. A observação o leva a uma atenta leitura através da chuva de orientações codificadas em cores ao longo da rodovia do aeroporto.

A nova postura triunfalista de Pem está ausente nesta manhã. Levanta-se por trás de seus olhos a velha desolação familiar. Não que Sarah não tenha ficado tremendamente impressionada pelo que fez. Ao contrário, ela parece ter despertado para ele de certo modo, parece ter se juntado a ele na aceitação de sua intimidade crescente. Mas ele se questiona sobre os seus próprios motivos — se é incapaz de um ato que não contenha sua própria corrupção. Poderia isso não passar no fundo de apenas uma façanha sedutora? Voara até Moscou, dera alguns telefonemas, falara como padre com os padres, como diplomata com os adidos, como vigarista com as prostitutas, exibira a sua grana, botara muita banca e destemidamente penetrara na KGB. Claro que eram todos iguais a mendigos com as mãos estendidas, mas ele não sabia disso, sabia?

Certamente, como um ato de contrição, era dificilmente desculpável. Era um ato de contrição de um aventureiro.

Em sua depressão, as curvas, bifurcações e rampas do sistema viário do aeroporto, e os vários terminais no horizonte, pareciam constituir outro tipo de cidade, uma cidade de escala irreal cujos cidadãos eram imensas máquinas voadoras, uma das quais subitamente emerge das nuvens e passa rugindo sobre eles, seu equipamento de pouso como garras.

Minutos depois num pequeno escritório no Edifício dos Desembarques Internacionais, Sarah Pem, uma jovem da Procuradoria dos Estados Unidos em Nova York e vários funcionários da alfândega observam enquanto um inspetor pega um martelo e um formão e se põe ao trabalho. O baú está sobre uma mesa de aço. É maior do que Sarah deduzira pela descrição de Pem, ela o imaginara do tamanho de uma arca de pé de cama, mas é maior, mais fundo. Parece de fabricação caseira, montado com pregos grandes e cantoneiras de metal. Fora pintado de branco, mas onde a tinta descascou aparece a madeira crua.

Ela se senta numa das cadeiras alinhadas ao longo da parede. O homem da alfândega não conseguiu romper os cadeados enferrujados e pergunta se pode forçar os ferrolhos, o que, adverte, deverá tirar lascas da madeira. Sem se dar bem conta da condição de proprietária que lhe concederam, Sarah aprova com um aceno de cabeça. No entanto o som da madeira se rompendo a faz estremecer — como se a história de seu pai estivesse se esparramando pela sala.

Os ferrolhos são arrancados e a corda grossa é cortada. A procuradora puxa uma pequena câmara da sua bolsa e tira três, quatro fotos da escrita em russo no topo do baú. Então os inspetores se adiantam. Tiram cuidadosamente pacotes de vários tamanhos embrulhados em tecido impermeável. Existe ainda um forro de tecido impermeável nos lados internos do baú, a feroz preservação destes documentos é inequívoca e, para Sarah, uma mensagem urgente que lhe traz um soluço à garganta. Os inspetores desembrulham os pacotes e encontram maços de papel presos por barbante, folhetos, manuais, pastas de papéis, plantas enroladas, diagramas, documentos grampeados, envelopes de vários tamanhos, cada um marcado em iídiche numa letra pequena e regular. Abrem cada pacote, cada envelope. Então, tendo passado as mãos ao longo das paredes internas do baú, concordam entre si que não há nada ali que lhes interesse. Recolocam tudo no baú, mais ou menos como encontraram, pedem licença e saem.

Pem e a procuradora mergulham no material. Em cadernos de notas, cadernos de exames escolares e páginas soltas, um diário numa letra cada vez mais familiar cobrindo um período de três anos, 1941-1944, quando o gueto é desmantelado e os sobreviventes são levados à estação ferroviária. E resmas de documentação, normas e regulamentos baixados pelos alemães, inúmeras ordens, com a assinatura do comandante Schmitz, confiscando todos os animais domésticos, depois todas as carroças, e a seguir todos os livros, máquinas de escrever, câmaras, candelabros, jóias. É proibido aos judeus serem vistos nas ruas depois das sete da noite, é proibido aos judeus possuírem utensílios agrícolas, é proibido aos judeus se reunirem em mais de três pessoas, e assim por diante, tudo confiscado, pouco a pouco, até que restou apenas a vida para ser confiscada. E os depoimentos das testemunhas sobre a maneira como aquilo foi feito. Sarah lê alguns dos documentos e oferece atordoadas traduções sumárias. Num pacote embrulhado em separado está um dossiê completo do comandante Schmitz — um *curriculum vitae* com data e local de nascimento, nomes dos pais (o nome de solteira da mãe era Preissen, aparentemente a fonte do nome que Helmut Preissen usa como cidadão americano), escolaridade, data de ingresso no Partido Nazista, data de entrada nas SS, nomeação como oficial e finalmente uma foto bastante clara em preto-e-branco do homem com plenas insígnias nazistas, de pé, gorducho e justiceiro diante de um cadafalso com o corpo pendente de um infiel judeu enforcado atrás dele. Mas também existe material de outros homens das SS e policiais lituanos e conhecidos espiões da Gestapo, e a procuradora quer tudo aquilo e pede permissão para remover o arquivo todo para fotocopiá-lo antes que Sarah tome posse dele. A procuradora está se esforçando por parecer profissional mas tem dificuldade em encontrar a voz. Ela também vai querer enviar pelo FedEx alguns originais para a seção dos crimes de guerra do Departamento de Justiça. Está segura de que o caso de deportação contra este Preissen/Schmitz será reaberto, mas existem várias centenas de casos em aberto no arquivo dos suspeitos criminosos nazistas que vivem nos Estados Unidos e talvez alguns destes outros documentos individuais sejam relevantes também.

A procuradora sai para tomar as suas providências. Pem e Sarah ficam sozinhos nesta sala nua banhada por luz fluorescente... o grande baú branco está aberto sobre a mesa com seu material espalhado por toda a volta, e inesperadamente parece a Pem ter a textura de uma instalação de museu, as anotações do diário em sua minúscula escrita iídiche sobre um papel tão maleável como as dobras das mortalhas brancas de luto, o baú de madeira arrombado como o repositório de uma escritura sagrada. Toda a composição em tonalidades de branco, tudo branco sobre branco, inclusive as paredes branco-acinzentadas da sala. Não há nenhum Cristo na imagem, mas no peito de Pem existe o mesmo instinto de prece certa vez evocado nele pelas Crucificações pintadas por Cimabue e Grunewald. Apossa-se dele o sentimento misterioso, como o estonteante surto de sangue de uma doença, de que esta sala nua sem adornos de janelas industriais com sua dura iluminação é aquilo a que uma nova igreja deveria aspirar, embora de onde tenha vindo o pensamento de uma nova igreja ele não saiba.

Pretendo que ele percebe no instante seguinte que se abrir a boca e confiar em Sarah, ela vai se virar e disparar sobre ele o implacável julgamento de seus angustiados olhos azuis de que Pem está além da redenção. Suspeitando que este pode muito bem ser o caso, ele senta-se à cadeira do lado dela e fica quieto.

Sarah tem em suas mãos as listas datilografadas daqueles que morreram no gueto e também daqueles que foram tirados do gueto e nunca mais foram vistos. Cada nome é seguido por uma data e local de nascimento. Freqüentemente, os nomes de famílias inteiras são listados. Não há tempo ou distância na apreensão destas páginas por Sarah, elas não são históricas, mas, em sua simples notação exata, uma curva da luz do universo lampejando através dela, iluminando sua consciência nestas folhas de papel, letra a letra, como se estivesse dando baixa nos recém-mortos à medida que lê, com o trovejar dos jatos e o ronco do tráfego que rola nos seus ouvidos.

E agora Pem lhe entrega um envelope de pequenas fotos proibidas em preto-e-branco... uma fila de homens e mulheres marchando para o trabalho atrás de uma cerca de arame farpado... um marido e mulher com seu filho num banco posando para uma foto, as estrelas de pano costuradas em seus casacos... fotos simples, rostos calmos, sem expressão... uma mulher de joelhos na horta... os membros do conselho posando de ternos com estrelas... um corpo de terno e gravata pendendo de um cadafalso, a cabeça, atravessada, fitando o céu... inverno, neve no chão... e aqui, sete garotinhos diante de uma cabana de madeira, estão de pé na sua idéia de posição de sentido nos degraus desta cabana de madeira... usam gorros de escola militar e estrelas no peito que poderiam ser imaginadas como insígnias do seu ofício como corredores do conselho... meninos pequenos que não sorriem, um deles com os ombros encolhidos na postura instintiva de se proteger... ou talvez esteja com frio... estão todos carentes de roupas, com suas calças curtas e seus suéteres e paletós que não cabem mais neles... mas cada um deles em posição de sentido, pés juntos, braços colados ao corpo... e olham para a câmara com o pleno conhecimento da morte. Sarah acha o seu pai na fileira da frente.

— Depois de minha conversa com o bispo de Pem, eu havia investigado a questão do notório James Pike, bispo da Califórnia. Era verdade, Pike era puro anos sessenta. Dizia que todas as provas bem como o bom senso teológico sugeriam que José era o pai biológico de Jesus. Dizia que não podia aceitar a doutrina da Trindade porque ela beirava o triteísmo. Dizia que tinha dificuldades em aceitar o Segundo Advento também. Dizia que nada disso fazia dele um mau padre ou enfraquecia a sua fé. Os episcopais são interessantes.

Mas quando eu levantei o assunto com Pem ele ficou irritado. Sim, eu sei, esta é a leitura que meu bispo faz de mim — Pemby, filho de Pike. Você não entra nessa, entra? Quer dizer, é verdade, o homem tinha peito, era liberal como o diabo, um sopro de ar fresco. Mas era também um pouco peso-leve. Quando seu filho morreu de overdose, Pike foi a um médium que trouxe o filho de volta para um papo. Sabia disso?

Não.

Aquilo foi uma coisa trágica, perder seu filho — mas ser ludibriado por um espírita? Arthur Ford, era o nome do sujeito, era um médium estudioso, fazia o dever de casa, mantinha fichas de pessoas, inclusive uma grossa ficha sobre a família Pike. O espiritismo é a demência da mente religiosa. E você sabe como Pike morreu, não sabe?

Em Israel.

Em Israel. Saiu pelo deserto à procura do Jesus histórico. Com uma garrafa de Coca-Cola na mão.

Você parece meio nervoso.

Não estou nervoso. É você quem está puto.

Eu?

Porque não o convidamos para ir ao aeroporto conosco.

Não, já superei isso. Posso trabalhar a partir de coisas que ouço de fonte indireta. Não chega a ser um problema.

Esta é uma ocasião delicada para Sarah. E para mim também.

Não precisa se desculpar.

Não estou. Mas quando você volta a mim com toda aquela besteirada do meu bispo...

Achei que devia conhecer a cara dele, é tudo. Não costumo topar com bispos no meu ramo de trabalho.

Disse-lhe onde eu estava? O que estava fazendo? Que foi que lhe contou?

Nada!

Vamos lá...

Bem, nada importante... Só que você havia partido para o deserto à procura do Jesus histórico com uma garrafa de Coca-Cola na mão.

Isto é engraçado... Então estou sendo paranóico?

Só um pouco.

Tinha acabado de se casar também, Pike. Uma nova mulher, jovem. Sua terceira.

Senhorita? Outra rodada, por favor.

Eles tinham um carro, haviam alugado um carro. Bem longe de tudo, o carro quebrou, começaram a caminhar. Aparentemente não era uma boa estrada, nada mais do que um caminho de areia, mas pensavam que estavam rodando para Belém. Na verdade estavam dando voltas durante horas nas rochas, nas gargantas, totalmente perdidos. Como foi que isso aconteceu? A estrada sumiu aos poucos? Não sei. Tinham saído sem um mapa. Qual é a dessas pessoas?

Finalmente ele não consegue continuar, o cara está na casa dos cinqüenta, não muito em forma. Não cuidavam da boa forma naquela época. Então concordam que ela vai continuar e tentar achar socorro. E, o que eu imagino, ele encontra uma saliência com alguma sombra, se despedem, e ela parte sozinha. Ele fica sentado no deserto depois que ela se foi, faz muito calor, ele se colocou no lar da sua alma, este deserto vermelho montanhoso, pode ver as cavernas dos Manuscritos, pode cheirar a secura peculiar do mar Morto, aquele ar salino... a luz tremula em seus olhos em ondas, a rocha vermelha sugere o solo de pedra da sua religião. À altura da sua orelha esquerda uma espécie de aranha peluda escala lentamente as fendas da rocha à qual ele está recostado, o sal é tão denso no mar distante a ponto de ser insolúvel, o mar é um agente secante, ele fica sentado sob sua influência, sua aura, e o sente liquefazer o suor na sua testa, nas suas costas, ele o observa descolorir a cola na sua garrafa, ergue a garrafa até os lábios, mas antes que possa beber o nível do líquido incolor baixa e deixa ao seu olhar petrificado uma crosta de açúcar seco no fundo verde, um resíduo ceroso de goma. E então a garrafa verde fica branca...

Para meu espanto, os olhos de Pem lacrimejavam.

Escute, Padre, estou preocupado com você.

Este é meu problema, Everett, não seu. Lembre-se bem disso. O problema com vocês escritores é que não mantêm distância.

Tira o seu lenço, enxuga os olhos. Limpa a garganta.

Eu adorava Pike porque ele sabia que a doutrina acumulada simplesmente não era crível. Fantasia. Besteiras historicamente acumuladas. Mas ele adorava o homem Jesus. Queria encontrar o verdadeiro Jesus. Deixou a igreja, você sabe, nunca lhe faltaram colhões, ele mesmo largou a batina e empreendeu a viagem à Terra Santa.

É o que vai fazer? Quer dizer, agora que é um viajante experimentado? Largar tudo e depois ir à Terra Santa, como Pike, se perder por lá e morrer de prostração térmica?

Talvez. Falar com você me deixa animado, Everett. Está pronto para outra rodada?

Acabei de pedir.

Voltando ao ponto de partida. Onde a coisa deu errado. Naquele ponto. Antes da história. Era o que ele estava fazendo. Oh, meudeus, que anseio este. Tão perigoso. É capaz de matá-lo.

— Siga a Bola Que Pula

O jovem cientista Louis Slotin estava testando a bola que pula em metades, usando simples chaves de fenda para empurrar o núcleo de seus dois hemisférios um em direção ao outro numa haste metálica. Num certo ponto ele não devia ir além, o fechamento esférico dos dois hemisférios daria a indicação de que estava para acontecer. Este era o momento da sinapse, a medida crítica precisa que ele procurava. Era um sujeito ousado, bem como um brilhante biofísico, voara para a RAF na Segunda Guerra Mundial.

Estava curvado sobre o aparato, examinando as minuciosas linhas incrementais de medida na haste metálica, quando uma das chaves de fenda pareceu pular com vontade própria. Naquela sacudida instantânea ela saltou e juntou os dois hemisférios.

Na sua cama no hospital, Louis Slotin se lembraria através de sua lancinante agonia a intensa luz azul que inundara seus olhos. Pensou naquele momento que um acoplamento dos hemisférios produziria um som duro. Em vez disso, houve um terrível sibilo de transfiguração. Com suas mãos nuas ele agarrou a bola que pula e a partiu ao meio. E imediatamente o quarto quieto se encheu da luz do dia normal.

Lá fora no deserto, próximo da aldeia de Oscuro, ou Escuro, o cadafalso foi erguido para suportar a Bola que Pula. Os colegas de Louis Slotin, usando braçadeiras negras, foram de carro até o deserto perto da aldeia de Oscuro onde as duas metades da Bola que Pula, embaladas agora no seu estojo, foram atreladas a uma polia e lentamente alçadas à sua posição no cadafalso.

A uma distância discreta, os colegas de Louis Slotin curvaram-se em suas trincheiras à espera do amanhecer.

— Oh Senhor, nosso Narrador, que fez um texto a partir do nada, uma vez mais ouso falar a Você e de Você e inevitavelmente a partir de Você numa de Suas próprias invenções, um de Seus sistemas entoadores de estalidos e grunhidos e oclusivas e trinados glotais. Mas na verdade como pode isto ser diferente do grito da arara, das copas de folhas largas cheias de serpentes verdes, ou dos reflexos do sol na margem dos rios parecendo ágeis e fugidios jaguares.

Lembro do pessoal da aldeia com suas risadas, como enchiam de novo minha cabaça com a mandioca fermentada. Estavam familiarizados com minha circunspecção erudita, minha pudicícia, a importância de meus cadernos de anotações, mas gentilmente me levaram à cabana de telhado de palha onde ela esperava, com seu canto infantil, onde esperava para se tornar séria e atenciosa consigo mesma. E em todo o acampamento dançavam com seus inovadores sistemas de estalidos e grunhidos e oclusivas e trinados glotais, era uma língua gloriosa, uma fala cantada, uma fala que era dançada e batida nos tambores, poderosamente evocativa do Senhor, meu Deus, chapinhando e em torvelinho como o rio veloz enquanto eu desatava sua saia nupcial, desdobrava-a num pano quadrado de casamento do mais fino lavor lavado durante gerações nas marés do deus-rio, e então ela se deitou na posição ritual, todos os membros estendendo-se para fora nos quatro pontos de seu céu lateral, e quando toquei a parte interna de suas coxas a pele macia se arrepiou, seus pés se arquearam e apontaram, os dedos se enroscaram, e quando cheirei sua pele tinha o odor dos doces tubérculos, de banana-de-são-tomé assada, do cacau das margens de terra do rio lavadas pelas águas de peixes multicolores. E suas mãos pousando nos meus ombros eram da compreensão infinita da esposa, era cega para mim em tudo mais exceto as mãos, eu era cego para ela em tudo mais exceto em meus lábios sobre seus lábios, a aldeia gira com a dança, nós nos levantamos no sistema de canto dos grunhidos e dos trinados, rodopiamos, as grandes árvores se curvam, toda vida sai voando das amplas copas cintilando através do negro universo celestial, das estrelas jaguares, da estrela elefante, do macaco pendurado nos céus iluminados, caindo interminavelmente para fora, voluminizando a abóbada do universo para sempre... no entanto absolutamente fixo, silencioso, pacífico e imóvel.

O Senhor vai entender minha impertinência, Deus. Imploro isso porque estamos tão ritualizados em nossas fés: O Senhor é uma preocupação especial, e nós pensamos em nos dirigir ao Senhor apenas de maneiras especiais, em tempos prescritos em estados mentais arquitetonicamente induzidos. Geralmente usamos nossas melhores roupas. Cantamos nossos hinos de desesperada expectativa. Indicamos um de nós para fazer-Lhe uma petição sem embaraço, em nome de todos nós. Eu Lhe fiz uma petição do meu escritório: Falar com o Senhor de um púlpito é tido como adequado, enquanto falar com o Senhor sem casa, sem ter feito a barba, numa ocasião mal escolhida, todo mundo correndo para cuidar dos seus negócios, é uma forma deplorável de loucura. Precisamos ter um título, um púlpito, um dia, para falar em voz alta, meu Deus, ao Senhor.

E meses depois a comunidade se reuniu para ajudá-la a me amar. Ela se voltara para dentro de si, perdera sua vitalidade, como se meu amor por ela fosse um veneno lento. Ficava sentada, não conseguia se mexer. Sua mãe vinha sentar-se com ela, seu pai, seus tios e tias. Está possuída por um demônio, aconselhavam. Não a afaste de você, é uma doença, não é a sua verdadeira alma que está falando. Eu não a afastarei de mim, assegurei-lhes. Na verdade queria confessar-lhes minha dolorida adoração por sua existência momento a momento, que adorava tudo nela, que o seu ser era a cada momento de sua vida apropriado e venerável. Era pensativa, recolhida, e eu a amava por aquilo também. Imaginava a pureza do seu pensamento, sabia que era incapaz de raiva ou de malícia, era a estação das chuvas e eu sabia que seu pensamento era tão verdadeiro como a chuva. Eu ficava parado no seu pensamento como ficava parado na chuva. Mas o marido afrontado não diz tais coisas. O marido afrontado cruza os braços sobre o peito.

Ela não podia me amar, tentou mas estava seca para mim, era tão pequena, chorou, mas seu corpo marrom pálido era intransigente, dotado de uma vontade própria, e no amor você não pode forçá-la, não no amor, e eu a amava, era o que faria completa minha vida no amplo rio, ela era minha preocupação máxima, excluindo de minha mente todo mundo que não vivia no rio largo à beira das abóbadas arbóreas com famílias de macacos passando como sopros de vento nas árvores, passando como nuvens, como temporais e as cobras das árvores enlaçando os troncos, e os pássaros de cores primárias inquirindo, inquirindo, passo a passo, cada galho uma proposição a ser testada, uma dúvida, até que eles desciam e pousavam as garras na minha mão.

Seus olhos eram tão escuros, rodeados até as bordas com sua negrura marrom, maduros como frutos à espera de serem mordidos, de serem saboreados, mas as sombras se curvavam debaixo deles e os devolviam à sua ampla e conturbada testa, seus cabelos caíam escorridos, ela não queria lavar os cabelos no rio até que sua mãe a levou lá, preferia ir todo dia onde as crianças estavam e sentar-se com elas e brincar e cantar suas canções. Acho que perdi a maior parte de suas risadas, ela ria com um desamparo profundo e melodioso, suas voz quebrando como água sobre rochas num regato da Nova Inglaterra.

A esta altura eu havia misteriosamente recebido uma carta de um de meus professores em Yale, como nossas cartas encontram o seu caminho, manchadas, rasgadas, amarrotadas, perdidas, achadas e então entregues à velocidade da luz a doze mil quilômetros de distância, os últimos dois mil pelas mãos de alguém que não sabia ler. Em casa, tudo perdoado, um gentil gracejo eclesiástico. Mas a comunidade andara ocupada. Em minha tristeza fui convocado à cerimônia. Ela estava lá. Removeu o pano que envolvia sua cintura e dançou ao meu redor, os seios empinados, não tivera filhos, cintura longa, tornozelos arredondados, e onde suas partes se juntavam, como onde as nádegas se encontravam com a traseira das coxas, a junção era sem dobras. Oh céus, oh céus. Só vi corpos como este no Hermitage, nas Três Graças dançantes esculpidas em mármore branco por Canova, com seus braços entrelaçados, seus adoráveis braços enroscados, e suas mãos finas arqueadas a partir dos pulsos... Seus cabelos negros lisos balançavam atrás dela, os braços indicavam o caminho, os dedos nadando à sua frente dentro da noite, era uma dança áspera, uma dança fuleira de cabaré, eu me vi rindo, sabia mais dela agora, se não era apenas minha incrivelmente bela noiva criança nativa mas engraçado, havia uma maturidade moral que eu não percebera, eu estava aprendendo, meu coração como a batida dos tambores e toda a aldeia cantando para recuperar a sua saúde. E tudo aquilo foi o prelúdio para a retirada de meus sapatos e as meias até os joelhos, meu sapatos de caminhada, minha roupa de baixo, minha camisa, o lenço de pescoço, meu chapéu e dançando ao redor de mim, o leite de mandioca doce fermentada correndo das cabaças e afogando meus protestos envergonhados. As estrelas apareceram acima do largo rio, a luz de nossa fogueira iluminava as grandes árvores, as trepadeiras fibrosas subiam, desciam, e peça por peça ela tirou minha roupa, caminhando à minha volta com uma segurança cada vez maior, até que finalmente, andando comicamente calçando meus sapatos para grande divertimento de todos nós, ela era eu, um caricato e pudico projeto de missionário do Corpo da Paz com pretensões antropológicas, cada gesto perfeito, acusador, e quando ela imperiosamente tirou do meu rosto meus preciosos óculos e os colocou sobre o seu nariz, as lentes pousando nas suas narinas, sua cabeça erguida e os cantos da boca puxados para baixo sob o meu manchado capacete de sol com correia, e cofiou sua imaginária barba ruiva, grandes ondas ébrias de revelação me assolaram, avivando as chamas do fogo, e ela caiu sobre mim e beijou-me nos lábios e ficamos a rir através de nossos beijos, ela ficou tão aliviada, tão feliz, que eu a conhecesse finalmente, e nos sentamos nus lado a lado e comemos com os dedos o javali assado e a doce pasta de inhame, bebemos o licor leitoso da selva enquanto cantavam seu canto de libertação. E então o xamã ergueu seu braço em bênção e declarou a alma dela não mais possuída, e desejou a todo mundo uma boa noite e todo mundo lhe desejou uma boa noite e recolheram-se a suas choupanas para uma grande rodada de sexo comunal como os macacos tagarelas da floresta, como as gargalhadas das hienas verdes e os coleios espasmódicos das serpentes da sua floresta, Senhor. E ela, quando penetrei lubricamente nela, assumiu meu demônio e mordeu meus lábios e sugou meu sangue, eu me tornei o seu demônio arquejante e berrante, nos entrechocamos como guerreiros em suas armaduras, eu a matei e ela me matou. Nunca mais voltamos a ser o que fomos naquela noite, nem meu amor missionário, iletrado, nem o futuro Reverendo Pemberton, bacharel em teologia.

...oh, Tommy, contando estas histórias sujas, confessando as trepadas momentâneas da vida. Santo Agostinho não entra em detalhes, mas ele teve aquela namorada da classe baixa, sua *consuetudo*, latim para hábito, que foi prejudicial à sua carreira. O sexo está na disparidade, das dançarinas escravas de olhos cor-de-oliva ao crepúsculo no século IV às pequenas garotas vitorianas compradas da classe operária jogadas através da cama da madame loucas para terem seu hímen rompido com os xelins dos cavalheiros de casaca fechados em suas mãos úmidas. Senhor, não podemos começar a contabilizar as Suas injustiças. Os números são exponenciais, nós os examinamos um a um e eles nos esmagam em ondas, e se eles nos arremessam por sobre nós mesmos colidindo e girando com sua incrível e empolgante fúria multiplicativa nós só encontramos um de cada vez disponível à nossa compreensão sentados quietos lá como numa sepultura. O *quantum* das mortes injustas da terra é dado ao nosso estudo. Pode tudo isso ser apenas uma lei mecânica simples que na nossa necessidade mais profunda atribuímos ao Senhor — nosso melhor, mais famoso, e nunca duplicado, o primeiro e único pecado original?

...agora que ela está realmente possuída, esta história possui uma certa moral. Tenho à minha frente o maço de cartas dela que data de alguns anos atrás, algumas com fotografias em cores. Não compareci à sua ordenação. Aqui ela aparece de roupa branca diante do altar na ilha, a cruz de prata no peito, o colarinho ao redor do seu pescoço, os cabelos cortados curtos por decoro, os cabelos negros luzidios. O adorável rosto bronzeado, mais pesado do que eu me lembrava. Serena, jubilosa. Usa óculos sem aros, oitavados, muito na moda. A parede da igreja atrás dela é o aço curvado e corrugado de um pré-fabricado metálico. Segura o báculo suspenso no ar com Jesus crucificado, minha menina nativa, que tomou tudo que eu tinha a dar, a Reverenda Tonna mBakita, missionária plenipotenciária dos ilhéus desfigurados, cheios de linfomas, da área de testes da bomba atômica de Tobokovo. Ela me escreve todo Natal em minha própria língua: Padre Pem, me chama. Caríssimo colega, Padre Pem. Olho para a sua caligrafia e penso nas cartas endereçadas a estrelas da música country perguntando pelo significado da vida.

— Os filmes começaram no silêncio. Os primeiros cineastas aprenderam a transmitir o significado sem a linguagem. O letreiro que aparecia no meio de uma seqüência apenas arrematava a informação dada ao público não-verbalmente. (Casal jovem no balanço da varanda à noite. Ele tira um anel do bolso do colete. Olha bem nos olhos dela. Letreiro: "Milly, quer ser minha esposa?")

Isto é verdade também do filme sonoro de hoje, onde o diálogo é como os velhos letreiros — necessário apenas para o toque final de especificidade. Quando o som chegou, os filmes falados ficaram mais falantes. Os roteiros derivavam grandemente do teatro e dos livros, e assim os filmes dos anos trinta e quarenta, até mesmo filmes de ação, de espadachins, policiais, são mais tagarelas, interminavelmente falantes, do que hoje. Agora os filmes trabalham em cima de filmes anteriores, são gênero-referenciais e, com a possível exceção de comédias, falam menos. Depois que o set é iluminado, a câmara posicionada, os atores assumiram seus lugares, bem-vestidos, seus cabelos penteados para indicar classe econômica, educação, idade, posição social, virtude ou ausência dela — noventa e cinco por cento do significado de uma cena é estabelecido antes que alguém tenha dito uma palavra.

Assim o termo linguagem cinematográfica é um oximoro. A experiência literária estende impressão ao discurso. Floresce ao pensamento com substantivos, verbos, objetos. Ela pensa. O filme implode o discurso, desliteratiza o pensamento, encolhe ao significado compacto da impressão, ou intuição, ou entendimento pré-verbais. Você recebe o que você vê, não tem de se esforçar para entender. Vê aquela cena iluminada e bem-vestida, ouve a música, vê as expressões faciais, os movimentos corporais e atitudes dos atores bem-vestidos e bem-penteados — e você entende. Ver filmes é um ato de inferência. No sentido mais profundo, os filmes são acontecimentos iletrados. Talvez por isso a prosa mais rebuscada de hoje seja escrita por críticos de cinema, que assiduamente se reportam a filmes que quase nem chegam a valer a atenção. Por quê? Pode ser um dos filmes mais chatos e burros — não importa. Você recebe do crítico uma reação plena e convincentemente articulada. Por mais inconscientemente que seja, o crítico está defendendo a cultura verbal, submetendo a experiência fílmica pré-literária ou pós-literária às extensões do pensamento sintático.

A ficção vai por toda parte, dentro, fora, ela pára, ela segue, sua ação pode ser mental. Não é também pressionada pelo tempo. O filme é pressionado pelo tempo, ele nunca rumina, ele mostra o lado de fora da vida, mostra comportamento. Tende ao raciocínio moral mais simples. Filmes produzidos por Hollywood são lineares. A simplificação narrativa de uma realidade de conseqüências moralmente complexas é sempre a sobra de um filme inspirado por um livro. Os romances podem fazer qualquer coisa nos horrores obscuros da consciência. Filmes fazem close-ups, entradas de carros, lugares, caçadas e explosões.

— No E-Mail de hoje:

Everett: O deserto foi onde Pike errou. Está aqui na Metro-Diáspora. Seja o que for, está neste miserável, barulhento religioplexo de pedra e vidro cheio de ratos em seus esgotos e túneis. Não é o que o cartaz diz? Mas no entanto visível apenas para a mente sem-teto e marginal. Por isso estou deixando a igreja.

Deus abençoe

Pem

— Você diz que toda história tramou
colocar esta cerveja no meu copo
e levando em conta o espelho atrás destas garrafas e seu
embaçamento particular,
Mas eu noto que suas histórias de guerra são de segunda mão
a biografia do seu pai, a do seu irmão, mas não a sua.
Você é um dos miseráveis sortudos que parecem
ter escapado da formação
que marchou acelerado até este momento.

Ei, meu bom camarada, está vendo esta cadeira?
Deixe-me afastar um pouco da mesa...
    está vendo agora?
Venho aqui por causa da luz azul-escura,
    manhã ou meio-dia é noite permanente aqui.
Os freqüentadores, eles conhecem a minha aparência,
    não ficam olhando
Sou apenas outro bêbado com suas razões.
O barman está acostumado comigo
Não muitas pessoas chegam na rua e param
    e me fazem sentir deplorável
Eu me agito com bebida e atitude
E a senhora triste de jeans na extremidade do bar fumando
    seus Marlboros,
Ela não liga, me dá um sorriso,
Existem ocasiões em que se ela estiver sentindo
    pena de si mesma
desce da sua banqueta do bar
    e me leva até a sala dos fundos
    e ajoelha-se diante de mim
e executa sua deferência sacramental
    à maneira das mulheres de tempos imemoriais.
E por alguns momentos não há porra nenhuma de história,
    o que se você pensar a respeito
é uma série infinita de antes e depois,
    como em antes, quando eu tinha pernas, e depois,
Ou quando eu ainda tinha um baço e depois não tinha mais,
Antes de levar um tiro e ficar caído apodrecendo na minha própria
    merda no capinzal ao sol
    e depois,
E assim por diante, inclusive quando eu ainda tinha um buraco
    do cu
    e agora não tenho.

Mas desta última vez que ela foi generosa comigo
pensei nas putinhas de Saigon
que riam como se realmente adorassem putaria
e que trepavam como se gostassem de trepar
E que nós encarávamos como carne, que eram carne
Carne de guerra, como nós.
E agora não sei se vai funcionar mais
este ato de bondade desta boa dama numa sala de fundos
Não mais do que a morfina quando você não pode passar
sem ela.
Quero dizer minha história pode finalmente ter me encontrado aqui
escondido no bar azul da minha ilusória
liberdade.
Oh cara você quer uma história de guerra... não sei.
Não sei contar histórias
Posso tentar contar-lhe como nós vivíamos lá
mas se eu falar daquilo em palavras e frases
estarei mentindo.
Deveria falar em línguas
Para que fosse Deus recontando o que eu fiz
e fiz com que fizessem comigo.
Talvez Ele possa fazer uma história disto, talvez Ele possa fazer
dela
a Sua história.
Todo sofrimento é distinto
Ele não atravessa, não há nenhuma sinapse em ação
de alma a alma,
Cristo ou não Cristo,
E o melhor que podemos evocar é a compaixão.
Que se foda a compaixão.
Sei que a Segunda Guerra não foi nenhum piquenique,
Mas os pracinhas, os que saíram na pior,
que passaram suas vidas em hospitais de veteranos

Talvez tenham encontrado consolo, justificação,
tendo lutado por uma causa, tendo vencido,
O que lhes dá um meio de perdoar
o estado em que se encontram,
E para o qual a esta altura todo mundo está cagando.
Ao gemer eu não encontro aquilo em mim mesmo.
Não minha honra, mas minha sanidade,
o que restou de minha mente,
depende de eu não perdoar.
Acho que odeio aqueles que agora pedem desculpas
por terem me mandado para cá
Quase tanto quanto odeio os justos
que não querem pedir desculpas
por suas fantasias de realpolitik
que me mandaram para cá.
É errado pensar que lutamos uma guerra.
Aquilo não foi uma guerra, não começou como as guerras
começam
não acabou como as guerras acabam
Tudo que fazia sentido militarmente era
irrelevante
Quem vivia, quem morria, quem ganhava ou perdia o dia
não mudava nada,
Não importava, não havia conclusões
a serem tiradas
Nem vitórias que permaneciam vitórias
Nem avanços enfrentados com retiradas
que não eram avanços.
As piores investidas de armas superpotentes
Deixavam uma quietude provisória nas colinas pardacentas
algumas plumagens de pássaros azuis e verdes fosforescentes
elevando-se na fumaça
Não, não era guerra alguma, nenhuma animosidade organizada
dos estados sociais

Era apenas alguns de nós chegando
viajantes condescendendo
ao domínio satânico da terra
Onde as árvores estavam armadas,
E os administradores das colônias de formigas
batucavam no chão
e as crianças nuas rastejavam debaixo dos
atordoados búfalos
para beber o sangue que caía de suas tetas.
Nós atirávamos nos macacos e os derrubávamos de suas alturas
verdes
e como panteras
Rastejávamos com os nossos ombros encurvados
através de seus túneis
para pegá-los e matar seus belos rostos.
Enquanto isso partes minhas eram dilaceradas por tiros
e mal um pedaço de minha carne
caía no capim
lá vinha um rato peludo e mordia o bocado sangrento.
Às vezes a terra se soerguia e choviam
saladas verdes de flora florestal
morcegos e patas de grilos e cabeças de louva-a-deus.
Espumas de arroz amarelo lançadas ao ar como fogos de artifício,
Rádios estalavam com discursos ininteligíveis
Eu ouvia os gritos balidos uivos
e cocorocós
De predadores e presas preenchendo
seus destinos genéticos
Besouros e vespas pousados sobre sangue
tornado viscoso sob o sol
e grudados nele
Borboletas do tamanho de pássaros tremulando para decolar
das poças enegrecidas de sangue dos homens agonizantes

Enxames de vespas levados ao frenesi
    pelo cheiro da decomposição humana rica de sangue.
E oh as sanguessugas com que esperteza elas se enfiavam
    nos ouvidos e nas uretras dos homens exaustos
    que dormiam na sua vigília através da noite abençoada
    ao lado do rio,
    e lá dentro se expandiam.
Um homem passou um facão de mato no seu caralho
Outro hospedeiro vivo eu matei a tiro a seu pedido.
Eu não era nenhum anjo, um bom camarada,
Matava quem precisasse ser morto
Eu era um executor, vivia em felicidade satânica,
Podia quebrar suas costas magras com minhas botas
Podia acertar seus seres bem ordenados do helicóptero
    a trezentos metros no céu azul
Isto não era guerra, isto era a vida como ela é
    e foi e sempre será
Conforme Deus nos deu
    assim como nos deu
    a aranha-violino
    principal aracnídeo do reino satânico
    da terra.
Vocês conhecem a aranha-violino, é claro.
O tom puro fino e agudo que ela emite
durante a confecção de sua teia
    de um calibre particularmente grosso
    semelhante às cordas do violino.
Esta teia é tecida entre o tronco das árvores e o chão da floresta
onde ela está a fim de pegar não insetos voadores
    mas grandes insetos rastejantes e pequenos animais.
Um homem que inadvertidamente caminhar para dentro da teia
    da aranha-violino
vai verificar que ela se dobra ao seu peso
    como uma rede o faria.

E então a aranha salta sobre ele,
uma criatura peluda com pernas dentadas
que tece ao redor dele com uma velocidade incrível
uma malha fortemente trançada sobre a qual
ela simultaneamente espalha uma pasta pegajosa
que provoca uma sensação de queimadura na pele.
Em segundos o homem, por mais que tente, não consegue se desvencilhar,
Ainda segura sua arma
mas descobre que é incapaz
de apertar o gatilho
Não consegue manejar a faca em sua mão
Fica a se debater inutilmente enquanto a criatura
passeia sobre ele, sobre suas mãos e seus pulsos, seu rosto seu pescoço
Fazendo uma espécie de reconhecimento militar
antes de escolher a parte mais tenra
para morder com suas mandíbulas
e começa a sugar com sua probóscide
o sangue, seu alimento.
Que acham disso? Parece que nunca viram
uma aranha destas?
Expliquem então os corpos marrons sem nenhum sangue
que encontrei
deitados, como bexigas, no chão da floresta.
Haverá um monumento às vítimas
da aranha-violino do Vietnã?
Como poderia haver — monumentos são para guerras
E isto não foi uma guerra, embora nós americanos
achássemos que era
Mas a vida objetiva, imparcial,
doando-se a tudo que a solicitar,
de mamutes lanudos ao verme do sulfeto

rastejando nas formações fulminantes
    no leito do mais profundo mar.
Quando pensamos nas variedades de vida neste
    planeta satânico,
    nas muitas formas e cores sortidas, nas muitas habilidades
    e rudes intenções de sobreviver,
    mal podemos nos congratular por sermos
    uma delas,
Não é verdade, meu bom camarada?

— Como funciona, perguntei.

A pergunta o divertiu: Bem, Everett, é como você esperava, eles fazem a coisa ao amanhecer no pátio, você está em posição de sentido, os tambores rufam e na frente das fileiras de padres o bispo avança, ele arranca seu crucifixo, rasga o seu colarinho e dobra seus dedos para trás.

Achei que fosse mesmo assim.

É apenas uma troca de cartas. Você lhes diz o que vai no seu coração. Eles o desautorizam.

Vou poder ver essas cartas?

Não sei. Talvez. Por que não? Não há muito o que ver.

E o que foi que você disse?

Que todos eles sabem o que eu sei, nada daquilo resiste a uma argumentação, a diferença sendo o valor para eles do simbolismo e a igreja construída ao redor disso — está lá, possui uma freguesia histórica, é um sistema que funciona para as pessoas. E, no que me toca, não é mais suficiente.

Falou está falado.

Existe uma comissão ao que parece destinada a persuadi-lo a voltar atrás. Eu lhes disse que não se dessem ao trabalho. Mostraram-se agradecidos.... Sei no que está pensando, Everett.

Sabe?

Está se sentindo superior. Alguém que estudou Diderot na universidade e consigna essas questões ao século XVII.

Nunca estudei Diderot na universidade.

Ele não disse que a religião é a ignorância de causas reduzida a um sistema?

Ele disse isso?

Alguém disse... A verdade é que eu não achava que a vida como um cidadão comum seria assim tão... enigmática.

Cidadão Pemberton.

Sim, a gente custa a se acostumar. Existem pequenos momentos estranhos, problemas peculiares.

Por exemplo?

O que fazer com as vestes? Jogá-las no lixo? Queimá-las? Deixá-las penduradas no armário? Empacotá-las? Dá-las a alguém? Nada parece correto. E os livros. Os caros velhos textos. Me deixa nervoso vê-los alinhados nas estantes exatamente onde sempre estiveram. Mas são livros, pelo amor de Deus, do que é que eu tenho medo? Então lá está tudo aquilo... Minhas coisas.

Sua vida.

As coisas da minha vida. Trinta e tantos anos dela. Estou tendo estas súbitas imersões deferentes do intelecto. Como em... O que foi que eu fiz? Porque havia certas vantagens de que acho vou sentir falta.

Como o quê?

Bem, é uma credencial. A cruz é a sociedade dando-lhe permissão para expressar preocupação por outro ser humano. Você usa o colarinho eclesiástico e as pessoas aceitam que fique perambulando num hospital de câncer. Pode fazer isso e não despertar suspeitas de que é algum tipo de fetichista do sofrimento.

Vamos lá, Pem.

Verdade. Se você é um padre, um rabino, uma freira, as pessoas sabem que você caiu fora da cultura material. Aceitam isso, podem não acreditar no que você tem a dizer, ou ligar muito para isso, mas lhe dão ouvidos, às vezes conversam. E é claro que existem uns poucos que acreditam no que você tem a dizer — são estes que eu não gostaria de encontrar agora.

Por que não?

Bem, é como alguém que usa óculos o tempo todo, ele os tira, e o que acontece? as orelhas se esticam, círculos brancos debaixo dos olhos, ele parece nu. E claro que pisca, se sente meio cego. Assim sou eu no mundo secular. E este pobre filho de Deus às portas da morte percebe que suas promessas não valiam absolutamente nada.

Pobre filho de Deus?

Acho que ainda estou apegado a algumas das palavras.

É natural.

Não que eu me arrependa de alguma coisa, estou falando apenas de ter de me ajustar. Leva um tempo. Especialmente para alguém que nunca foi capaz de tomar uma decisão sem a reencenar mil vezes. Mas você sabe que devo me indagar sobre todos aqueles anos que dediquei. O que podia estar pensando? Procissões solenes, cores e colarinhos eclesiásticos e pequenos encantos... Era eu um anglicano da Igreja Ampla — ou um animista? Eu pego meu velho Santo Agostinho em edição de bolso. *A cidade de Deus*. Cada página totalmente sublinhada.

Bem, espere um minuto, é um tremendo escritor, o Agostinho.

Você gosta dele, não é? Com toda a sua mala de truques de escritor. Todas aquelas idéias doutrinárias tratadas como se existissem, como personagens num romance de Henry James. A Graça Divina é o meu favorito. E aquela retórica apaixonada... Para conhecer Deus você precisa ansiar por Deus. Mas e quanto à Fé, ela vem com, antes ou depois do Anseio, e assim por diante. A voz faz tudo. Você não me disse certa vez que tudo vem da voz?

Disse. E vem.

Confia na voz dele... falando de algo que conhece. Você é sugado por ela. Até mesmo você, Everett.

Bem ele me perde quando diz que os bebês nascem condenados ao inferno a não ser que alguém os borrife com água. Ele me perde aí.

Está bem.

Mas *A cidade de Deus* é um bom título. Gosto da imagem, você não gosta?

Tem alguma coisa que você não encontra nas verdes pastagens.

Você pode dar um passeio por ela, por exemplo.

Apanhar o jornal e um café no Coreano.

Pegar uma sessão da tarde.

Acho que vou ficar com este livro.

Por que não ficar com todos eles?

Por que diabo não ficar? Minha coleção sobre a história da religião. Afinal eu não desisti de Deus. Somente da Trindade.

— O Midrash Jazz Quartet Toca os Clássicos

THE SONG IS YOU

I hear music when I look at you
A beautiful theme of everything I ever knew
Down deep in my heart I hear it play
I feel it start and melt away...
Why can't I let you know
The song my heart would sing
What beautiful rhapsody of love and youth and spring

The music is sweet
The words are true
The song is you!

OS MIDRASHIM ESTÃO HONRADOS ESTA NOITE... DE TER NA PLATÉIA UMA LENDA DO SHOW BUSINESS... NA VERDADE A MAIOR DE TODAS... ISTO SÓ PODE SIGNIFICAR UMA PESSOA... E SE LHE DEREM UM APLAUSO BEM GENEROSO, TALVEZ ELE SUBA ATÉ AQUI E FAÇA UM PEQUENO VERBALIZMUS SÓ SEU!

(aplausos fortes e prolongados)

Muito obrigado, bem, por que não, vou tentar...

O sujeito aqui diz que olha para a dona e ouve música. Diz que o amor é uma canção no seu coração. É o que você esperaria de alguém que ganha a vida compondo canções.

(risadas)

Está fazendo uma pequena promoção do seu ofício. Um general diria ouço guerra quando olho para você? É bem provável. E só ele é capaz de ouvir esta canção sobre ela? Por que será? O que pode isso dizer a não ser que ele a ama mesmo que use óculos grossos e tenha uma bunda gorda?

(assobios, risadas)

Além do mais ele tem este problema de não poder deixar que ela saiba o que sente: O que — ele é tímido? Tímido? Me diga quem nesta porra de mundo é tímido? Jovem, velho, o manco e coxo. Enchem a cabeça da gente com o que estão sentindo.

Oh cara desejo somente uma vez na porra da minha vida que me venha alguém tímido demais para dizer o que pensa de mim...

(aplausos felizes e esclarecidos)

Como Fanny, a mãe de todas as donas: Você o quê? Quer ser cantor numa banda? Um tapa de esquerda com a mão aberta na sua orelha. Como esta Coisinha Bonita pendurada na parede? Olha só para ele com seu cachimbo e seus olhos com rímel — é isto o que você quer? Mãe, eu grito, este é o Bing! Segue-se uma direita agora, meus dois ouvidos zunindo. Eu me abaixo, me cubro, meus braços recebem os golpes. Um garoto com a banda? Como uma boceta barata se levantando para cantar a sua parte? Passa os dias se prostituindo com o naipe de saxofones? O sexo da pessoa não é importante, mãe. Arrancando meu herói da parede, rasgando-o em pedacinhos. Encontrando os 78s um a um, quebrando-os pela metade como bolacha dura.

Ou meu pai: Nunca aprendi a ler, diz ele. Sabe o que é isso? (Eu sei ler, pai, ele não me ouve.) É como se você fosse cego, chega na esquina um estranho o pega pelo cotovelo. Tudo, sou o último a saber. É isso o que quer para você? (Eu sei ler, pai!) Não está me ouvindo garoto de merda, venha cá, vou lhe dar uma surra daquelas!

A cultura pesada da vida na minha casa, nas ruas, é uma transmissão radiofônica que você não consegue desligar. Os padres são os mais ruidosos, uma igreja que não conhece o significado de moderação, a palavra badalando pela vizinhança bonga-bonga-bonga, o mundo inteiro badalando. Tudo bem com as velhinhas de preto, nas suas cabeças ainda estão caminhando em massa pelas ruas de cascalho das oliveiras, as viúvas fazendo o sinal-da-cruz na escuridão votiva, caindo sobre seus joelhos inchados, os nós de suas mãos como nós de madeira. Mas nada tenho a ver com estes odores e rumores, você coloca seu dinheiro na caixa dos donativos e sai fora. Manda o padre à merda no alpendre da igreja. Quer saber o que deu nele.

Estou falando do antes da guerra, antes da guerra depois da guerra, numa cidade à beira d'água em Jersey. As ruas escoando nos banhados sobre os quais foram construídas. Postes de telefone com fios frouxos inclinados em toda direção menos a vertical. Horizontes de canos de refinarias, aviões da marinha desaparecendo nas nuvens amarelas. Céu noturno iluminado à noite pelos fogos químicos das planícies. E as pessoas que éramos nós respirando tudo isso. Foi o que nos forjou em nossos cortiços de assimilação. Fazendo compras em nossas lojinhas escuras, as luzes desligadas para economizar dinheiro. Abrindo nossas bolsinhas de moedas para arrancar os trocados um a um.

Oh, eu me lembro, meus amigos, e não obrigado pela lembrança.

Mas este garoto, ele está fazendo uma Depressão só sua, meu crânio duro meu único osso forte, estúdio portátil do meu som, câmara ressonante da voz. Segredo do meu sucesso, meu crânio duro. Meu pai gritando: Não queremos mais você aqui. Minha mãe gritando: Seu vadio desgraçado. Eu estava sempre correndo, batendo a porta. Quando a coisa ficava realmente preta, me mandando para as docas. Uma viagem de um níquel, o bonde sacolejando nas esquinas, as ruas tão estreitas que você podia se inclinar pela janela e tocar nas casas de duas famílias dos dois lados. Casas de madeira de telhados achatados. Garotos olhando da varanda. Subindo e descendo as ruas nas colinas, o rio aparecendo e desaparecendo enquanto você apontava para cima ou mergulhava, as torres da cidade de alabastro do outro lado do rio se erguendo e abaixando como a banda no palco do Paramount, deixando você saber que não estava em lugar algum, que não vivia em lugar nenhum, que a verdadeira vida estava lá adiante, do outro lado. Última parada, todo mundo desce nas docas sujas de cocô de passarinho junto ao rio fedorento, dois negros com varas de pescar esperando uma perca coberta de óleo para o jantar, e você, garoto sem quadris. Tão magro que tinha de apertar o cinto das calças no diafragma. Senta-se no malcheiroso cais de madeira lascada e olha para o outro lado do rio e para a cidade de pedra branca. A bela cidade. Estou sentado entre os montículos de bosta de pato, as carcaças de caranguejos descarnadas, um garoto sem consolação. Peito como uma tigela de pedinte. Ossos tão finos como madeira de engradados, as madeiras aramadas de laranja e grapefruit que você podia dobrar em suas mãos e quebrar, eram assim os seus ossos. Que idade tem, quatorze, quinze? Olhando através da água para a cidade queimando à luz do sol. Ouvindo as batidas de prego em vaivém no céu, cães de guarda da Depressão.

Então agora você sabe quem é o você da canção?

O cara quer escrever minha biografia o que é que digo pra ele? Posso contar que quando limpava as cinzas da fornalha eu só enchia a ponta da pá porque não conseguia erguer mais do que aquilo? Por que está demorando tanto, ouvia a voz melodiosa de Fanny descendo pelos degraus do porão: Vai morrer nesta merda aí embaixo? Gosto de fuligem no porão, as coisas da sua vida que você não lembra até que chega a hora de morrer. Um troço terrível na minha boca. Oleado com riscos de faca, desenho de minúsculas flores sobre a mesa da cozinha. Motor de cauda redonda zunindo em cima da geladeira, graxa grudada com poeira. E tantas camadas históricas de tinta branca descascada nos quartos, as paredes não eram retas, os cantos não estavam em linha, as portas dos armários não fechavam. Coisa sem sentido, sem sentido.

Mas outras coisas que você sabia que jamais esqueceria, coisas secretas indeléveis que não cresceram com você mas são mantidas até este instante no sentimento original. Fanny no uniforme de enfermeira, a mãe faladora de todas as mulheres, a parteira tirando delas bebês viscosos, acolhendo-as quando eram surradas, fazendo a operação para as que não eram casadas, sim, a decana de São Francisco fazendo isto porque era não só a minha mãe mas a mãe de todo este mundo de mulheres na minha casa.

Desde cedo este que vos fala aprendeu o que é uma garota, vi uma pelo buraco da fechadura se despindo, o uniforme do colégio caindo em dobras sobre a cadeira de madeira, um som sedoso, e esta garota comum com um corpo firme doce e arrebatador sobe na mesa de oleado com florezinhas amarelas... e espera e chora, tão adorável desde as solas dos pés, cada suave centímetro do seu arcabouço fazendo tanto sentido, é como se

Deus me desse uma olhada e eu estou dizendo Claro, claro, como se uma vez visto aquilo não fosse uma introdução mas uma lembrança, claro, claro, não podia haver outra coisa mais além disso eu sempre soube, elas têm tornozelos e coxas, bundas curvas e bocetas. E ao se deitar sobre as costas os seios altos se esparramando no peito tremem enquanto, olhando para a luz do teto e mordendo os nós dos dedos, ela chora tão assustada que não faz nem um som. O que não lembro agora é o nome dela, daquela garota, era da vizinhança, eu a vira com as outras no uniforme do colégio, uma garota mais velha, numa turma mais adiantada que a minha, com aparência familiar com a saia verde-escura, a blusa branca, as meias até os joelhos, tudo aquilo escondendo na aparência comum a revelação maravilhosa de pernas abrindo-se obedecendo a ordens, os joelhos se erguendo, até que pelo buraco da fechadura surgem as costas largas do uniforme branco de enfermeira de Fanny e o lençol que ela lança para me salvar do desastre.

Não uma canção no coração, você geme, um rugido na virilha, um guincho no cérebro, uma visão ofuscante da obra de Deus, e a coisa fica para a vida inteira, você é delas.

Mas relutando, cometendo aquele erro de todos os garotos estúpidos de que isso é o que você pode fazer com as garotas, é assim que você lida com elas, como o mundo manda. Realmente sabendo mas sem saber como é por se deixar de fora, o anseio fugindo dele como de nada e a terrível necessidade desligada dele, mas como uma atmosfera ao seu redor, colorindo o céu.

Cada um dos meus camaradas tão estúpido quanto. Por que as piadas eram contadas, por que o cigarro no canto da boca, por que o ajuste da coisa no meio das pernas com as mãos, o sarcasmo da sobrancelha erguida, o aplauso estridente no espetáculo de variedades, mas engolindo com a boca seca e sentindo o coração no engradado do peito batendo ao ritmo do tambor.

Os Tolos da Canção. Era o nome que demos a nós mesmos. A certos ouvidos soava meio chinês. Como Tin Pan.* Tin Pan diz amor é canção pop no coração.

Quais eram as chances para qualquer um de nós, que vantagens nos dariam? Eu, flexionando meu braço, mostro a você meu bíceps espaguete número seis, ou Vinnie que nós chamamos de No Tranco porque parece que levou porrada demais na cabeça, ou talvez o imperturbável Mario que é chamado de Tijolo ou de Latrina porque é grande como uma latrina de tijolo, ou Aaron, também conhecido como Judeu, um alienígena de fora da vizinhança que fica grudado na gente porque gosta de nosso jeito italiano barulhento. Quero dizer, nosso humor não era como o dos campos esportivos de Eton. Enchíamos nossa bolas de neve com pedras. Nós cantávamos os hits na esquina em frente da loja de doces.

Judeu, cujo pai trabalha com a loteria clandestina, descola os trocados para nossas viagens até as matinês de Union City, está treinando para o ramo, judeu, às vezes substitui o coletor de propinas, no seu treinamento para chefão, embora deficiente no talento crucial de se dar importância, uma falha terrível que significa que ele nunca vai se dar bem no mundo dos malandros. Além do mais, ele tem um toque de paralisia, deve ser, num pé o dedão se arrasta, o calcanhar quase não chega a encostar no chão. Isso lhe dá uma passada desequilibrada, como alguém que vai levantar vôo. Calças de veludo cotelê puídas e tênis e as fraldas da camisa voando enquanto vai taxiando pela pista. Um adorável garoto pateta, uma expressão ansiosa, sorriso perpétuo na boca, grandes dentes da frente. E acima de tudo este zurro alto e agudo à beira do maníaco e era um embaraço ali no teatro de sonhos cavernoso, tão alto e penetrante que a stripper que balançava suas tetas em taça e empinava e ginga-

---

*Alusão a Tin Pan Alley, nome dado à região de Nova York onde a música popular era composta, arranjada, gravada, publicada, designando a vizinhança da Sétima Avenida entre as ruas 48 e 52; da gíria de músicos do século XIX, "*tin pan*", som de lata. (*N. do T.*)

va sua bunda ao ritmo da bateria chegava a parar o que estava fazendo debaixo dos refletores e disparar um olhar na nossa direção.

Uma vez por semana, o ônibus para Union City. Uma mulher já quase além da idade de ser mãe marchando ao redor de um palco sob uma luz cor-de-rosa. Judeu zurrando, Mario socando meu braço num momento particularmente delicioso da coreografia, No Tranco sussurrando puta merda repetidamente numa amostra dos seus poderes de articulação, e eu afundo na minha cadeira sofrendo de uma excitação complexa e nem remotamente prazerosa. Na verdade me preocupo que ela me veja observando-a, a stripper. Existe tamanho desprezo feminino irradiado daquele palco. E gingando seu bumbum tão eficientemente, ba-da bum, ba-da bum — bem era de uma vulgaridade, me acreditem, que em todos os anos de minha vida pelos bares, e de indulgência feminina, não vi superada. Isto era um uso baixo e sujo da beleza, confirmado pelo cretino de terno xadrez e sapatos moles e chapéu-coco que vem cambaleando dos bastidores com um caralho cor-de-rosa de borracha de um metro saindo pela braguilha. Ao mesmo tempo que fico nauseado com os meus colhões que doem, fico zangado com a puta gorda representando as habilidades das mulheres. Eu não queria que fosse assim.

Outra que me pegou, uma stripper desenxabida e magrela tão magra e despeitada como um garoto, que se arrastou pelo palco num torpor induzido pela droga que nem Buddy Rich teria conseguido acompanhar na bateria.

Como foi que entrei nessa? Por que estou pensando nisso? Talvez — e estou uns setenta anos além do fato —, talvez eu acreditasse que o que acontecia num teatro deveria ser diferente das ruas. Não pretendo que o garoto que eu era pudesse chegar a uma conclusão. Aquele garoto de nada, que não completaria dois anos de colegial, tenta harmonizar com os outros Tolos na esquina — ele decide que a interpretação é outro domínio? Que porra eu sabia do show business para achar que era capaz de lhes dar alguma coisa que não podia ser encontrada do lado de fora? Mas por Cristo eu juro que foi exatamente a convicção que tomou conta de mim, como se eu fosse um estudante das artes de interpretação, pu-pu pa-dup, e de onde aquilo veio eu nunca vou saber.

Assim seguindo o mesmo costume que temos de agradecer a este ou àquele nas cerimônias de premiação, agradeço a Judeu por me ajudar a encontrar, através de sua negação berrante, minha própria saída. A saída dele, a propósito, não vou mencionar aqui, a não ser que foi abrupta e prematura, meu pobre camarada com o calcanhar de Aquiles.

Mas enquanto isso vou tentando, certo? Sempre, por mais confuso, navegando tendo em vista a cidade de alabastro. Como seria melhor para mim se eu fosse tímido como na canção, se apenas imaginasse beijar Angella Morelli debaixo do passeio de tábuas à beira d'água em Asbury Park. Enfiando minha mão por baixo de seu maiô de lã. Não posso mais ser sua namorada, diz ela. Não que não goste de você, eu gosto, mas não posso correr o risco de acontecer alguma coisa e esta é a minha vida. Quero fazer alguma coisa de minha vida. Olhos escuros brilhando, uma garota maravilhosa e séria. Afasta minha mão: Você não tem perspectiva. Nenhum emprego. Deixou a escola. Não quer fazer algo de si mesmo? É como se não tivesse respeito próprio, ficando naquela esquina cantando canções estúpidas com aqueles outros que nada de melhor têm a fazer. Por que você está chorando, Angela, se eu sou o único sem respeito próprio — e o que mais sua mãe diz? Não é só o que minha mãe diz, tenho olhos para ver por mim mesma você não faz nada. Tenho ouvidos que nada escutam sobre nenhuma ambição sua.

Nenhuma ambição, Angela, nenhuma ambição? Tive a ambição de foder com você, isto não seria o bastante? Tive a ambição de foder com você e o mundo com você!

Então, agora você acha que sabe de quem é a canção?

Ele fuma cigarros baratos, capricha no seu topete no banheiro e, como a garotinha disse, lidera os Tolos nos últimos hits em frente da loja de doces: *I wanna be loved by you, just you, and nobody else but you. I wanna be loved by you a-lone, poo-poo pa-doop.*

Primeiro lance da carreira, um ato de afirmação pessoal, trabalhar solo. Tijolo, meu amigo, você tem um ouvido de lata, por que não desiste, vá derrubar uma porta ou coisa parecida. E você, No Tranco, não consegue nem se lembrar da porra das letras. As letras são a canção, babaca, são o significado das notas, são o que é importante na porra da canção. Encarnando neles daquele jeito, matando a sua alegria, que era grasnar as músicas da nossa cultura na esquina, para os velhos imbecis dos andares de cima: Estamos aqui me façam uma coisa. Vamos matar tudo isso, matar os Tolos da Canção para sempre. Que é que você é, o diretor de repente? Acha que sabe tudo, que é o líder. Vocês caras são merda, não sabem cantar. Talvez não mas eu posso arrebentar a porra da sua cara. Então eu me jogo contra Latrina, o único jeito, esperando que nos separem antes que ele me parta ao meio.

Chegamos assim ao fim daquilo, só No Tranco fica por ali, me segue aonde vou, faz coisas para mim, afana um rádio Philco e dá para mim, esse tipo de coisa. E ficou comigo desde então, estes anos todos, não tem muita cabeça, mas é leal até a morte. O que eu gosto. Crescemos juntos, minha vida um épico de mudança, a sua sempre na mesma, estreitamente fixada em mim, na minha personalidade, na minha carreira, eu ocupo a sua mente. Uma faixa de freqüência muito estreita, o velho No Tranco. Se fosse uma esposa, eu o teria chutado há muito tempo. Ele acabou saindo da minha aba, não foi, fora é fora, mas quem diz que faria qualquer outra coisa? Maneira peculiar de viver, no entanto. Quando algo acontece, uma homenagem, um disco de platina, uma medalha do presidente, seja o que for, No Tranco gosta de pensar que aconteceu a nós dois. Isto pede um drinque, chefe, nós merecemos, nós somos os melhores!

Mas não me leve a mal, Slaps — você sabe que eu o adoro.

Paul Whiteman é quem eu ouço no Philco, sintonizado em volume baixo com meu ouvido na tela do alto-falante, e Rudy Vallee e Russ Colombo e Jack Leonard. Peguei estações tão distantes como em Pittsburgh, Billy Wynne e sua orquestra tocando no Pocono Room no Three Rivers Hotel. Não era apenas música, era classe. *Here is the Drag, See how it goes; Down on the heels, Up on the toes. That's the way to do the Varsity Drag.* Rudy Vallee um homem de Yale o que ele de certa forma sempre deixava você perceber. Jolson, uma boa voz mas vendia exageradamente tudo o que cantava. Não era a coisa, Jolson. Cantor de sinagoga, indigno de desdém, um clown, nenhuma música nele de modo algum. Eu não gostava de comediantes que também cantavam. Queria cantores que fossem sérios em relação ao que faziam. Queria intérpretes que fossem puramente o que eram e nada mais. Era estilo o que eu procurava no que ouvia, elegância, uma boa letra implicando bom gosto e mostrando humor. Vocês entendem, através de discriminações caseiras este fedelho de nada de Nova Jersey estava se instruindo. Eu copiava as canções de Gershwin, as letras do irmão, tinha um caderno de anotações, George, alto estilo, sofisticação não tinha idéia de que viera do Lower East Side, um pequeno garoto hebreu nascido em mansão alguma como eu.

Meu canto sério era feito sozinho nas docas, puxando a voz através da passagem nasal, testando-a, ouvindo-a, encontrando-a, o tempo todo olhando para a cidade do outro lado do rio, cantando junto com a ressonância que podia ouvir no meu crânio, meu crânio duro. Eu queria pendurar minha voz na cidade de pedra branca, tecer minha voz linha por linha para cima e para baixo, envolver toda a porra da cidade dentro da minha voz. E agora vocês sabem, não sabem? A canção é você, cidade grande, você sempre foi minha canção do outro lado do largo rio oleoso, as gaivotas cavalgando o vento, derrubando as carapaças de caranguejo a meus pés, os homens negros pescando com eterna paciência no final da doca em busca de uma refeição decente.

Mais um ano e eu pisaria de fato o ferry a um quarteirão de distância e faria a travessia. Pagando aquilo com o trabalho diurno como mensageiro em Newark. E a ilha de Manhattan crescendo diante de mim como um lugar humano, entrando em foco: transatlânticos nos embarcadouros, fumaça das chaminés, cheiros dos armazéns do West Side. Descendo a rampa e entrando para a vida. Buzinas, faróis, bondes, ônibus, caminhões, apitos da polícia, o fluxo da confusão. Quem organizara aquilo, quem fazia aquilo funcionar? Como as pessoas sabiam em que porta entrar. Como ficavam à vontade em edifícios a quarenta andares do chão. Eu andava pelas ruas querendo abraçar os postes de luz. Absorvia o barulho, o importante barulho da cidade. Estudando o jeito como as pessoas andavam, as figuras que me chamavam atenção, homem e mulher, suas roupas. Gente de todas as camadas agrupando-se nos sinais. Cavalos ainda batendo suas ferraduras nas ruas naqueles dias. Como um cientista, experimente, pegue um táxi, diga ao chofer aonde quer ir, pague a corrida e dê a gorjeta certa, sem trair o caipira que você é. Dê uma olhada em alguns daqueles hotéis onde as bandas tocavam. Ganhe confiança para entrar num bar num fim de tarde, sentar-se ao balcão com seus cigarros e parecer suficientemente velho. Observe a orquestra, sacando o sentido entre eles do seu controle sobre a sala, seu círculo interno de sabedoria interpretativa.

Tudo aquilo, sem me pertencer. Ainda sou este fedelho olhando as vitrines. Mas jurei que de certa forma eu iria dobrar a cidade, seduzi-la, conquistá-la. Como? Com as letras do romance! Eu usaria a moeda corrente, a canção popular. Podem acreditar nisso? Toda a emancipação do mundo, a educação, o gênio, o poder e a política e o dinheiro, e — o quê? — este garoto como naquela história do malabarista, eu iria cantar do fundo do meu coração se jamais aprendesse a cantar, e a própria Virgem Abençoada desceria em todas as cores do seu pedestal de mármore e enxugaria minha testa suada com a bainha do seu manto. Eu sabia que havia tantos anseios no mundo para fazer aquilo funcionar? Imaturo, eu era um garoto imaturo, tão insular na minha sonhada Manhattan enquanto o mundo estava se despedaçando, os nazistas desfilando com o passo de ganso, arrancando judeus de suas casas, Stalin congelando milhões nos gulags, os japoneses praticando técnicas de decapitação nos cules chineses, os birmaneses com suas carroças cheias engarrafando as estradas saindo de Rangum, os italianos bombardeando de aviões os etíopes que brandiam suas lanças para o céu, a porra toda do mundo exibindo sua verdadeira humanidade, bebê chorando no trilho do trem, sangue escorrendo pelas montanhas, irrigando os desertos, avermelhando os mares, o mundo um grande circo sangrento de mutilação humana com um grau de raiva assassina e insana para arrebentar o planeta fora do seu eixo... e aqui estou eu me entregando ao bel canto:

Why can't I let her know the song my heart would sing
What beautiful rhapsody of love and youth and spring
The music is sweet, the words are true...
The song is you!

(aplausos de pé com lágrimas gritos e adoração)

— O ex-sujeito do *Times*, agora um assassino auto-reconhecido, anda com a cabeça um pouco mais erguida por estes dias. Menos desleixado, não olha mais para o chão enquanto caminha, os ombros não estão mais tão curvados. Você pode dizer se um sujeito foi derrotado pelo mundo estudando o jeito como ele caminha pelas ruas da cidade. Existem milhares jeitos de caminhar derrotado, cada um feito sob medida para uma específica morfologia, mas todos muito claramente ilustrativos. O ex-sujeito do *Times* agora elevado da classe dos pés arrastados dos descontentes, depreciados, traídos, amargurados ou catatônicos. Não que ele tenha esquecido o fato acidental no seu fechamento da história do sargento nazista das SS, mas ele o encampou a seu crédito: Acredita agora que viu o velho exterminador nazista pelo canto do olho e o reconheceu antes de perder o controle da bicicleta e cambalhotar na calçada e o atropelar. Acha agora que o seu corpo assumiu o controle de sua mente, houve um conflito resolvido pela reversão dos sistemas no qual o seu pensamento consciente não foi a inteligência diretora mas o acúmulo elétrico de intenções nos seus sistemas de esqueleto e musculatura. Ele extrapolara, saíra direto pela porta da sua liberdade, como foi bonito que o momento pudesse ser tão explícito.

O ex-sujeito do *Times* sente agora que não há nada que ele não possa fazer, nada ousado demais, nada ultrajante demais a ser levado em conta. Corta os cabelos curtos, malha na academia, compra umas roupas novas, bem-cortadas. Este desmazelado dos últimos sessenta anos é agora, se não elegante, pelo menos passável em matéria de roupa. Encontra uma mulher para tratar com trivialidade masculina. Ela é copidesque numa editora, uma loura pequena e magra com quem ele tem em comum visões prescritivas do uso gramatical e lealdade à velha Segunda Edição Não-Abreviada do Dicionário Webster. Mas, além disso, ela exibe uma desapontadora credulidade quando ele fantasia durante o jantar de vez em quando e alude a misteriosas ligações profissionais.

O ex-comandante do esquadrão da morte guatemalteco que é o próximo da lista possui um restaurante num shopping em Queens, bem perto da Via Expressa de Long Island. Presumivelmente esta é uma história cujo fechamento deve ser mais convenientemente efetuado, envolvendo uma curta corrida de táxi do trem F em Queens Plaza. Mas o ex-sujeito do *Times* fica alarmado em espírito pela complexidade sociológica de um restaurante num *shopping* em Queens. Pára diante do restaurante olhando para os milhares de carros estacionados e estacionando, as hordas de compradores, as megastores em cadeia, ouve os gritos das mães, observa o olhar amargo das crianças agarrando os canos cromados dos seus carrinhos. O ar vibra com o zunido contínuo do tráfego interminável em direções opostas na vizinha Via Expressa de Long Island, sugerindo-lhe uma insensata mímica de atividade útil. Massas de blocos de apartamentos de tijolos vermelhos com varandas enchendo o céu, pombos sujos batendo as asas e escarafunchando sobre montes de comida de lanchonete, crianças dardejando em seus skates entre os carros estacionados, bandos de adolescentes maneiros passeando com seus jeans largados, seus Air Jordans sem cadarço e bonés de beisebol virados para trás... podiam quaisquer distinções morais ser traçadas, ou princípios respeitados, neste caos de pessoas livres? Esta não era uma jurisdição apropriada para alta seriedade, nada eticamente importante poderia acontecer aqui.

Mas quando ele entra no restaurante, seu ânimo imediatamente revive. A sala está iluminada em permanente entardecer. Decoração de *hacienda* com alcovas de treliças atrás de cada banqueta. As mesas são cobertas por toalhas brancas engomadas e em cada lugar há copo d'água de cristal. Os garçons vestem boleros. Um som agradável e incapaz de se localizar de água caindo apaga qualquer som errante que venha do lado de fora. É a hora do almoço e talvez duas ou três mesas estejam ocupadas por homens de terno — nenhuma mulher ou criança em parte alguma. Sentado no bar falando com o barman desocupado, um homem de blazer azul vira-se para encará-lo quando ele entra: O coração do ex-sujeito do *Times* pula dentro do peito, é o coronel guatemalteco dos recortes, um homem exibindo boa forma com um tom bronzeado, a linha dos cabelos começando no cocuruto e um grosso bigode negro. Não reconhecendo o freguês, ele deixa o ritual de boas-vindas para um garçom e volta ao cigarro no seu cinzeiro.

O ex-sujeito do *Times*, com um nó na garganta, vê naquele olhar a mesma arrogância grosseira que pretendeu dizimar a classe intelectual de um país pelo bem do país enquanto conseguia assassinar aldeias inteiras de camponeses de quebra.

Mas esta é apenas uma visita de reconhecimento. Ele vai voltar duas outras vezes para almoçar sozinho, e cada vez seu dono de restaurante do esquadrão da morte está lá, no bar, e cada vez ele oferece não mais do que um olhar impassível antes de virar as costas para a sala.

Na terceira vez o ex-sujeito do *Times* está sentado no que é agora a sua mesa. No bolso interno do paletó tem uma faca de trinchar de aço Carborundum de vinte e cinco centímetros comprada na loja Hammacher Schlemmer na Rua Cinqüenta e Dois. Dois homens jovens de terno escuro e gravata de vendedor juntam-se a ele. Uns mauricinhos com cabelos cortados à escovinha. Nenhum traço de sotaque ao falarem com ele, ao perguntarem se é daqui, trabalha ou mora por aqui. Não é da sua conta, diz o ex-sujeito do *Times*. E que porra são vocês? Não me lembro de tê-los convidado para se sentar. Temos credenciais, diz um dele. Vamos ver suas credenciais. No devido tempo, diz o outro.

Fora eles, a sala está aparentemente vazia de fregueses e os garçons desapareceram. O dono do bar esmaga o cigarro, fica de pé, perambula e se aproxima e senta-se do lado oposto da mesa. Sou Guillermo seu anfitrião, diz, sorrindo, um sorriso luminoso e ofuscante de dentes com jaqueta. E eu sou o anjo vingador, diz o ex-sujeito do *Times*. Está se sentindo audacioso, suicida. Os dois jovens homens do governo sem parecerem apressados se põem num instante de pé atrás dele, em cada ombro. Guillermo está rindo, inclinando a cadeira para trás sobre suas pernas traseiras. Você não é o primeiro a fazer esta alegação, diz ele mas seguramente, de todos, o menos assustador. Fica ainda mais divertido com seu próprio humor, despejando cascatas de gargalhadas da sua boca de dentes brancos. O ex-sujeito do *Times* pode até ver o palato rosado e a saliência carnuda da úvula. Não consegue puxar a faca do bolso do paletó porque os dois rapagões estão grampeando seus ombros na cadeira. Numa raiva impensada ele tenta escapar dos dois, meio que se levanta, investe e cospe na cara do notório comandante do esquadrão da morte. Que instintivamente se lança para trás. Isso o faz perder o equilíbrio e por um instante o ex-sujeito do *Times* vê as solas de couro novas e virgens dos seus sapatos. Cacofonia de lascas de madeira, gritos. Pulmões cheios de ar arrotados em *basso* por um corpo. Mas o som de um crânio rachando contra um chão de restaurante de *shopping* de plástico com fibras de madeira fixado numa base de concreto, refletiria depois, é menos ressonante que o som feito por um crânio rachando contra uma mureta de tijolos de um gramado. São diferentes sons, de diapasão diferente. Claro que a qualidade do osso do crânio pode ter algo a ver com isso. Mas enquanto ele soube imediatamente que o velho em Cincinnati estava morto, ele não sabia, correndo através do estacionamento do *shopping* em direção da Via Espressa de Long Island, que dera uma cusparada mortal no coronel guatemalteco. Só quando leu o seu *Times* na manhã seguinte ficou sabendo que havia atacado de novo.

— Estamos arrumando os livros de Pem, tirando-os das caixas de papelão e colocando-os nas estantes da recém-terminada biblioteca no último andar da sinagoga do Judaísmo Evolucionário. A maioria dos volumes estava armazenada desde que ele deixara São Tim.

Everett, disse ele, procure não ler cada livro antes de colocá-lo na estante, OK?

Tem coisa boa aqui. Como posso conseguir um cartão da biblioteca?

Ele riu, está mais feliz por estes dias, mas eu fui sincero. Coloco de lado uma pequena pilha dos sujeitos dele que eu preciso ler: Tillich, Barth, Teilhard, Heschel.

Tudo bem, disse ele depois de ver minha escolha. Mas como vai ver, todos estes brilhantes teólogos acabam afirmando as tradições dentro das quais nasceram. Até mesmo o grande Kierkegaard. Que acha disso? Quero dizer, quando a sua rigorosa busca de Deus simplesmente o acaba conduzindo de volta ao seu batizado, à sua circuncisão...

No palco do grande salão de baile do Waldorf, um ator após outro exaltando o diretor de cinema homenageado da noite por sua vida de trabalho. Como ele os ensinou, arrancou o melhor deles, mudou suas vidas e assim por diante. Tudo dentro do esperado. Diretores dão empregos.

Mas então dois ou três escritores no programa sobem ao palco para exaltar o diretor de filmes homenageado da noite por sua vida de trabalho, falando do talento superior como ele lavrava a magia do cinema a partir de seus humildes livros e roteiros. Não é bem o mesmo mecanismo em ação aqui do que no caso dos atores, porque quantas vezes pode um autor esperar vender direitos de adaptação cinematográfica a um diretor particular? Não, isto é outra coisa, chamem-na de a denigração dos literatos. Um sacramento da cultura cinematográfica, a denigração dos literatos é mais satisfatória quando executada pelo próprio pessoal da literatura.

O salão de baile, iluminado com luzes suaves, candelabros, está resplandecente. Uma grande noitada black-tie. Tenho a grande sorte de chamar o garçom dos vinhos pouco antes das luzes serem apagadas para a exibição das cenas famosas...

Quando os filmes começaram eram projetados em armazéns, depósitos, você pagava um níquel e se sentava num banco. Eram filmes mudos, naturalmente, de um rolo só, e todo mundo os fazia, eram baratos de fazer, as pessoas os faziam sobre suas próprias vidas. Contavam as histórias de suas vidas, como viviam em buracos, cortiços, como trabalhavam a troco de nada, como eram demitidos de seus empregos por patrões em ternos e gravatas, como quando ficavam velhos eram demitidos, como quando erguiam a voz eram demitidos. Eles se mostravam pelas esquinas falando uns com os outros, indo para as casas uns dos outros, mostravam-se em reuniões públicas elegendo entre si os líderes sindicais, mostravam-se entrando em greve, marchando nas ruas, carregando cartazes, sendo atacados e atropelados pela polícia montada. Os negros se mostravam sendo linchados, as mulheres se mostravam sendo molestadas e derrubadas no chão de suas cozinhas, as garotas se mostravam dando à luz em vielas, os bêbados se mostravam morrendo de delirium tremens, os bebês se mostravam morrendo de fome, os velhos se mostravam sendo enfiados em caixões de pinho e baixados em covas. Todos eles adoravam estes filmes sobre si mesmos e a verdade de suas vidas. Às vezes um pianista tocava para acompanhar a ação. Mas o público falava com os filmes, ficava de pé para dar conselhos, bradava alertas nos momentos perigosos, aplaudia os triunfos sobre a vilania, chorava quando os amantes se achavam diante do altar, e participava de tal maneira que alguns poetas nas platéias achavam que se pudessem apenas registrar os públicos falando com os filmes, novos filmes poderiam ser feitos sobre platéias observando a si mesmas em filmes e falando com eles. E então filmes sobre estes filmes e assim ao infinito. Era óbvio que alguma ordem ontológica precisava ser estabelecida e isso surgiu naturalmente à medida que a competição entre os filmes criava uma demanda por filmes mais longos e complexos. Isso significava que os cineastas não podiam mais bancar o custo de seus filmes e assim recorriam aos bancos e às companhias de seguros em busca do dinheiro. O dinheiro era devidamente cedido, fazendo assim dos bancos e das companhias de seguros os juízes solenes do tipo de filmes que devia ser feito. Estes julgamentos eram feitos e uma classe de cineastas profissionais se apresentava para colocá-los em efeito. Os bancos e as companhias de seguros gostavam de filmes mostrando paz entre as raças desiguais, trabalhadores felizes e capatazes de lojas sorridentes, crianças bem-vestidas e bem-alimentadas, maridos e esposas monógamos e famílias hiperfuncionais movimentando-se com tanta suavidade, como se sobre rolamentos, indo à igreja e sendo recebidas e abençoadas por bondosos pastores de cabelos grisalhos. Estes filmes mostravam as pessoas dirigindo seus carros, maravilhando-se com o heroísmo dos caubóis, mostravam os vilões como psicopatas brutamontes apartados dos seres humanos normais tementes a Deus e mostravam o amor como a força motriz de toda vida. Encontravam sujeitos elásticos e acrobáticos para levar tombos e mostrar a comédia da vida e mostravam pomposas senhoras gordas levando a punição esperada e senhores gordos posudos forçados a abaixar a crista, mostravam tiras vesgos batendo cabeça em seus esforços para pegar garotos com zarabatanas e mostravam crianças queridinhas com bolo de chocolate espalhado pelo rosto e equipes de comediantes esmagando tortas uns na cara dos outros, e gradualmente aperfeiçoaram um sistema de arquétipos sociais dentro dos quais encaixavam fisicamente pessoas adequadas que batizaram de atores e encontraram um lugar sob o sol da Califórnia para produzir numa base industrial organizada estes filmes corporativos que, qualquer que fosse a época em que se passassem, contemporânea, histórica ou futurista, demonstravam ao público que os via, agora sentado no escuro em teatros palacianos construídos exatamente para aquele propósito, que os filmes eram uma forma de vida à qual a vida devia aspirar, como hoje ela mostra todo sinal de estar fazendo.

— Neste último domingo, Pem, Sarah e os meninos de Sarah caminham até o Central Park para se encontrar comigo e com uma nova amiga minha, a Srta. Warren, na árvore especificada perto da cerca viva oeste do Sheep Meadow.

A Srta. Warren é uma escritora free lance de revistas nascida e criada em Nova Orleans. Em certos círculos jornalísticos é uma espécie de celebridade. Eu a encontrei numa festa de uma editora e a conheço há uma semana e não posso imaginar que instinto desastrado me persuadiu a trazê-la aqui.

Toda Nova York está na rua esta tarde. Passeamos um pouco, assistimos a um jogo de softball, encontramos um lugar no gramado para nós, desembrulhamos os sanduíches da delicatessen, sacamos a rolha do Snapples e nos preparamos para um daqueles domingos refrescantes, ritualmente descontraídos em que uma sensação de perda em cada coração e uma melancolia não específica parece permear a atmosfera.

Pem mostra aos filhos de Sarah como eles podem rastrear o movimento do sol enquanto ele se reflete nas janelas das torres residenciais da Quinta Avenida. Os meninos reagem polidamente, mas estão usando suas luvas de beisebol e, tendo visto os grandalhões, se acham prontos para a ação. Pem arregaça as mangas. OK, diz ele, vamos jogar. Os meninos correm para suas posições imaginárias. Pem coordena a ação, cada pegada bem-sucedida ou lançamento recebe o seu elogio, cada bola derrubada, o seu encorajamento. Sarah observa. O menino mais velho, Jake, agora com nove anos, engordou desde a última vez que o vi, seus cabelos são castanho-claros como os da mãe, e tem a sua pele clara e os olhos azuis bem separados. Chegou à idade em que é capaz de pegar a bola no ar com a mão enluvada e arremessá-la a Pem rapidamente numa exibição casual de habilidade. Pem, pegando a bola sem uma luva, sente-se na obrigação de continuar sorrindo. O garoto mais moço, Davey, com cerca de cinco anos, tem cabelos escuros e é magro, a cara do pai. Seus arremessos às vezes fazem uma curva para trás e caem no gramado às suas costas e ao pegar um arremesso, sua luva estendida não consegue encontrar a bola quando ela chega. Fica inabalável na sua inépcia, então subitamente zangado, jogando a luva ao chão e indo sentar-se aborrecido entre as pernas cruzadas de Sarah para se consolar.

Enquanto isso, a Srta. Warren fala sem parar no que me parece uma tentativa de estabelecer sua irmandade com uma mulher erudita da sua própria geração, embora não seja naturalmente curiosa como uma jornalista deveria ser. Não é uma conversa de perguntas e respostas, é mais um monólogo: *The New Yorker* acabou de aceitar sua matéria sobre os extremistas muçulmanos do Afeganistão. Ela vai usar o dinheiro para pagar parte de sua dívida com um advogado de divórcios, que não chegou a resolver muito bem o seu caso. O advogado de divórcios realmente sugeriu que ela poderia pagar a conta com sexo? Seu ex-marido, e que erro foi aquele, é um famoso filólogo que leciona em Princeton, um daqueles sujeitos obsessivamente certinhos e moralmente rígidos, basicamente um tipo de bicha, que esperava que ela viesse a ser a perfeita pequena esposa acadêmica.

— Não é de lascar, essa? — diz ela.

— Davey — diz Sarah suavemente, ajudando o filho a ficar de pé —, estão lhe chamando. Volte lá e jogue, você vai pegar o jeito se continuar tentando.

A Srta. Warren, com numerosos cachos do seu monte de cabelos ruivo-alourados imunes ao pente, usa sua indumentária primeira e única, dia e noite, e para todos os continentes, sua jaqueta safári cáqui cheia de bolsos, camisa frouxa, calças militares de faxina, botas com cadarços até o alto. Ao redor do pescoço, um lenço azul de ferroviário, atado com desleixo. Fuma, sem parar, cigarros compridos e finos. É alta e corada e senta-se encurvada com as pernas na posição de lótus plena, os bolsos da jaqueta bojudos com seu telefone celular, o bip, cigarros, blocos de apontamentos, uma agenda eletrônica Palm III e, pelo que sei, um par de granadas.

No Peru para escrever sobre os guerrilheiros do Sendero Luminoso, a Srta. Warren se apaixonou por um dos seus líderes? Ele foi morto numa escaramuça e os nacionalistas cortaram o seu pau e o mandaram para ela dentro de uma caixa na escola de Lima onde dava uma palestra... Na Sicília para fazer uma matéria sobre a cultura da pobreza, perdeu o caminho e foi agarrada por três lavradores, que a arrastaram para um celeiro e fizeram rodízio trepando com ela. Deu um jeito de se safar? Encontrou uma aldeia e contou a uma velha o que tinha acontecido, que contou ao chefe da máfia local, que convidou a Srta. Warren para assistir à execução dos homens na manhã seguinte na praça da aldeia. E foi o que ela fez?

De vez em quando Sarah Blumenthal olha para mim com o que leio como a pergunta inevitável: Esta mulher é realmente a mitômana que eu acho que é? Devo admitir que os relatos de aventura da Srta. Warren são um tanto exóticos para um domingo no Central Park. Mas já os tendo ouvido antes, sou de opinião que podem realmente ter acontecido. Parte do problema está no estilo narrativo, na dicção de vestiário e no tom sussurrado que, juntos, sugerem a extrema inconseqüência dos horrorosos acontecimentos relatados. Portanto a verdade ou falsidade destas histórias realmente não importa, a Srta. Warren adverte num caso ou no outro.

Ela diz agora que o superintendente do seu prédio em soHo é um velho tarado gordo e sujo que gosta de entrar no seu apartamento sem avisar esperando apanhá-la em roupas de baixo. Assim que seu pedido para porte de arma for aprovado, ela vai sacar a peça e matá-lo de susto, e se isso não funcionar vai atirar no filho da puta.

Os olhos de Sarah se abaixaram e imagino que não esteja mais pensando na mulher que eu trouxe esta tarde ao parque mas no que me teria levado a fazê-lo. É uma boa pergunta. Pem e os meninos estão entregues ao seu jogo, indo de base em base, com muita gritaria e risada enquanto ele corre esbaforido de um lado para o outro entre os dois para evitar que o peguem... Nesta luminosa cena bucólica em Nova York Sarah está aceitando o fato de que eu tenho toda uma vida seguindo Pem por aí e é provável que isso inclua uma fraqueza pelos mistérios profanos. Sinto um espasmo, um vazio distinto no plexo solar. Não levo a sério a Srta. Warren, embora ela seja mulher para muitos talheres e seu apetite esteja honrosamente à altura da propaganda sexual que faz de si mesma. Mas no que sobra da tarde, vou fazer questão de mostrar meu prazer na sua companhia, especialmente tendo em vista a ambígua polidez que ela deve ter inspirado nesse pessoal clerical. De fato, sou-lhe grato. Serviu para estabelecer-me numa nova e distinta relação filial com Thomas Pemberton e Sarah Blumenthal... como se eles fossem casados há muitos anos e eu fosse o filho mais jovem ou o filho que veio vê-los com a namorada. Embora nada tenham dito a mim, estou sentindo que em breve vão se casar. Pem disse há algum tempo que eu devia manter distância. E isso é o que, através destes modos em que me revelo e me degrado, estou aparentemente a fim de fazer.

— Conhecemos a Cidade da Terra e a Cidade de Deus, mas existe uma terceira cidade, a Cidade dos Pássaros, em Valdemingomez, um enorme depósito de lixo ao norte de Madri. Depois que visitar o Prado, visite Valdemingomez, é um grande aviário urbano, sua população de cegonhas, gaviões, garças, pintarroxos, milhafres, gralhas, corvos, condores e urubus-caçadores, quando excitada, é capaz de cercar Valdemingomez e, com uma ajuda dos ventos alísios, sobrevoar e respirar seu miasma de gases sulfurosos tão longe ao leste como Roma. Os pássaros de Valdemingomez não migram, por que deveriam? Verão e inverno, ficam por aqui mesmo, mais de cento e trinta espécies, até mesmo algumas dos trópicos acidentalmente — o albatroz, o mergulhão-de-pé-azul — vieram dar uma espiada nas coisas. Ovos são botados em velhas caixas de Big Mac, os ninhos são forrados com fita cassete, as aves canoras voejam para dentro e para fora de latas enferrujadas, estorninhos se amontoam em carcaças de TVs, gaivotas bombardeiam velhos sofás com as conchas de mariscos de paella, e quando bandos de pombas se lançam arrulhando e bicando sobre campos de ossos de galinha, os ossos estalam como trilhos de trem, tilintam como sinos de vento, tremem e se friccionam como cartas embaralhadas, bongo, bop, e chica-chica-chica-bum como uma banda *caliente* de marimbas. Tarifas especiais para ornitólogos.

— Do domingo no Central Park, lembro também que os meninos encontraram uma população de formigas marrons num monte, de poeira debaixo de uma árvore e me agachei com eles para observar estas criaturas infinitesimais, cada uma com menos de quatro milímetros de comprimento, ocupadas no seu trabalho de construir uma cidade subterrânea. Duas ou três diferentes trilhas delas irradiavam do monte e as formigas indo e vindo ficavam no caminho umas das outras, às vezes se chocando. Acenavam com suas antenas como se nunca se tivessem visto antes, embora claramente não fosse verdade, o caso é que algumas mensagens químicas estavam sendo processadas entre elas antes que cada uma continuasse o seu caminho ou, às vezes, desse meia-volta e prosseguisse no caminho de onde tinha vindo. As formigas não pedem muito mais do que isso da vida. Podem ser descerebradas, mas nada vivente é mais imbuído de propósito, disciplinado e dotado de uma ética de trabalho mais forte, suas vidas são só trabalho, mesmo a da rainha, talvez especialmente, lá no fundo do monte onde nós não a podíamos ver. Carecendo de cérebros, as formigas seguem em frente com pequenas simpatias geneticamente programadas que lhes permitem contribuir para o bem estar geral. Qualquer que seja o seu papel na sociedade, como zeladoras dos ovos, guerreiras, guardas, catadoras de comida, todas estão trabalhando para a rainha, preservando-a e protegendo-a como uma monarca poedeira de ovos cuja fecundidade determina o futuro da sociedade. No entanto nenhuma formiga particular em sua vida provavelmente chega a ver a rainha, ou mais do que suas comadres imediatas, embora se ela circular mais amplamente do que isso, certamente não terá memória de ter encontrado qualquer companheira formiga específica antes. Mas, formiga a formiga, corpo a corpo, e sem nenhum mecanismo central visível tomador de decisões, elas parecem receber instruções uma da outra, antena a antena, e são unificadas em seus gestos... quase como processadores paralelos, ou de fato nossa própria estrutura cortical de neurônios. Cada uma delas compreende uma célula de um grupo cerebral, diferente do nosso por não ser localizável, em algum lugar acima ou ao redor delas, um órgão invisível de pensamento que está além da capacidade de qualquer uma delas de entender.

E estas são dos tipos mais simples, mais modestos de formigas, como expliquei aos garotos, estas são formigas domesticadas do Central Park, os pardais domésticos da espécie das formigas. Existem outras nas selvas e nas florestas tropicais e nas savanas do mundo, formigas grandes, que constroem pontes de folhas em árvores, cultivam safras, flutuam através de rios em jangadas de sua própria construção, marcham, fazem guerra, comem carne, mordem como o diabo. Existem formigas que possuem um sentido patriótico de sua formicidade, se não um grau de auto-estima.

E então tudo ficou bem de novo, os adultos se aproximando para ver o que estávamos olhando e se divertindo com a palestra.

Mas agora eu especulo a respeito do órgão invisível de pensamento agregado das formigas... se, num parque citadino de ampla extensão, caminhos sinuosos, estradas e lagos, você pode imaginar numa tarde quente e ensolarada de domingo ver da mesma forma o movimento casual e imprevisível de grandes números de seres humanos... se você observa uma pessoa, um casal, uma família, uma criança, pode se assegurar da integridade da vontade individual e não será capaz de adivinhar o que o próximo momento trará. Mas quando as massas estão celebrando um belo dia no parque numa circulação de atividades prescritas, a lente angular do pensamento nada revela de errante, nada de inconstante ou anormal na ocasião. E se alguém age de uma maneira mutante antiparque, os alarmes soam, o elemento imprevisível, um afanador de bolsa, um portador de arma, é isolado, cercado, ejetado, jogado fora como lixo. Portanto, enquanto nos achamos individual e privadamente dessincronizados, locomovendo-nos de diferentes modos, com diferentes propósitos, em diferentes direções, nós podemos ao mesmo tempo compreender, por mais cegamente, as células de comunicação pulsantes de um supercérebro urbano. A intenção deste órgão é desfrutar uma tarde no parque, do jeito que cada um de nós seres urbanos manchados pela fuligem das ruas adora fazer. No fundo do nosso pensamento, quando nos reunimos para tais dias, temos consciência disso? Quanto do nosso desejo de usar o parque depende dos desejos dos outros de fazer o mesmo? Quanto da idéia de um parque está no convite genético em dias agradáveis para refletirmos nossa maciça neuromorfologia? Não há nenhum mecanismo de controle central que nos diga quando ou como usar o parque. Isso cabe a nós. Mas quando o fazemos, nosso comportamento ali é reflexivo, podemos ver melhor quem somos por causa do espaço aberto dado a nós e é possível que tal espaço aberto seja necessário para percebermos de forma simples a identidade comum que temos como uma cultura multicelular de pensamento que está sempre ali, mesmo quando, na cegueira comparativa de nossa individualidade pessoal, estamos fluindo pelas ruas à noite ou viajando debaixo delas, simultaneamente, como impulsos sinápticos no cérebro metropolitano.

É isto uma interpretação forçada? Mas pensem na mente humana contingente, quão rapidamente ela se liga no objeto dado, quão facilmente ela é apresentada a uma idéia, uma imagem que ela não sonhara em pensar um milissegundo antes...

Pensem em como a primeira frase de uma história prende a mente a um lugar, a uma época, no tempo necessário para ser lida. Como você pode ligar o rádio e subitamente mergulhar nas notícias, ouvir e saber das coisas como se fossem possuídas por sua mente na detonação momentânea de um neurônio. E quando você ouve uma canção familiar sua mente adota sua reação em atitude à vida antes do final do primeiro compasso. Como os créditos de abertura de um filme fornecem os parâmetros da sua vida emocional pelas duas horas seguintes... Como toda experiência é instantânea e instantaneamente sentida, na natureza da revelação comum que enche a mente. A mente permeável, contingentemente disposta para a invasão, pode ser totalmente ultrapassada e ocupada por todas as características do mundo, por tudo o que está em causa, e pelos pensamentos e proposições de todas as outras mentes considerando tudo que o está em causa... tão instantânea e involuntariamente quanto o olho se enche dos objetos que passam na sua linha de visão.

Então nós, também, somos submetidos a uma espécie de estranheza quântica, definida por nossa indeterminação em relação a como somos medidos...

— domingo

Em minhas novas roupas, blazer azul, calças grafite e uma camisa de gola rulê cinza, eu parto da doca de cimento e atravesso o rio no bonde para Roosevelt Island. Dia ventoso, balança um pouco. Estás aqui, Senhor?

Ninguém no bonde repara que não sou mais um padre.

O estuário do East River, com forte maré, convidativo, cintilante sob o sol.

Por que estou fazendo isto? Aparentemente o domingo ainda está sujeito às velhas necessidades, aos sentimentos residuais.

Mas, mais do que tudo, eu queria ver aquele sujeito morrendo do pulmão, chamado McIlvaine.

Não que fosse fácil, decidindo vir como um leigo.

O hospital, que a cidade destinou aos terminais indigentes, um prédio baixo de tijolos amarelos na extremidade sul da ilha.

Gaivotas sobre um fio num bastião peitando o vento. As correntes agitadas parecem impróprias para o nado, sugestivas de exílio. Confirmado pela visão, através do rio, do imenso paredão erguido de Manhattan. Ao seus pés, o tráfego na Via Franklin Delano Roosevelt arrasta-se numa fila de formigas. E deste mirante a ponte da rua Cinqüenta e Nove lança uma ampla sombra através do rio ao viajar a caminho de Queens.

No saguão as pessoas acenam, cumprimentam com a cabeça, como sempre fizeram.

— Panos maneiros, padre — comenta um guarda da segurança. Um dos assistentes pergunta se tenho um encontro da pesada.

Nada com que se preocupar, não é, Senhor? Eles acham que nós ainda nos falamos.

Subo as escadas para o andar dos homens, o terceiro. O som de meus novos mocassins, comprados num tamanho bem maior, ecoando nos degraus das escadas. Isso e minha respiração ofegante.

Você entra numa enfermaria e é recebido pelos olhares vazios genéricos dos pré-mortos. Pessoas que estão morrendo se recolhem dentro de si mesmas. Tudo de interesse na vida lhes parece tolo e sem sentido agora. Tudo vital — o sol na janela, o visitante solidário, as enfermeiras que sugerem uma continuidade da vida cotidiana — é uma questão de indiferença profunda e analgésica.

O velho McIlvaine, morrendo, não estava entre os pré-mortos. Nem estava entre os poucos crentes que tomavam a iniciativa de rezar com o padre, agarrar sua mão.

Não este velho.

Cama após cama. Alguns rostos novos, alguns rostos antigos, alguns respirando as últimas com o nariz apontado para o ar, a boca aberta. Senhor, não leve ele, deixe que fique ainda por aqui.

Seu anticlericalismo era suave. Se eu queria rezar, ele me dizia, vá em frente, se eu queria ler um salmo, ele ouvia com um sorriso. Fazia estas concessões, como se tivesse alguma compreensão instintiva da dificuldade em que eu me encontrava.

— Isto é muito bonito, padre... Sinceramente, padre... Não gostaria de iludi-lo, padre.

Um jornalista, repórter de cidade, toda a sua vida de trabalho, seguindo em frente toda vez que um jornal fechava debaixo dele. *World-Telegram, Journal-American, Herald-Tribune, Daily-Mirror*, sabe Deus quantos outros enquanto os jornais iam terminando hifenizados seus dias. Ele atribuía os fechamentos das portas a si mesmo: "*Tornei-me a morte, o demolidor das redações. Esperando aquela hora em que amadurece a sua desgraça.*"

Não está onde o vi da última vez, eles remexem com as pessoas aqui, por que precisam fazer isto?... e então a tosse inconfundível do pulmão doente parece vir do sistema de esgotos da cidade, cavernosa e gorgolejante, cuspindo cascalhos.

Aqui está ele, a penúltima cama antes do final, ainda vivo, embora mais emaciado do que nunca, o nariz ainda mais ossudo, os olhos e as faces como ralos de pias, a cabeça absurdamente cheia de cabelos grisalhos num topete caindo murcho sobre o travesseiro.

— Sr. McIlvaine!

A mão esquelética se levanta em saudação, coloca um dedo nos lábios.

— Estamos cantando nossos hinos — diz no seu suculento sussurro.

Só agora me dou conta da freira sentada ao lado da cama de McIlvaine, uma irmã jovem num atraente hábito contemporâneo. Ela dedilha um violão e num soprano fino e adorável canta

Oh, shine on, shine on harvest moon, up in the sky.
I ain't had no lovin' since January, February, June or July...

Estou perplexo, tão intensamente voltado para mim mesmo que não a tinha visto ou ouvido. A voz de McIlvaine conseguiu chegar a algum tom, ele olha para o teto e grunhe à sua maneira, os olhos brilhando. No último verso e sem sair do ritmo, eles embarcam em

The bells are ringing for me and my gal
the parson's waiting for me and my gal...

e daí partem para

There's a somebody I'm longing to see.
I hope that he
turns out to be
Someone who'll watch over me...

Com toda a certeza fizeram isso antes. A freira canta com os olhos fechados. Deve estar rezando ave-marias em sua cabeça. McIlvaine segue em frente. Um humor feroz se irradia de sua voz sepulcral. O duo agora se lança em *Sentimental Journey*.

Olho ao redor da enfermaria e vejo nas cabeças nos travesseiros um estado nada característico de alerta, algo diferente do olhar vazio e genérico dos pré-mortos... aqui um olhar que me é retribuído, ali algo como um sorriso, e numa cama, um cadáver vivente, completamente imóvel, e olhando para o alto sem expressão, mas sua mão, mal erguida acima das roupas de cama, agitando-se ao compasso da música...

Senhor, o que fizeste comigo?

Agora McIlvaine gesticula para que eu cante: "Siga a bola que pula", diz ele, porque este é o homem que escolhi para ouvir minha confissão, eu faço, acrescentando meu barítono ao soprano e ao grunhido, um velho sucesso após o outro e sentindo o mesmo amor pelo Senhor, lágrimas enchendo minha garganta, como quando no púlpito, com minha congregação, eu parto com tudo, *Uma poderosa fortaleza é o nosso Deus...*

— Coordenadas da sinagoga do Judaísmo Evolucionário: não são oferecidos serviços sociais, nem de creche, escola hebraica, e assim por diante, e por enquanto, no que Joshua Gruen descreveu a sua primeira fase, o esforço da instrução é direcionado aos adultos. Congregados com filhos são encorajados a matriculá-los em aulas da sinagoga da Reforma para sua instrução religiosa, embora Sarah esteja feliz por integrar os serviços de bar mitzvah e bat mitzvah no encontro matutino de sábado.

A essência do enfoque do Judaísmo Evolucionário é enfeixar os vários aspectos do ensino e da prática do judaísmo, examinar suas fontes históricas ou origens e fundamento teológico e, tanto quanto possível, trazê-los à luz da erudição moderna e começar a separar o que parece não-essencial, ou intelectualmente inatingível, ou simplesmente, cegamente, costumeiro... do que é verdadeiramente crucial e definidor.

Na medida do possível esse método é incorporado no serviço semanal do Sabá ao anoitecer da sexta-feira, com o serviço da manhã de sábado mais ou menos repetido. Com a chegada dos vários feriados há uma oportunidade adicional de manter a investigação numa base tópica. Cada serviço tem um início e fim litúrgico tradicional (em inglês, naturalmente) mas um esforço estendido de exame na parte intermediária. Isso não é feito na forma de um sermão pela rabina, mas de um seminário de discussão dirigido pela rabina. Achei muito interessantes até agora as várias semanas dedicadas à hipótese documental da autoria bíblica. Existem, é claro, listas de leitura fornecidas pela rabina, e existe uma pequena mas crescente biblioteca para o uso dos congregados, e assim o Judaísmo Evolucionário é, ironicamente, uma espécie de *yeshiva* continuador.

Pem e Sarah concordaram que seus estudos pré-conversão fossem conduzidos por outro rabino que não ela — ele se encontra semanalmente com um ex-colega dela no Templo Emanuel. Meu amigo se sente profundamente grato por ter sido circuncidado na infância.

— Jesus — disse-me ele —, teria sido uma tremenda prova de fé. — Existe outro ritual de conversão menos assiduamente realizado pelos Reformados, um banho ritual ou imersão numa *mikvah*, mas ele quer fazer isso. — Diante de três rabinos testemunhas você mergulha nu na piscina e quando volta à tona renasceu como filho de Abraão. Como cristão dissolvente acho isto contortador — diz ele. — Tem uma bela qualidade batista.

— Pem, diga-me a verdade, até que ponto sua conversão tem a ver com o desejo de se casar com Sarah?

— Como posso responder? Ela tem tudo a ver com isso. E nada. Não gosto da pergunta.

— Eu tinha de perguntar.

— O problema da mente secular. Sempre procurando as porcentagens. Escala de valores, de um a dez. Esta foi uma razão por que me tornei religioso em primeiro lugar, sabe. A possibilidade de um bem indivisível, algo sem partes. Sarah é minha conversão, minha conversão é Sarah. Teremos um casamento sacro, mas isto é tudo uma continuação para mim da minha tristeza de que os seguidores de Jesus nos levaram pelo caminho errado. Um desvio de dois mil anos. Não falo da beleza da ética, do homem. Falo da teologia. Quero dizer quando eles elevaram o seu posto de profeta. Deram-lhe laços familiares. Isso responde à sua pergunta?

— Perfeitamente.

— Não trouxe seu gravador hoje.

— Desisti dele.

— Sabe, pode ter sido Isaías quem lhes deixou a abertura. Deveria ter deixado claro, a idéia messiânica é um princípio de anseio, navegante, redentor não por chegar mas por nunca na verdade chegar lá. Ele não deixou isso claro, o velho Isaías.... Estou lhe dando ouro, Everett.

— Vou me lembrar.

— Com Sarah estamos voltando àquilo. Embora não tenha certeza de que ela perceba como vai ser longo o caminho. Venho fazendo meu dever de casa. Os próprios judeus fizeram muita divagação. Temos uma longa jornada de volta através de uma floresta espinhosa. Mas pelo menos leva ao Deus único.

— Na última noite, sexta-feira, a Sinagoga do Judaísmo Evolucionário estava lotada, devia haver trinta pessoas na sala, eu cheguei tarde, encontrei uma cadeira junto à janela de sacada.

Sarah estava de preto rabínico, o manto aberto sobre suas roupas comuns. A Torá ainda em sua vestimenta simples estava na mesa diante dela. Procurei Pem e o vi sentado na fila da frente.

Faziam o seu seminário. Esta noite os códigos de conduta, os *mitzvoth*, dos quais existem uns seiscentos e treze, eram o tema da discussão. Uma senhora de meia-idade bem-vestida que eu não me lembrava de ter visto antes dizia que embora o judaísmo da Reforma tivesse descartado muitas destas obrigações rituais, parecia agora que tais coisas como usar um solidéu, observar as leis da dieta e a liturgia em hebraico deviam ser restauradas. A rabina sabia disto?

— Oh, sim — disse Sarah. — Foi uma notícia e tanto.

— Então quem somos nós para prosseguir neste radicalismo — disse a mulher, dirigindo-se à congregação como se fosse um júri — quando até mesmo os rabinos da Reforma estão voltando às regras tradicionais?

Sentou-se e esperou a resposta da rabina.

— Bem, nós temos o mesmo direito de indagação assumido pelas gerações anteriores à nossa, incluindo os Reformados, a senhora não diria? De aceitar, de rejeitar? Ou de mudar de opinião, como eles fizeram? A glória do judaísmo está em sua democracia intelectual, embora alguns tentassem negar isto...

— Os ortodoxos — disse um homem.

— Não é preciso dizer os nomes — falou Sarah, sorrindo.

Com o comparecimento aumentado no Judaísmo Evolucionário havia uma qualidade reiterativa nas discussões, enquanto Sarah era solicitada pelos debatedores mais recentes a situar o Judaísmo Evolucionário em relação aos ramos estabelecidos. Este era um problema crescente para o qual a rabina ainda não havia encontrado uma solução. Ela fizera imprimir material delineando o enfoque da sinagoga, mas nem todo mundo que chegava o apanhava e lia ou, se o lesse, estava disposto a aceitá-lo sem questão. Ela dava as boas-vindas a todos os novatos, mas os números elevados estavam tornando o modelo de seminário menos funcional do que o fora no dia das famílias fundadoras.

Esta mulher que fizera a pergunta estava de certo modo vestida pesadamente, provavelmente acostumada a um culto de noite de sexta-feira mais formal e provavelmente era uma migrante do ramo da Reforma que acabara de citar. As pessoas precisavam se satisfazer de que estavam fazendo a coisa certa quando subiam os degraus de pedra que conduziam a esta sinagoga fora do comum.

— Estes códigos de conduta — disse Sarah — e os comentários sobre os códigos, e os comentários rabínicos sobre os comentários, tudo isso é a voz do grupo tentando enunciar através dos tempos o significado de um ser humano civilizado... mas a chave de tudo isso é "através dos tempos". Portanto, aqui está minha pergunta: O tempo parou?

Sarah estendeu as mãos como se à espera de uma resposta. Era realmente boa. Era paciente, elegante e bonita de um modo rabínico não-*sexy* e tinha o controle da situação.

— Hoje não são apenas os rabinos que são letrados — disse ela. — Este é o primeiro ponto. O segundo ponto é que não estamos mais na idade do Bronze. Não sei quanto a vocês, mas eu não posso levar a sério a obrigação sagrada em relação ao sacrifício ritual de animais para apaziguar ou honrar Deus... Outro exemplo: Não acho que seja exigido de mim neste século usar um xale de prece com franjas enodoadas nos cantos conforme especificado em Números para que eu não esqueça os Dez Mandamentos. Acho que sou confiável não só a ponto de me lembrar deles, como de viver segundo eles.

— Talvez a rabina esteja certa — disse outro homem. — Mas o que acontece à tradição, onde a gente traça a linha quando não restar mais nada?

Este de novo não era um dos freqüentadores. Ouvi alguns murmúrios de reprovação. Mas agora acrescentei ao código um mitzvah de número seiscentos e quatorze, a obrigação ritual de testar o rabino antes de se decidir a juntar-se à sua congregação. As perguntas haviam sido feitas antes, as respostas tinham sido dadas antes, o debate era tão sacramental quanto a leitura da Torá, não apenas entre os três ramos, mas dentro das congregações e entre os congregados. Que judeu observante não decidia pessoalmente, entre as obrigações sagradas, quais deviam ser seguidas e quais dispensadas?

— Existe uma linha que você traça e é esta: Deus não é honrado por uma adesão mecânica a todo e cada regulamento mas pelo exame até o âmago de todos eles, da ética, e observando aqueles dos quais sua vida parece depender, por assim dizer, a sua vida moral, a sua vida de conseqüência como um ser humano bom, reflexivo, justo e compassivo. Não foi isso o que Hillel quis dizer? "O que lhe for odioso, não o pratique contra o próximo. Esta é toda a Torá", disse ele. "O resto é comentário a respeito."

— Eu, por exemplo — disse o homem —, observo as bênçãos do pão e das velas no ritual do Sabá. Isto não é uma questão de ética. Isto é o que fazemos. É a tradição.

Vi um belo rubor subir da garganta de Sarah Blumenthal até suas faces. Seus olhos luziram. Cruzou os braços e pensou no que ia dizer. Olhei em volta para os rostos em expectativa: A maioria da congregação, se éramos isso, esperava que nossa rabina se comportasse brilhantemente. Perguntei-me se Pem entendia o que estava acontecendo. Toda vez que uma pergunta era feita, ele se virava na cadeira e fuzilava a pessoa com os olhos.

— Eu também observo a bênção quando acendo as velas — disse Sarah. — Se um ritual nos tira da gama comum dos sentimentos e dirige nossas mentes para a consideração de quem somos e do que esperamos ser, isto é eticamente significativo e não há conflito. Mas deixem-me perguntar-lhes, o que queremos dizer por tradição? Estamos nos referindo às devoções que serviram historicamente para nos identificar um ao outro e em relação aos outros. Mas a palavra *tradição* caracteriza a nós, não a Deus. Nosso anseio, nossa obsessão. Nossa poesia, o épico do nosso povo, mas não...

Um senhor idoso levantou-se de sua cadeira:

— Desculpe-me, rabina — falou. — Estou basicamente do seu lado. Mas épico. Épico é para os gregos! — Isto provocou risadas, e umas duas pessoas aplaudiram. O espantado idoso olhou ao seu redor com um sorriso e, encorajado, prosseguiu.

— Sabe, vi que isto era uma sinagoga na minha caminhada poucos meses atrás. Dei uma entrada, gostei do que vi, uma rabina jovem e moderna sem medo de fazer perguntas, discussão intelectual disto e daquilo, um serviço simpático, embora leve tempo para a gente se acostumar com algumas coisas. Não fiquei tão contente com uma aluninha de escola mista, mas deixa para lá. Esta é uma congregação pequena, nada pretensiosa, ninguém metido a besta. E ninguém me pressionando para contribuir para o fundo de construção. Portanto se vocês mais novos estão interessados, ótimo, posso recomendar este lugar.... Mas por favor, rabina — disse, virando-se para Sarah —, estaria eu errado em dizer que existem certas coisas que não deveríamos questionar? Por exemplo, que a Torá foi dada pelo Criador, abençoado seja o seu nome. Que aceitamos o jugo do Reino dos Céus. Sem isto, não se preocupe com a tradição, não existe religião. Nada.

Vi Pem enfiar-se na cadeira e colocar as mãos na cabeça. Era aquele momento — ele sabia muito bem — em que o racionalismo voa pela janela.

O homenzinho recebia comentários de apreciação das pessoas sentadas perto dele. Estaria eu errado ou vi nos olhos de Sarah Blumenthal nesse momento um anseio pela ressurreição do seu marido? Eu tinha de me indagar, não sem alguma raiva de mim mesmo, se ela dependia de Joshua para a sua teologia, se era capaz de levar adiante as idéias dele.

Então um homem corpulento se levantou, um ato que, levando em conta o seu tamanho, era uma ruptura, com a sua cadeira se arrastando e quase caindo, e as pessoas de cada lado dele inclinando-se para abrir caminho. Ele disse à rabina:

— As devoções ortodoxas que não admitem a luz do conhecimento moderno não passam de uma forma de adoração ancestral.

A sala ficou em silêncio.

— O senhor está dizendo — virando-se para o homenzinho — que os antigos estavam em comunicação mais próxima com o Criador do que nós mesmos. Que eles sabiam mais, que eles solucionavam tudo o que havia a ser solucionado. E agora tudo está fixo e imutável. Isto não quer dizer que estamos reverenciando algo ou alguém entre nós e Deus?

O homem era magistral, com uma cabeça grande de cabelos grisalhos escuros e feições assustadoramente rudes — as sobrancelhas cerradas, os olhos com pálpebras baixas e olheiras, rugas profundas descendo dos cantos do nariz proeminente e boca larga, faces caídas. A voz era profunda.

— Na religião xintoísta do Japão, adoração ancestral é piedade. Na sinagoga, penso eu, é o oposto.

Suas palavras fizeram Pem se levantar, ou melhor, virar-se e, com um joelho sobre sua cadeira, meio que se soerguer para ver quem era este. Quando entrei o homem me chamara a atenção, uma figura de costas largas curvada como o pensador de Rodin, embora menos reflexiva do que impaciente. Parecera-me familiar, mas não consegui identificá-lo. Agora, enquanto falava, de repente me veio à lembrança.

— Não era um mundo grande, a Israel antiga — dizia ele para ninguém em particular. — Os hebreus conceberam um Deus cósmico, um magnífico Deus único do universo, mas naturalmente em termos de sua terra e de suas colheitas e suas guerras tribais e a Sua relação de altos e baixos com eles. Assim Ele era localizado em grande grau, o Criador, os chamamentos honrosos sendo Senhor e Rei. Tudo muito compreensível.

O orador ergueu a cabeça e dirigiu-se à sala.

— Mas se os senhores se derem ao trabalho de pensar no que conhecemos hoje do universo... como ele tem aproximadamente quinze bilhões de anos de existência, e como subitamente se inflou e vem expandindo desde então, como o espaço é inelutavelmente tempo, e o tempo inelutavelmente espaço, como a gravidade pode dobrá-lo, como outra força no espaço se contrapõe à gravidade de modo que o universo não cai para dentro de si mesmo... e como o universo em sua talvez cada vez maior velocidade de expansão acomoda não só galáxias que contêm milhões de estrelas, mas múltiplos aglomerados de galáxias que por sua vez se encadeiam em aglomerados de aglomerados... e com tudo isto uma matéria escura que não entendemos ainda... bem, pareceria a mim que o Criador que originou o universo, ou o que é possivelmente um número de universos do qual este é o único que somos capazes de perceber... o Criador, abençoado seja Seu nome, que é capaz de fazer realidade sólida, ou o que nós percebemos como realidade, a partir de funções onda/partícula indeterminadas, imprevisíveis... ou talvez fazer tudo o que nossos sentidos podem notar e nossas mentes deduzir... a partir do que finalmente pode ser a vibração de freqüências de cordas cósmicas... que tudo isto é Dele ou Dela ou da Coisa, que é por definição mais vasto ou maior do que tudo isto... e ele deu às coisas viventes formas em evolução e à espécie humana uma consciência que se desenvolveu lentamente e que mal está conseguindo apreciar a magnitude do que está sendo revelado... Bem, sou forçado a perguntar aos tradicionalistas entre vocês se o nosso Criador, do nome abençoado, talvez não seja insuficientemente louvado por nossos uso dos honoríficos Senhor e Rei, menos ainda Pai e Pastor...

O homem sentou-se. Um longo silêncio. A rabina clareou a garganta.

— Acho que agora talvez seja hora do Kaddish?

— Everett, quem foi aquele!

— Deve ser Seligman. Maior, mais pesado e penteia os cabelos agora. Mas é Seligman, com certeza. Cristo. Sorte que não me viu.

— Por quê? O que há de errado com ele?

— Seligman era um *schlub*, estava sempre em cima das pessoas. Não tinha dinheiro para o almoço. Nunca prestava atenção às aulas. Tive de ensinar a ele o enredo de *Macbeth*.

— Quando foi isso?

— Na Ciência. Ele se grudava a mim na sala de estudo para copiar meus deveres de casa de álgebra.

— Onde?

— Na Ciência do Bronx. Foi o meu colégio. A Escola Secundária de Ciência do Bronx.

— Espere um minuto.... você não está falando de Murray Seligman!

— Nunca amarrava os seus cadarços. Seus dentes eram verdes.

— *Murray* Seligman... o Prêmio Nobel de Física?

— Esse mesmo.

Pem fitando-me nos olhos. Um sorriso lentamente se abrindo.

— Cara, céus, cara...

— Céus o quê?

— Quem falou a ele do Judaísmo Evolucionário? Simplesmente foi... entrando?

— Como posso saber? Pergunte a Sarah.

— Ela provavelmente também não vai saber. De qualquer modo, não importa.

Inclina-se através da mesa, coloca sua mão na minha nuca e beija-me na testa.

— São os Caminhos de Deus. Vai ter de aceitar a minha palavra. É com o Detetive Teológico que você está falando.

— Pem...

— O que aconteceu esta noite foi um sinal.

— Está certo. Murray o pateta que quase explodiu o laboratório de química. Era tão trapalhão que não o deixavam fazer experiências. Não me venha com esta!

— Com essa o quê? O que é que estou fazendo? Não estou atribuindo nada ao pateta. Estou atribuindo à ocasião. Vou lhe dizer uma coisa, Everett. Como secularista, você não entende... se existe uma agência religiosa em nossas vidas, ela tem de aparecer à maneira da nossa época. Não do alto, mas uma revelação que se esconde em nossa cultura, estará no andar térreo, na rua, vindo pela avenida com o tráfego, difícil de distinguir de qualquer outra coisa. Será críptica, discernida no tempo, fragmentada, para ser no final compreendida pela comunidade como uma lei da ciência.

— Sim, vão colocá-lo num chip de silicone.

— Vergonha! Estes são tempos democráticos, Everett. Estamos vivendo numa democracia pós-moderna. Acha que Deus não sabe disso?

— Preciso de um drinque.

— Garçom, outra rodada!... Por que está tão perturbado?

— Não sei.

— Está perturbado porque está implicado.

— Larga do meu pé.

Pem começa a gargalhar, uma grande gargalhada do fundo do peito, uma gargalhada robusta de barítono.

— Está perturbado porque se deu conta! Como a cruz chegando ao telhado da sinagoga, como eu me apaixonei por Sarah Blumenthal, como o grande vencedor do Prêmio Nobel de física que apareceu esta noite é o boboca que copiava o seu dever de casa na Ciência do Bronx... e como você, errônea e gloriosamente, presumiu que podia escrever um livro sobre isto!

— Palestra de Sarah Blumenthal na Conferência dos Estudos Americanos sobre Religião, Washington, D.C.

No século XX que está para terminar, o grande civilizador na terra parece ter sido a dúvida. A dúvida, a condição interna da incerteza teológica constantemente debatida e flexível, o desejo de acreditar contrabalançado pelo ceticismo deplorável, nervoso ou queixoso parece ter deixado as pessoas escravizadas ao comportamento ético, enquanto os verdadeiros crentes, de qualquer extração, religiosa ou religiosa-estadista, praticaram o assassinato. O impulso de excomungar, de satanizar, de erradicar, de limpar etnicamente é um impulso religioso. Na prática e na política de religião, Deus sempre foi uma permissão para matar. Mas deixar em estado latente e na irresolução quaisquer firmes convicções de Deus, ou de uma vida após a morte com Ele, exige caminhar em Seu espírito, de certa forma. E entre os religiosos doutrinários, acho que confio naqueles que gravitam ao redor do conforto simbólico em vez daqueles que reafirmam garantias históricas. São justamente estes inquietos promulgadores da religião estabelecida tradicional que não estão presos aos seus costumes e às suas práticas, ou que estão se desgastando sob pronunciamentos doutrinários, ou perdendo suas congregações para artistas carismáticos da conversão que enchem estádios, são estes os religiosos profissionais nos quais eu confio. Os fiéis que lêem as Escrituras da maneira como Coleridge definiu o ato de ler poesia ou ficção, isto é, como uma "suspensão voluntária da descrença".

No entanto eles devem ser sinceros consigo mesmos e entender que a sua fé é uma fé que fez concessões. Algo mais é exigido deles. Algo mais...

Eu faço a pergunta: É possível que os comandos comportamentais da religião, sua ética precipitada ou seus valores sociais positivos, possam ser mantidos sem referência à autoridade de Deus? No meu seminário de metafísica para universitários de Harvard, o professor disse que não poderia haver nenhuma *obrigatoriedade*, nenhum imperativo categórico em termos kantianos, nenhuma ação de uma consciência irresistível, sem uma autoridade suprema. Mas isso não vem exatamente ao caso.

Eu pergunto se, depois que os elementos exclusivistas, sacramentais, ritualísticos e simplesmente fantásticos da religião são abandonados, pode uma ética universalista ser mantida — *em sua numinosidade*? Numa certa extensão, nas democracias industriais avançadas, tal comportamento já está codificado com referência a nenhuma autoridade maior do que a lei civil. Se nossa Constituição não só separou a Igreja e o Estado, mas adaptou como base da lei civil algo contendo a melhor essência do sistema ético judaico-cristão, não teria havido não apenas uma separação mas uma apropriação, que largamente não é notada por nossos pregadores mais apaixonados?

Suponham então que, no contexto de um secularismo santificado, a idéia de Deus pudesse ser reconhecida como Algo Evoluindo, conforme a civilização evoluiu — que Deus possa ser redefinido, e remodelado, à medida que a raça humana é treinada em maior grau de sofisticação metafísica e científica. Com a compreensão, em outras palavras, de que a história humana mostra um esquema pelo menos de metáforas progressivamente sofisticadas. De modo que seguimos uma teleologia até agora que, no universo tão vasto como o cosmo perceptível, e tão infinitesimal como uma partícula subatômica, nos deu apenas uma indicação substantiva de si mesma — a de que nós, como seres humanos, vivemos em conseqüência moral.

Nesta visão a autoridade suprema não é o Deus, que é sacramentalizado, alvo de orações e de súplicas, retratado, textualizado, ou dotado de voz, de coro, ou paredes de templo, mas o Deus que é imperceptível, inefável, exceto... pela noção moral evoluída que temos de nós mesmos.

Estudiosos constitucionais estão acostumados a falar da religião civil americana. Mas talvez há mais ou menos duzentos anos algo aconteceu, em termos não de nossa história nacional, mas da história humana, que ainda precisamos perceber. Entender o que foi isso pode ser a tarefa do momento para nossos teólogos.

Mas envolve a expansão democrática de que a obrigação ética seja dirigida ao redor de trezentos e sessenta graus, não apenas a nossos correligionários, uma reverência diária dos direitos humanos, comum e natural como um aperto de mão. Ousaríamos esperar que os teólogos se emancipassem, a fim de articular ou perceber outra possibilidade para nós em nossa busca do sagrado? Não apenas um novo capítulo, mas uma nova história?

Pode não haver muito tempo. Se os demógrafos estiverem certos, dez bilhões de pessoas habitarão a terra em meados do próximo século. Imensas megalópoles de pessoas por todo o planeta lutando por seus recursos. E talvez com apenas a política de Deus testada pelos tempos ao seu lado para ajudá-los na empreitada. Sob tais circunstâncias, as orações da humanidade soarão aos céus como guinchos. E tais abusos, choques, à nossa esperança do que possa vir a ser a vida, a ponto de fazer do século XX um paraíso perdido.

Muito obrigada.

— Pássaros canoros: cotovia... papo-roxo... azulão da felicidade...

— Claro que os filmes hoje não exigem mais celulóide. São gravados e arquivados em suspensões digitais de uns e zeros. E assim no momento em que o último pedaço que restar do mundo for iluminado e gravado num filme, haverá outra Grande Explosão... e as profusões de uns e zeros serão espalhadas através do universo na forma de partículas que atuam como ondas... até que, sacudidas por ventos boreais ou inflamadas por labaredas solares ou então galvanizadas por este ou aquele sinal celestial, elas venham se compor em brilhantes constelações que reluzem em plenas cores através do céu noturno de um planeta remoto... onde uma forma reverente e irreconhecível de vida vai olhar por sobre os seus telhados para os rostos de Randolph Scott, Gail Russell, George Brent, Linda Darnell... para citar apenas algumas das estrelas.

— Prevejo que não vou ser convidado para o casamento. Dos comentários que Pem fez, acho que vai ser um evento de cinco minutos na prefeitura. Flores do camelô da calçada. Ecos nos corredores de mármore que lembram catacumbas. Documento de identidade e licença de casamento numa das mãos, documentos do divórcio na outra. Ministério da Administração Pública: sala sem janelas com algumas inserções de vitrais.

Costumavam fazer essa matéria regularmente nos jornais, amantes forjando seu destino com a bênção cívica. Foto da fila de casais e de suas testemunhas, bonitos antilhanos, jovens de dezoito anos assustados e pálidos de Queens, resolutos jovens latinos em cores tropicais, elegantes, muitas risadas, prontos para saírem dançando, um casal mais velho de mãos dadas. Pem e Sarah. Esta é a sua principal decisão — o sacramento municipal.

Talvez Seligman vá ser sua testemunha.

Agora estou pensando na noite do casamento. É desagradável imaginar quaisquer duas pessoas que você conheça fazendo amor, mas não tenho problemas aqui, é uma coisa tão pura, uma promessa tão empenhada, não há nada pornográfico nisso, Pem abaixa seu ser desajeitado e adorador sobre Sarah, as mãos dela passeiam sobre suas costas como os dedos tateantes de uma pessoa cega, ele está praticamente chorando de alegria, coloca uma mecha dos cabelos dela atrás da sua orelha exatamente como ela faz quando está debruçada sobre a Torá, ele toca a sua boca, e quando se beijam não há nada correndo por sua cabeça, nenhum comentário sobre a ação, o ser indissolúvel se dissolveu. Eu digo que está escuro, é tarde, os meninos estão dormindo no andar de baixo, mas a luz mais pálida da rua parece gravitar nos olhos dela que brilham obscuramente como ameixas. Não posso imaginar como é para ela, mas enquanto ela o guia, o abraça, ele mergulha no total reconhecimento, como se sempre tivessem feito amor, como se fossem marido e mulher com um longo tempo de prática. Não há nenhuma sensação de descoberta, de um novo conhecimento, e quaisquer que sejam as particularidades de carne e de ossos dela, são transformadas instantaneamente na única forma e estrutura que é possível para uma mulher assumir...

Pem não completou seus estudos de conversão, mas não creio que vão esperar para se casar, Sarah com seu progressivismo vindo ao encontro dele a meio caminho, por assim dizer. Ele me disse na noite passada que nunca se sentiu tão completa e inteiramente cristão em sua vida como agora, estudando para ser judeu.

Pem, eu lhe disse, é melhor você não falar isso a mais ninguém.

Por quê? É verdade.

Está seguro de que tem a perspectiva correta no caso?

Bem, admito, parte do meu pensamento tem a ver com fazer reparações espirituais, por assim dizer. Talvez tenha sido aí que começou. Mas é mais do que isso agora. Sinto-me liberado, com a mente restaurada, meu intelecto está sendo admitido na minha fé. Tudo está se juntando, é tudo tão lógico. Nunca me senti tão honesto, tão sem dúvidas na minha crença no Criador. Está desligado da mitologia. Não é uma coisa visual. Devemos admitir, existe um monte de pseudo-história no judaísmo também, mas foi por isso que Sarah e Joshua fundaram o Judaísmo Evolucionário, para voltar às primeiras coisas cruciais. E é isto o que faremos. Para mim, agora, o judaísmo é o cristianismo sem Cristo, e estou com o coração alegre.

Um coração alegre. Gosto disso.

É mais do que uma porra de frase, Everett. É um sentimento real.

OK.

Meudeus, existe algo no desdém secular que é realmente terrível.

Não tenho o desdém secular.

Você se daria melhor com um coração alegre do que com o desdém secular.

Estou numa boa. Gosto de pássaros, gosto de mulheres, gosto da linguagem. Estas coisas tolas alegram o coração.

Você sabe, Everett, o que é o princípio antrópico? É bem simples: que o nosso universo, tendo explodido para a existência num índice inflacionário, e passado bilhões de anos envolvido por uma opacidade de gases antes que fótons trouxessem luz ao espaço e tudo se resfriasse...

Espere um minuto, aonde estamos indo agora?

Seligman contou-me isto: depois que os fótons iluminaram suficientemente as coisas para criar as fornalhas de estrelas em suas galáxias e poeira estelar e matéria escura... bem, de toda esta perturbação foram criados apenas aqueles elementos que permitiram o aparecimento da vida humana. Este é o princípio antrópico. Qualquer que seja a composição do universo, foi isso que nos tornou possíveis.

Seligman contou-lhe isso?

É uma idéia que circula entre os cosmólogos.

É o melhor que eles podem inventar? O manifesto princípio antrópico?

Bem, é útil para eles, facilita alguns de seus problemas. Ficarão menos comprometidos caso se descubra que existem outros universos além deste que possam não possuir os componentes necessários para a consciência humana.

Tais como?

Como hidrogênio e carbono e espaço e tempo e coisas assim.

Percebo.

Mas o nosso possui estas coisas que nos permitem estar tendo esta conversa. Estou lhe contando para que saiba que existem alguns secularistas que não possuem o desdém secular.

— Uma pequena experiência mental: Se construíssemos uma nave-foguete e a mandássemos ao espaço, e esta nave-foguete estivesse equipada para reproduzir o nosso ambiente, com estradas e casas, cadeiras de jardim, videocassetes, supermercados, campos de futebol e guerras... o viajante espacial, ao acordar, não seria capaz de dizer se estava na terra em sua órbita usual ou vagando para sempre, irrevogavelmente e sem remédio, através do universo antrópico. Está vendo como é simples?

— E assim foi, casaram-se na cidade no meio da semana, e eu estava certo ao calcular que não seria o padrinho, não houve padrinho, houve uma madrinha, a irmã de Joshua Green. Entendo isso, entendo por que Sarah faria esta escolha, a consideração do gesto, o reconhecimento, no meio da sua alegria, de sua perda, da perda de ambas. Uma escolha grandiosa e significativa dentro da impecável ética de Sarah.

O nome da irmã é Judy, é assistente social psiquiátrica, uns trinta e cinco anos, uma mulher pequena de cabelos escuros que usa um corpete, figurinha alinhada, bastante agradável, só um pouco chorosa enquanto estamos sentados conversando no Salão do Senado do hotel residencial Jefferson na rua Setenta e Dois Leste nesta tarde de domingo.

— Sinto-me feliz por Sarah — diz Judy. — É uma pessoa maravilhosa. Ela e meu irmão fizeram um casamento celestial. Mas, depois de tudo por que passou, ela merece alguma felicidade. Acho que isso é bom para os meninos também.

O marido de Judy, Al Qualquercoisa, ensina inglês em algum colégio comunitário em Nova Jersey — não está assim tão convencido. Barba grisalha que cofia enquanto observa Pem, que no momento está dançando e tagarelando com uma senhora idosa de cabelos brancos.

— Não acredito em conversão — diz Al. — Não acho que seja possível. Como é que você chama um cristão marrano? — diz para mim.

Ao redor da pequena pista de dança existem várias mesas com toalhas brancas sentados às quais os convidados beliscam os *hors d'oeuvres* quentes e frios. Um bar a um lado, o barman sem muito trabalho, é uma freguesia chegada a xerez e refrigerantes. Eu me aproximo e quando peço uma vodca dupla *on the rocks* seu rosto se ilumina.

Talvez cinqüenta, sessenta pessoas, a maioria das quais não conheço, as relações estendidas de Pem e Sarah. Leva algum tempo, mas acabo entendendo de que lado estão sentados os Pem e do outro os Sarah, uma combinação que não chega a funcionar numa festa, nenhuma dança de roda na pista, o conjunto toca música de dança em ritmo lento e suave — piano, sax, guitarra, baixo. Não são ruins. Mas nesta platéia quando alguém se levanta para dançar todo mundo presta atenção.

Nestas ocasiões é sempre um desgaste associar os principais, seus amigos, aos parentes e amigos do seu passado. Um outro mundo. Você tem a sensação de que os convidados ao casamento são apenas aquelas pessoas de quem a noiva e o noivo passaram a vida inteira tentando escapar. Estou surpreso com dois aspectos, primeiro que exista uma recepção de casamento e, segundo, que seja neste hotel abafado. Mas esta é a residência da tia viúva de Sarah, a irmã mais velha de sua falecida mãe, Myrna Fein. Ao vê-la dando instruções aos garçons, percebo que o espetáculo lhe pertence.

Quando penso nisso, não sei como Sarah conseguiu manter o seu estabelecimento em função. Quanto Joshua poderia ter-lhe deixado de seguro, se a família dele tinha dinheiro, ou se existe uma hipoteca sobre a sinagoga... Dinheiro não parece ser problema. Sei que Pem está quebrado, mas não tenho a impressão de que ela esteja. No entanto seu pai, com uma vida inteira acadêmica, não poderia estar abastado. E os asilos são caros. Como pode alguém escrever um romance que se preze sem falar em dinheiro?

Judy e seu marido levantam-se para dançar. Cumprimentam Pem e Sarah, que agora estão juntos na pista. Os dois casais dançam um fox-trot numa espécie de abraço semi-aberto enquanto conversam. Pem gesticula com a mão livre. Todos riem, até o marido cético de Judy.

Sarah veste um *tailleur* marfim com uma blusa de seda bronze que capta as luzes nos seus cabelos. Seus cabelos estão mais compridos agora e presos simplesmente na nuca, no estilo de um revolucionário americano. Suas orelhas não levam adornos. Vejo que deixou de usar os óculos para a ocasião, por um momento ela olha além dos outros direto para mim, mas percebo que é muito míope, muito bela e radiantemente míope para conseguir me ver.

E aqui está Myrna Fein, a anfitriã, entretendo o convidado que está sentado sozinho. Coloca sua cadeira ao lado da minha. Uma mulher robusta, um rosto redondo bonito, fortemente maquiado. Sopra e arfa para tomar fôlego, olhando-me enquanto isso.

— Então você é o escritor...

— Sou.

— É casado? Não vejo uma esposa aqui?

— Não.

— É divorciado?

— Sou um solteirão convicto.

— Não é nada de que se deva orgulhar. Meus olhos me dizem que está chegando a uma idade em que seria melhor encontrar uma mulher para cuidar de você. Espere demais e qual é a mulher que vai querer esta tarefa?

— Obrigado pelo seu excelente conselho, Myrna.

— Está me tratando com condescendência. Quando meu marido morreu, dez anos atrás, assumi o seu negócio. Fornecedor de peças para a General Motors. Vendi o negócio no ano passado por quarenta e cinco milhões de dólares. E vou lhe dizer, você não vai querer ser o perene homem extra à mesa da minha Sarah.

Touché.

— Sei tudo a seu respeito — diz ela. — Tenho olhos para ver, não sou tão estúpida quanto pensa.

Do outro lado da sala, encontro o pequeno bispo. Parece mais velho e menor em trajes civis. Fica aliviado ao me ver.

— Não sei exatamente como proceder — diz ele. — Sabe se alguém vai dar uma bênção?

Olho para Pem na pista de dança. Tem um copo na mão. Seu braço está ao redor da cintura de Sarah e ele balança ao ritmo da música enquanto conversa com duas jovens, que parecem estranhamente familiares.

— Acho que Pem no final vai falar alguma coisa.

— Vou esperar, então. Francamente, não sei o que seria apropriado. Ele é tão cheio de surpresas, venho acompanhando este homem há trinta anos e ele ainda me surpreende. Mas é uma bela mulher, a sua noiva. De uma aparência impressionante, na verdade. — Ele sorri. — Rabinos não são em geral tão bonitos assim.

Vejo Pem acenando para mim. Aproximo-me e ele me apresenta as duas jovens. São suas filhas, Kimberley e Pamela. Kim e Pam. Agora vejo a semelhança: Ambas têm o maxilar Pemberton, a cabeça grande, são o que as lojas de departamentos chamam tamanho extragrande, Kim é a loura, Pamela, a morena. Exibem amplos sorrisos, dois conjuntos de dentes alvos e brilhantes. Criancinhas chegam correndo por entre nós, uma é de Kim, outra de Pam, afastam-se e saem correndo antes que possam ser apresentadas e todo mundo fica rindo, as mães sacudindo a cabeça em fingida resignação. Pem coloca o braço ao redor dos meus ombros.

— Este é o homem que está escrevendo minha biografia espiritual. Vai me tornar famoso — diz a elas. — Seu pai vai aparecer em todos os programas de entrevistas.

— Ora, papai, não exagere.

— Vou fazer que se orgulhem de mim ainda.

— Ora, papai, já nos orgulhamos de você — diz a loura, parecendo subitamente bastante infeliz.

Depois que as garotas saem, Pem me segura pelo braço e leva ao lado da sala.

— Soubemos ontem que o filho da puta morreu dois meses atrás.

— Que filho da puta?

— Schmid, Schmitz, sei lá a porra do nome dele. O nazista que comandava o gueto. Morreu dormindo. Num asilo em Yonkers. Nós tínhamos tudo pronto nas mãos contra ele. Que merda!

— Bem, ele morreu, de qualquer maneira.

— Nunca teve de ir a julgamento e deixar que o mundo visse quem realmente era.

— Sim, foi por isso que Dante inventou o inferno.

— Dante não inventou o inferno. Ele o povoou. Seu copo está vazio, venha comigo. E depois, devidamente armado, vamos conhecer parte do meu pessoal da Virginia.

Meu amigo o barman me serve uma bebida, mas Pem sumiu quando viro as costas. Um pequeno bando de crianças e de algumas desajeitadas pré-adolescentes, não acostumadas a vestidos e meias-calças, se reuniram ao redor de uma mesa sobre a qual foram colocados os presentes de casamento. Cada presente está belamente embalado e fechado, mas a simples idéia de presentes é o bastante para atrair estas crianças. Olham e sussurram umas às outras. Vejo entre elas os dois filhos de Sarah, Jake e Davey, e sua atenção para com esta pilha de caixas brancas reluzentes com laços brancos é mais possessiva do que curiosa. Não querem que os outros toquem em nada.

Quando apareço todos se espalham. Na mesa entre os presentes estão elaboradas cestas de flores. Verifico os cartões: De um Rabino e Sra. Tal e Tal, um das enfermeiras do hospital em Roosevelt's Island, outro de Trish vanden Meer ("Parabéns a vocês dois", sua mensagem do fundo do coração). O maior arranjo de todos, uma elaborada ferradura com um galhardete impresso com as palavras *Deus Abençoe Pops e Sra. Pops* é assinado "De todos os seus amigos da Igreja da Doce Visão".

Estou sentindo calor, o hotel está superaquecido, vou até uma janela mas ela não se abre. O vidro está fosco do frio, o inverno está chegando. Assim que terminar meu drinque vou embora. Sinto-me ressentido pelo fato de que Pem e Sarah este tempo todo tiveram vidas e relações outras além de sua vida e relação comigo. Pergunto-me se estou perdendo a capacidade de agüentar a bebida.

Mas momentos depois tudo fica bem de novo, Sarah me pegou pelo braço e levou para a pista de dança. O conjunto está tocando *My Blue Heaven* bem ligeiro, nunca toquei antes nesta mulher a não ser para apertar sua mão, eu a seguro agora, minha mão pousada em suas costas na cintura, estou ligado à animação do seu ser, seguro sua mão do anel em minha outra mão, posso sentir o seu calor, está corada de felicidade, um odor herbal fresco vem dos seus cabelos, ela ri do meu passo de dança solenizado e lento contra a batida rápida, mas sou sincero na minha solenidade, ela entende e cola seu rosto ao meu, e meus joelhos quase dobram. "Você sempre será nosso amigo, Everett", diz ao meu ouvido, e estou para declarar algo terrivelmente tolo quando, felizmente, o desgraçado do seu filho mais velho Jake me bate no cotovelo e corta a dança. Faço-lhe uma mesura. E Sarah sai dançando com o filho em sua camisa branca engomada, gravata vermelha e cabelos raramente bem-penteados, os braços dela bem abertos e olhando do alto para a solenidade de concentração do menino no prazer benéfico do seu amor sereno.

— Estou tentando me lembrar de tudo o que Pem disse quando se levantou e empunhou o microfone sem fio. A banda parou de tocar e ele ficou ali de pé balançando levemente enquanto a sala fazia silêncio. Seu blazer jaquetão estava aberto, a gravata afrouxada, a testa triunfalmente encimada pelo topete.

— Amigos — disse —, não vou falar da minha felicidade, de meus agradecimentos cheios de preces ao Senhor, abençoado seja o Seu nome, pelo fato de que meu querido amor Sarah Blumenthal me tenha julgado digno da sua atenção. Podem acreditar que vou viver apaixonadamente o que resta de minha vida para fazer jus ao que ela me deu. Em breve serei um judeu. Encontrarei a alegria de uma vida santificada ao lado dela em observância aos Mandamentos e à encenação dos rituais simples criados pelos antigos para incitar nossa humildade e estimular nossa percepção do sagrado. Estou tentando dizer isso sem usar a palavra *comunhão* — falou, sorrindo timidamente, e algumas pessoas riram. — No entanto, como ainda sou tecnicamente um cristão, suponho que no momento esteja com um pé em cada tradição, embora as tradições não sejam localizáveis, concordam? Um pé em cada campo? Também não é correto, opondo lados, a coisa mais distante da minha mente ecumenicamente correta...

Parou, perdido em pensamentos. As pessoas se mexiam, pareciam desconfiadas. Sarah não, estava fascinada, olhando para Pem com seus dois filhos apoiados em seus braços como se estivesse sentada à mesa com os parentes do primeiro marido.

— De qualquer forma o judeu que quase sou me diz que assim que minha conversão for confirmada pelo rabinato, não preciso me preocupar mais com a idéia do milênio, que é uma construção do calendário da tradição cristã, quero dizer como um evento significativo na história, um divisor de águas, um meio simbólico, pelo menos, de olhar para trás, ou para cima, e de fazer uma avaliação. Estarei associado a uma seqüência inteiramente diferente de números, um número igualmente arbitrário, é claro, mas de certo modo menos sobrecarregado mitologicamente e assistido pela mídia.

"Portanto o fato de que minha querida Sarah e eu nos casamos no exato final deste último século do milênio cristão pode não ter nenhum sentido, a não ser na medida em que nos leva a refletir e a lembrar que nossa união, por mais abençoada que seja, e tão moralmente ressonante, ao ponto, talvez, de proceder de um misterioso imperativo... Digo que não podemos deixar de refletir que nossa união dependeu da catástrofe continuada de nossas gerações, a crise do tempo de nossas próprias vidas e das vidas de nossos pais e de nossos avós e que isto só poderia ter acontecido na esteira da morte, a morte da infância do seu pai, a morte do seu querido, intrépido e brilhante parceiro rabínico, Joshua, pai de seus filhos Jacob e David... e, não impossivelmente, da morte da redenção e da esperança para a espécie inteira.

"Portanto, com isto no pensamento, uma oração de sensibilidade numérica talvez não seja, afinal, inadequada. Quero fazer esta oração ou petição como meu ato final na qualidade de cristão e ex-padre cristão. Não precisam baixar a cabeça...

"Caro Senhor, abençoado seja o Seu nome, eu lhe falo num dos nossos sistemas de entoação de estalos e grunhidos, pausas glotais e trinados. Houve mortificadores monstruosamente malignos da humanidade nas gerações históricas de cada adulto nesta sala, em nossas próprias vidas e nas vidas de nossas mães e de nossos pais, avós e avôs.... Degradadores malignos da vida humana foram responsáveis coletivamente pela escravização e morte horrenda de dezenas de milhões de seres humanos. Um assassinato exponencial de almas ocorreu, uma tortura e agonia de demolições, em guerras, em genocídios, com as massas dos que sofreram morte violenta em nosso século consignadas pela própria vastidão dos seus números às listas do anônimo esquecimento. E eles não são passíveis de ressurreição, não poderão e não ressuscitarão sequer na imaginação de nossos fiéis cristãos.

"Não vou entrar na discussão de como um Deus supostamente onisciente como o Senhor permitiria que estas catástrofes humanas ocorressem, embora sua ficha bem antes deste século não tenha sido tão recomendável assim, mas vou lhes dizer... as crueldades genocidas incansáveis e inimagináveis que abalaram o mundo em nossa época trouxeram descrédito ao Senhor e a degradação desabrida da idéia da vida lançou alguns de nós no desespero de amaldiçoar o Seu nome e impugnar a Sua existência.

"Mesmo entre aqueles de nós que nos agarramos a um amor pelo Senhor... existe uma suspeita crescente de que o Senhor é parte do problema. Os homens usam o Senhor à vontade para seus mais horrendos propósitos. O Senhor parece não resistir — quem quer que O queira, e por qualquer razão maligna ou assassina, pode ter o Senhor. O Senhor é comprado e abraçado como a mais baixa e patética das prostitutas. E o mundo que o Senhor criou, ou que usou o Senhor para se criar, tolera não só os assassinos nas manchetes do nosso século, os desdenhosos dominadores de tribos e nações, como também os miseráveis e desgraçados números do resto de nós, que habitamos as páginas de fundo e trabalhamos em emulação simbólica do seu espírito, vivendo fervorosamente para nos enriquecer à custa dos outros, de modo que até mesmo em nossas democracias industriais mais avançadas a vida é feita de adversão e o contrato social é rompido continuamente, como se não merecêssemos ser nações governadas com justiça mas confederações de glutões assassinos.

"E assim quando penso nos assassinos nas manchetes do século... os ditadores, déspotas, tribalistas homicidas, generais, coronéis e ministros da correção, reis e revolucionários desleixadamente assassinos que tomaram nossas vidas e assassinaram nossas almas... eu sei em meu próprio coração pecaminoso e nas profundezas do meu ser pusilânime que eles foram forjados na história do molde humano, que são meus semelhantes... engendrados a partir do meu código genético... e com uma semelhança familiar tão inconfundível que me põe a chorar de terror e desespero.

"Não acha isto um grave desafio à sua existência, Senhor, que façamos estas coisas uns aos outros? Que apesar de todas as desculpas teológicas que pedimos e apesar dos embates morais e dos avanços intelectuais e técnicos na história humana vivamos enraivecidos, quieta ou explosivamente, mas sempre cobiçosamente enraivecidos? Não acha um lapso imperdoável de Sua parte que depois destes milhares de anos não possamos mais explicar a nós mesmos assim como não podemos explicar o Senhor?

Aqui uma pausa, e no silêncio Pem virou-se e pegou um copo da mesa atrás de si e bebeu — o quê? Água? Vodca? Eu não podia dizer. Mas levou todo o tempo do mundo, este era um público dividido, afinal ele falara de púlpitos durante anos e sabia o que estava fazendo. Mas eu nunca o ouvira fazer um sermão e estava perplexo como todos os demais. Consegui dar uma olhada no bispo, que ficara pálido e estava sentado em sua cadeira como se amarrado a ela.

— Deus, se o Senhor nos desse uma prova do verdadeiro inferno — disse Pem —, não a invenção de nossas imaginações inflamadas, mas um inferno de verdade, com as pessoas certas nele, eu teria alguma esperança pelo Senhor como o Senhor foi tradicionalmente concebido... Se o Senhor fizesse o odioso monstro de Satã florescer nas profundezas do universo cósmico como antigamente acreditávamos nas profundezas de nossa própria geologia, e o concebesse com tal massa, tão imenso e frio e com tal gravidade que nada pudesse jamais lhe escapar atraído para ele como para dentro de um dos buracos negros do universo... e se o deixasse ser angustiadamente feito de autocontradição física, gelo e labaredas, pele peculiarmente crustácea mas polpuda e, digamos — e aqui lançou um olhar para o grupo de crianças de um lado da sala —, com olhos múltiplos em catarata com sangue congelado e com garras lamacentas e gavinhas para alcançar cada extremidade sua, ele todo fedorento e asqueroso... e se nos mostrasse os assassinos das manchetes do século, os criminosos líderes de tribos e nações, aglutinados em seu abraço enquanto ao longo de bilhões de anos ele rugia seu bafo nojento e agressivo e vomitava sua podridão agitada por larvas contorcendo-se e besouros vira-bosta sobre elas languidamente absorvendo seus seres medonhos... e se o fizesse particularmente solícito daquela algaravia de olhos de escaravelho, rilhando os dentes do buraco do cu da religião nacional alemã e aquele inflexível cérebro de merda de olho fendido campônio da religião revolucionária russa e aquele pequeno e desgraçado rei-exterminador dos civilizados belgas e aquele cretino assassino de rosto de pedra com faces rosadas das selvas do sul da Ásia... bem como todos os torturadores das repúblicas de banana, tiranos das ilhas do Caribe e do Pacífico, bandidos tribais da África e capangas da limpeza étnica nos Balcãs... e se para garantir a coisa jogasse neste monte todos os seus banqueiros e fornecedores de armas, suas lógicas legiões de estupradores, empaladores, decapitadores, caceteadores, baioneteiros, metralhadores, mateiros com seus facões, seqüestradores de esquadrões da morte, arquitetos de crematórios e administradores de campos de escravos... e deixasse que as pútridas poluções dos seus seres agissem como ferrões e alérgenos para atormentar Satã de tal maneira que ele tentasse com o seu hálito fétido e flamejante derreter o gelo agonizante de que é composto e lavá-los de si... que por sua vez se agarrariam mais perversamente à sua pele supurada e sofreria numa agonia ainda maior e em tormentos crescentes da consciência bem lentamente... ao longo de milhares de milênios absorvidos em suas tripas gélidas, célula por célula requintadamente atormentada... até que se unificassem a ele, num ente vivo e gritando no inferno do seu ser negro e glacial, para sempre e para sempre... bem, então, Senhor, eu acho que poderia continuar sendo seu padre...

Pem puxou um lenço e enxugou a testa. Disse agora quase num sussurro:

— Mas do jeito que as coisas estão acho que temos de refazê-Lo. Se precisamos nos refazer, precisamos refazer o Senhor, Deus. Precisamos de um lugar para plantar os pés. Somos fracos e insignificantes e cambaleamos aqui na nossa civilização... Só temos o nosso amor um pelo outro como nosso ponto de apoio, nossos casamentos, os filhos que seguramos em nossos braços, é apenas esta sensação aquosa, enchendo e vazando, que justifica a nossa consciência e nos impede de mergulhar para fora do universo. Não é o bastante. Não chega a ser o bastante. Precisamos de um lugar para plantar os pés.

"Peço uma razão para esperar que este labor de nossas almas encontre a sua solução no Senhor, Deus, do Nome Abençoado. Pelo bem de todos nós neste pequeno planeta do Senhor é o que peço. Amém.

Pem devolveu o microfone ao líder da banda. Sarah levantou-se de sua cadeira, atravessou a pista e abraçou Pem e o beijou, e enquanto ele a enlaçava pela cintura, ela inclinou-se para trás nos braços dele e afastou os cabelos da sua testa.

— Numa galeria do baixo Broadway, o artista instalou uma linha ferroviária em modelo com um trem rodando sem parar, cuja máquina está soldada num elmo com viseira de uma armadura medieval. Assim, um rosto sem expressão de máscara de ferro conduz o trem em suas voltas. O problema é que o trem insiste em descarrilar e a adorável jovem encarregada tem de se colocar de joelhos e, com seus saltos altos atrapalhando e seu traseiro de belas formas numa saia justa apresentando-se ao passante, ela tem de colocar as rodas do trem de volta nos trilhos... e como isto acontece três ou quatro vezes enquanto estou tentando olhar para as outras instalações curiosas na galeria, acabo me perguntando se ela também não é parte da intenção do artista. Espero que sim.

Alguns artistas estão fazendo coisas maravilhosamente despreocupadas e desajeitadas em meio a toda a arte rotineira do nosso tempo. Gosto daquele sujeito que sai pelo mundo embrulhando tudo aquilo em que consegue botar a mão... o Reichstag em Berlim parecendo um pacote incrivelmente grande entregue pela UPS... ou, num parque suíço, as árvores de um bosque ensacadas em poliéster... ou a Pont Neuf coberta de seda açafrão, todos aqueles panos ondulantes e cintilantes através dos quais a luz pode passar, revelando os contornos... Estendeu quilômetros de guarda-sóis abertos na costa da Califórnia e quer vir ao Central Park para enchê-lo de fileiras de portões de aço com bandeirolas de plástico dourado adejando ao vento. Deixe-o vir, prefeito. Deixem-no vir, comissários. Gosto da idéia da arte em tamanho gigante como ocupação do mundo, abraço planetário. Gosto das relações inversas de tais projetos, a sofisticação dos anos de planejamento, as imensas quantidades de dinheiro... para o resultado caprichoso, o espaço público abruptamente conformado e refrescantemente tumultuado. Gosto do ultraje de fazer arte efêmera da cidade, da terra.

Outro artista perturbador tem atravessado as cidades da Europa projetando fotografias fantasmagóricas dos mortos sobre os próprios edifícios, as próprias janelas e as próprias calçadas onde eles viveram. Numa entrada de porta em Berlim, um velho erudito judeu está de pé com seus livros, em outra uma família posa diante do prédio de apartamentos do qual foi deportada, em Amsterdã uma companhia de tropas alemãs em marcha brilha de uma janela... todas estas imagens espectrais surgindo à noite para os carros que estão passando, para os pedestres que caminham, fugindo apressadamente daquilo, em meio a calafrios, enquanto o passado se funde ao presente e tempo e espaço se comprimem num ponto.

Tragam-no a Nova York este artista, deixem que nos assuste! Tirem a arte dos armários, levem-na para as ruas, tragam de volta os artistas que se pintaram com spray e se penduraram dentro de molduras, deixem o artista que gosta de se atar dentro de um saco de lona e se deitar no meio do tráfego... E onde está John Cage quando precisamos dele, ou ainda está por aqui, com sua música sem direitos autorais dos sons do mundo, cada ronco de motor, cada canto de pássaro, cada batida de coração... e a cada momento de silêncio aparente a arte concretizada da sua consciência?

Quero que o cabaré seja falado em línguas... que uma sinfonia gigantesca seja feita de todas as canções de Irving Berlin... e que rodem uma produção animada da Disney bem esperta do *Tractatus Logico-Philosophicus* de Wittgenstein. Precisamos de tudo isso, acho que precisa acontecer, precisamos que isso aconteça aqui na cidade.

— Toda cidade tem um museu, um parque, uma igreja com um campanário, um sistema de escola pública e um time de bola. Toda cidade tem um banco. Toda cidade tem um tribunal e uma cadeia. Toda cidade tem um hospital. As cidades maiores têm estas coisas em múltiplos. As cidades maiores têm vias expressas correndo através delas. Têm rios com pontes sobre eles e túneis sob os rios. Têm metrôs, linhas suspensas de trens e bondes, arranha-céus, teatros e casas de ópera, e vizinhanças de endereços elegantes, menos elegantes e nada elegantes. Têm grandes distritos de armazéns, fábricas, pátios de carga, aeroportos, usinas elétricas, usinas hidráulicas e instalações para tratamento de esgotos. Têm cortiços. Têm sistemas de condução invisível —

ondas de rádio, sinais de televisão, redes de telefones celulares — para ligar suas populações e incrementar seus negócios.

Foi preciso tempo e a sabedoria canhestra e a cobiça anárquica de nossos ancestrais para construir a cidade moderna de instituições consolidadas. É uma grande criação comunitária historicamente acumulada. Se você voar sobre ela à noite, é uma maravilha do universo cravejada de jóias, flutuando como um gigantesco transatlântico no mar da escuridão. É viva, bem-sucedida, sofisticada e arrebatadoramente bonita. E cintila e reluz como todas as coisas quebradiças cintilam e reluzem. Vocês se perguntam até que ponto Deus teve a ver com isso, quanto do esplendor e da insolência da cidade moderna criativamente construída a partir das intenções disparatadas de gerações de homens vem da inspiração de Deus. Porque é a cidade do Deus não observado, do Deus avulso, do Deus da história.

— O filme a partir daqui: E agora mais e mais pessoas nascem nele. Os desgraçados da terra chegam aos bandos. Em pouco tempo ele passa do seu ponto de auto-suficiência. Sua economia não basta. Torna-se cada vez menos capaz de dar empregos, de abrigar e alimentar as multidões que perambulam pelas ruas. À medida que a neblina se adensa e as temperaturas globais crescentes provocam intoleráveis ondas de calor, secas, furacões e monumentais tempestades de neve, os rituais que sustentam a sociedade se rompem e as idéias da vida cotidiana entram em erosão. A cidade começa a perder sua forma, seus contornos se desfocam à medida que seus bairros se expandem, e as distinções de classe das vizinhanças não são mais discerníveis. Crimes contra a propriedade aumentam. O suprimento de comida é imprevisível, apagões ocorrem com freqüência cada vez maior, a água chega contaminada, as forças policiais se armam como soldados e a inflação torna o dinheiro inútil. Profetas se levantam em seus mantos clericais para falar do mal, para falar de irreverência e blasfêmia. Anunciam que a ira de Deus baixou sobre a cidade, do orgulho que vai contra a natureza, a cidade terrena.

Convocam os crentes para destruir a cidade. E o Deus não notado, o Deus avulso, revive mais uma vez, ressurrecto em toda a Sua fúria.

Surgem políticos que decidem que a cidade é adaptável a qualquer abstração política imposta a ela. Estranhas doenças aparecem para as quais os médicos não têm cura. Escolas são fechadas. Tornam-se os arsenais da vizinhança. Pestes irrompem, os corredores dos hospitais se tornam necrotérios, os líderes eleitos declaram lei marcial, as tropas estão por toda parte e as fétidas favelas que brotaram nos arredores metropolitanos são rotineiramente fuziladas com fogo de metralhadoras. Quando as multidões empobrecidas impregnadas de Deus avançam sobre a cidade são massacradas. Os militares montam um golpe, os líderes eleitos que os convocaram são encarcerados, uma junta de governo fecha todas as estações de televisão e de rádio, computadores domésticos são declarados ilegais, e ao redor dos encraves sitiados dos ricos elevadas muralhas são erguidas com torres de vigia regularmente espaçadas.

Torna-se um lugar-comum político, não resistido sequer pelos teóricos da esquerda democrática, que um gerenciamento totalitário, procedimentos compulsórios de esterilização, concessões de paternidade aos geneticamente aprovados e um *ethos* de triagem racional são a única esperança para o futuro da civilização.

A esta altura somos apresentados ao herói e à heroína do filme, um casal vitalmente religioso que cuida de uma sinagoga progressista no Upper West Side.

Este livro foi composto na tipologia Classical Garamond em corpo 10,5/15 e impresso em papel Chamois fine 80g/m² no Sistema Cameron da Divisão Gráfica da Distribuidora Record.